K. H. SCHEER

SCIENCE FICTION SERIE

ZBV

Zur besonderen Verwendung

BAND 13

WINFRIED BLACH VERLAG

K. H. Scheer

Sonderplanung Mini-Mond

K. H. Scheer/Kurt Mahr

Sicherheitsfaktor III

Dieses Buch wurde auf chlorfrei
gebleichtem Papier gedruckt
– der Umwelt zuliebe –

Titelbild: Jonny Bruck
Vertrieb: Weltbild Verlag GmbH, Augsburg
Im Verkaufspreis ist die gesetzliche Mehrwertsteuer enthalten
Printed in Germany

ISBN 3-7951-1483-7

Sonderplanung
Mini-Mond

„Reaktion, Sir“, behauptete das schlanke, dunkelhaarige Mädchen. „Mein Gott, sein Gedanken- und Gefühlsgut ist ... ist ...“

„Wie ist es, Kleines?“ unterbrach der untersetzte Offizier in der tiefblauen Uniform der Geheimen-Wissenschaftlichen-Abwehr.

„Ist es furchteinflößend oder einfach nur fremdartig? Kiny, du mußt dich zusammennehmen. Es geht um alles; um unsere gemeinsame Menschheit.“

Professor Dr. Gargunsa, der tibetische Parapsi-Wissenschaftler, umfaßte General Relings Arm. Er schaute den Chef der GWA beschwörend an und schüttelte den Kopf.

Kiny Edwards, im Jahre 1992 als Kind strahlungsgeschädigter Eltern auf dem Mond geboren, war die einzige natürliche Mutantin der GWA; wahrscheinlich sogar das einzige von Natur aus parapsychisch begabte Lebewesen auf dieser Welt.

Sie schien Relings drängende Frage kaum vernommen zu haben. Wenigstens reagierte sie nicht darauf.

Sie schaute mit einem seelenlos wirkenden Blick zu einem Mann hinüber, der gleich dreihundert anderen Männern eine uniformähnliche Kombination aus einem grobfaserigen Kunststoffmaterial trug.

Die von Kiny auserwählte Person unterschied sich von den anderen äußerlich überhaupt nicht, wohl aber geistig!

Die GWA hatte innerhalb weniger Stunden den Lebensweg dieses Mannes verfolgen und bis zu dem Zeitpunkt aufschlüsseln können, zu dem er plötzlich verschwunden war.

Er gehörte zu den Robotmenschen des europäischen Spitzenwissenschaftlers, Professor Dr. Horatio-Nelson Bridgeman, dessen Stützpunkt in den peruanischen Hoch-Anden erst vor wenigen Stunden von den in Maske eingesickerten GWA-Mitgliedern, Brigadegeneral HC-9 und Major MA-23, ausgehoben worden war.

Die „Schatten" spielten die Rollen von zwei offiziell zum Tode verurteilten Massenmördern, die es trotz ihrer wissenschaftlichen Ausbildung und ihrer hohen Qualifikation für richtig befunden hatten, im Verlauf einer Versuchsreihe mehrere Hundert unschuldige und vorher gewaltsam entführte Menschen auf bestialische Art zu töten.

Dies war in dem von dem verstorbenen Wissenschaftler, Professor Dr. Jerome A. Bulmers, entdeckten Tiefseestützpunkt der ausgestorbenen Marsianer geschehen.

Diese Station hatte einige marsianische „Lehrmaschinen" enthalten, die nach einem zwangssuggestiven, das Unterbewußtsein und den Gedächtnissektor eines Menschen angreifenden Prinzip arbeiteten.

Die Geräte waren im Verlauf des marsianisch-denebischen Weltraumkrieges, ungefähr 187 000 Jahre vor der christlichen Zeitrechnung, von den Marsianern zur Erde gebracht und auf dem damals existierenden Inselkontinent Atlantis installiert worden.

Der Zweck dieser Maßnahme war mittlerweile bekannt. Die Marsianer hatten im Verlauf eines fast hundertjährigen Vernichtungskrieges derart katastrophale Personalverluste hinnehmen müssen, daß ihnen keine andere Wahl geblieben war, als die Vertreter anderer, entwicklungsfähiger Gattungen zu Raumsoldaten umzuschulen.

Professor Bulmers hatte die unersetzbar wertvollen Lehrmaschinen in verbrecherischer Form ausgenutzt, bis er von den GWA-Schatten HC-9 und MA-23 entdeckt und ausgeschaltet worden war.

Seine Schüler jedoch hatten unterdessen den Tiefseestützpunkt Crutcolatla verlassen, um sich möglichst unauffällig in verschiedene Forschungsteams einzureihen. Jeder von ihnen besaß den vier- bis sechsfachen Intelligenzquotienten eines hochqualifizierten Normalmenschen.

Jeder dieser Bulmers-Schüler war infolge seines hohen Wissensstandes über marsianische Entwicklungen in der Lage gewesen, praktisch über Nacht Entdeckungen und Erfindungen anzubieten, die selbst skrupellose Industriekönige in einen Taumel der Begeisterung versetzt hatten.

Sieben Bulmers-Schüler, darunter den Metallurgen, Dr. Janus van Haetlin sowie den Chirurgen und Spezialisten für Organtransplantationen, Professor Dr. Arturo Peroni, hatten die Einsatzagenten der GWA gewissermaßen in letzter Sekunde dem Henker entreißen müssen, oder diese Kronzeugen für die Verbrechen des ertrunkenen Jerome Bulmers hätten niemals mehr aussagen können.

Auch die fünf anderen Bulmers-Schüler waren durch die Arbeit der GWA verhaftet und von Gerichten wegen ihrer grausamen Experimente mit entführten Menschen ausnahmslos zum Tode verurteilt worden. Diese Urteile hatten nicht nur amerikanische Gerichte gefällt, sondern auch solche der Europäischen Union, des Großasiatischen Staatenbundes, der blockfreien Sowjetunion und des Kontinents Australien.

Man hatte angenommen, mit diesen sieben Übeltätern alle Personen gefaßt zu haben, die durch Bulmers Lehrmethode zu Koryphäen herangereift waren – bis eines Tages, es war am 20. Mai 2010, die geizigste Multimillionärin der USA, Mrs. Clara Poterlee, fünf Dosen Schildkrötensuppe zu einem Spottpreis erwarb und die Delikatesse verspeiste.

Normalempfindende Menschen verzehren solche Köstlichkeiten wegen ihres Geschmacks; das traf aber nicht auf Clara Poterlee zu.

Sie hatte nur deshalb eine Art Genuß empfunden, weil sie bei jedem Löffel an den phantastisch günstigen Preis denken mußte.

Die Tatsache, daß sie von dem Verkäufer, einem gewissen Fred Kelinsky, darüber informiert worden war, daß die Dosen bereits seit dem 9. Mai 2010 verfallen und die Schildkrötensuppe infolgedessen ungenießbar geworden war, hatte Clara nicht im geringsten beeindruckt.

Als sie wenige Tage später den Verstand verlor und in einer Anwandlung von Supereuphorie elf Millionen Dollar verschenkte, war sie von einem argwöhnisch gewordenen Stadtpolizisten festgenommen und in die nächste Klinik für Geisteskranke eingeliefert worden.

Zu spät – nach Auffassung der GWA viel zu spät –

waren schließlich die Hintergründe für Ms. Poterlees plötzliche Freigebigkeit entdeckt worden.

Die Theorie über den „achten Mann“ war aufgetaucht. Kurz darauf hatten die GWA-Schatten HC-9 und MA-23 infolge ihrer telepathischen Fähigkeiten ermitteln können, daß es tatsächlich nicht nur sieben Bulmers-Schüler gegeben hatte, sondern einen mehr.

Dieser „achte“ Mann war die Schlüsselfigur zu einem Rätsel, das die gesamte Menschheit bedrohte.

Niemand hatte ihn jemals gesehen. Keiner der sieben zum Tode verurteilten Wissenschaftler wußte von seiner Existenz.

Dann aber hatte der achte Mann selbst zugeschlagen und damit die einzige Hoffnung der GWA auf eine Kontaktaufnahme erfüllt.

An diese Dinge mußte General Reling denken, als er nun hinter der schützenden Panzerplastwand des Schaltbunkers stand und zu jenem Mann hinüberschaute, dessen Gefühle selbst eine Mutantin wie Kiny nicht identifizieren konnte.

Dr. Samy Kulot, führender Parapsi-Wissenschaftler auf der geheimnisumwitterten Henderwon-Insel im südlichen Pazifik, betrat den Raum.

Er schaute sich flüchtig um.

„Erfolg?“ wandte er sich flüsternd an Dr. Beschter, einen bedeutenden Wissenschaftler im Henderwon-Team.

Beschter schüttelte den Kopf. Mit einer Handbewegung deutete er auf Reling, der breitbeinig, die Hände auf dem Rücken verschränkt, hinter Kiny Edwards stand.

„Ich habe es ihm prophezeit“, meinte Beschter leise. „Ein derart umgepoltes Gehirn, das außerdem der willenszerstörenden Wirkung fremdartiger Mikrolebewesen ausgesetzt war, ist nicht mehr zu normalisieren. Reling sollte auf meinen Vorschlag eingehen."

„Noch einmal, Kiny. Probiere es! Du mußt ihn bezwingen! Versuche seinen Block zu lösen", vernahm man Relings Stimme. Sie klang drängend, beinahe beschwörend.

Die großen, dunklen Augen des jungen Mädchens verloren ihr Starre. Wie im Zeitraffertempo drehte sie den Kopf.

„Aussichtslos, Sir", erklärte sie. „Sein Willenssektor gleicht einer Mauer."

Kulot fühlte, daß nicht nur er, sondern auch Dr. Beschter befreit aufatmete. Das Experiment war zwecklos. Es mußte zwecklos sein!

Professor Dr. Gargunsa wandte sich in entschiedenem Tonfall an den Chef der GWA. Damit durchbrach er das drückende Schweigen in dem großen Raum.

Die dreihundert einheitlich gekleideten Männer außerhalb dieser Räumlichkeit reagierten auch jetzt nicht. Sie saßen oder standen an den Orten, die man ihnen vorher zugewiesen hatte. Es handelte sich um jene dreihundert Kranken, die von dem wahrscheinlich größten Verbrecher der Menschheitsgeschichte, dem europäischen Biochemiker Professor Dr. Horatio-Nelson Bridgeman, zu biologisch lebenden Robotern gemacht worden waren.

„Geben Sie es auf, Sir", forderte Professor Gargunsa. „Wir sollen lieber mit van Haetlin und Peroni sprechen. Beschters Vorschlag ist gut."

Reling stieß sein berühmtes knurriges Lachen aus. Es war ohne jeden Humor.

Ehe er antworten konnte, flammte eine Wandbildschirm auf. Das Gesicht eines vollwangigen Mannes wurde sichtbar.

„Wenn Sie jetzt über die Hitze klagen oder über Ihre eingebildeten Kreislaufbeschwerden, Torpentouf, bringe ich Sie um!“ drohte Reling mit anormaler Ruhe.

Mike Torpentouf, Chef des Sicherheitsdienstes von Henderwon-Island, wegen seiner Verdienste bei der planmäßigen Fluchtaktion von HC-9 und MA-23 vor wenigen Tagen zum Brigadegeneral befördert, runzelte die Stirn.

Sein frohes, unschuldiges Lächeln, ein Teil seiner „Harmlosigkeitsmaske“, veränderte sich jedoch nicht. Auf der neuerdings hermetisch abgeriegelten Südseeinsel gab es niemand mehr, der nicht über das der Menschheit drohende Schicksal informiert gewesen wäre. Die anfängliche Geheimhaltung der Vorkommnisse hatte sich auf die Dauer nicht konsequent durchführen lassen, vor allem nicht mehr nach der Ankunft der Robotmenschen, die von GWA-Truppen aus der Andenhölle befreit worden waren.

„Eigentlich hatte ich nur die Einsatzbereitschaft eines bestimmten Gerätes melden wollen. Es wurde von tüchtigen Männern aus der Nachschubmasse eines marsianischen Ferntransmitters herausgesucht und nach Henderwon gebracht, Sir. Listerman ist sicher, auf Grund der vom Marsgehirn NEWTON erhaltenen Bedienungsanleitungen damit umgehen zu können. Übrigens, Sir, die Frage der Energieversorgung ist geklärt! Die Maschine besitzt einen integrierten Mikroreaktor marsianischer Kompaktbauweise. Hm – das wäre es, Sir.“

Torpentouf schaltete hastig ab. Anscheinend hatte ihm Relings Blick nicht gefallen. Es war der Blick eines innerlich verzweifelten und um seine Beherrschung ringenden Mannes.

„Damit wäre der Fall klar“, meinte Professor Emanuel

Scheuning, das physikalische Genie der GWA. „Wollen Sie es nun riskieren oder nicht? Wie Sie sehen, reagieren die Robotmenschen weder auf Medikamente noch auf parapsychische Befreiungsversuche. Der hypnosuggestive Block wäre vielleicht lösbar, wenn er nicht primär von zellzerstörenden Bakterien erzeugt worden wäre. Das haben wir nicht nur Bridgeman zu verdanken, sondern in erster Linie Bulmers, der seinen Schülern den zur Beherrschung solcher Machtmittel nötigen Verstand vermittelte."

„Also habe ich diese Schüler ans Messer zu liefern, wie?" höhnte Reling.

„Das würde ich anders ausdrücken", warf Marschall Primo Zeglio ein, der Chef des „Militärischen Abschirmdienstes EURO".

„Und wie?"

„Dr. Janus van Haetlin ist dem Wahnsinn nahe. Er fürchtet die Hinrichtung. Er weiß, daß fünf seiner Mithäftlinge bereits erschossen wurden. Sie haben ihn freundlicherweise mit zusehen lassen."

„Genau das habe ich getan, Primo", erklärte Reling. Dr. Beschter begann zu frösteln.

„Dann nutzen Sie den Effekt, den Sie damit erreichen wollten", fuhr Zeglio gelassen fort. „Sie hatten doch einen Grund, nicht wahr?"

„Allerdings. Meine beiden besten Männer sitzen in einem marsianischen Raumschiff, das von einem Mann geflogen wird, der Milliarden Menschen per Knopfdruck zu Robotern machen kann wie die hier."

Er deutete auf die stumpfsinnig wartenden Befreiten.

„Primo, diese Leute reagieren auf nichts, aber wenn ich ihnen jetzt den Befehl gebe, Sie und alle hier Anwesenden anzugreifen, egal wie viele schußbereite Posten sich in der Nähe aufhalten, werden sie es tun. Ich brauche nur ein bestimmtes Stichwort auszusprechen. Dann schalten die geschädigten Gehirne um! Dann reagieren sie mit der Präzision von elektronischen Rechnern. Schön, meine Herren, ich warte nicht länger. HC-9 und MA-23 sind die Hände gebunden. Sie waren in Bridgemans Stützpunkt, haben ihn in die Luft gejagt und den Paniksender vernichtet. Wenn wir gewußt hätten, daß Bridgemans Sohn, der nach unseren Ermittlungen tatsächlich existierte und seit zwei Jahren von der Erdoberfläche verschwunden ist – wenn dieser Bursche irgendwo draußen im Weltenraum den zweiten Sender betätigt, tritt genau das ein, was wir verhindern wollten. Dann platzt die Bombe! Wenn aber einige Milliarden Menschen vorher erfahren, was ihnen droht, dürfte Bridgemans Hypnozwangsschaltung dagegen harmlos sein; etwa so harmlos wie ein Feuerwerkskörper im Verhältnis zu einer Hundertmegatonnen-H-Bombe. Dann erleben wir auf der Erde die Hölle! Eine solche Panik wird niemand mehr stoppen können, zumal die einzigen Männer, die dazu in der Lage wären, nämlich die Mitglieder der irdischen Streitkräfte, ebenfalls den Robotwahnsinn in sich tragen. Major Tuneyt – rufen Sie General Torpentouf an. Die beiden Gefangenen vorführen. Wir benutzen Informationszentrum III."

Er wandte sich abrupt ab und ging. Beschter, Gargunsa und Kulot, die wissenschaftlichen Chefs auf der GWA-Insel Henderwon, schauten ihm wortlos nach. Nach einigen Augenblicken meinte Samy Kulot:

„Mir scheint, er wird ungemütlich, hm …! Ich möchte nicht in van Haetlins Haut stecken."

„Er ist das richtige Objekt", behauptete der parapsychisch begabte Tibeter Gargunsa. „Seine Seele weint. Sie verleiht ihm keine Stärke. Er wird Relings Angebot akzeptieren."

Das Informationszentrum III gehörte zu den neuen Bunkertiefbauten der Henderwon-Insel. Dem Zentrum angeschlossen waren leistungsfähige Elektronenrechner und ein vom Mars stammendes Kommunikationsgerät. Es arbeitete auf überlichtschneller Basis und erlaubte eine sofortige Kontaktaufnahme mit dem Riesenroboter NEWTON auf dem Roten Planeten.

Hier, in diesem Zentrum, waren seit dem Bekanntwerden des ungeheuerlichen Attentates auf die Menschheit die Verantwortlichen der weltweiten Geheimdienste eingetroffen. Henderwon-Island bot mit seinen hochspezialisierten Wissenschaftlern und zahlreichen paratechnischen Einrichtungen die Gewähr für einen planmäßigen Einsatz.

Es war gelungen – und doch nicht gelungen!

Dr. Janus van Haetlin, blond, herkulisch gebaut und sehr gut aussehend, bemühte sich noch fünf Minuten nach seiner Vorführung, den Ruhigen zu spielen. Es gelang ihm nicht. Allein der Glanz in seinen unsteten Augen verriet seine Angst.

Er war von einem europäischen Gericht zum Tode verurteilt worden. Zwei GWA-Schatten hatten ihn in letzter Sekunde vor dem Fallbeil in einer Pariser Strafanstalt bewahrt.

Der zweite, soeben eintretende Mann, war nicht nur körperlich ein Krüppel. Die Geschichte kannte wenige Beispiele, die mit den von Professor Dr. Arturo Peroni begangenen Untaten vergleichbar gewesen wären.

Sein bullig wirkender Körper war verwachsen. Der Chirurg war nicht besonders groß, aber durch die starke

Aufwölbung sowohl seines Rückens als auch seiner Brust glich er einer geballten Masse.

Er schaute sich im Gegensatz zu van Haetlin tatsächlich gelassen um. Peroni, der typische Triebverbrecher, rechnete stündlich mit seiner Hinrichtung, deren Aufschiebung er nicht verstand.

Seine Augen verschwanden fast unter der weit vorgewölbten Stirn. Man konnte ihren Ausdruck nur schwer ergründen. Reling hüstelte, als sich die vollen Lippen des Transplantationsspezialisten zu einem breiten Grinsen verzogen.

Peroni kam hinkend näher. Er hatte niemals daran gedacht, seine körperlichen Gebrechen beheben zu lassen, wollte er doch unheimlich und bestialisch wirken. Es hatte ihm Spaß gemacht.

„Zuviel der Ehre", rief er dem Chef der GWA mit Baßstimme zu. „Ah, seht an! Van Haetlin lebt auch noch. Ich dachte, man hätte Sie inzwischen Ihres bildschönen Kopfes beraubt. Schade, van Haetlin, daß es mir nicht vergönnt ist, Ihr Gehirn zu sezieren. Nein – zu transplantieren."

Er lachte dröhnend.

Kiny beugte sich zu Reling hinüber.

„Keine Spur von echter Furcht, Sir", flüsterte die Telepathin.

„Und van Haetlin?"

„Ein schlecht schauspielerndes Nervenbündel. Er denkt fast ausschließlich an das Fallbeil und an die Exekutionskommandos der GWA."

Vier Männer des Sicherheitsdienstes ließen die Todeskandidaten auf zwei mitten im Raum stehenden Stühlen Platz nehmen. Torpentouf stand wachsam im Hintergrund.

„Was … was soll das?“ fragte van Haetlin.

„Es wird wohl soweit sein, Sie Narr“, rief Peroni. „Oder können Sie sich eine andere Lösung vorstellen? Die Hüter der Menschheitsgesetze halten es für geboten, die Delinquenten nochmals über die von ihnen begangenen Verbrechen zu unterrichten.“

Reling stand langsam auf und ging bedächtig auf die beiden Männer zu. Als er eine Konservendose auf den vor den Gefangenen aufgebauten Tisch stellte, knallte es metallisch.

„Wissen Sie, was das ist?“ erkundigte er sich, beide Hände auf die Tischkante stützend. „Nun, Professor Peroni, was ist das?“

„Ich verbitte mir solche idiotischen Fragen!“ beschwerte sich Peroni.

„Eine … eine Konservendose; natürlich eine Konservendose“, erklärte van Haetlin hastig und griff danach.

„Eine Zwei-Komponenten-Packung, Hummer mit Reis“, fuhr er hastiger fort. „Was … was ist damit?“

Reling warf einen Blick zu Kiny Edwards hinüber. Sie hielt die Augen geschlossen. Der GWA-Chef ahnte, wie sehr ihr die Gedanken dieser Männer zuwider waren. Van Haetlin, der etwa dreihundert Menschen getötet hatte, kämpfte mit jedem Wort, mit jeder Geste um sein Leben. Er stützte sich immer noch auf sein Hauptargument, gegen seinen Willen und unter Befehlsnotstand gehandelt zu haben; eine Aussage, zu der ein Mann wie Professor Peroni nicht Zuflucht genommen hatte.

Er hatte seine Triebverbrechen zugegeben. Er hatte von den Transplantationen gesprochen wie ein Wissenschaftler, der lediglich zum Nutzen der Menschheit arbeitete. Die Tatsache, daß er menschliche Gehirne in Gorillaschädel verpflanzt hatte, konnte er ebenfalls begründen. Der Chirurg war trotzdem von einem europäischen Gericht zum Tode verurteilt worden.

Reling gab sich betont gelassen. Er nahm van Haetlin die Konservendose aus der Hand.

„Sehr richtig, Doktor. Die Aufschrift ist kaum zu übersehen. Bemerken Sie auch das Symbol der Herstellungsfirma? Ich meine den stilisierten roten Adler. Sie finden ihn auf jeder Konserve der All Food World Corporation, in Kurzform AFC genannt. Dieser marktbeherrschende Konzern brachte und bringt täglich nicht nur einige Millionen Konserven auf den Markt, sondern er beliefert auch andere Unternehmen mit Verpackungsmaterialien aller Art. Das beginnt mit der Kunststoff-Tragetüte und endet mit riesigen Kunststoffhüllen für Maschinen. Warum wohl?"

„Ich kann Ihnen nicht ganz folgen, Sir", stammelte van Haetlin.

Peroni stieß ein knurriges Lachen aus. Reling beugte sich vor.

„Nanu, Professor, kommen Sie da nicht auf einen bestimmten Gedanken? Sie, der geniale Mediziner, sollten in anderen Bahnen denken als ein Experte für Metallurgie."

„Der Teufel soll Sie holen, Reling. Lassen Sie mich an die Wand stellen, und der Fall Peroni ist erledigt. Oder glauben Sie etwa, ich würde wie van Haetlin um mein Leben winseln? Ich war nie ein Schwächling."

„Das wissen wir. Vor allem nicht, wenn Sie diabolisch grinsend die Operationssäle betraten und durch Ihr Verhalten Ihre Opfer schockierten."

Peroni lachte erneut. Diesmal etwas lauter.

„Ein Psychotrick. Übrigens, Reling, Sie sind ein Narr. Männer mit einem Intelligenzquotienten von 52,6 Neu-

Orbton bringt man nicht um. Man benutzt sie! Ich frage mich, wie lange es noch dauert, bis sich diese Erkenntnis in Ihrem Schädel durchsetzt."

„Sie hat sich durchgesetzt!" betonte Reling.

Bei diesen Worten fuhr Peroni zusammen. Er nahm eine lauernde Haltung an. Seine Hände umklammerten die Sessellehnen.

„Ach, was Sie nicht sagen! Das war wohl der Grund, warum Sie mich und van Haetlin zwangen, den Exekutionen beizuwohnen?"

„Unter anderem", wich der GWA-Chef aus. „Ich möchte auf diese Konservendose zurückkommen. Peroni, als wir Sie dem Henker entrissen, verfolgten wir damit eine bestimmte Absicht."

„Die ich seit Wochen zu erfahren versuche."

„Sie werden gleich mehr wissen", erwiderte Reling. „Dr. Kulot, den Film ablaufen lassen."

Einer der großen Bildschirme leuchtete auf. Zwei Männer, die haargenau dem Metallurgen Dr. Janus van Haetlin und dem Transplantationschirurgen Professor Dr. Arturo Peroni glichen, wurden erkennbar. Sie standen in einer geräumigen Schaltzentrale und erteilten Anweisungen, die von den anwesenden Männern des Henderwon-Sicherheitsdienstes sofort befolgt wurden.

Dr. van Haetlin stieß einen dumpfen Laut der Überraschung aus. Peroni begriff ebenfalls sofort.

„Wie haben Sie das gemacht?" brüllte er. „Wie ...?"

„Ihr Double ist identisch mit GWA-Schatten Major MA-23, Ihrem Verhöroffizier", erklärte Reling spöttisch. „Oder hatten Sie etwa angenommen, wir hätten Sie tagelang nur deshalb unter die Lupe genommen,um Ihre Unschuldsbeteuerungen zu hören? Sie wurden studiert, mein Bester. Meine beiden Einsatzschatten mußten mit jeder Ihrer Gewohnheiten vertraut sein. Die Herstellung der Masken war eine Kleinigkeit. Vergessen Sie nicht den Ruf der GWA! Auch hier gibt es Wissenschaftler von höchster Qualifikation. Ihr künstlich hochgezüchteter Intelligenzquotient ist noch lange nicht identisch mit einem fundierten Wissen. Sie lernen zehnmal schneller, das ist alles. Wollten Sie etwas sagen, Dr. van Haetlin?"

Der Mann war aufgesprungen. Fassungslos, mit verzerrtem Gesicht, starrte er auf den Bildschirm.

„Ersparen Sie sich überflüssige Fragen", kam ihm Reling zuvor. „Das ist Ihr Verhöroffizier, Brigadegeneral HC-9. Er besitzt Ihre Figur. Wir konnten ihn leicht präparieren, indem wir aus den Gewebeproben Ihres Körpers Folienmasken züchteten. Beide GWA-Schatten sind an Ihrer und Peronis Stelle in den Einsatz gegangen. Sie erinnern sich, daß Sie immer wieder nach dem sogenannten ‚achten Mann' gefragt wurden?"

„Ich kannte und kenne ihn nicht, oder ich hätte Sie unterrichtet", brüllte van Haetlin von Panik erfüllt.

„Das wissen wir. Meine Leute haben den achten Mann gefunden und sind als Peroni und van Haetlin in seinem Stützpunkt eingesickert."

„Und – was geschah dann?" erkundigte sich Peroni mit anormal wirkender Ruhe. „Da ist Ihnen wohl etwas schiefgegangen, oder?"

Reling beherrschte sich mustergültig. Ein Blick zu Kiny Edwards belehrte ihn, daß die beiden Delinquenten noch immer nichts von dem wahren Hintergrund der Angelegenheit ahnten. Sie waren nicht über die primären Tatsachen informiert. Für sie war alles rätselhaft.

Reling griff erneut nach der Konservendose des Weltkonzerns AFC.

„Das hier verwendete Material besteht aus einem

neuentwickelten Kunststoff. Er ist mit einer als unschädlich eingestuften Bakterienkultur präpariert, die nach dem Verbrauch des Inhalts den normalerweise unzerstörbaren Kunststoff einem natürlichen Fäulnisprozeß unterwirft. Die Packungen verrotten wie Papier oder Holz. Das galt bis zu einem unvorhersehbaren Zwischenfall als *die* Lösung zur natürlichen Beseitigung unserer Müllberge. Fast hundert Prozent aller Verpackungsmaterialien werden mittlerweile aus diesem bakteriell angereicherten Kunststoff hergestellt. Die Rohstoffknappheit zwingt die Menschheit zur Herstellung immer neuer Kunststoffe. Selbst die größten Eisenerzminen, Zinn- und Zinkvorkommen sind nahezu erschöpft. Der Raubbau des vergangenen Jahrhunderts rächt sich. Ohne die hochentwickelte Atomenergie müßten wir bereits im Winter einfrieren, denn es gibt kaum noch Ölreserven. Die Kohlevorkommen sind erschöpft. Unser Planet ist rohstoffmäßig ausgeblutet. Es bestand daher kein Grund, das Angebot der Firma AFC abzulehnen. Man bot über Nacht einen Kunststoff an, der sich nach einer genau festgelegten Zeit von selbst vernichtet und mit seinen Verrottungsrückständen überdies einen hervorragenden Kunstdünger ergibt. Diese Dose besteht aus dem mit Fäulnisbakterien angereicherten Material."

Peroni, der scharfe Denker, begriff die Sachlage wesentlich schneller als van Haetlin, obwohl dieser als Metallurge eher auf die richtige Idee hätte kommen müssen.

Peroni begann laut und disharmonisch zu lachen.

„Das war einer von uns", rief er und rang nach Luft. „Ihr achter Mann war ein Bulmers-Schüler. Er hat euch fertiggemacht, stimmt es? Welche Nebenwirkungen haben die Fäulniskulturen, die ihr Narren als letzte Errungenschaft der Wissenschaft angesehen habt? Na, welche Nebenwirkungen sind eingetreten? Ich werde wahnsinnig! Warum bin *ich* nicht auf die Idee gekommen? Ich hätte euch jetzt schon in meiner Gewalt. Ach, warum wird man denn so blaß? Darf ich Sie untersuchen, General? Sie leiden unter akuter Kreislaufschwäche."

Er lachte erneut. Einer der Wachsoldaten griff zur Waffe. Reling schlug ihm die Mündung nach unten.

„Unterlassen Sie das", fuhr er den Sergeanten an. Mr. Torpentouf – bringen Sie die Abordnung herein."

Peroni hörte auf zu lachen. Haetlin zerbiß sich unbewußt die Unterlippe. Dann betraten fünf Robotmenschen den Raum.

Der Psi-Diagnostiker Dr. Beschter ergriff die Initiative.

„Hier sehen Sie den Erfolg der Kulturen, meine Herren. Schauen Sie genau hin."

Peroni erhob sich. Keuchend, den verkrüppelten linken Fuß nachziehend, näherte er sich den statuenhaft dastehenden Männern.

Er untersuchte sie kurz; dann war er informiert.

„Eine Art Hypnoseblock, wie?" wollte er wissen.

„Sie haben es erfaßt."

„Und die Fäulnisbakterien sollen die Ursache dafür sein? Ein genialer Einfall."

Er grinste aufreizend und humpelte zu seinem Sessel zurück.

„Das verstehe ich nicht", meldete sich van Haetlin erregt. „Was soll die Demonstration bedeuten?"

Reling untersagte Beschter weitere Aussagen mit einem Wink.

„Richtig, Professor Peroni, das war der geniale Einfall eines Verbrechers Ihrer Art; Bulmers erster Schüler, den wir als achten Mann erkannten. Die Selbstvernichtungskulturen greifen auf die Speisen und Getränke über, die in solchen AFC-Packungen aufbewahrt werden. Im menschlichen Gehirn findet eine Zellgruppenzerstörung statt, die aber kaum nachweisbar ist."

„Ich könnte sie Ihnen nachweisen! Wenn Sie mich laufenlassen, zeige ich Ihnen, wie man die Sache rückgängig machen kann."

„Wir verfügen über bessere Gehirnchirurgen als Sie glauben, Peroni. Entsprechende Versuche verliefen positiv. Wir kennen den zerstörten Willenssektor. Seine operative Beseitigung würde den Tod des Patienten bedeuten. Das weiß auch der achte Mann."

„Ich möchte erfahren, wieso diese fünf Männer willenlos wurden", meldete sich van Haetlin erneut. Seine Stimme vibrierte.

„Oh, sehr einfach", erklärte Reling gedehnt. „Sie haben die gleichen Konservenspeisen gegessen oder AFC-verpackte Flüssigkeiten getrunken wie Sie, ich, alle hier anwesenden Personen und überdies zirka acht Milliarden Menschen. Ich brauche Sie wohl nicht darüber aufzuklären, daß die Ernährungswirtschaft des Jahres 2010 anders aussieht als jene des vergangenen Jahrhunderts. Es werden mehr und mehr Konserven aller Art hergestellt. In unserem Falle heißt das, Dr. van Haetlin, daß wir alle den Wahnsinn oder gar den Tod in uns tragen!"

„Wer hat das geschafft?" erkundigte sich Peroni fasziniert. Seiner Veranlagung entsprechend schien er sich an dem Gedanken zu berauschen. „Wer war das?"

„Ein im Atlantis-Stützpunktquotienten aufgestockter Biochemiker, Professor Dr. Horatio-Nelson Bridgeman. Er wurde von Bulmers als Genie entlassen, noch bevor Sie oder van Haetlin in die Lehrmaschinen kamen. Wir haben Bridgeman gefunden, ihn aber nicht beseitigen dürfen. Unsere GWA-Schatten, die Ihnen und van Haetlin aufs Haar gleichen, sind zwar in Bridgemans Anden-Stützpunkt, eine frühere marsianische Lehranstalt für Inkakaiser, eingedrungen, aber sie durften nicht schießen. Es wäre eine Kleinigkeit gewesen, Bridgeman auszuschalten."

„Das interessiert mich nicht", brüllte van Haetling, der nun endgültig die Nerven verlor. Er schien Relings Absichten zu ahnen. „In welcher Beziehung stehen Bridgemans Bakterienkulturen mit diesen Marionetten – vor allem mit uns? Was haben Sie vor?"

„Eine große Schweinerei!", sagte Peroni, der auch jetzt nicht auf seine drastische Ausdrucksweise verzichtete. „Van Haetlin, Sie sind ein Narr, aber das wollten Sie mir ja nie glauben. Jedes menschliche Gehirn sendet Impulse energetischer Natur aus und ist zugleich auch eine Art Empfänger. Ich wette, daß Bridgeman über ein Marsgerät verfügt, das in etwa mit einem Sender identisch ist. Wenn er einen bestimmten Kodeimpuls gibt, schalten alle Menschen kurz, die jemals den Inhalt einer AFC-Konservendose gegessen haben. Sie werden zu Robotern wie die fünf Musterexemplare da. Na, wie gefällt Ihnen das? Mensch – begreifen Sie nicht, daß Bridgeman den ganzen uniformierten und ordensgeschmückten Haufen in der Hand hat? Er kann diktieren; die Welt beherrschen!"

Peroni begann erneut laut zu lachen, wurde jedoch von Gargunsa unterbrochen.

„Das ist noch nicht sicher, Peroni. Niemand weiß, welche Dosis ein Mensch aufnehmen muß, ehe er für den erwähnten Funkimpuls, der sicherlich fünfdimensionaler, also energetisch übergeordneter Natur ist, empfänglich wird. Der Zeitpunkt kann längst überschritten sein, aber es ist auch möglich, daß Bridgeman noch nicht zuschlagen kann, weil die Menschen überall auf der Erde bis jetzt noch nicht genug bakterielle Werkstoffe aufgenommen haben."

„Sie reden an den Tatsachen vorbei", winkte Peroni überheblich ab. „Sehen Sie sich Ihre Demonstrationsobjekte an, und Sie wissen, daß Bridgemans Kulturen bereits gewirkt haben."

„Irrtum!" wurde er von Dr. Kulot belehrt. „Diese Männer sind direkt und mit Höchstdosen behandelt worden. Bridgeman brauchte befehlswillige Hilfskräfte. Wie dem auch sei, Professor Peroni, wir werden in wenigen Stunden wissen, ob die Menschheit bereits ‚reif' ist oder nicht. Sie und van Haetlin sind ausschließlich mit AFC-Konserven ernährt worden. Ich bin sehr gespannt, wie Sie auf den Funkrichtstrahl eines marsianischen Gerätes reagieren, das wir mit Hilfe des Marsgehirns NEWTON unter den Nachschubgütern in der Antarktis gefunden haben."

Der Metallurge begann zu toben, während Peroni reglos sitzen blieb. Es dauerte fast zehn Minuten, ehe sich Haetlin einigermaßen beruhigt hatte.

„Das können Sie nicht machen!" schrie er gellend. „Ich denke nicht daran, Ihnen als Versuchskaninchen zu dienen!"

„Schön, wie Sie wollen", entschied Reling. „In diesem Fall wird Ihre Hinrichtung noch heute vollstreckt. Sie erinnern sich bestimmt, was Sie empfanden, als Sie in Paris am Gerüst des Fallbeils festgeschnallt wurden. Peroni wird in Rom gehängt. Meine Herren, wir benötigen Sie nicht mehr. Ihre Doubles sind im Einsatz, und zwar an Bord eines Marskreuzers, mit dem wir Bridgeman leider entfliehen lassen mußten. Irgendwo im Weltenraum gibt es nämlich eine zweite Sendestation für den Wahnsinnsimpuls. Bridgeman war vorsichtig. Wir hätten ihn sogar laufenlassen müssen, wenn er von meinen Einsatzschatten verhaftet worden wäre. Das haben die beiden klugerweise unterlassen."

„Bridgeman wird euch fertigmachen", prophezeite Peroni unbewegt. „Er wird euch zu Marionetten degradieren und die Welt beherrschen. Ich beneide ihn."

„Meine Leute werden rechtzeitig zuschlagen, verlassen Sie sich darauf", entgegnete Reling scharf. „Meine Herren, ich bin von den europäischen Gerichten, die Sie rechtmäßig zum Tode verurteilt haben, ermächtigt, Ihnen ein Angebot zu unterbreiten."

„Versuchskaninchen spielen, was?" brüllte van Haetlin.

„So ist es. Wir haben einen Sender gefunden, wie ihn auch Bridgeman besitzt. Die Aussagen des Marsroboters sind zuverlässig. Wenn Sie auf den Beschluß reagieren, werden Sie zwar beeinflußbar, aber Sie dürfen leben. Sie werden anschließend zu lebenslanger Zwangsarbeit begnadigt, auch dann, wenn Sie Ihren Willen behalten sollten! Überlegen Sie sich das! Entweder für van Haetlin das Fallbeil und für Peroni den Strick – oder für beide ein Experiment mit fragwürdigem Ausgang. Ich will und muß wissen, wie weit die Verseuchung durch die Bridgeman-Kulturen fortgeschritten ist."

„Warum haben Sie die Herstellung der Konserven nicht verboten?" fragte van Haetlin außer sich. „Sie haben doch sonst alle denkbaren Vollmachten."

Reling winkte nur ab.

„Es wäre zu spät gewesen – und die Wahrheit hätten wir der Weltöffentlichkeit nicht mitteilen können. Meine Herren, ich gebe Ihnen eine Stunde Bedenkzeit."

„Oberst Metrey an Bodenkontrolle Henderwon, der Luftraum ist frei, Ende."

Der TESCO-Raumabfangjäger zog steil hoch und verschwand als letzte Maschine des Raumjagdgeschwaders im blauen Himmel.

Die Insel und die vorgelagerten Atolle schienen ausgestorben zu sein. Das wissenschaftliche Personal und die zwanzigtausend Mann der GWA-Wachdivision hatten sich in die Atomschutzbunker zurückgezogen.

Nur weit draußen auf dem Meer, etwa zwei Meilen von der Südküste entfernt, schwammen zwei Schlauchboote.

In einem der Wasserfahrzeuge befanden sich einige Versuchstiere, die von den AFC-Erzeugnissen gefressen hatten.

Im zweiten Boot saßen zwei Männer, lediglich mit Badehosen bekleidet. Dr. van Haetlin umklammerte bebend die Halteleinen am Wulst.

„Sie haben Paddel zurückgelassen", drängte er erneut. „Peroni, versuchen wir es doch! Rudern Sie, Sie Schwachkopf! Wer weiß, wie weit der Sender reicht. Sie haben ihn garantiert auf die schwächste Leistung geschaltet. Weiter draußen könnten ja Schiffe sein. Andere Inseln könnten getroffen werden."

Peroni winkte ab. Er war erstaunlich gelassen.

„Nennen Sie mich nicht noch einmal einen Schwachkopf, van Haetlin, oder Sie gehen über Bord, ehe Sie zur Marionette werden können. Vertrauen Sie auf Ihr Glück. Wenn wir nicht reagieren, werden wir begnadigt."

„Lebenslange Zwangsarbeit in den neuen Kupferminen auf dem Mond, ja!"

„Besser als den Kopf zu verlieren. Überhaupt – wohin wollen Sie paddeln? Hinüber zur Küste, wo es Süßwasser und Verpflegung gibt? Das wollen Sie doch wohl nicht, oder?"

Van Haetlin fluchte unbeherrscht.

Zur gleichen Zeit schaute Physiker Scheuning auf die Uhr, anschließend hinüber zu dem größten Wandbildschirm des Schaltraumes.

„Sie kennen meine Bedenken, meine Herren! Der Sender arbeitet auf fünfdimensionaler Frequenz. Wenn das Ding nach hinten losgeht, können wir das Experiment wohl kaum noch auswerten."

„Ich versichere Ihnen, daß der Richtstrahlsender durch einen Energieschirm mit Strukturlückenöffnung für die Ausschußbasis abgesichert ist", meldete sich Captain Ing. Listerman, der GWA-Experte für marsianische Waffentechnik.

„Gehen Sie ins Ziel", ordnete Reling an. „Wir haben keine Zeit mehr zu verlieren. Wenn die Versuchspersonen nicht reagieren, nehme ich das Risiko auf mich, die AFC-Produktion sofort stoppen zu lassen. In dem Fall haben wir noch eine Chance. Reagieren sie aber, wird niemand mehr außer ganz wenigen Einsatzpersonen diese Insel verlassen. Ein verkehrtes Wort – und wir haben die weltweite Panik. Einschalten, Listerman."

Der Captain drückte auf den Kontaktknopf eines marsianischen Kodegebers. Ein grünes Licht flammte auf, um sofort wieder zu erlöschen.

„War das alles?" erkundigte sich Reling nervös.

„Alles, Sir. Marsianische Konstrukteure legten Wert auf Einfachheit und Funktionssicherheit. Probieren Sie mal, Sir."

Reling griff zögernd zu dem Funksprechgerät irdischer Bauweise. Das Gegenstück befand sich an Bord des Schlauchbootes draußen auf dem Meer.

„Reling ruft van Haetlin und Peroni", sprach er in das Mikrophon. „Sofort melden."

Die Antwort erfolgte prompt. Die Stimmen der beiden Männer waren kaum noch zu erkennen. Sie klangen monoton und modulationslos.

Reling schaltete die Bildübertragung ein. Auf dem Schirm des Visiphons erschienen zwei maskenstarre Gesichter mit stumpfen Augen.

„Grauenhaft", flüsterte Beschter und fuhr sich mit der Hand über die Augen. „Grauenhaft! Dabei haben die beiden garantiert viel weniger AFC-Konserven gegessen als andere Menschen."

Peroni und van Haetlin erhielten den Befehl, das Boot mit den Versuchstieren in Schlepp zu nehmen und zur nahen Küste zu paddeln.

Als sie eintrafen, wurde der Vollalarm für Henderwon-Island aufgehoben. Die Tiere, unter ihnen zwei Menschenaffen, waren ebenfalls zu biologisch lebenden Robotern geworden. Sie gehorchten auf jeden Wink, erinnerten sich sofort an jeden vorher einstudierten Trick.

Als ein Schäferhund von seinem Ausbilder den Angriffsbefehl erhielt, reagierte das Tier mit derartiger Wut, daß es erschossen werden mußte.

Peroni und van Haetlin befolgten jede Anweisung, ohne eine Sekunde zu zögern. Sie leisteten keinen Widerstand mehr; weder physisch noch psychisch.

Damit war klar, was der Menschheit drohte.

Reling erklärte abschließend:

„Meine Herren, die Fabrikation der AFC-Produkte unter diesen Umständen zu verbieten, wäre Wahnsinn. Irgendein kluger Kopf käme auf die richtige Lösung. Wir müssen abwarten, was HC-9 und MA-23 erreichen. Kiny, du wirst sofort mit dem Marskreuzer ‚1418' starten. Listerman, geben Sie Vollalarm für die eingespielte Besatzung. Fordern Sie außerdem von NEWTON ein Superschlachtschiff der PORCUPA-Klasse an. Die Besatzung ist auf dem Mars. Hoffen wir, daß sie das Riesenschiff auch ohne HC-9 fliegen kann. Bridgeman befindet sich irgendwo im Weltenraum. Wenn ein Telepathiekontakt mit Kiny gelingt, haben wir so gut wie gewonnen. Das wäre vorerst alles."

1.

Bericht Brigadegeneral HC-9, Thor Konnat, ZBV:

Etwas im Gehirn dieses Mannes schien anders zu funktionieren, als ich es erwartet hatte. Ich schaute schneller in die Mündung seines durchgeladenen und entsicherten Maschinenkarabiners, als ich stehenbleiben konnte.

Er hatte hundertzwanzig Geschosse vom Kaliber.222 Ultra-Magnum in seinem Trommelmagazin und außerdem den Zuführungsschieber auf Dauerfeuer geschaltet.

Ich hob augenblicklich die Hände und rührte mich nicht mehr.

Er schaute mich starr und so unmenschlich drohend an, wie es nur die von Bridgeman „präparierten" Robotmenschen konnten. Sie hatten keine Gefühle mehr. Sie kannten auch kein Mitleid oder den Unterschied zwischen Recht und Unrecht.

„Zutritt verboten", sagte er mit monotoner Stimme. „Gehen Sie, schnell!"

Ich gehorchte widerspruchslos. Dieser Mann war ausschließlich auf Bridgeman programmiert. Er würde sich für ihn in Stücke reißen lassen. Jede erklärende Bemerkung wäre reiner Selbstmord gewesen.

Den Blick unentwegt auf dieses Gesicht und die plump wirkende Mündung mit dem aufgesetzten Rückstoßdämpfer gerichtet, ging ich rückwärts jenen Gang zurück, den ich vor wenigen Minuten vorsichtig, aber in aller Eile durchschritten hatte.

Professor Dr. Horatio-Nelson Bridgeman hielt sich mit seinen engsten Vertrauten weit entfernt in der Zentrale der WONDERFUL POWER auf, wie er den kleinen, vierzig Meter durchmessenden Marskreuzer genannt hatte. Wir besaßen ein Schiff des gleichen Typs, nur hatten wir die alt-marsianische Nummernbezeichnung „1418" beibehalten.

Ich hatte seiner Kabine einen heimlichen Besuch abstatten wollen. Ich kannte diesen Schiffstyp, der – genau genommen – die Bezeichnung „Kreuzer" nicht verdiente. Derart kleine Einheiten waren von den Marsianern als Beiboote an Bord schwerer Großkampfschiffe mitgeführt worden.

Es wäre für mich eine Kleinigkeit gewesen, das auf Parapsi-Impulse reagierende Schloß der Panzertür zu öffnen. Mit dem Wächter hatte ich allerdings nicht gerechnet.

Seiner uniformähnlichen Bekleidung nach zu urteilen, gehörte er zu den vier speziell programmierten Männern aus Bridgemans Leibwache. Diese Leute schienen vor ihrer Umwandlung zu seelenlosen Befehlsempfängern eine gründliche Polizei- oder Militärausbildung genossen zu haben. Wahrscheinlich waren sie sogar Mitglieder eines speziell geschulten Sonderkommandos gewesen.

Ich tippte dabei auf den Militärischen Abschirmdienst EURO, denn alle vier Leibgardisten stammten aus dem europäischen Bundesstaat England; Bridgeman ebenfalls.

Der Wächter ließ mich nicht aus den Augen und folgte mir so weit, daß er um die Gangbiegung sehen konnte.

Weiter hinten, knapp fünf Meter entfernt, begann der Polarachsen-Antigravitationslift.

Während ich mich zurückzog, überlegte ich fieberhaft, warum ich wohl die Bewußtseinsimpulse dieses Mannes nicht telepathisch ausgemacht hatte. Selbstverständlich hatte ich vor Beginn meines „Ausfluges" die nähere Umgebung sondiert.

Es ist mir völlig neu, daß die Leibgardisten parapsychisch nicht zu erfassen waren. Wieso war das plötzlich nicht mehr möglich?

„Vorsicht", erreichte mich Hannibals telepathischer Anruf. „Weniger denken und mehr auf deine Schritte achten. Starre ihn weiterhin an. Er wird unsicher."

„Wieso?" entgegnete ich auf Esper-Ebene. „Wieso kannst du das wissen? Für mich ist er taub."

„Irrtum!" Nicht er ist parataub, sondern der Sektor, in dem du dich befindest. Verdammt, hier scheint aber auch alles schiefzugehen. Da muß ein Gerät eingebaut sein, das Bridgemans Kommandantenkajüte vor Geistesspionage abschirmt. Vorsicht, der Bio will jetzt doch schießen! Großer ...!"

Ich wartete die nächste Warnung nicht ab, sondern sprang mit einem verzweifelten Satz in die rötlich flimmernde Höhlung des Antigravlifts. Zugleich stieß ich mich so kräftig mit den Füßen ab, daß ich infolge des schwerelosen Zustandes wie eine Rakete nach unten sauste.

Weit über mir erkannte ich die undeutlichen Konturen eines Gesichts. Der Funkhelm aus MA-Metall schimmerte im Licht des Antigravfeldes wie die Bruchfläche eines Halbedelsteins.

Dann zog sich der Wächter endlich zurück.

Ich wurde vom energetischen Prallpolster aufgefangen. Der Schmerz der Bremsbeschleunigung ließ mein klares Denkvermögen zurückkehren. Archibald Coolert, von jedermann nur „Archie" genannt, grinste. Der Biochemiker mit dem sommersprossigen Lausbubengesicht war ein As auf seinem Fachgebiet.

Bridgeman schien sich überhaupt nur Koryphäen geholt zu haben. Archi war der Auffassung, er und die anderen Wissenschaftler, die sich außer ihm an Bord befanden, waren völlig unbeeinflußt. Das war ein Irrtum, den selbst Hannibal und ich, die beiden einzigen herangezüchteten Telepathen der GWA, nur unter größten Schwierigkeiten entdeckt hatten.

Bridgeman war und blieb ein Genie, wenn es darum ging, die richtigen Leute mit der passenden Methode auf seine Seite zu ziehen.

Vor allem unterliefen ihm niemals Fehler – wenigstens bis jetzt nicht! So schlummerte tief in Archis Unterbewußtsein eine Art seelische Mikrobombe, die Bridgeman jederzeit zünden konnte. Ihm untreu zu werden, bedeutete den Tod.

„He, van Haetlin, sind Sie das, oder ist es Ihr Geist? Mann, Sie kamen ja angerast wie eine Granate. Haben Sie ein Gespenst gesehen?"

„So ungefähr", erklärte ich, nach Atem ringend. Zugleich entschloß ich mich, auch in diesem Falle bei der Wahrheit zu bleiben. Der Robotwächter würde Meldung machen. Dem mußte ich vorbeugen.

Coolerts Himmelfahrtsnase verfärbte sich an der Spitze weißlich. Das geschah immer, wenn er sich auf etwas konzentrierte oder sich aufregte.

„Machen Sie mir keinen Kummer. Wir haben Ärger

genug. Hier unten hat jemand einige Gefäße mit Chemikalien umgeworfen. Deshalb bin ich hier."

„Wird wohl einer der Bioroboter gewesen sein", winkte ich ab. „Stellen Sie sich vor – einer von Bridgemans Leibwächtern hätte mich ums Haar erschossen, nur weil ich den Gang durchschritten habe, der ..."

„Den Rundgang zu Bridgemans Wohn- und Arbeitstrakt?" unterbrach er mich. „Mensch, sind Sie wahnsinnig geworden? Erstes Gesetz an Bord der WONDERFUL POWER: Betritt nie die geheiligten Sektoren. Was haben Sie unternommen?"

Ich heuchelte den verwirrten und von nachträglicher Todesangst gezeichneten Mann.

Auch Dr. Archibald Coolert hatte die Berichterstattung über den echten Dr. Janus van Haetlin gesehen und wußte also, wie er sich im Hinrichtungsraum benommen hatte. Ich durfte nicht plötzlich den Helden spielen.

Archi grinste wieder.

„Na, nun beruhigen Sie sich erst einmal. Ich werde mit dem Chef reden. Das konnten Sie als Neuling wirklich nicht wissen. Wir sind auch zu überhastet gestartet, um Ihnen und Peroni noch Privatunterricht über die hiesigen Gepflogenheiten zu geben. Nochmals: Was haben Sie gemacht?"

„Die ... die Hände gehoben und sofort stehengeblieben", stotterte ich. „Der Bursche spielte am Abzug seines Mks."

„Und dann?" fragte Archie gespannt.

Ich sondierte kurz seinen Bewußtseinsinhalt. Die Erkenntnis war aufschlußreich. Er interessierte sich für die Verhaltensweise der Spezialwächter in kritischen Situationen.

Wenn Bridgeman davon erfahren hätte, wäre das für

einen vorsichtigen Mann wie ihn schon Grund genug gewesen, Coolert zu bestrafen. Man hatte sich nur für solche Dinge zu interessieren, die im Rahmen des von Bridgemans gestellten Aufgabenbereiches lagen; für sonst nichts. Archi dachte gefährlich, aber das durfte ich ihm nicht sagen.

„Weiß ich nicht mehr genau", entgegnete ich, äußerlich ruhiger werdend. „Ich bin rückwärts gegangen und habe ihn angestarrt. Dann bin ich wohl schleunigst in den A-Lift gesprungen. Wie ich hier unten ankam, das haben Sie ja gesehen."

Sein Grinsen erfror.

„Angestarrt haben Sie ihn – hm ...! Wissen Sie auch, daß dies wahrscheinlich Ihre Rettung war? Die Posten haben Schießbefehl. So, so – Sie haben ihn angestarrt! Wohl sehr zwingend, oder? Sie hatten Angst, nicht wahr?"

„Logisch. Schauen Sie einmal in die Mündung eines Maschinenkarabiners."

„Gut. Übrigens, van Haetlin, tun Sie mir einen Gefallen?"

„Bitte?" erkundigte ich mich verständnislos.

Er wurde verlegen.

„Ich ... ich habe etwas zuviel gefragt, verstehen Sie. Vergessen Sie es, wollen Sie? Der Chef liebt es nicht, wenn man solche Dinge näher unter die Lupe nimmt."

Jetzt hatte er sogar Angst. Der immer heitere, unbeschwerte und zweifellos in einer Vertrauensstellung stehende Dr. A. Coolert hatte Angst, nur weil er mich nach der Verhaltensweise des Wächters gefragt hatte. Wieder eine neue Erkenntnis.

„Okay, ich halte den Mund", murmelte ich und klopfte dem rothaarigen, mittelgroßen Mann auf die Schulter.

„Sagen Sie mal, Archie, wieso halten Sie das überhaupt für erwähnenswert? Es ist doch wohl selbstverständlich, daß man sich erkundigt?"

„Nicht an Bord der WONDERFUL POWER und nicht als Bridgemans Mitarbeiter", belehrte er mich. „Sie sind noch nicht lange bei uns. Außerdem haben Sie den Verräter Boster Havelink so rechtzeitig entlarvt, daß wir alle dem Unheil entgehen konnten. Wenn Sie im Anden-Stützpunkt nicht blitzschnell überlegt und noch schneller gehandelt hätten, wären wir in die Luft geflogen. Bridgeman wird Ihnen also einiges nachsehen. Aber dann wird sehr schnell die Grenze erreicht sein. Von da an haben Sie aufzupassen. Haben Sie mich klar verstanden, van Haetlin?"

Ich schaute in sein angespanntes Gesicht.

„Ja, eindeutig. Mir ist ohnehin klar, daß mich Bridgeman nicht für nichts und wieder nichts von Henderwon-Island befreien ließ. Der Aufwand war enorm. Sein gesamtes Einsatzkommando ist gefallen. Nur zwei Bios und Ramon de Giuera kamen heil davon. Es war ein Höllenflug mit glühenden Tragflächen. Ich wundere mich jetzt noch, daß uns die Abfangjäger der GWA nicht erwischt haben."

„Schluß damit, wir haben genug geredet", unterbrach er mich. „Vergessen Sie nicht, daß Sie einen marsianischen Antiorter an Bord hatten. Denken Sie an meine Warnung und – bewahren Sie Stillschweigen über meine Fragerei. Okay?"

„Ich verspreche es. Verschwinden Sie jetzt, Archi. Ich bleibe hier."

„Was wollen Sie denn hier unten?" staunte er. „Hier gibt es nur Versorgungsräume und Labors."

„Gehen Sie", drängte ich. „Sie werden schon merken,

was ich vorhabe. Ich befolge nämlich den ersten Teil Ihrer guten Ratschläge."

Er pfiff schrill durch die Zähne, schwang sich in die Liftöffnung und stieß sich ab.

Als er verschwunden war, überlegte ich einen Augenblick. Anschließend schritt ich zum nächsten Bildsprechgerät der bordeigenen Verbindung.

„Vorsicht!" erreichte mich Hannibals Anruf. Er befand sich in unserer Gemeinschaftskabine. Angeblich litt er unter schweren Atemdepressionen, eine Folgeerscheinung unserer überhasteten Flucht aus dem Felsenlabyrinth der Hoch-Anden.

In der Maske des verwachsenen Professors Arturo Peroni konnte er sich solche Extravaganzen erlauben. Ein Genie wie Bridgeman tolerierte alles, was klar, sachlich richtig und logisch fundiert war.

Wenn ich jetzt den mir bekannten Notrufkontakt berührt hätte, wäre mein Spiel aus gewesen. Das konnten nur Männer wissen, die sich in Marsschiffen sehr genau auskannten und sie bis ins Detail studiert hatten. Außerdem war dieser Symbolschalter so eingebaut, daß man ihn erst nach dem Öffnen einer kaum erkennbaren Klappe erreichen konnte.

Es gab zwei verschieden symbolisierte Tasten; den Anrufknopf und den Bildrückgabeschalter bei Fremdanrufen.

Wieder hatte ich so zu überlegen und zu handeln, wie es der echte Janus van Haetlin mit seinem aufgestockten Intelligenzquotienten von 51,03 Neu-Orbton fraglos getan hätte.

Sicherlich wäre er bei der Symbolisierung, die eine Art Hauptsteuerpult darstellte, auf die Idee gekommen, direkt mit der Zentrale verbunden zu werden. Die Bildrückgabetaste zu betätigen, wäre ein Armutszeugnis gewesen, denn ihr Symbol zeigte eine zugreifende Hand, die von stilisierten Schallwellen umflutet wurde.

Ich drückte auf die Anruftaste. Aus dem flachen Schaltkasten löste sich ein roter Energiekreis. Er schwebte näher und blieb dicht vor meinem Mund in der Luft stehen. So hatten die Marsianer ihre „Mikrophone" konstruiert.

Es dauerte nur wenige Sekunden, bis auf der ovalen Bildfläche das Gesicht eines Mannes auftauchte.

Es handelte sich um den Chemiker Dr. Jean Baptiste Armand, einen schlanken und wortkargen Mann. Er hatte ebenfalls keine Ahnung, daß sein Gehirn für den Notfall präpariert war. Auch er glaubte, voll und ganz Herr seiner eigenen Entschlüsse zu sein.

„Nanu, Dr. van Haetlin! Wie ich bemerke, befinden Sie sich auf dem unteren Versorgungsdeck. Haben Sie Schwierigkeiten?"

Das war wieder eine Falle, was ich seinem Bewußtseinsinhalt entnahm. Bridgeman war über den Vorfall längst orientiert.

„Ich hatte welche", betonte ich hastig mit unterdrückter, aber soeben noch erkennbaren Nervosität. „Würden Sie so liebenswürdig sein, mich mit Professor Bridgeman zu verbinden? Dr. Coolert, den ich hier unten traf, teilte mir mit, Prof …"

„Richtig, mein Freund, ich bin hier", wurde ich von einer sonoren Stimme unterbrochen.

Gleichzeitig wechselte das Bild. Horatio-Nelson Bridgeman erschien. Er lächelte; er lächelte überhaupt sehr häufig! In meinem besonderen Falle konnte ich sicher sein, daß es aufrichtig gemeint war. Andere Leute hatten trübere Erfahrungen gewonnen.

Bridgeman war infolge unseres geschickten Vorgehens der Auffassung, sein Anden-Stützpunkt, in dem der von uns fieberhaft gesuchte 5-D-Sender zur Erzeugung der Massenhypnose installiert gewesen war, sei von einem Verräter nicht nur der GWA positionsmäßig preisgegeben, sondern darüber hinaus von ihm atomar gesprengt worden.

Selbstverständlich waren Hannibal-Othello-Xerxes Utan, der seltsamste GWA-Schatten der Geschichte, und ich hierfür verantwortlich gewesen.

Aufgrund des psychologisch fehlerhaften Verhaltens des Aufsehers Boster Havelink war es uns gelungen, den Verdacht voll und ganz auf ihn zu lenken.

Bridgeman hatte wie geplant „angebissen". Ich hatte ihn voll davon überzeugen können, daß Havelink ein eingeschleuster Saboteur war. Die Frage, welchem Auftraggeber er gedient hatte, war allerdings offengeblieben. Wenn ich sie beantwortet hätte, wenn ich mich im Gefühl des Triumphes dazu hätte hinreißen lassen, die GWA etwas *zu* bestimmt als Urheber aller Geschehnisse hinzustellen, wäre ein Mann wie Bridgeman argwöhnisch geworden.

Er hatte uns geglaubt; er hatte mir sogar öffentlich seinen Dank und seine Wertschätzung ausgesprochen.

Mehr hatten Hannibal und ich nicht erreichen können, denn in dem Augenblick, als wir mit Hilfe unserer feuerklaren Einsatzwaffen Bridgeman und die Überlebenden seines Teams verhaften wollten, hatte er uns mit einem entsagungsvollen und dennoch triumphierenden Lächeln mitgeteilt, es existiere noch ein zweiter Sender.

Hannibal und ich hatten wie erstarrt vor einem Verbrecher gestanden, von dem wir nicht wußten, ob er nun wahnsinnig war oder normal. Als wir von ihm überdies erfuhren, dieser zweite Sender sei wesentlich leistungsfähiger als das von Boster Havelink zerstörte Gerät im Anden-Stützpunkt, hatte ich automatisch die Mündung meiner Notwehrwaffe gesenkt.

Der Clou dieser für uns unverhofften Entwicklung war eine weitere Enthüllung gewesen. Bridgeman hatte einen Sohn! Das hatten wir zu Beginn unseres gewagten Einsatzes nicht ahnen können, denn wir hatten nicht einmal den Namen des „achten Mannes" gewußt.

Nach dem überhasteten Start der WONDERFUL POWER hatten wir auch keine Gelegenheit gefunden, die Nachrichtenmaschinerie der GWA einzusetzen, um Näheres über diesen ominösen Sohn zu erfahren.

Existierte er wirklich? Gab es tatsächlich eine ehemals von den Marsianern angelegte Weltraumstation, die Bridgeman als Waffe gegen die Menschheit einsetzen konnte? Oder bluffte er?

In diesem Falle hätten Hannibal und ich den schlimmsten Fehler unserer Laufbahn begangen. Wir glaubten es aber nicht. Dieser Biochemiker, der es verstand, nicht nur die sieben anderen Aufgestockten über seine Person im unklaren zu lassen, sondern der außerdem das Kunststück fertigbrachte, fast die gesamte Menschheit mit seinen anfänglich so harmlos erscheinenden „Fäulnisbakterien" zu verseuchen – ein solcher Mann bluffte nicht!

Wir mußten ihn nach wie vor ernst nehmen. Ich hatte soeben wieder einmal erlebt, wie vorsichtig er war.

„Fehlen Ihnen die Worte, Dr. van Haetlin?" riß er mich aus meinen Gedanken. „Sie scheinen verwirrt zu sein."

„So ist es, Sir", bestätigte ich hastig. „Ich wäre ums

Haar von einem Ihrer Leibgardisten erschossen worden.“

„Ja, ich weiß“, lachte er. Sein gutgeschnittenes Aristokratengesicht erschien in voller Größe auf meinem Bildschirm. Das Licht der Steuerarmaturen schimmerte in den weißen Strähnen, die sein volles Haar durchzogen.

Auch jetzt gab er sich als Gentleman. Er vergaß seine Erziehung niemals.

„Sie waren leichtfertig, mein Bester. Ich glaube jedoch, mich erinnern zu können, Sie nicht über die verbotene Zone unterrichtet zu haben. Oder irre ich mich?“

„Auf keinen Fall, Sir. Ich wollte Sie aufsuchen.“

„Warum?“

„Sir, Sie wissen, daß ich lange Zeit auf Henderwon-Island war und dort täglich verhört wurde. Mir ist bekannt, daß die GWA über ein einsatzklares Raumschiff des wahrscheinlich gleichen Typs verfügt. Das bedeutet, daß man auch marsianische Ortungsgeräte mit überlichtschnellen Funktionen einsetzen kann. Ich wollte Sie auf diese Gefahr aufmerksam machen.“

Er nickte nachdenklich.

„Ein stichhaltiger Grund für einen Besuch, Dr. van Haetlin. Sie scheinen sich recht gut erholt zu haben. Wie geht es Professor Peroni?“

„Noch Atemschwierigkeiten, Sir. Er ist in der Kabine.“

„Schön, mein Bester, vergessen Sie Ihr unangenehmes Erlebnis. Der Zentralgang sollte ohne meine Erlaubnis niemals betreten werden. Wenn der Wächter geschossen hätte, müßte ich auf einen wertvollen Mitarbeiter, nämlich Sie, verzichten. Wieso hat der Bio eigentlich nicht von seiner Waffe Gebrauch gemacht?“

Er blickte mich weiterhin lächelnd an und wartete auf meine Antwort.

Dieser Bursche war undurchsichtiger als ein Glas mit Tinte. Was wußte er eigentlich wirklich über mein Vordringen zu seiner Kabine?

Hatte er eine versteckte Fernüberwachung laufen oder war er erst später von dem Gardisten angerufen und informiert worden?

„Das ... das weiß ich nicht, Sir", erklärte ich zögernd. „Ich ging rückwärts, starrte ihn an und sprang dann in den Schacht."

„Oh, Sie wandten ihm also nicht den Rücken zu. Das war gut für Sie, Doktor. Sie scheinen meinen Bio verunsichert zu haben."

„Das weiß ich nicht, Sir".

Er nickte nur. Der Bildausschnitt veränderte sich. Ich erblickte Bridgeman in voller Größe im Sessel des Ersten Astropiloten. Er flog das Schiff mit erstaunlicher Sicherheit.

„Kommen Sie bitte in die Zentrale. Sie werden doch den Weg finden, oder?"

„Ich hoffe es, Sir."

„Nanu, waren Sie noch niemals an Bord eines marsianischen Beibootes dieser Typengattung? Nein ...? Dafür haben Sie aber erstaunlich schnell die Kommunikationsanlage gefunden."

„Sir", entgegnete ich wesentlich gelassener und mit einer Spur von Ironie in der Stimme, „ich verfüge zufällig über 51,03 Neu-Orbton. Ich konnte es mir denken."

„Natürlich", beteuerte er, etwas geistesabwesend. „Darf ich Sie also in die Zentrale bitten? Es würde mich interessieren, wie weit GWA-Piloten mit einem Marsschiff dieser Art vertraut sind. Ich erwarte Sie. Vielen Dank für Ihren Anruf."

Nach diesen Worten schaltete er ab.

Bridgeman war gefährlicher als eine Sandviper, die sich nachts in den Schuhen eines unvorsichtigen Reisenden zusammenringelt. Vor allem war er undurchsichtiger.

Als Hannibal und ich nach der gelungenen Flucht von Henderwon-Island im Anden-Stützpunkt ankamen, hatten wir Bridgemans Bewußtseinsinhalt kurzfristig erfassen und durchforsten können.

Wir hatten ihn sehr schnell identifiziert und die entsprechende Nachricht über Kiny Edwards an den GWA-Chef weitergegeben.

Dann aber, nur einen Tag später, hatte Bridgeman einen Block aufgebaut, der eine Bewußtseinsspionage nicht mehr zuließ. So hatten wir nicht mehr ergründen können, auf welche Weise er seinen hypnosuggestiven Zwang auf die verseuchte Menschheit ausüben wollte.

Wir hatten den dazu unerläßlich notwendigen Sender vernichtet, gewiß! Es war uns auch gelungen, jeden Verdacht von uns abzuwälzen, zumal wir durch die präparierten Rückennummern unserer Gefangenenkleidung gewissermaßen den Tod in Bridgemans Stützpunkt gebracht hatten.

In dieser Hinsicht war uns seine überragende Intelligenz entgegengekommen. Er hatte sich gesagt, daß zwei Todeskandidaten, die überdies gegen ihren Willen und völlig unverhofft befreit worden waren, nicht für die einpeilungsgefährdeten Rückennummern verantwortlich gemacht werden könnten.

Das war unser Glück gewesen. Wir hatten überhaupt sehr viel Glück im Unglück gehabt, denn wenn sich Boster Havelink nicht derart verdächtig benommen hätte, wäre die entscheidende Frage offengeblieben.

So aber war Bridgeman davon überzeugt, einem Spitzel aufgesessen zu sein.

„Nach oben kommen, lautet der Befehl", erreichte mich Hannibals Anruf. „Mensch, zermartere dir nicht das Gehirn! Ein Fehler – und wir sind erledigt. Ich werde mich sofort wieder gesund melden. Bridgeman kommt sonst noch auf die Idee, mich wegen meiner angeblichen Atemdepressionen untersuchen zu lassen."

„Unsinn. Es befindet sich kein Arzt an Bord."

„Aber dort, wo wir landen, dürfte es mehr als einen geben. Wenn mein künstlicher Buckel mit den GWA-Waffen entdeckt wird, erleben wir eine Himmelfahrt ersten Ranges."

„Die aber mit, verlaß dich darauf. Deine Bomben sind scharf. Die Telepathiezünder laufen. Wir werden sehen. Ruhe jetzt. Wenn ich beobachtet werde, fällt meine Konzentrationsstarre auf."

„Hier gibt es keine versteckten Beobachtungsgeräte. Das kannten die Marsianer nicht. Sie hatten so etwas nicht nötig."

„Marsianer, ja. Hier aber haben wir es mit Menschen zu tun."

„Die garantiert weder Zeit noch Gelegenheit hatten, einen kleinen Marskreuzer nach irdischem Muster mit Spionagegeräten zu spicken. Okay, Großer, wir sehen uns in der Zentrale. Paß auf, daß du Bridgeman nicht zu genaue Informationen gibst."

Ich winkte unwillkürlich ab und schritt zum Antigravschacht hinüber. Das Energieprallpolster wich zur Seite. Ich stieß mich ab und schwebte nach oben.

Wenn dieser Einsatz wunschgemäß verlief, hatten wir wirklich Glück! Bridgeman jetzt schon anzugreifen, ihn mitsamt seiner kleinen Besatzungen zu erledigen oder zu verhaften, wäre eine Kleinigkeit gewesen.

Wo aber stand der zweite Paniksender? Wie verhielt es sich mit dem geheimnisvollen Sohn? Konnte ich es wagen, den genialen Verbrecher zu diesem Zeitpunkt bereits unschädlich zu machen?

Nein, auf keinen Fall! Er befand sich in der Situation eines Menschenräubers, den man erst fassen darf, wenn man sein Opfer gefunden hat. Uns waren die Hände gebunden.

2.

Ich schaute auf die Datumsuhr, deren eingebaute Notwehrwaffe bisher nicht entdeckt worden war. Unser Glück! Niemand hätte zwei befreiten Henderwon-Sträflingen Spezialuhren mit Mikro-Säurestrahlern zugetraut.

Hannibal-Othello-Xerxes Utan, Major der GWA, Spezialschatten ZBV, hatte sein Vorhaben in die Tat umgesetzt.

Er war in der Zentrale erschienen und hatte sich gesund gemeldet. Bridgeman, der hochgewachsene, äußerst sympathisch aussehende Mann, hatte lediglich genickt.

Er schätzte Professor Arturo Peroni nicht besonders, wenigstens nicht als Mensch! Bridgeman war weder abartig veranlagt noch hatten wir bei ihm einen extremen Machthungerkomplex feststellen können.

Sicher – er wollte durch seine teuflische Bakterienkultur, die er mit Hilfe eines beauftragten Anwaltes dem größten Lebensmittelkonzern der Erde anbieten ließ, die Menschheit beherrschen.

Er wollte endlich den Weltfrieden stiften, um anschließend den Versuch zu wagen, die befehlsabhängig gewordenen Menschenmarionetten wieder zu normalisieren.

Also mußte es eine Möglichkeit geben, nicht nur die willenzerstörende Wirkung der Marskulturen zu annullieren, sondern auch die Blockade des eigenen, individuellen Willens wieder aufzuheben.

Darüber Näheres zu erfahren, lag mir besonders am Herzen.

Natürlich konnte man Horatio-Nelson Bridgeman nicht direkt danach fragen.

Auch wenn er in keiner mir bekannten Form Symptome einer Geistesverwirrung zeigte, reagierte er doch äußerst scharf und mit erstaunlicher Grausamkeit, wenn er glaubte, einer seiner Mitarbeiter verhielte sich verkehrt oder gar „plangefährdend".

Das war ein Begriff, den er häufig gebrauchte. Den Ausdruck „Impulsreife" oder „impulsreif" verwandte er stets, wenn er über den zu sendenden 5-D-Impuls sprach, den er eines Tages geben wollte.

Auf eine Weise, die ich selbst nicht definieren konnte, imponierte mir dieser Mann. Jede Geste, jedes Wort verrieten seine erstklassige Erziehung englisch-europäischen Zuschnitts. Im Jahre 2007 hatte er den Nobelpreis für bedeutende Entdeckungen auf dem Sektor der Biochemie erhalten.

Dann schien er dem skrupellosen Verbrecher, Professor Jerome A. Bulmers, unterlegen zu sein, indem er sich dazu hatte hinreißen lassen, eine Intelligenzquotientenaufstockung im Atlantis-Stützpunkt mitzumachen.

Erst danach hatten bei Bridgeman offenbar Instinkte die Oberhand gewonnen, die er vor der Kapazitätsanhebung wohl kaum beachtet hatte.

Natürlich hatte er sich aufgrund seiner angeborenen Fähigkeiten immer als der Überlegene gefühlt, sogar mit Recht! Diese Tatsache, das hatten wir inzwischen von ihm selbst erfahren, hatte er aber nur selten und wohldosiert bei Gesellschaften aller Art in die Waagschale geworfen. Niemals hatte er andere Menschen ernstlich beleidigen oder gar deprimieren wollen.

Alle diese an sich hervorragenden Charakterzüge hatten sich nach der Quotientenaufstockung durch Bulmers verändert – nicht viel, aber immerhin so weitgehend, daß sich Bridgeman entschloß, zum Diktator über die Erde zu werden.

Um das Vorhaben verwirklichen zu können, hatte er eine Waffe entwickelt, die ihm aus der Hinterlassenschaft der alten Marsianer bekannt geworden war.

Vor 187 000 Jahren irdischer Zeitrechnung hatten Marswissenschaftler eine auf der Erde unbekannte Bakterienkultur erzeugt, die auf Grund der GWA-Untersuchungen ein Mittelding zwischen Bakterie und Virus war. Bei Clara Potterlees Behandlung hatten jedenfalls alle neuzeitlichen Antibiotika versagt.

Sogar die neuen, erst im Experimentierstadium befindlichen Kosmobiotika, die auch bislang unangreifbaren Viren vernichteten, hatten nicht angesprochen.

Es handelte sich zweifellos um eine Spezialkultur, mit der sich die Marsianer wohl sehr lange und zielstrebig beschäftigt hatten.

Sie waren dazu gezwungen gewesen! Sie hatten willfähige Hilfskräfte benötigt, jedoch keinen Wert darauf gelegt, diesen Männern und Frauen von den verschiedenen Planeten des Weltalls einen eigenen, bewußten Willen zu lassen.

Der mußte unter allen Umständen ausgeschaltet werden. Auf diese Art waren auch die atlantischen Frühmenschen, die intelligentesten Vertreter der damals schon existierenden Menschengattung, zu Raumfahrern in marsianischen Diensten geworden.

Sie hatten im Rahmen der für sie vorgesehenen Aufgabenbereiche schnell und schadlos gelernt. Die Marsianer hatten auf dem Erdteil Atlantis hypnosuggestiv reagierende Lehrmaschinen aufgestellt, die Professor Bulmers bedauerlicherweise vor der GWA-Forschung gefunden und für seine Zwecke ausgenutzt hatte.

Bridgeman war Bulmers erster Schüler gewesen und hatte als einziger Mann logisch erfaßt, warum die Lehrgeräte von den Marsianern zur Erde gebracht worden waren.

Die Marsianer waren Freunde der jungen Menschheit gewesen, aber im Verlauf ihres Raumkrieges hatten sie in erster Linie kampfstarke und intelligente Schiffsbesatzungen benötigt.

Sie hatten ungeheure Verluste in den eigenen Reihen erlitten. Schiffe aller Größenordnungen hatten sie mit ihrer gigantischen Industrie in jeder Menge bauen können – nicht aber Menschen oder menschenähnliche Lebewesen.

Bridgeman war daher auf die Idee gekommen, daß die lernbegierigen Atlanter zuerst mit den willensausschaltenden Bakterien behandelt wurden und erst *danach* ihre Quotientenaufstockung erhielten.

Wir hatten bisher an den umgekehrten Weg gedacht. Das war falsch! Alles, was Bridgeman in den vergangenen zwei Jahren getan hatte, war zielstrebig gewesen.

Er hatte ein Flugzeug abstürzen lassen, mit dem ein Suchtkranker verbrannt war. Dieser Unbekannte hatte Bridgemans Papiere und besonderen Merkmale besessen. Er war vor dem Absturz sogar gezwungen worden, sein Gebiß nach Bridgemans Zähnen naturgetreu nachformen zu lassen.

Wen konnte es also wundern, daß dieser fähige Wissenschaftler sang- und klanglos von der Bildfläche verschwinden konnte, nachdem seine Asche im Meer versenkt worden war!

Erst Hannibal und ich hatten herausgefunden, daß man die Asche eines falschen Mannes bestattet hatte. Für Reling hatte die Erkenntnis gewissermaßen einen Tiefschlag bedeutet, denn er kannte Bridgemans enorme wissenschaftliche Qualitäten nur zu gut.

Der Biochemiker hatte keinen einzigen Fehler begangen. Er war nach seiner Entlassung durch Professor Bulmers sogar so klug gewesen, der All Food-World Corporation die kunststoffvernichtende, jedoch gesundheitsunschädliche Kultur durch einen Mittelsmann anbieten zu lassen.

Dieser Jurist, ein gewisser Frederic G. Camponelli, hatte seinen Auftraggeber nicht einmal gekannt, denn er war von einem der Bridgemanschen Robotmenschen aufgesucht und bezahlt worden.

All dies war großartig geplant und genial durchgeführt.

In einem Zeitalter, wo man selbst durch atomare Müllverbrennungsanlagen den Kunststoffabfällen nicht mehr Herr wurde, wo die Umweltverschmutzung durch unzerstörbare Kunststoffe aller Art immer erschreckendere Formen annahm, hatten die Finanzgewaltigen der AFC natürlich mit beiden Händen und ohne lange zu fragen nach einer biochemischen Substanz gegriffen, die in der Lage war, die leeren Dosen und Hunderttausende von andersartigen Verpackungsstoffen so zu vernichten, wie es die Natur schon seit Jahrmillionen mit Hölzern, Papieren und auch mit Metallen tat.

Es war klar, daß wir die Herstellung der AFC-Verpackungen nicht über Nacht verbieten konnten. Man hätte der GWA den gigantischsten Prozeß der Menschheitsgeschichte angehängt – und dann wäre garantiert die Wahrheit durchgesickert. Das hatten wir vermeiden müssen.

Das Intelligenzwesen „Mensch" reagiert auf nichts empfindlicher als auf die Bedrohung seiner Gesundheit oder seines mühevoll errungenen Lebensstandards.

Wir hatten bei anderen Einsätzen Paniken erlebt! Wir hatten gesehen, wie sich guterzogene Männer und Frauen eines winzigen Vorteils wegen gegenseitig niedertrampelten!

Wir, die geheimen Einsatzschatten der GWA, wußten nur zu gut, wie die Bridgemansche Gefahr aufgenommen worden wäre.

Zunächst hätte man uns an den Pranger gestellt. Fernsehen, Funk und Presse wären gnadenlos über uns hergefallen. Die Kommentare wären immer hektischer und unsachlicher geworden, denn wir, die erste Sicherheitsinstanz der Menschheit, galten als Versager in diesem Fall.

Daß wir nicht rechtzeitig genug eingreifen konnten, daß wir nur durch einen Zufall auf die Sache gestoßen waren, hätte uns niemand mehr abgenommen, denn schon hätte die kreatürliche Panik neunundneunzig-Prozent aller Menschen die dünne Tünche der sogenannten Kultur und Erziehung vergessen lassen. Man hätte uns einfach erschossen oder mit Steinen erschlagen.

Den jeweiligen Regierungen wäre es nicht besser ergangen. Genau das war die Diagnose unserer besten

Psychologen und Psychiater; und die Experten außerhalb der GWA dachten nicht anders!

Selbst die Chinesen hatten eindringlich gewarnt.

Das waren die Tatsachen, mit denen Hannibal und ich konfrontiert wurden. Wir wußten, daß der Chef machtlos war.

Wir rasten mit mir unbekannter Geschwindigkeit durch den solaren Weltenraum auf ein Ziel zu, über das ich leider nichts wußte.

Hätte ich es genau gekannt, wäre mir seine galaktische Position nicht ein Buch mit sieben Siegeln gewesen, hätte ich augenblicklich von meinem marsianischen Kommandogerät Gebrauch gemacht.

In Hannibals künstlich gezüchtetem Buckel, einer Biosynthonyl-Konstruktion, die jeder Röntgendurchleuchtung standhielt und Rippen sowie alle Wirbel vortäuschte – in diesem Hohlraum befand sich unter anderem mein Kodator, den ich vom befehlsgebenden Riesengehirn des Mars erhalten hatte.

Bridgeman ahnte nicht, daß Hannibal und ich schon Jahre vor ihm durch ein Marsgerät quotientenaufgestockt worden waren. Unsere angebliche Superintelligenz war nicht erlogen.

Das konnte und mußte unsere Lebensrettung sein und bedeutete die Chance unseres Einsatzes!

Bisher hatte Bridgeman aus Zeitnot darauf verzichtet, Hannibals und meinen NO-Quotienten durchmessen zu lassen. Das würde aber fraglos noch geschehen! Ein vorsichtiger Mann wie er würde auf keinen Fall darauf verzichten, zu ergründen, ob van Haetlin und Peroni *tatsächlich* unter der strahlenden Haube einer Lehrmaschine gelegen hatten.

Allein aus diesem Grunde wären andere GWA-Schatten für unseren Einsatz nicht in Frage gekommen, ganz abgesehen davon, daß der Kleine und ich auch zu Telepathen geworden waren.

Wenn es uns einmal gelungen wäre, Bridgemans Bewußtseinsinhalt eingehend zu erforschen, so daß wir sein Ziel herausgefunden hätten! Der Fall wäre sofort erledigt gewesen!

Ich konnte das Beiboot fliegen. Die marsianische Farbsymbolik der Steuerorgane war kein Geheimnis für mich. Allmählich hatten wir gelernt, auf welchen Knopf oder Schalter man drücken mußte, wenn man einen bestimmten Vorgang einleiten oder aufheben wollte.

Bridgemans Pilotenkünste waren gut. Er mußte sich eingehend mit der sinnverwirrenden Fülle der Instrumente beschäftigt haben. Einfach war es jedenfalls nicht, zumal wir durch unsere „Knopfdruckstrategie" lediglich etwas in Gang bringen konnten. Es bedeutete noch lange nicht, daß wir auch wußten, was in der betreffenden Maschine eigentlich geschah.

Reparaturen jeder Art waren undenkbar. Wenn Fehlerquellen nicht von den überall vorhandenen Reparaturrobotern beseitigt wurden, waren wir hilflos.

Männer wie Professor Josua Aich hatten uns und unsere mühevoll unterrichteten Piloten mit ungeübten Autofahrern des vergangenen Jahrhunderts verglichen, die außer dem Benzineinfüllstutzen und dem Gaspedal bestenfalls noch die Bremse kannten.

Horatio-Nelson Bridgeman schien sich ebenfalls über die Schwierigkeiten völlig im klaren zu sein.

Ich beobachtete seine Schaltungen unauffällig. Manchmal erkundigte ich mich fasziniert und ließ mir etwas erklären. Ich durfte auf keinen Fall darauf verzichten, Fragen zu stellen, die meiner Rolle entsprachen.

Ich bemerkte jedoch, daß Bridgeman niemals über die „Gelbzone" der Leistungsanzeigen hinausging.

Hier und da zögerte er sogar bei Schaltvorgängen, die unseren GWA-Piloten längst in Fleisch und Blut übergegangen waren.

Wenn ich daran dachte, wie ich die schweren Waffentürme des Superschlachtschiffes BAPURA auf Verdacht hin ausgefahren und das Feuer auf die Schiffsgiganten der Orghs eröffnet hatte, erschien mir Bridgemans übervorsichtiges Tasten beinahe lächerlich.

Immerhin verstand er die Hauptfunktionen, beherrschte sie und konnte damit das Schwesterschiff der „1418" einwandfrei fliegen. Für seine Zwecke genügte das vollkommen.

„Würde ich seinen zweiten Stützpunkt kennen, flöge er innerhalb einer Sekunde aus dem Kommandosessel", meinte Hannibal.

Er saß weit hinten in der Zentrale, bedachte die umherstehenden Leute mit seinem abstoßend wirkenden Grinsen und paßte auf, daß er Peronis Gewohnheiten nicht vergaß.

Nicht nur Bridgeman war ein scharfer Beobachter, sondern auch der Chef seines Wachkommandos, der Europortugiese Ramon de Giuera.

Er hatte das große Risiko auf sich genommen, die Besatzung eines europäischen Atombombers geistig auszuschalten, sie auf hoher See über Bord zu werfen und als EURO-Major der Orbit-Bomberflotte auf Henderwon-Island zu landen.

Wenn wir ihn mit unseren telepathischen Übersinnen nicht identifiziert hätten, wäre Bridgemans Plan, die sieben zum Tode Verurteilten zu befreien, fraglos gelungen.

Aufgrund unserer Parafähigkeit aber hatten wir rechtzeitig recherchieren können. Ramon hatte nur Peroni und van Haetlin aus dem Zellenbunker herausholen können. Anschließend hatte Mike Torpentouf den Feuerbefehl gegeben. Gegen die streuenden Schnellfeuergeschütze und überlappungszonenberechneten Plasmaflammwerfer hatten auch Bridgemans todesverachtende Robotmenschen keine Chancen gehabt.

Ihre marsianischen Gerätschaften hatten in dieser Glut- und Explosionshölle versagt.

Die vorher Unsichtbaren waren sichtbar geworden. Damit waren sie endgültig verloren gewesen.

Für die GWA und die anderen Geheimdienste hatte sich eine weitere Frage aufgeworfen.

Woher nahm Bridgeman all diese Geräte? Sie stammten einwandfrei aus der marsianischen Hinterlassenschaft, überwiegend aus den gigantischen Nachschubmengen, die vor wenigen Monaten auf die Erde abgeregnet waren.

Woher aber hatte er die tragbaren Geräte, die einen Menschen unsichtbar machten? Woher stammten die Antiorter? Von wem hatte er jenen Mikro-Projektor, der einen von keiner normalen Waffe zu durchschlagenden Energieschirm um seinen Körper legte?

„Vorsicht! Dr. Radokowsky hat dich unter die Lupe genommen. Er sieht dich für meine Begriffe zu starr an. Der Fettkloß ist klüger als du denkst."

„Sondiere ihn. Er wird nicht plötzlich auch einen Antipsiblock haben."

„Das nicht. Aber du bist ihm irgendwie unheimlich. Er geht die Vorfälle im Anden-Stützpunkt nochmals Punkt für Punkt durch. Er war der letzte Mann, der vor mir das Untersuchungslabor betrat. Augenblicklich überlegt er krampfhaft, ob Havelink tatsächlich in der Nähe der Kraftstation war oder nicht. Paß auf!"

Ich warf einen flüchtigen Blick zu dem Biologen hinüber.

Er hatte sich in einen Sessel gezwängt, der viel zu klein und eng für ihn war. Bridgeman hatte nicht jeden marsianischen Sitz gegen irdische Erzeugnisse austauschen lassen.

Meine Aufmerksamkeit konzentrierte sich erneut auf Bridgeman. Die Frage, woher er all die geheimnisvollen Marsgeräte hatte, quälte mich. Wir hatten in der Mondstadt Zonta und auf dem Mars danach gesucht, aber nichts dergleichen gefunden.

Relings Suchkommandos durchstreiften die „Nachschubwüste" in Australien und der Antarktis.

Ob man dort inzwischen etwas entdeckt hatte, konnte mir nicht mehr mitgeteilt werden. Wir waren fluchtartig gestartet, denn Bridgeman war die angreifende GWA-Division natürlich nicht entgangen.

Innerlich bezweifelte ich, daß er die Gerätschaften überhaupt auf der Erde gefunden hatte. Das Raumschiff wollte er aus einem verborgenen Hangar in der Antarktis entführt haben, und zwar bevor der Nachschubtransmitter ALPHA VI mit seiner Arbeit begonnen hatte.

Das konnte stimmen. Seinerzeit waren wir noch nicht so aufmerksam gewesen wie nach dem Eintritt dieser Katastrophe.

Ich glaubte jedoch nicht, daß die Projektoren und Antiorter ebenfalls von dort stammten. Wir hatten genügend marsianische Erddepots gefunden, aber keine Geräte dieser Art.

Nun wartete ich mit steigender Ungeduld auf eine Schaltung, die er unbedingt durchführen mußte. Lange konnte er nicht mehr damit warten, oder er würde jede Orientierung verlieren.

Wir mußten tief irgendwo im Weltraum stehen. Er hatte etwa eine halbe Stunde lang beschleunigt, um das Schiff anschließend in den freien Fall übergehen zu lassen.

Wir kannten den Grund für dieses Manöver. Die tadellos funktionierende Fernortung der Mars- und Mondstation hätten die unter Vollast laufenden Triebwerke sofort ausgemacht und den Standort des Schiffes berechnet.

Da er seinerseits wußte, daß die raumfahrende Menschheit Mond und Mars besetzt hielt, war er vorsichtig.

Ein Großkampfschiff der PORCUPA-Klasse hätte ihn nicht nur mühelos orten, sondern auch einholen und mit einem einzigen Feuerschlag vernichten können.

So war er auf „Schleichfahrt" gegangen, um die Wellen der Erregung abflauen zu lassen.

Außerdem vermutete ich, daß er ziemlich planlos und ohne vorherige Anflugprogrammierung in den Raum gerast war. Er hatte erst einmal unsere Fernabwehr durchstoßen wollen.

Wenn er nun genau wissen wollte, wo wir eigentlich waren und wohin wir seit insgesamt elf Stunden im freien Fall treiben, mußte er allmählich die positronische Standorterfassung der WONDERFUL POWER einschalten.

Die Bildschirme der Außenbordkameras waren auch stillgelegt worden. Wir konnten nicht einen fernen Stern sehen.

Ich vernahm seine Stimme und schreckte auf. Ich saß etwas rechts von ihm im Sessel des Zweiten Piloten.

„So tief in Gedanken versunken, Doktor? Was bewegt Sie?"

Aus den Augenwinkeln heraus bemerkte ich seine vier Robotmenschen; denkende, blitzschnell reagierende Spezialisten im Töten, aber völlig ohne Gefühle. Die hatte er ihnen genommen.

Die beiden anderen Bios, die nur zufällig der allgemeinen Massenverhaftung entgangen waren, hockten teilnahmslos im Hintergrund der Zentrale auf dem Boden.

Bridgemans Leibgardisten jedoch waren hellwach. Der Wächter, der mich vor Bridgemans Kabine aufgehalten hatte, war auch dabei. Es fehlte niemand.

Ich hatte das Gefühl, einem Könner wie Bridgeman gegenüber am besten zu fahren, wenn ich stets bei der Wahrheit blieb. So etwas schätzte er! Er hielt es für fair, von seinen Mitarbeitern aufrichtig informiert zu werden.

„Dr. van Haetlin!"

Diesmal klang seine Stimme um eine Spur schärfer.

Ich räusperte mich und sah mich zögernd um. Radokowsky hatte eine Hand vor die Augen gelegt. Archi Coolert gab sich unbeteiligt. Der Chemiker Armand beschäftigte sich mit einem Mikro-Programmierungsstreifen.

„Ich bin nervös, Sir", sagte ich schließlich stoßartig. „Sogar sehr."

„Warum, mein Bester? Zweifeln Sie an meiner Fähigkeit, mit diesem Schiff umzugehen?"

Er runzelte die Stirn und schaute mich lachend an.

„Nein, das nicht. Dann wären wir längst explodiert. Ich kann mir die Arbeitsweise marsianischer Hochleistungsreaktoren ungefähr vorstellen, zumindest ihre Leistung berechnen. Sie muß enorm sein. Nein, Sir, mich beunruhigt die allgemeine Situation. Sie erscheint mir fragwürdig und nicht übersichtlich genug. Der geringste Fehler kann uns vor die Geschütze des GWA-Kreuzers laufen lassen. Ich habe ihn auf Henderwon gesehen. Er landete weit draußen auf einem Atoll mit solcher Eleganz, daß mir klar wurde, wie sicher die Besatzung bereits damit umgehen kann."

„Hm, ja, Sie können wirklich denken, mein Bester. Wissen Sie, Dr. van Haetlin", er verschränkte die Hände, lehnte sich in dem Sessel zurück und schaute zur Decke, „ich bewundere Ihre Fähigkeit, richtige Dinge im rechten Augenblick zu sagen. Über dieses Problem denke ich nämlich ebenfalls nach. Ich bin ferner überrascht, daß keiner meiner Herren Mitarbeiter ähnliche Bedenken geäußert hat."

Hannibal grinste „schöner", als es der echte Peroni jemals fertiggebracht hätte.

Coolert senkte den Kopf, während Radokowsky sich räusperte.

„Sie haben natürlich nur an ein saftiges Steak gedacht, nicht wahr?" wurde er von Bridgeman angesprochen.

Hannibal lachte dröhnend. Die Spannung löste sich.

Außer der rein wissenschaftlichen Besatzung waren neun der ehemaligen Aufseher mit an Bord. Sie standen unter Ramon de Giueras Kommando.

Es handelte sich um überraschend intelligente Burschen, die aber einen unbestreitbaren Hang zur Brutalität und Kriminalität aufwiesen. Boster Havelink, den wir im wahrsten Sinne des Wortes geopfert hatten, war der Schlimmste unter den Aufsehern gewesen. Er war wegen Doppelmordes von den europäischen Behörden gesucht worden.

Bei der Auswahl seiner Leute war Bridgeman logisch

vorgegangen. Zur Steuerung und Bewachung willensmäßig abgetöteter Menschen eigneten sich kriminelle Typen dieser Art am besten.

Da war Ali el Haffid, ein Physiker, der eine Woche vor seinem Staatsexamen wegen Gattenmordes untertauchen mußte und schließlich von Bridgemans Vertrauten angeworben wurde.

Natürlich hatte auch er keine Ahnung, daß sein Gehirn eine lebende Bombe war, die ganz nach Bridgemans Willen hochgehen konnte oder nicht.

Jeder der sogenannten „Unbeeinflußten“ fühlte sich als Herr seines eigenen Willens. Tatsächlich gab es an Bord dieses Marsschiffes aber nur drei Menschen, deren Gehirne unversehrt waren; das von Bridgeman und unsere. Dazu kam die bemerkenswerte Tatsache, daß alle diese drei Gehirne aufgestockt waren.

Hannibal und ich hatten überdies eine parapsychische Schulung durchgemacht und waren zu Telepathen herangereift. Mit fortschreitender Ausbildung wurden unsere übersinnlichen Geisteskräfte immer stärker.

„Haß!“ sagte Hannibal plötzlich mit der röhrenden „Peroni-Stimme“. „Klar, das ist es! Diese Kerle müssen van Haetlin und mich ja hassen.“

„Halten Sie den Mund, Peroni!“ fuhr ich ihn an.

Hannibal dachte nicht daran, die Situation ungenutzt verstreichen zu lassen.

„Regen Sie sich nicht künstlich auf, Sie Nervenbündel. Ich habe unter der Guillotine jedenfalls nicht um Gnade gewinselt.“

„Sicher, Sie sollten auch in Rom gehängt werden“, ergriff Bridgeman meine Partei. Er schien sich zu amüsieren. „Was veranlaßt Sie zu Ihren Äußerungen, Professor Peroni?“

„Was? Herr Kollege, ich bilde mir ein, vom Menschen, vom menschlichen Gehirn und all seinen Begierden und Wünschen mehr zu verstehen als jeder hier an Bord. Wenn Sie das verletzen sollte, Professor Bridgeman, so möchte ich ..."

„Oh, bitte! Nein ich fühle mich wirklich nicht verletzt", wurde der Kleine unterbrochen. „Sie haben sogar recht. Was wollten Sie konkret sagen? Ich vermag Ihnen nicht ganz zu folgen. Haß? Inwiefern?"

„Nun, Sie wollten doch wissen, warum nur van Haetlin seine innere Unruhe offenbart hat. Hier haben Sie meine Antwort, Coolert, der Fettkloß, Radokowsky und Armand fürchten van Haetlin wegen seiner Quotientenaufstockung. Man wird ihn jedenfalls nicht brüderlich lieben, denn er wird ein scharfer Konkurrent und ein Vorgesetzter mit überragenden Geistesgaben sein – völlig klar.

Das wissen die Burschen. Ich habe sie beobachtet und geistig seziert. Besonders Radokowsky, der verfressene Fettwanst, fürchtet um seinen Einfluß, obwohl van Haetlin kein Biologe ist. Lehren Sie mich die Menschen kennen. Diesen Burschen stellen jetzt schon, nachdem sie zu sich gekommen sind, weil die Gefahr vorüber ist, die tollsten Ideenkombinationen an."

„Ich verbitte mir Ihre Beleidigungen", wehrte sich Radokowsky.

„Ach, halten Sie den Mund. Ich rede nun einmal so! Finden Sie sich damit ab. Denken Sie ferner daran, daß Sie eines Tages mein Assistent sein werden. Ich brauche bei meinen Versuchen gute Biologen und Biochemiker. Sie sind schätzungsweise einer, oder Professor Bridgeman hätte Sie längst zur Hölle geschickt, wohin Sie eigentlich gehören. Sie haben jedenfalls nicht gewagt, sich zu erkundigen, warum wir noch fahrtlos durch ..."

„Im freien Fall, mein Bester“, wurde er erneut unterbrochen. Bridgeman schien sich wirklich zu amüsieren.

„Im was? Herr Kollege, ich bin Mediziner. Erzählen Sie mir bitte nichts von physikalischen Gesetzen. Oder – warten Sie mal – stört es Sie, wenn ich Sie mit ‚Kollege‘ anrede? Wissen Sie, ich möchte Ihnen nicht so extrem auf die Nerven fallen, daß ich abermals zum Tode verurteilt werde.“

Diesmal lachte Bridgeman schallend. Peroni schien in seiner Achtung zu steigen, und darauf spekulierte mein Kollege Hannibal. Er konnte, wenn er wollte, ein glänzender Psychologe sein.

„Aber nicht doch, Professor. Es ehrt mich, von einer Kapazität Ihres Ranges mit dieser Anrede bedacht zu werden.“

„Aha, jetzt fangen Sie an, mir wirklich zu gefallen. Ein Mann, der so gekonnt frotzeln kann, hat immer meine Achtung. Gut, was nun van Haetlins Frage nach unserer Sicherheit – GWA-Kreuzer und so weiter – betrifft, bin ich ebenfalls der Auffassung, daß wir etwas unternehmen sollten. Das hat Ihnen aber außer van Haetlin niemand zu sagen gewagt. Diese Burschen stufen van Haetlin als Feigling ein. Ich versichere Ihnen, daß er keiner ist! Die Tatsache, daß er Sekunden vor der Hinrichtung vor Angst zitterte und schrie, läßt noch lange keine Rückschlüsse auf seinen persönlichen Mut zu. Unsere akademisch geschulten Mitstreiter haben nur darauf gewartet, daß van Haetlin die Nerven verlor und fragte, was Kerle wie Armand, Stupsnasen-Coolert und Fett-Radokowsky längst sagen wollten, sich aber nicht getrauten. Daher erwähnte ich den Begriff Haß! Man wollte Haetlin ein bißchen fertigmachen, oder etwa nicht? Armand, wenn Sie jetzt aufstehen, um mir vielleicht eine Ohrfeige zu geben, zerfetze ich Sie mit diesen Pranken! Also, bereiten Sie mir die Freude und kommen Sie her."

Bridgeman lachte jetzt nicht mehr. Er beobachtete die Reaktionen der Anwesenden kühl und gelassen. Er wertete aus!

Obwohl ich ihn geistig nicht ausspionieren konnte, ahnte ich, daß Hannibal gewonnen hatte.

Der Grund für Hannibals Psychoangriff war klar! Fedor Radokowsky hatte sich zu eingehend mit den Vorfällen im Anden-Stützpunkt beschäftigt.

Wir hatten also vorzubauen, mußten ihm den Schwarzen Peter möglichst schnell zuschieben. Dies jedoch mit glasklarer Logik, oder wir hätten bei Bridgeman auf Granit gebissen.

Ich mußte dem Kleinen beispringen.

„Bleiben Sie stehen, Dr. Armand. Peroni besitzt die Kräfte von zwei ausgewachsenen Männern. Ich finde seine Ausführungen überdies nicht einmal schlecht. Sie kennen dieses Schiff doch besser als ich. Warum unterbreiten Sie keine Vorschläge? Oder haben Sie zufällig vergessen, daß wir mit tödlicher Gewißheit von der gesamten irdischen Raumflotte gejagt werden? Kennen Sie die neuen Plasma-Abfangjäger der TESCO-Serie? Darüber kann ich Ihnen einiges erzählen, denn ich habe bestimmte Teile der Zelle auf metallurgische Stabilitätsverhalten getestet. Die Maschinen sind enorm schnell und ...", ich machte eine Kunstpause, „ und sie haben marsianische Hochenergiegeschütze an Bord. Weshalb lassen Sie Professor Bridgeman so im Stich?"

„Sie sind zu neu in unserem Kreise, van Haetlin", entgegnete der schmale, zerbrechlich wirkende Chemiker gelassen. „Wenn Sie besser mit den hier geltenden Anordnungen vertraut wären, hätten Sie diese Worte nicht ausgesprochen. Dann wären Sie auch nicht in die verbotene Zone vorgedrungen. Können Sie mir übrigens stichhaltig erklären, wieso der Biowächter nicht auf Sie schoß?"

Hannibal begann dröhnend zu lachen. Ich beherrschte mich, obwohl Armands Gedankeninhalt offen vor mir lag.

Er wollte mich vor Bridgeman verdächtigen. Das war ein getarnter Angriff, ein deutlich ausgesprochener Zweifel an meiner Zuverlässigkeit.

„Haetlin, das ist die Retourkutsche", grölte Peroni, noch immer lachend. „Merken Sie was?" Der Narr setzt seine armseligen Intelligenzquotientenspuren ein, um Sie fertigzumachen. He, Armand, greifen Sie dem Langen einmal in die Tasche. Darin steckt wahrscheinlich ein Gerät, das jeden Leibwächter zu einem zahmen Kätzchen macht. Van Haetlin, warum schlagen Sie dem schwarzlockigen Halbaffen nicht ins Gesicht? Das haben Sie doch sogar Ihrem Verhöroffizier Brigadegeneral HC-9 angetan. Der hatte hinterher ein bildschönes blaues Auge."

„Was?" fuhr Bridgeman fasziniert hoch. „Was höre ich da? Sie haben es gewagt, den besten Mann der GWA zu schlagen? Warum erfahre ich das jetzt erst?"

Ich heuchelte den Verlegenen und warf Peroni einen unfreundlichen Blick zu.

„Ich wollte die Sache nicht hochspielen; nicht nachdem jedermann wußte, wie ich mich unter der Guillotine in Paris verhalten habe. Man hätte es mir nicht abgenommen."

„Aber es stimmt. Ich habe es durch die Panzerplastwand hindurch beobachtet", sagte Peroni laut. „Also, wann zeigen Sie diesem stumpfsinnigen Tropf, wohin der Hase läuft? Ein Kerl mit weniger als zwanzig Neu-Orbton hat zu spuren, wenn er einem Mann mit über fünfzig Einheiten gegenübersteht. Ist das klar, Armand? Ich hoffe, die Fronten damit bereinigt zu haben. Und jetzt können Sie wieder tun, als würden Sie arbeiten."

Armand war leichenblaß geworden, aber er wagte keine Entgegnung. Auch Coolert und Radokowsky schwiegen.

Ramon de Giuera und seine neun Aufseher waren ohnehin auf meiner Seite. Das erkannte ich sehr schnell. Sie gönnten dem unbeliebten Armand die Abfuhr.

„Ich finde es ungewöhnlich, einen Doktor der Chemie als stumpfsinnigen Tropf zu bezeichnen, Professor Peroni", meinte Bridgeman nachdenklich. „Hm, von dieser Warte aus habe ich mir die Angelegenheit noch gar nicht überlegt. Natürlich, Sie haben ... eh, wieviel Neu-Orbton haben Sie, Herr Kollege?"

Wieder eine der gefährlichen Fragen. Sie kamen blitzschnell und unvorhersehbar.

„Genau 52,6 NO, Sir", behauptete Hannibal.

„Oh ja, ich erinnere mich. Das ist doch noch etwas mehr als Dr. van Haetlin aufweisen kann. Sie haben 51,03, nicht wahr?"

„Richtig, Sir."

„Was man vorsichtshalber nachprüfen sollte", meinte Radokowsky schläfrig. Jedenfalls hatte er die Augen geschlossen.

„Ich verbitte mir Belehrungen dieser Art", erklärte Bridgeman. „Selbstverständlich werden wir die Daten überprüfen; aber nicht aus Gründen des Mißtrauens, sondern um zu ermitteln, ob die Werte konstant geblieben sind. Das gehört ebenfalls zu meinem Programm."

Welche Last er mir mit dieser Bemerkung von der Seele nahm, konnte ich in diesem Augenblick nur ahnen. Natürlich stimmten unsere NOQ-Werte mit denen von Peroni und van Haetlin nicht genau überein. Oder hatte er nur geblufft?

Die Frage blieb offen, da sich Bridgeman jetzt zu einer Handlung entschloß, die ich seit Stunden erwartet hatte.

Er schaltete den vollpositronischen Datengeber ein, der erfahrungsgemäß den Standort, das solare Planetensystem und die zurückgelegte Strecke als Diagramm wie auch bildlich wiedergab.

Ich sprang unwillkürlich auf und starrte auf die wogenden, grellen Wolkenmassen eines etwa erdgroßen Himmelskörpers.

Die Reflexion des Sonnenlichtes war derart stark und schmerzend, daß es sich nur um einen Planeten unseres Systems handeln konnte: um die Venus.

Ich starrte Bridgeman fassungslos an. Er hatte nicht nur uns, sondern die mit seinen Umgangsformen vertrauten Männer seines engeren Mitarbeiterstabes getäuscht.

Er war exakt dort angekommen, wo die Programmierung des Automatpiloten das Schiff hatte hinführen sollen.

„Überrascht?" fragte er gedehnt. „Dr. van Haetlin, Sie sehen, daß Ihre Befürchtungen unbegründet waren und sind. Oder haben Sie mir tatsächlich zugetraut, ich würde blindlings in den Raum vorstoßen? Selbstverständlich war die phantastische Automatik des Raumschiffes für den Fluchtfall vorprogrammiert. Wie Sie sehen, befinden wir uns auf einer weiten Orbitbahn. Ahnen Sie, um welchen Planeten es sich handelt?"

„Das kann nur die Venus sein, Sir", preßte ich mühevoll hervor. „Kein anderer Planet hat ein so hohes Albedo."

„Oh, man ist auch astronomisch vorgebildet. Nicht schlecht. Sie scheinen wirklich brauchbar zu sein. Mr. de Giuera!"

Ramon kam sofort näher und nahm eine respektvolle Haltung an.

„Sie werden mir bei der Landung assistieren. Bitte, Mr. van Haetlin, räumen Sie Ihren Platz. Ramon ist ein ausgezeichneter Copilot, der nicht nur mit einem europäischen Atombomber umgehen kann."

„Ich greife unmittelbar nach der Landung an", vernahm ich Hannibals Information. „Der zweite Sender ist also auf der Venus installiert."

„Das unterläßt du! Bridgeman wird sich niemals auf einer solchen Höllenwelt niederlassen. Ich habe einen anderen Verdacht."

„Und der wäre?"

„Daß die Tarnkappen-Feldweichen-Geräte, die Antiortungsprojektoren und sein Individual-Schutzschirmgeber von hier stammen! Das ist die Lösung! Dieser Bursche war und ist viel zu vorsichtig, um sich jemals in die antarktische Eiswüste zu wagen. Dort wimmelt es von Wachkommandos aller Nationen. Auf dem australischen Kontinent hat er sich garantiert noch weniger blicken lassen. Kleiner, wenn auf Venus nicht ein riesiges Nachschubdepot der Marsianer existiert, küsse ich deine Biosynthlippen!"

3.

Da war es wieder – das teuflische Heulen und Orgeln der ewigen, anscheinend niemals endenden Sandstürme.

Dieses Geräusch würde ich nie vergessen! Bei einem

früheren Unternehmen hatten wir mehrere Raumlandedivisionen auf der Venus abgesetzt, doch waren wir der Meinung gewesen, die Männer hätten sich mit einer feuchtheißen Urwaldhölle abfinden müssen.

Entsprechend war die Ausrüstung zusammengestellt worden. Viel zu spät hatten wir erkannt, daß unsere ferngesteuerten Robotsonden von Denebern und Zellverformern umprogrammiert worden waren, so daß sie uns grundfalsche Daten zur Erde lieferten.

Fünfzigtausend Mann, ausgerüstet mit Schwimmpanzern und Tropenanzügen, waren in der tobenden Giftgashölle umgekommen. Ihre zerborstenen Flugpanzer lagen heute noch unter den wandernden Gebirgen aus Sand und Geröll. Die Einsatztruppen hatten alles besessen, nur keine Raumanzüge und Sauerstoffgeräte.

Hannibal und ich hatten seinerzeit den letzten denebischen Stützpunkt ausgeräuchert und die Kommandogehirne abgetötet. Das war lange her.

Nun waren wir mit einem Marsschiff zurückgekehrt – und es hatte keinerlei Schwierigkeiten gegeben.

Aus der Verhaltensweise der Anwesenden ging hervor, daß man schon öfter in diese sturmzerwühlte Atmosphäre eingetaucht war.

Außerdem hatte sich meine Vermutung als richtig erwiesen! Die zweite Sendestation konnte überall im weiten Weltraum zu finden sein, nur nicht auf der Venus.

Es wäre Wahnsinn gewesen, Bridgeman und seine Besatzung auszuschalten.

Ich saß neben ihm in einem Energiegleiter. Wir trugen Raumanzüge irdischer Fabrikation, obwohl das innerhalb des geräumigen Wagens eigentlich nicht nötig war. Bridgeman hatte jedoch „vorsichtshalber" darauf bestanden.

Der kleine Kreuzer war auf den Bildschirmen nur noch schemenhaft zu erkennen. Hannibal hatte im Schiff zurückbleiben müssen. Mich hatte man auf meine Bitte hin mitgenommen, aber hinter mir kauerten drei Bio-Leibwächter mit schußbereiten Maschinenwaffen, sowie Ramon und zwei Aufseher.

Eine überflüssige Maßnahme. Ich dachte nicht an einen Angriff, aber ich wollte wissen, was die GWA auf dem zweiten Planeten unseres Sonnensystems leichtfertig übersehen hatte.

Wenn es hier einen großen Stützpunkt gab – wieso waren wir von NEWTON nicht darüber informiert worden? Oder von dem riesigen Robotgehirn ZONTA?

War die Geheimhaltungs- und Dezentralisierungspolitik der Marsianer gegen Ende des Krieges soweit gegangen, daß sie nicht einmal mehr ihren größten und besten Kommandogehirnen trauten?

Hatten sie es absichtlich vermieden, Daten über gewisse Stützpunkte in diese Großroboter einzuspeisen?

Ich fand keine andere Erklärung, denn ich hatte NEWTON mehr als einmal danach gefragt. Er hatte lediglich Stützpunkte genannt, die uns bereits bekannt waren.

Das war ein Problem, das ich erkunden mußte.

Der Energieprallgleiter schien eine Spezialkonstruktion des Mars zu sein. Die durchsichtigen Energieschirme wehrten die aufprallenden Sandmassen mühelos ab.

Sturmböen von ungeheurer Gewalt, gerölldurchsetzte Orkanspeere, die unsere Landungsboote in Stücke gerissen hätten, wurden von einer Stabilisierungsautomatik exakt absorbiert. Wir verspürten kaum eine Erschütterung.

„Phantastisch!“ staunte ich. „Einfach phantastisch.

Die Marsbewohner müssen absolute Könner gewesen sein. Ich halte es schon für ein Kunststück, auf einer solchen Teufelswelt überhaupt zu landen. Und die haben sogar Stützpunkte hier angelegt."

„Gigantische Depots", wurde ich belehrt. Bridgeman war gesprächig und bester Laune.

„Depots?"

„Ja! Riesige Lagerhallen mit Nachschubgütern aller Art, tief unter dem Boden. Hier gibt es Raumschiffswerften, die ich wieder zur Funktion erwecken will. Ich brauche Zeit und geschulte Mitarbeiter. Sie entschuldigen ..."

Er zog ein Gerät aus der Tasche, das meinem Kodator glich. Es handelte sich um ein Kommandogerät, wie es seinerzeit marsianische Flottenbefehlshaber benutzt hatten.

Marskommandeure, die einen NOQ-Wert von über fünfzig Einheiten aufweisen konnten – und davon hatte es viele gegeben – galten bei jedem marsianischen Robotgehirn als befehlsberechtigt.

Auf diese Art war es mir gelungen, den Großroboter NEWTON auf Mars zum Gehorsam zu zwingen.

Bridgeman verfuhr nach dem gleichen System. Er klappte den Kodator auf, wartete das Empfangssymbol des hiesigen Kommandogehirns ab und stellte sich als Befehlsberechtigter vor; so hatte ich es damals auch getan.

Er wurde sofort akzeptiert. Jetzt erkannte ich auch, wieso wir einwandfrei hatten landen können und weshalb wir mit dem Spezialwagen abgeholt worden waren.

Bridgeman hatte bereits von Bord aus die Verbindung hergestellt. Das war mir entgangen. Die Landung war fernsteuertechnisch durchgeführt worden.

Er erklärte mir die Bedeutung seines Gerätes. Ich nickte beeindruckt.

„Sie müssen verstehen, daß jedes marsianische Steuergehirn aus Sicherheitsgründen gesondert programmiert wurde. Sie erwähnten doch den Großroboter NEWTON?“

„Richtig, Sir. Mein Verhöroffizier war ziemlich gesprächig, wie man es einem Todeskandidaten gegenüber manchmal ist. Die GWA verfügt über gleichartige Geräte.“

„Das glaube ich. Aber woher nimmt man den dazu notwendigen Intelligenzquotienten? Auf Ramon de Giuera beispielsweise würde der Kodator niemals ansprechen. Im Gegenteil, die reichlich vorhandenen Abwehreinrichtungen würden ihn auf der Stelle töten.“

Bridgeman drehte sich in seinem Sitz halb herum und suchte meinen Blick. Ich fühlte mich nicht wohl in meiner Haut.

„Haben Sie dafür eine Erklärung, Doktor? Gibt es unter den GWA-Beamten Männer, die über fünfzig Neu-Orbton aufweisen können?“

„Vorsicht!“ erreichte mich Hannibals Anruf. „Kann gefährlich werden.“

Das brauchte er mir nicht erst zu sagen. Ich nahm mir Zeit, schaute nachdenklich auf einen der beiden Frontbildschirme und wiegte langsam den Kopf.

„Es muß so sein, Sir. Ich finde wenigstens keine andere Lösung.“

„Sie vermuten es lediglich?“

„Ja, Sir. Darüber hat man mich nicht informiert.“

Er runzelte die Stirn und starrte auf die Kontrollanzeigen des Gleiters. Ob er ebenfalls argwöhnisch wurde?

Fragen dieser Art waren Folgen eines Einsatzes, der

in dieser Form überhaupt nicht vorgesehen war. Hannibal und ich mußten uns selbst helfen.

„Diesem Rätsel gehen wir auf den Grund", meine Bridgeman anschließend. „Dort – sehen Sie den leuchtenden Torbogen? Das ist ein Absorber-Energieschirm. Er beseitigt die angewehten Geröll- und Sandmassen, legt den Eingang zur Unterwelt frei und dient gleichzeitig als Luftschleuse. In der Tat, mein Bester, die Marsianer haben meinen vollsten Respekt."

Wir fuhren zwischen den leuchtenden Säulen hindurch, doch damit war das Phänomen noch nicht beendet.

Vor uns erstreckte sich ein Energietunnel, in dem völlige Windstille herrschte. Weiter hinten erkannte ich eine steil aufragende Felswand, in der gewaltige Tore aus MA-Metall eingelassen waren.

„Dies ist nur ein kleiner Zugang", erklärte Bridgeman mit einer Selbstverständlichkeit, als wäre er hier zu Hause.

„Wenn wir nur einige Kleinigkeiten abholen wollen, verzichten wir natürlich darauf, das gesamte Raumschiff in einen der zahlreichen Schachthangars absinken zu lassen. Das kostet zu viel Zeit, verstehen Sie?"

„Sicher, Sir. Ich bin überwältigt. Könnten Sie mir die Möglichkeit geben, mich dort unten etwas näher umzusehen?"

„Was interessiert Sie denn besonders?" wollte er wissen.

Hannibal warnte wieder auf telepathischer Basis.

„Metallverarbeitende Anlagen", entgegnete ich. Diese Antwort mußte er erwartet haben.

„Ich verstehe, Ihr Fachgebiet ist sehr umfangreich. Trauen Sie sich infolge Ihrer Aufstockung zu, mit marsianischen Metallbearbeitungsmaschinen umzugehen oder gar Metallteile nach vorliegenden Planzeichnungen zu erschaffen?"

Ich überlegte. Bridgeman durfte man nicht zu hastig antworten.

„Wenn man mir genügend Zeit gibt – ja, Professor! Könnte ich mit der Unterstützung der marsianischen Wartungsroboter rechnen? Oder stehen hier keine zur Verfügung?"

„Oh, das ist nicht ausschließlich ein Depot, mein Bester. Selbstverständlich finden Sie alle nur denkbaren Hilfskräfte vor. Leider sind zahlreiche wichtige Anlagen nicht betriebsfähig."

„Warum nicht?" fragte ich, den Verblüfften heuchelnd. „Sie haben doch die Kommandogewalt."

„Sicher, aber wenn der Robotkommandeur in gewissen Sektorbereichen streikt und wenn er sich nicht selbst reparieren kann, was hier offenbar der Fall ist, wird die Sache kompliziert. Ich werde wohl alle irdischen Spitzenwissenschaftler auf dem Gebiet der Elektronik und der Positronik einsetzen müssen. Aber das hat noch einige Tage Zeit."

Damit war das aufschlußreiche Gespräch beendet.

Ich sah große und kleine Gänge, gigantische Maschinenhallen, Serpentinenstraßen sowie all die vielen Dinge, die ich von der Mondstadt Zonta und der Marssiedlung Topthar her seit Jahren kannte. Es fiel mir immer schwerer, den Überraschten zu mimen.

Schließlich erreichten wir in diesem gigantischen Labyrinth unser Ziel. Es handelte sich um einen durch Stahlpforten und Energieschirmen hermetisch abgeschlossenen Komplex, der außer Bridgeman niemand betreten durfte.

Das war auch für mich neu, denn ich erkannte eindeutig, daß wir nicht vor einer wichtigen Schalt- oder Programmierungsstation standen. Es war ein normaler Lagersektor wie tausend andere auch. Weshalb war er besonders abgesichert worden?

„Ich muß Sie leider für einige Zeit verlassen", erklärte Bridgeman in seiner liebenswürdigen Art. „Schauen Sie sich ruhig um. Dieser Sektor darf nur von kommandieren Quotientenberechtigten betreten werden."

„Geheimwaffen?" erkundigte ich mich.

„Ungefähr", wich er aus. „Nicht unbedingt Geheimwaffen, aber immerhin Dinge, die nur hohen marsianischen Offizieren und anderen bedeutenden Persönlichkeiten zur Verfügung standen."

Ich blickte betont auf das Gerät, das er wieder auf der Brust trug. Es war jener Mikroprojektor, der einen Individualschutzschirm erzeugen konnte.

„Ich verstehe Professor", schmunzelte ich. „Solche Dinge, nicht wahr? Sehr klug von den leider ausgestorbenen Herrschaften. Gewöhnliche Soldaten hätte ich da auch nicht hineingelassen – und sei es wegen der lukullischen Speisen, die man dort für die Allerhöchsten einlagerte."

„Sie gefallen mir immer besser, van Haetlin", meinte er und klopfte mir auf die Schulter. „Sie können wirklich denken. Vielleicht erteile ich Ihnen eines Tages die Erlaubnis, diesen Sektor ebenfalls zu betreten. Sie würden staunen! Als der Mars von den Denebern zerbombt wurde, haben die Reichsten der Reichen und die Mächtigsten unter den Mächtigen ihre wertvollsten Güter nicht etwa auf dem marsianischen Mondstützpunkt deponiert, denn der war rein militärisch ausgelegt. Hier, in den Privatbunkern, wie ich sie nenne, ruhen die Luxusgüter; darunter Sichtneutralisatoren, die einen Menschen unsichtbar machen. Solche wertvollen Dinge gab man natürlich nicht jedermann. Die Herstellung muß ungemein kostspielig gewesen sein. Oder was glauben Sie?"

Ich hatte unwillkürlich den Kopf geschüttelt. Die innere Spannung zerrte an mir.

„Glaube ich nicht, Sir. Das hatte einen anderen Grund. Kosten haben bestimmt keine Rolle gespielt. Kriege sind immer kostspielig. Ich hätte als Oberbefehlshaber alle Landungssoldaten oder Männer mit Spezialausbildung mit diesen Antisichtgeräten ausgerüstet. Nein, Sir, an den Kostengrund glaube ich nicht."

„Mann, machen Sie mich nicht fertig!", sagte Ramon aus dem Hintergrund. Er hatte mit den beiden Aufsehern ebenfalls den Wagen verlassen.

Bridgeman starrte mich etwas fassungslos an.

„Aber warum denn? Wenn Kosten keine Rolle spielten ...?"

„Sir, hier ging es mit größter Wahrscheinlichkeit um die Rohstoff-Frage. Ich kann mir vorstellen, daß Geräte dieser Art besondere Legierungselemente enthalten, äußerst seltene Schwingquarze oder sonstige, kaum zu beschaffende Güter. Das wäre ein plausibler Grund, solche Ausrüstungen nur für die Höchsten der Hohen anzufertigen. Entschuldigen Sie, Professor. Ich wollte nicht vorlaut oder gar belehrend sein."

Er nickte fasziniert. Seine Augen schienen zu leuchten. Mit solchen Argumenten konnte man einem Superlogiker wie Horatio-Nelson Bridgeman imponieren.

„Ihre Erklärung ist einleuchtend! Natürlich, nur das kann der Grund sein. Ich bedaure wirklich sehr, Sie nicht mitnehmen zu dürfen. Ich müßte vorher das hiesige Steuergehirn programmieren, Sie abtasten und registrieren lassen. Als Quotientenberechtigter könnten Sie dann hinein. Nun, bei nächster Gelegenheit haben wir mehr Zeit, das verspreche ich Ihnen."

„Opfern Sie doch die paar Minuten oder Stunden, Professor", bat ich.

„Es geht nicht, mein Freund. Mein Sohn erwartet mich. Ehe er die Beherrschung verliert, möchte ich ... aber lassen wir das. Es ist jetzt nicht möglich. Ich bin in etwa einer Stunde zurück."

Er verschwand hinter den Schutzschirmen und wurde unsichtbar.

Ramon hüstelte unterdrückt. Er hatte bemerkt, daß ich bei der Erwähnung des Sohnes zusammengefahren war.

Großer Gott – an diesen irgendwo im Weltraum lauernden Burschen hatte ich nicht mehr gedacht! Natürlich – wenn er die Nerven verlor und den Paniksender in Betrieb nahm, war die Menschheit verloren.

Ich winkte Ramon zur Seite.

„Ich darf Ihnen keine Auskünfte geben", sagte er so laut, daß es die beiden anderen Wächter hören konnten.

Ich fluchte innerlich und konzentrierte mich auf seinen Gedankeninhalt. Da kam das kleine Geheimnis sehr schnell ans Tageslicht.

Bridgemans Sohn war ebenfalls Wissenschaftler. Seine Fachgebiete waren Kosmo-Bakteriologie und Elektronik. Aber – er war nicht quotientenaufgestockt!

Schlagartig wurde mir klar, welcher Fehler Hannibal unterlaufen war, als er Dr. Armand einen Schwachkopf nannte, der in der Gegenwart eines Aufgestockten zu spuren hätte! Das mußte für Bridgeman ein Schock gewesen sein.

Wie würde das Söhnchen wohl auf eine solche Einstellung reagieren?

„Kleiner, hoffentlich wirst du nicht doch noch zum Tode verurteilt“, gab ich telepathisch an ihn durch.

Ich erntete eine Verwünschung.

„Bin ich ein Hellseher? Ich wollte uns herausstellen. Aufpassen, deine Konzentrationsstarre fällt auf! Ich habe Ramon und die beiden Burschen ständig unter Kontrolle. Kümmere dich nicht um ihren Geistesinhalt. Ich informiere dich, wenn er gefährlich werden sollte.“

„Fühlen Sie sich nicht wohl?“ erkundigte sich Ramon im gleichen Augenblick.

„Nicht besonders“, bestätigte ich und griff demonstrativ an meine linke Hüfte. Man hatte mir vor dem Einsatz die linke Niere entfernen müssen, denn der echte van Haetlin besaß auch keine mehr.

„Die Wunde, was? Wir werden uns darum kümmern. Peroni soll sie sich mal ansehen. Legen Sie sich in den Wagen, Doc. Der Kombigürtel wird wohl heftig drücken.“

Ich nickte dankbar und befolgte seinen Rat. Wenn die Angelegenheit mit Bridgemans Sohn nur gutging!

4.

Wir waren mit der gleichen Leichtigkeit von Venus gestartet, mit der wir auch gelandet waren. Das bestätigte meine Theorie.

Bridgeman hatte Geräte, die wir gar nicht kannten, auf dem zweiten Planeten unseres Sonnensystems gefunden.

Dies schien kein Zufall zu sein, denn er hatte durchblicken lassen, entsprechende Hinweise seien in der positronischen Datenkartei des Mondgehirns ZONTA verankert gewesen.

Wissenschaftler, die wir im Interesse aller Völker eingesetzt hatten, waren im Verlauf ihrer Mondforschungen nicht vollkommen aufrichtig gewesen; aber das war eine längst bekannte Tatsache.

Die GWA und die anderen Geheimdienste hatten ermittelt, daß in den Jahren der ersten Entdeckungen zahlreiche wichtige Unterlagen verschwunden waren.

Eine davon schien den Marsstützpunkt auf dem nordpolaren Sektor des Planeten Venus zu betreffen.

Ich hatte ferner von Bridgeman erfahren, daß die Unterlagen darüber ursprünglich von Professor Jerome A. Bulmers stammten, der lange Zeit zu den führenden Wissenschaftlern der Mondexpeditionen gehört hatten. Anscheinend hatte er seine Erkenntnisse an Bridgeman weitergegeben, denn Bulmers schien sich nach der Entdeckung der Atlantis-Festung Crutcolatla ausschließlich den dortigen Einrichtungen gewidmet zu haben.

Bridgeman indessen hatte sich die Venus vorgenommen – und damit hatte er die Menschheit automatisch in der Hand gehabt.

Dort, an einem Ort, den die Männer der GWA aus Unkenntnis der Lage übersehen hatten, gab es alles, was die Mächtigen des Mars für wichtig gehalten hatten; also auch jene Bakterien- oder Virenkulturen, die den bewußten Willen eines Menschen ausschalten konnten.

Für mich stand es fest, daß die Übernahme dieses „Luxusdepots", wie wir es nannten, lebenswichtig war.

Das konnten wir aber erst veranlassen, wenn die akute Gefahr beseitigt war – die geistige Versklavung der Menschheit.

Bridgeman war nach etwa einer Stunde mit einem Wagen voller geheimnisvoller Güter zurückgekehrt. Es handelte sich wahrscheinlich um Antisichtprojektoren, die im Sprachschatz der GWA „Tarnkappen-Feldweichen-Geräte" genannt wurden, in Kurzform TF-Geräte.

Da Professor Horatio-Nelson Bridgeman ein Nur-Logiker war, mußte er für den Umweg auf der Reise zu seinem eigentlichen Ziel einen triftigen Grund haben. Hannibal und ich hatten darüber nachgedacht.

Wir waren zu dem Schluß gekommen, daß Bridgeman beim Einsatz seiner Robotmenschen auf Henderwon-Island zu viele dieser einmaligen Geräte verloren hatte. Mike Torpentouf, Chef der Henderwon-Abwehr, hatte zu schnell und zu genau geschossen.

Demzufolge schien Bridgeman nichts anderes im Sinne zu haben, als seine dezimierten Vorräte zu ergänzen. Daher also der Abstecher auf den Planeten Venus.

Nach dem sofortigen Start aus der Orbitbahn um die Venus und der gezielten Kursaufnahme hatte ich mittels der mir vertrauten Datenzeichner erkannt, daß der „Umweg" ebenso logisch und planvoll war wie alles, was Bridgeman bisher unternommen hatte.

Weshalb war das so?

Die Lösung war einfach, aber man mußte erst einmal die Genialität dieser Einfachheit erkennen. Es ist oft so, daß die simpelsten Überlegungen anderer Menschen unendlich kompliziert erscheinen. Das traf auch in unserem Falle zu.

Wir schrieben inzwischen den 14. Juni 2010. Punkt 11:32 Uhr hatte Bridgeman mit den aufbrüllenden Triebwerken der WONDERFUL POWER die Orbitbahn verlassen.

In dem Augenblick hatte ich zu rechnen begonnen. Die Konstellationen der Planeten unseres Systems hatte ich annähernd im Kopf – aber wirklich nur annähernd!

Ohne exakte Daten, Meßtafeln und Elektronenrechner kann auch ein quotientenaufgestockter Telepath der GWA keinen Zielkurs mit exaktem Vorhaltewinkel im 3-D-Verfahren ermitteln. Das wäre zuviel verlangt gewesen.

Annähernd hatte ich die Lösung jedoch gefunden.

Der Planet Mars, Sitz des Riesengehirns NEWTON und der ehemals marsianischen Heimatverteidigung, näherte sich dem dritten Planeten unseres Systems, der Erde.

Es stand eine Opposition bevor, worunter astronomisch-astrophysikalisch eine beidseitige Annäherung bis zum Maximalpunkt zu verstehen ist.

Der Rote Planet war nach Wiederinbetriebnahme des größten positronischen Kommandogehirns innerhalb dieses Planetensystems eine Gefahrenquelle ersten Ranges, und zwar deshalb, weil jeder Raumflugkörper, der von der Erde aus in Richtung der großen Außenplaneten startete, zwangsläufig den Mars passieren mußte.

Dies selbstverständlich nicht direkt; nicht in unserem irdischen Sinne und auch nicht nach unseren gewohnten Berechnungsmaßstäben, denn trotz der Oppositions-Annäherung hatte man immerhin noch mit fünfzig bis sechzig Millionen Kilometern zu rechnen.

Distanzen dieser Art waren jedoch für die überlichtschnell arbeitende Marsortung ein Nichts. Deshalb hatte sich Bridgeman auch gehütet, einen solchen Kurs einzuschlagen! Das war mir klar.

Er hatte ganz im Gegenteil Kurs auf die Venus genommen, die genau entgegengesetzt zu den beiden Himmelskörpern Erde und Mars stand; gewissermaßen „hinter“ der Sonne, „auf der anderen Seite“.

Er hatte also das gesamte innere System durchflogen,

war auf der Venus zwischengelandet und hatte danach erneut Fahrt aufgenommen.

Die enorme Gefahr einer Fernortung durch die von der GWA garantiert alarmierten Marsgeräte war damit ausgeschaltet. Er war Erde und Mars einfach davongeflogen; zur entgegengesetzten Seite hin. Das erschien einfach im Prinzip, in der Praxis war es jedoch ungeheuer schwer.

Als ich diesen Gedanken mit allen verfügbaren Mitteln durchgerechnet hatte, war mir klar, weshalb dieser extrem vorsichtige Wissenschaftler das Wagnis auf sich genommen hatte, die WONDERFUL POWER so nahe an der Sonne vorbeizusteuern, daß unsere Schutzschirme beinahe zusammengebrochen wären.

In den wenigen Augenblicken höchster Nervenanspannung war es Hannibal und mir allerdings gelungen, kurzfristig in Bridgemans Geistesinhalt vorzudringen.

Für einen Moment hatte er seine Bewußtseinsblockade aufgeben müssen. Sie beruhte übrigens nicht auf der Kraft seines Geistes, wie wir bisher angenommen hatten, sondern auf einem marsianischen Geheimgerät, das ebenfalls von der Venus stammte. Es gehörte zu den „Luxusgütern".

Er trug es ständig am Körper, obwohl er nicht wissen konnte, daß Hannibal und ich Telepathen waren.

Durch den Apparat wurden seine fünfdimensionalen Gehirnimpulse nicht nur verschleiert, sondern derart verzerrt, daß wir nichts damit anfangen konnten.

Zwar hatten wir nun ein weiteres Rätsel gelöst, aber das half uns wenig.

Nur in den kritischen Augenblicken der direkten Sonnenpassage schienen die Absorberimpulse des Gerätes nachgelassen zu haben, wahrscheinlich aufgrund der enormen, überdimensionalen Einwirkung der Sonne.

Wir hatten unsere Chance so gut wie möglich genutzt, aber Bridgeman hatte an nichts anderes gedacht als an seinen Sohn.

Nur seinetwegen hatte er den „geraden" Kurs eingeschlagen. Andernfalls wäre es bei den vorhandenen Leistungsreserven der Marstriebwerke eine Kleinigkeit gewesen, die Sonne in einer gefahrlosen Entfernung zu umfliegen.

Nach dem Abklingen der fürchterlichen Energiestürme innerhalb unserer Schutzschirme war Bridgeman für uns erneut telepathisch unantastbar geworden, denn sein Absorbergerät hatte wieder voll gearbeitet. Ich wäre dankbar gewesen, wenn es wenigstens eine halbe Stunde lang völlig ausgesetzt hätte.

Wie einfach wäre es für uns gewesen, wenn wir seinen Gedankeninhalt genauso leicht und mühelos hätten auskundschaften können, wie den der anderen Anwesenden!

Das hatten wir natürlich getan. Besonders Hannibal, der in seiner Maskerade als Professor Peroni allen Grund hatte, während technischer Manöver den Mund zu halten, hatte unablässig geforscht.

Ich konnte so etwas nicht riskieren, denn Bridgeman schien mich neuerdings „ins Herz geschlossen" zu haben. Ich schien ihm imponiert zu haben.

Das war zwar ein glänzender Ausgangspunkt für kommende Situationen, aber wenn ich an seinen Sohn dachte, war mir trotzdem unbehaglich zumute.

Wer war dieser Mann? Ramon de Giuera kannte ihn persönlich, Ali el Haffid, der Physiker, ebenfalls.

Beide Männer wußten aber zu wenig über ihn. Wir

konnten aus den dürftigen Ergebnissen keine handfesten Rückschlüsse auf seinen Charakter ziehen.

Für mich stand jedoch ein Faktor unverrückbar fest:

Nur wenige Söhne berühmter Väter hatten im Verlauf der menschlichen Geschichte die in sie gesetzten Erwartungen erfüllt!

Es wäre ein Wunder gewesen, wenn Bridgemans Sohn in die „Fußstapfen“ seines Vaters getreten wäre.

Die Söhne hochgeehrter und weltberühmter Persönlichkeiten schlugen meistens völlig aus der Art; sie taten Dinge, die man von ihnen nicht erwartete.

Ich hatte also gute Gründe, Alec-Hood Bridgeman, so lautete sein Name, mit echter Herzensfreude entgegenzusehen.

Wenn dieser Mann nur einige Charaktereigenschaften seines Vaters besaß, war unsere Aufgabe so gut wie erledigt.

War er das Gegenteil seines Vaters, was ich auf Grund meiner Erfahrungen mit den Nachkommen bedeutender Männer annahm, hatten wir uns vorzusehen. Hannibals Fehler würde er nicht vergessen, und Dr. Jean Baptiste Armand war bestimmt bestrebt, seinem nächsthöheren Vorgesetzten „Peronis“ Ausspruch zu übermitteln.

Nach dem Passieren der Sonne hatten wir gefahrlos die Marsbahn überquert und waren mit annähernder Lichtgeschwindigkeit in Richtung Jupiterbahn vorgestoßen.

Ich glaubte allerdings nicht daran, daß Bridgeman seinen Weltraumstützpunkt auf einem der Jupitermonde eingerichtet hatte, die wir mit unserer „1418“ und Hunderten von Plasmakreuzern irdischer Bauart längst angeflogen und einigermaßen erkundet hatten.

Dort gab es keinen vergessenen Marsstützpunkt

mehr, oder die Ortungsgeräte der „1418" hätten ihn gefunden.

Was blieb also übrig? Ein Vorstoß in den solaren Raum bis zu den großen Planeten Saturn, Uranus oder gar Neptun?

Das hielt ich für ausgeschlossen! Bridgemans Ziel konnte nur einer der unzähligen kleinen Himmelskörper sein, die die Menschheit seit einigen Jahrhunderten als „Planetoidengürtel" kannte.

Es handelte sich um die mehr oder weniger großen Überreste eines ehemaligen Großplaneten, der wahrscheinlich aus irgendeinem Grund zerplatzt war. Selbst die Marsianer hatten bereits von dem Planetoidengürtel zwischen Mars und Jupiter gesprochen. Auch sie hatten nicht gewußt, was vor Urzeiten an dieser Stelle geschehen war.

Fest stand aufgrund der astronomischen Berechnungen nur, daß zwischen den neun Himmelskörpern unseres Sonnensystems – dort, wo sich jetzt Millionen relativ kleine Himmelskörper um die Sonne bewegten – eigentlich ein Planet von der Größenordnung der Erde hingehörte. Das war einwandfrei belegt.

Noch Mitte des vergangenen Jahrhunderts hatte man in astronomisch-wissenschaftlichen Kreisen vorsichtig von „einigen Zehntausend" Weltraumvagabunden der verschiedensten Masse und Dichte gesprochen.

Das war eine Untertreibung! Die Menschen des Jahres 2010 wußten, daß es viele Millionen Brocken aller denkbaren Formen, Zusammensetzungen, Dichten und Massen gab, die an Stelle eines ehemaligen sehr großen Himmelskörpers um die Sonne kreisten.

Einige davon durchmaßen bis zu achthundert Kilometer, die meisten wenige Meter.

Viele drangen bis zur Merkurbahn vor, um anschließend bis zur Plutobahn in das Nichts hinauszurasen.

Sie kehrten erst nach Jahrhunderten wieder zurück.

Andere Planetoiden beschrieben relativ „vernünftige" Kreisbahnen. Zu ihnen gehörten die vor zweihundert Jahren entdeckten Planetoiden Ceres, Pallas, Juno, Vesta, Hermes, Eros und dergleichen mehr.

Wir aber, die Raumfahrer des frühen 21. Jahrhunderts, waren besser informiert.

Wenn die Marsianer vor 187 000 Jahren einen dieser Weltraumvagabunden zu einem kosmischen Außenfort zur Früherkennung einfliegender Feindverbände ausbauen wollten, hatten sie sich bestimmt einen Minimond ausgesucht, den man nicht auf Anhieb als Raumstation vermuten oder technisch orten oder mit primitiven Fernrohren enttarnen konnte.

Wie ich die Hinterlassenschaft der Marsianer einschätzte, waren sie Meister der Strategie und Tarnung gewesen.

Daher stand für mich fest, daß es inmitten dieses Millionengewimmels mit seinen völlig verschiedenartigen Sonnenumlaufbahnen zumindest *einen* Himmelskörper gab, der den Marsianern damals als „genau richtig" erschienen war.

Dort, *nur dort,* konnten sie ein Außenfort mit wahrscheinlich gigantischer Bewaffnung und Ausrüstung ausgebaut haben. Selbstverständlich nach außen hin getarnt.

Oder haben Sie schon einmal ein marsianisches Weltraumfort gesehen, das nicht einem harmlosen Gesteins- und Metallbrocken des Kosmos geglichen hätte?

Ich noch nicht, das dürfen Sie mir glauben! Und genau das war von Horatio-Nelson Bridgeman, dem Mann mit der Vorliebe für historisch bedeutsame Namen, angeflogen worden.

„Angeflogen“, das möchte ich betonen! Niemals konnte er diesem Himmelskörper zufällig entdeckt haben, denn dazu hätte eine Glücksquote von zehn hoch zwanzigtausend kaum ausgereicht.

Nein, er hatte genau gewußt, wohin er zu fliegen und wo er zu suchen hatte. Das war ebenfalls ein Verdienst des Plasma-Physikers J. A. Bulmers, der dementsprechende positronische Unterlagen in den Datenbänken des ZONTA-Gehirns gefunden hatte.

Wenn dieser Verbrecher nicht so klug vorgegangen wäre, hätte sich ein von Natur aus ehrenhafter Mann wie H.-N. Bridgeman niemals indirekt im Bulmers Gewalt begeben.

Wir näherten uns einem Himmelskörper, der nicht groß genug war, um in der Planetenfamilie des Sonnensystems als vollwertiges Mitglied zu zählen.

Es war aber dennoch wesentlich größer als Ceres mit seinem Durchmesser von siebenhundertachtundsechzig Kilometern und der oft genannten Helligkeit von 7,4sh4mst4.

Der Brocken, den wir inmitten des Meteoritenschwarmes geortet und angeflogen hatten, durchmaß mindestens eintausendzweihundert Kilometer. Er war allerdings nicht kugelförmig, sondern ziemlich asymmetrisch. Von außen betrachtet glich er mit seinen zahlreichen Kratern einem von Kinderhand angeschnittenen und an vielen Stellen ausgehöhlten Käse. Außerdem besaß er eine öde, luftleere Oberfläche.

Diese Fakten konnten mich in meinem Betrachtungen kaum stören.

Je anormaler ein solcher Himmelskörper war, desto

geeigneter mußte er für die marsianischen Festungsbau-Ingenieure gewesen sein.

Als wir den schwarzen, kaum das Sonnenlicht reflektierenden Gigantfelsbrocken gesichtet und geortet hatten, geschah etwas Unvermeidliches.

Die Bildschirme vor Bridgemans Kommandosessel leuchteten auf. Das Gesicht eines jungen Mannes mit feuerroten Haaren, einem breiten, brutal wirkenden Kinn und smaragdgrünen Augen wurde sichtbar.

„Wird aber auch höchste Zeit", brüllte er statt einer Begrüßung seinen Vater an. „Was war los? Wo bleibt ihr denn? Der Raum zwischen Erde und Mars wimmelt von Schiffen. Vor wenigen Stunden hatten wir einen kleinen Marskreuzer in der Ortung, ein Typschiff der WONDERFUL POWER. Was soll das heißen?"

„Ruhe, ich bitte um Ruhe!" erwiderte Bridgeman in seiner zurückhaltenden Art.

„Den Teufel werde ich tun", reagierte sein Sprößling. „Du hast dich hereinlegen lassen. Das eine will ich dir sagen, alter Herr – wenn Boster Havelink ein Verräter und Saboteur war, dann schlucke ich CERTURRY als Kopfwehpille. Also los, landet endlich. Ende."

Ich blickte auf die Uhr. Bridgeman war von dem aggressiven Empfang erschüttert. Ich bemerkte von der Seite her, daß sein Gesicht zuckte.

Ich hatte richtig vermutet!

Alec-Hood Bridgeman war zwar der leibliche Sohn des Biochemikers, aber das war auch die einzige Tatsache, die ihn mit seinem Vater verband.

Hier offenbarte sich wieder einmal in krassester Form, daß Söhne sehr leicht aus der Art schlagen konnten.

Alec-Hood, mit dem zweiten Vornamen nach einem

berühmten Admiral der historisch-britischen Seekriegsgeschichte benannt, unterschied sich von seinem Vater wie eine Giftotter von einem liebenswerten, intelligenten Biber.

Lachen Sie bitte nicht über den Vergleich; mir fiel in der Aufregung kein besserer ein.

Professor Bridgeman wandte den Kopf und suchte meinen Blick. In seinen Augen las ich Verzweiflung. Also kannte er seinen Sohn sehr genau.

Andererseits war er viel zu sehr Mensch und viel zu sehr Vater, um dieses Bürschlein rechtzeitig in seine Schranken zu verweisen. So etwas lag Horatio-Nelson Bridgeman nicht. Andererseits war er bereit, die gesamte Menschheit einem hypnosuggestiven Zwang zu unterwerfen.

In diesem Augenblick – und keine Sekunde früher – glaubte ich Bridgemans Äußerung, die er mir gegenüber im Anden-Stützpunkt gemacht hatte.

Er wollte endlich den Weltfrieden erzwingen, die Völker abrüsten, sie das Zusammenleben lehren, um sie dann aus der Fessel der geistigen Bevormundung zu entlassen.

Das hatte mir als edles Motiv in den Ohren geklungen, aber ich hatte mich nicht dazu überwinden können, ihm vorbehaltlos zu glauben. Nun glaubte ich ihm!

Dazu kam noch eine Erkenntnis. Hannibal hätte sie mir nicht auf telepathischer Ebene zu bestätigen brauchen.

Ab sofort hieß unser gefährlichster Gegner nicht mehr Horatio-Nelson, sondern Alec-Hood Bridgeman! Auf diesem Planetoiden war er der absolute Chef, obwohl er niemals eine Quotientenaufstockung genossen hatte.

Meiner Auffassung nach konnte es schon gefährlich

sein, ihm gegenüber eine solche Aufstockung nur zu erwähnen. Er vergaß das ohnehin keine Sekunde. Typen wie er litten meistens unter mehr oder weniger geschickt getarnten Minderwertigkeitskomplexen.

Alec-Hood haßte seinen Vater; das war mir klar. Bridgeman mußte das ebenfalls wissen, zumindest aber fühlen. Wie konnte man den Wissenschaftler aus der Klemme befreien und ihn bewegen, auf unsere Seite überzutreten?

Ich wäre in diesen Minuten bereit gewesen, Professor Bridgeman alles zu verzeihen; meinen gesamten Einfluß für ihn geltend zu machen und noch mehr für ihn zu tun, wenn ich es hätte wagen können, ihm gegenüber eine entsprechende Bemerkung fallenzulassen.

Das war aber unmöglich. Ich brauchte mich nur umzusehen, um zu wissen, daß dies meinen Tod bedeutet hätte.

Armand und vor allem Fedor Radokowsky musterten mich anzüglich. Sie hatten die Situation erfaßt. Nun wurde mir klar, warum sie sich so lange zurückgehalten hatten.

Von Professor Bridgeman hätten sie keine Unterstützung erhalten, wohl aber bei Alec-Hood. Sie waren die Gemeinschaft der „Primitiven", der Nicht-Aufgestockten. Alec-Hood gehörte dazu. Und Hannibal hatte ausgerechnet diese Bemerkung machen müssen.

„Fertigmachen zum Landungsmanöver", befahl Bridgeman. Die Finger, mit denen er die Drucktasten berührte, zitterten.

Er wußte, daß er seinem Sohn unterlegen war; nicht im Wissen und in der Genialität, aber in der Verhaltensweise.

Die Lärmpfeifen begannen zu schrillen. Der Satellit

CERTURRY, wahrscheinlich eine marsianische Bezeichnung, hatte die WONDERFUL POWER übernommen.

Bridgeman wich meinem fragenden Blick aus. Er war von einer Sekunde zur anderen zu einem gehemmten Menschen geworden.

Sein verändertes Benehmen verriet mir deutlicher als Worte, wer auf CERTURRY die Befehle gab. Alec-Hood ließ niemand neben sich bestehen. Wir hatten uns sofort auf seine Verhaltensweise einzustellen.

„Hannibal, zuhören", rief ich den Kleinen an. „Das ist ein Befehl. Du schauspielerst ab sofort den Verwachsenen mit ewiger Luftnot. Schließe die Augen. Konzentriere dich auf Bridgemans Sohn. Peile ihn ein. Ich will jede Geistesregung wissen. Rufe mich sofort an, wenn dir etwas auffällt. Ich kann mich darum nicht kümmern, okay?"

„Okay, Großer. Der Kerl ist ein Bandit, ein eiskalter Killer. Ich habe ihn bereits erfaßt. Er denkt sogar daran, seinen ‚Alten', wie er sich geistig ausdrückt, zu erschießen."

„So habe ich ihn eingestuft."

„Gut, ich richte mich danach. Großer, wenn die Sache gefährlich wird, zünde ich die scharfen Bomben in meiner Schulter- und Brustaufwölbung, egal ob ich in Atome zerrissen werde oder nicht. Dich warne ich rechtzeitig. Vielleicht kannst du schnell genug aussteigen. Auf CERTURRY dürfte es zahlreiche lichtschnelle Beiboote der alten Marsflotte geben. Nein – gib mir jetzt keine Anweisungen. Ich weiß, daß ich es tue.

Denn, Großer, über eine Tatsache mußt du dir im klaren sein: Professor Bridgeman meint es auf seine Art ehrlich. Er würde die beeinflußten Menschen eines Tages wieder aus dem Hypnozwang entlassen, sein Sohn aber niemals. Der würde sich schlimmer gebärden als ein größenwahnsinniger Nero, der sich beim Abbrennen des alten Roms als Gott fühlte und lächerlich anmutende Dichtungen eigener Produktion vortrug. Alec ist schlimmer, denn er ist intelligent."

„Spuren von Wahnsinn, egal in welcher Form?"

„Nein, keine. Ich habe ihn bereits im Griff. Seine Frequenzen liegen fest. Ich peile dich sofort ein. Deine Konzentrationsphase kannst du jetzt beim Landemanöver gut vertuschen. Du mußt ihn jederzeit fassen können, oder er macht dich fertig. Ich habe schon das erste Ergebnis."

„Und?" erkundigte ich mich gespannt.

„Der Doppelmörder Boster Havelink war ein persönlicher Freund von Alec. Er erledigte für ihn während seiner Studienzeit einige unangenehme Aufgaben. Dazu gehörte unter anderem die Beseitigung eines Professors, der Mitglied des Prüfungsgremiums war. Alec weiß, daß Havelink kein von der GWA gekaufter Verräter war. Er kannte ihn zu gut und hat ihn persönlich in den Anden-Stützpunkt eingeschleust."

„Zu spät, du rettest den Freund nicht mehr", orakelte ich. „Vergiß es, Kleiner. Wir werden auch Alec zufriedenstellen, fragt sich nur wie. Beobachte ihn. Sondiere sein Gedankengut. Jede wichtige Kleinigkeit an mich weitergeben. Ich spiele den etwas unruhig gewordenen Mann."

„Wozu du auch allen Grund hast, Ende."

Wir unterbrachen die telepathische Verbindung. Ich sah mich vorsichtig um.

Niemand hatte von meiner vorübergehenden Geistesabwesenheit Notiz genommen, die WONDERFUL POWER setzte zur Landung auf einem der beiden Plateaus an, die wie eine glatte, abgeschnittene Fläche wirkten.

Sekunden später hatte ich wieder Grund zum Staunen, diesmal aber über die Genialität der alten Marsianer.

Das gesichtete Gelände war von Tausenden von Felsbrocken und einigen hundert steil aufragenden, scharfkantigen Felsnadeln verziert gewesen. All diese Hindernisse, die dem Landungsanflug eines Raumschiffes nicht dienlich sein konnten, verschwanden plötzlich im Boden. Ich konnte auf den Bildschirmen der Bugortung deutlich sehen, daß einige Felskegel versanken und andere in sich zusammenfielen wie Ballons, aus denen die Luft herausgelassen wurde.

Im Handumdrehen erstreckte sich unter uns ein phantastisch ausgebauter Raumhafen von achtzig Kilometern Länge und sechzig Kilometern Breite. Nirgends war das kleinste Hindernis zu erkennen.

Hier konnten sogar Giganten der PORCUPA-Klasse landen.

Mit CERTURRY hatten marsianische Ingenieure und Festungsbauer wahrscheinlich ihr letztes Meisterstück geliefert. Mir wurde klar, daß dieser Himmelskörper in seinem Innern völlig ausgehöhlt war.

Was in Anbetracht dieser Größenordnung dort alles hineinging und aufbewahrt werden konnte, wagte ich mir kaum vorzustellen.

Das war der Stützpunkt, nach dem wir gesucht hatten! Wie gut, daß ich mich nicht dazu hatte hinreißen lassen, Professor Bridgeman nach dem gelungenen Anden-Unternehmen zu verhaften.

Sein Sohn hätte längst zugeschlagen. Ich war der festen Überzeugung, daß er höchstpersönlich am 5-D-Wahnsinnssender saß.

Jetzt sollte Dr. Dr. Alec-Hood Bridgeman aber zwei aktive GWA-Schatten mit besonderen Fähigkeiten kennenlernen. Das Vergnügen schien er bislang nicht gehabt zu haben, oder es hätte garantiert keinen Alec-Hood mehr gegeben.

Wissen Sie – unterschätzt zu werden, ist immer eine feine Sache!

5.

Hannibal hatte mich während des Landevorganges auf Alec-Hood Bridgemans Gehirnschwingungsmuster eingepeilt.

Auch dieser Mensch war nicht wahnsinnig im eigentlichen Sinne, aber er unterlag einem ungeheuren Geltungstrieb. Seine Eitelkeit war kaum zu überbieten.

Er war entschlossen, seinem „Alten" Respekt beizubringen, vorerst allerdings in zurückhaltender Form, denn Alec wollte unter allen Umständen mit Hilfe einer marsianischen Lehrmaschine eine Intelligenzaufstockung erreichen.

Die letzten Geräte dieser Art hatten Hannibal und ich im Tiefseestützpunkt Crutcolatla vernichtet. Sogar Horatio Bridgeman, der anscheinend über unerschöpfliche Hilfsmittel und marsianische Geheimdepots verfügte, war bisher nicht in der Lage gewesen, den Wünschen seines Sohnes nachzukommen, dessen brennendstes Verlangen es war, zu den wenigen Auserwählten mit mehr als fünfzig Neu-Orbton zu gehören.

Auf seinen beiden wissenschaftlichen Fachgebieten schien er überdurchschnittliche Leistungen zu bringen, bei weitem aber nicht das Weltklassekönnen seines Vaters. Horatio hatte nämlich den Nobelpreis noch vor seiner Aufstockung erhalten – und das wollte etwas heißen!

All diese Dinge waren seinem Sohn bekannt. Er beneidete seinen Vater nicht nur um dessen frühere wissenschaftliche und gesellschaftliche Anerkennung, sondern darüber hinaus um seinen enormen Intelligenzquotienten von 55,34 Neu-Orbton.

Es war Alecs heißester Wunsch, diesen Wert noch zu übertreffen, zumal er Logiker genug war, um zu erkennen, daß er ohne Aufstockung mit der marsianischen Hinterlassenschaft so gut wie nichts anfangen konnte.

Kein Kommandogehirn, nicht einmal eine portable Kampfmaschine, würde sich ihm jemals unterordnen, wenn er nicht die Grundforderung von mindestens fünfzig NOQ erfüllte.

Sein Vater hatte keine Ahnung, daß er nur aus diesem Grunde noch geduldet wurde. Alec hätte ihn längst entmachtet oder gar beseitigt, wenn er die tatsächliche Gewalt hätte ausüben können.

Mit seinem jetzigen Quotienten, der wohl bei einem überdurchschnittlich guten Wert von achtzehn NO lag, konnte er nichts unternehmen. Lediglich Dinge, die sein Vater beschafft, eingeschaltet, justiert oder in einer anderen Form betriebsbereit gemacht hatte, unterstanden seiner Kontrolle. Niemals aber konnte er Zugang zum Venusdepot finden.

Wenn er den verrückten Gedanken gehabt hätte, seinem Vater den Kodator, das zum „Himmelreich" führende Kommandogerät, zu entwenden, wäre es bei der ersten unbefugten Benutzung in seinen Händen explodiert.

Auch das wußte er! Er befand sich also in einer Zwangslage, die ihm sein Handeln vorschrieb.

War er unhöflich oder aufsässig, mußte er seinen Vater anschließend um Entschuldigung bitten und beteuern, sein überströmendes Temperament sei wieder mit ihm durchgegangen.

Alec-Hood hatte dafür einen Begriff geprägt, der mir ein Schmunzeln entlockte.

Als die WONDERFUL POWER mit gespreizten Landebeinen auf dem phantastischen Raumhafen aufsetzte und von Antischwerkraftfeldern zum nächsten Hangarlift transportiert wurde, hatte er Bridgeman nochmals angerufen.

Seine Entschuldigung wegen des groben Empfangs beendete er mit den Worten:

„Weißt du, Vater, die Wünsche galoppieren und der Verstand geht zu Fuß!"

Das hatte mir irgendwie imponiert. Alec war in jedem Falle mit größter Vorsicht zu behandeln.

Ich hatte mich mit einer Entschuldigung in unsere kleine Gemeinschaftskabine zurückgezogen. Bridgeman hatte nur genickt, als ich von Schmerzen sprach und meine linke Hüfte betastete.

Daß dies ein Fehler war, bemerkte ich, als ich die Zentrale verließ. Auch Hannibal machte mir Vorhaltungen.

Da der Bildschirm an der einen Kabinenwand in Betrieb war, konnten wir wieder einmal miterleben, wie marsianische Festungsbauer ihre Raumschiffe in Sicherheit gebracht hatten.

Abgesehen vom Mars hatte man sie niemals auf der Oberfläche stehen lassen. Dort wären sie denebischen Angriffen ungeschützt ausgesetzt gewesen.

Man hatte, wo immer möglich, die Hangars tief unter der Oberfläche eines Himmelskörpers angelegt. In Topthar auf Mars gab es Tiefbunker, die fast viertausend Meter unter den roten Sandhügeln lagen.

Da man das Geheimnis der Schwerkraftaufhebung beherrschte, war es kein Problem, auch Giganten aus der neunhundert Meter durchmessenden PORCUPA-Klasse sanft hinabschweben zu lassen.

Ähnliches geschah nun mit der wesentlich kleineren WONDERFUL POWER. Wir wußten längst, daß sie das einzige Marsschiff war, welches Bridgeman in seinen Besitz bringen konnte. Er hatte es tatsächlich in einem Depot der Antarktis gefunden und mit Hilfe der dortigen Wartungsroboter wieder raumflugfähig machen können.

Das war aber in unserer augenblicklichen Situation uninteressant. „Ein krasser Fehler!" empfing mich Hannibal wütend. „Wie kannst du nur auf der Nierenwunde herumreiten! Der Kerl kommt glatt auf die Idee, dich von einem seiner Ärzte transplantationstechnisch behandeln zu lassen, oder gar von mir, dem ‚Spezialisten' auf diesem Gebiet, zu verlangen, dir eine neue Niere einzupflanzen. Wenn das passiert, sind wir reif."

Ich winkte ab. Er hatte recht und unrecht zugleich.

„Darauf kommt es nicht mehr an, Kleiner. Ich denke nicht daran, länger als unbedingt nötig zu warten. Hier – und nur hier – kann der 5-D-Sender stehen. Die Erde ist in spätestens acht Tagen wieder sichtbar. Zur Zeit steht sie hinter der Sonne. Kannst du dir vorstellen, was passiert, wenn unser blauer Planet wieder angepeilt werden kann? Dann drückt Alec auf den Knopf."

„Vorausgesetzt, die Beeinflussungsanfälligkeit der Menschheit ist weit genug fortgeschritten."

„Ich nehme das mal als Tatsache an. Man hat es geschafft! Acht Milliarden Menschen, oder wenigstens fünfundneunzig Prozent davon, dürften ‚impulsreif' sein. Wir haben keine Zeit zu verlieren."

Der Kleine humpelte zur Schiebetür der Kabine und starrte sie durchdringend an. Er sondierte die davorliegenden Gänge und Nebenräume.

Okay, sauber. Es sind hier tatsächlich keine Abhöranlagen installiert. Bist du sicher, daß es hier außer der WONDERFUL POWER keine anderen, wenigstens einfach lichtschnellen Raumschiffe gibt? Dieser große Satellit sollte davon wimmeln."

„Nein, ich habe Ramon ausgehorcht. Er war schon zweimal hier. Die Nachschubfrage an allen möglichen Bedarfsgütern ist ein Problem. Es gibt hier nicht einmal Wasser. Der kleine Kreuzer muß ständig unterwegs gewesen sein."

„Und das sollen wir nicht bemerkt haben?"

Ich zuckte mit den Schultern.

„Offenbar nicht. Die Frischwasserversorgung hat man sicher anderweitig gelöst. Auf den großen Jupitermonden gibt es Wasservorkommen. Man wird also nicht ständig bis zur Erde geflogen sein. Die Lebensmittel hat man sicherlich in dehydrierter Form angeliefert. Es gibt auf der Erde genug Firmen, die alle nur denkbaren Nahrungsmittel in Trockenform ausliefern. Unsere Raumfahrt verlangt danach. Dadurch spart man bis zu fünfundneunzig Prozent an Masse, Gewicht und Umfang. Wenn man das zur Normalisierung notwendige Wasser von den großen Jupitermonden holen kann, waren die Nachschubflüge relativ ungefährlich und auch nicht so zahlreich, wie ich ursprünglich angenommen hatte."

„Wie gehen wir vor?" lautete seine Frage. Ich schaute ihm starr in die tiefblauen Augen. Die Peroni-Maske war absolut naturgetreu.

„Kleiner, wir müssen vordringlich dafür sorgen, daß man uns nicht über den Haufen schießt. Ist dir das klar?"

Er ließ sich auf das Pneumobett fallen und fluchte, weil er sich das Knie angestoßen hatte.

„Nur wegen meiner Bemerkung Armand und Radokowsky gegenüber? Verdammt, Alec ist hoffentlich schlau genug, sie zu vergessen. Leute wie wir werden gebraucht."

„Hoffentlich so dringend, daß man sie nicht opfert wie Versuchskaninchen", lachte ich humorlos. Ab und zu öffnete ich meine Parasinne, um die Umgebung abzusuchen.

Wir waren aber doch unter uns. Die wenigen Männer der Besatzung befanden sich in der Zentrale.

„Ich habe eine Idee, Kleiner."

Er stützte sich auf die Ellenbogen und starrte mich an. Der Funken der Verzweiflung in seinen Augen entging mir nicht. Ich hütete mich auch, in sein Bewußtsein einzudringen. Er hatte Angst – genau wie ich!

Es war aber keine normale Angst, sondern ein tiefverankertes, panikartiges Furchtempfinden, das sich aus verschiedenen Komponenten zusammensetzte.

Einmal war es die Angst um unser Leben, zugegeben! Normalerweise ist die Todesangst die größte und schrecklichste, die ein Mensch überhaupt empfinden kann.

In unserem Falle kamen jedoch noch andere Faktoren hinzu. Da war die ferne Menschheit auf unserem blauen Planeten. Wir wußten, daß ein Verbrecher wie Alec-Hood Bridgeman keinen Augenblick zögern würde, seinen teuflischen Plan in die Tat umzusetzen.

Sein Vater schien den Moment immer wieder hinausgezögert zu haben. Wahrscheinlich hätte er schon von der Anden-Station aus den Impuls des Wahnsinns geben können. Warum er es nicht getan hatte, konnte ich nur ahnen.

Wahrscheinlich hatte er mit sich gekämpft; mit all dem Anständigen, das er noch in sich trug. Bei seinem Sohn war damit nicht zu rechnen. Also stand unser Vorgehen fest.

„Du hattest eine Idee?" erinnerte mich Hannibal. Ich nickte zögernd.

„Wenn es weitere Schiffe gäbe, kleine Beiboote vielleicht, könnten wir schleunigst unsere Bomben legen, verschwinden und sie zünden. Das ist leider unmöglich."

„Klar. Weiter!"

„Wir müssen also versuchen, mindestens sechs bis acht Tage lang am Leben zu bleiben. Dann erscheint die Erde wieder im Zielpunkt. Wenn wir bis dahin keinen Weg gefunden haben, der uns in Sicherheit bringt, schlagen wir zu, jedoch nicht in Form einer Totalvernichtung. Wir zerstören vordringlich die Sendestation. Vorher sind Raumanzüge zu besorgen. Unter Umständen kann die WONDERFUL POWER gekapert werden; wir müssen warten. Jedenfalls darf Alec nicht zur Abstrahlung des Impulses kommen. Wenn er uns vorher eine Chance gibt, egal wie, knallt es. Ich nehme keinerlei Rücksichten mehr. Das wäre alles."

„Ich hatte daran gedacht, mit deinem Kodator das Marsgehirn anzurufen. Es wird den Planetoiden fraglos einpeilen können. Natürlich dürften wir sofort geortet werden."

„Das ist ein Bestandteil meines Plans, aber das sollten wir jetzt noch nicht tun. Vorerst besteht keine Gefahr.

Die Sonneneinflüsse dürften sich äußerst störend auf den 5-D-Peilstrahl auswirken. Die Erde muß von hier aus voll und störsicher erfaßt werden. Soviel weiß ich über die Funktion marsianischer Überlichtsender. Sol ist eine ungeheure Störquelle auf der übergeordneten Hyperraumebene. Bridgeman wird es nicht auf ein Mißlingen des Versuches ankommen lassen."

Hannibal wiegte zweifelnd den Kopf.

„Bis jetzt bin ich einverstanden, aber deine letzte Bemerkung gefällt mir nicht. Weshalb sollte er sich daran stören?"

„Weil es auf der Erde zufällig eine GWA mit marsianischen Funk- und Ortungsgeräten gibt. Wir haben eine Direktverbindung zu NEWTON. Auf Henderwon steht die ‚1418' – nein, sie wird sich längst tief im Raum und nahe der Marsbahn befinden! Der Alte wird versuchen, uns durch Kiny ausmachen zu lassen. Das ist natürlich eine Suche nach der berühmten Stecknadel im Heuhaufen. Wird ihm jedoch von Bridgeman der geringste Anhaltspunkt gegeben, rast Captain Lobral mit Wert Dunkelrot los und eröffnet sofort das Wirkungsfeuer. Darauf kannst du dich verlassen. Auch der leichtfertige Alec wird es daher nicht auf einen Versuchsfehler ankommen lassen. Ist das eine klare Begründung?"

„Superklar. Typisch GWA-gedacht. Okay, ich mache mit. Außerdem bleibt mir keine Wahl, Sir."

Ich winkte ab, suchte die Umgebung erneut auf Esper-Basis ab und ließ die Doppeltür aufgleiten.

Minuten später betraten wir die Zentrale. Gerade kam das Schiff endgültig zur Ruhe.

Auf den Bildschirmen war eine mittelgroße Hangarhalle zu sehen. Ich entdeckte jedoch sofort eine hohe, bogenförmige Öffnung, die den Blick in einen weitaus größeren Hangar erlaubte. Er mußte riesig sein! Hier hatte einmal ein Superschlachtschiff der PORCUPA-Klasse gestanden.

Ich räusperte mich, aber Bridgeman beachtete mich kaum. Er öffnete durch einige Schaltungen die untere Mannschleuse und ging wortlos voran. Armand, Radokowsky und Archi Coolert folgten ihm auf dem Fuße.

Ramon de Giuera gab mir ein Zeichen. Als ich an ihm vorbeiging, flüsterte er mir zu:

„Nehmen Sie sich vor Radokowsky in acht. Er hat etwas vor."

Ich zwinkerte ihm zu, tastete nach seinem Geistesinhalt und erfuhr dadurch, daß er sich Sorgen machte.

Hier, auf dem Planetoiden, war er nicht mehr Chef der Aufseher. Er dachte an einen Mann namens Nonyo Batrun, offenbar ein Afrikaner.

Als ich den Namen in Ramons Bewußtsein entdeckte, wußte ich sofort, mit wem wir es zu tun bekamen. Der Name war mir bekannt!

Vor etwa vier Jahren hatte ein Massai im Range eines Majors der ostafrikanischen Streitkräfte einen Staatsstreich versucht und sich dabei zu grauenhaften Gewalttaten hinreißen lassen.

Er hatte etwa zweitausend Gefangene öffentlich erschießen, enthaupten oder auf andere Weise umbringen lassen und gedroht, die gesamte Regierung auszulöschen, wenn man ihn nicht unterstütze.

Die Sache war zu einem GWA-Fall geworden. Der Chef hatte persönlich eingegriffen. Nonyo Batrun war es gelungen, zusammen mit etwa zwanzig seiner engsten Vertrauten zu entkommen. Wahrscheinlich hielten sie sich ebenfalls auf dem Planetoiden auf.

Hannibal hustete. Er hatte die Sachlage auch erkannt.

Wenn wir jemals in ein Wespennest hineingegriffen hatten, dann in diesem Einsatz. Hier waren mehr Mörder und Kriminelle aller Art versammelt, als man sich im schlimmsten Alptraum ausmalen konnte.

Professor Bridgeman blieb vor der aufgleitenden Bodenschleuse stehen und drehte sich um.

„Meine Herren, ich ersuche Sie um innere Ausgeglichenheit und Höflichkeit. Mein Sohn legt Wert auf gepflegte Umgangsformen. Bitte beherrschen Sie sich. Das gilt besonders für Sie, Professor Peroni."

Hannibal vergaß bei diesen Worten sogar sein Grinsen. Das war eine gutgemeinte Warnung. *Worauf* sollte der Bursche Wert legen? Auf „gepflegte Umgangsformen?" Na, schöner hatte es nicht mehr kommen können!

„Der Boß" – wie er sich gern anreden ließ – war höchstpersönlich erschienen.

Er trug eine enganliegende, kombiähnliche Phantasieuniform aus hellgrüner Seide mit dunkelrotem Besatz. Außerdem hatte er sich zum „Supergeneral" ernannt, denn er trug je fünf goldene Sterne rechts und links auf den protzigen Schulterstücken.

Ein General mit fünf Sternen war für mich neu, aber was war hier nicht neu!

Hannibal hustete etwas zu laut, dann schien er plötzlich unter Luftnot zu leiden.

Er wurde anormal blaß. Ich griff ihm instinktiv unter die Arme und stützte ihn. Wenn seine Augen so starr wurden, versank er in eine tiefgreifende Konzentrationsphase, die ihn die Umwelt nicht mehr wahrnehmen ließ.

Ich entschuldigte mich flüsternd bei Professor Bridgeman, der Hannibal und mir lediglich einen flüchtigen Blick zuwarf.

Seitdem er den harten Kunststoffboden dieses Hangers betreten hatte, schien er ein anderer Mensch geworden zu sein.

Zum Donnerwetter – was war nur mit Hannibal los? Ich durfte jetzt nicht auch noch die Beherrschung verlieren und in die Esper-Phase absinken. In diesem Falle wären Bridgemans Robotmenschen sofort gegen uns vorgegangen.

Alec-Hood Bridgeman trug die langen Haare dicht gewellt und gepflegt. Er war mittelgroß, aber sehr breit und kräftig gebaut. Unter dem Material seiner Kleidung zeichnete sich eine durchtrainierte Muskulatur ab.

Hannibal begann zu zittern. Als ich ihn telepathisch anrufen wollte, schien in meinem Gehirn eine Bombe zu explodieren, ausgelöst durch Hannibals Verzweiflungsruf.

„Lebensgefahr! Ihr kennt euch gut, seid Duzfreunde. Ihr habt euch bei der Jahrtausendwende in Rio kennengelernt. Gefeiert und gesoffen im neuen Luxushotel Palazzo-Rio. Er spannte dir eine bildhübsche Mulattin namens Judy aus. Dafür hast ihn in einen riesigen Sektkübel mit Eiswasser geworfen. Ihr wart vier Wochen lang zusammen, beide Semesterferien. Ihr habt Spitznamen. Du nennst ihn … nennst ihn … ja, ‚Admiral'. Er nannte dich wegen deiner Muskeln ‚Muscy'. Vorsicht, Gefahr! Er wartet darauf, daß du ihn ansprichst. Er lauert. Großer …!"

Ich ließ Hannibal los und stieß eine heftige Verwünschung aus. Sie erweckte den Anschein, als hätte ich von Peroni endgültig die Nase voll, denn er umklammerte mich wie ein Ertrinkender.

„He", rief ich erbost und überspielte damit meine maßlose Erregung, „wie ist das, Admiral, willst du einem alten Freund nicht diesen nach Luft schnappenden Frosch abnehmen?"

Ich stieß Peroni von mir. Ramon fing ihn auf und stürzte zusammen mit Hannibal zu Boden.

Bei diesem Anblick begann ich zu lachen, und das half mir über den Rest des Schocks hinweg.

Von Hannibal erhielt ich weitere Informationen, denn Alec dachte jetzt intensiv an die Vergangenheit. Bruchstückweise erfuhr ich, was damals in Rio geschehen war, wie sich van Haetlin und der junge Bridgeman kennengelernt hatten und was der Mosaiksteinchen mehr waren.

Alec blieb stehen, mimte den Verwunderten und schaute mich an.

„Haben Sie etwa mich gemeint?" erkundigte er sich gedehnt. „Oder wem hat Ihr Anruf gegolten? Wohl übergeschnappt, was?"

Ich seufzte gelangweilt, steckte die Hände in die Hosentaschen und ging auf ihn zu.

Die blitzschnell hochruckenden Mündungen seiner Leibwächter störten mich nicht.

Er gab einen scharfen Befehl. Die Läufe senkten sich, die Wachen traten zurück.

Ich blieb breit grinsend vor ihm stehen.

„Sieh einer an, der Admiral! Junge, du hast es ja wirklich geschafft. Fünf Sterne, ich werde wahnsinnig."

„Sie scheinen der Auffassung zu sein, mich zu kennen", meinte er, aber gleichzeitig begann er zu lächeln.

„Worauf du dich verlassen kannst, Admiral. Mit dir habe ich die Jahrtausendfeier meines Lebens verbracht; du aber auch, denn den Beginn des nächsten Jahrtausends werden wir beide nicht mehr erleben. Es war in der Neujahrsnacht 1999 auf 2000, als du mir im Palazzo-

Rio die schönste Mulattin der Zuckerhutstadt abgejagt hast. Ich nannte dich Admiral, weil dir dein Vater den Namen eines alten Admirals mit auf den Lebensweg gab. Du hast mich Muscy geschimpft. Und wenn du jetzt noch immer behauptest, mich nie gesehen zu haben, bitte ich den dunkelhäutigen Giganten an deiner Seite, mir den größten Kübel mit Eiswasser zu besorgen, der sich in diesem Bau auftreiben läßt. In den schmeiße ich dich dann kopfüber hinein, genauso wie in jener Nacht, als du mit Judy verschwunden bist und ich in meinem Alkoholrausch unter einer Palme liegenblieb. Na, Admiral – dämmert dir endlich etwas? Was wird hier gespielt? Welcher Bastard, tut mir leid, ich finde keine andere Bezeichnung, hat dir weismachen wollen, ich wäre nicht Muscy van Haetlin sondern ein Spitzel oder sonst etwas?"

Er schmunzelte, griff in die linke Außentasche seiner Uniform und entnahm ihr eine helle Zigarre, die er mir zwischen die Lippen schob.

„Damit du endlich den Mund hältst, Radokowsky, haben Sie gehört, wie er Sie genannt hat? Einen Bastard! Fedor, mein kleiner, fetter Liebling, solche Scherze sollte man mit mir nicht machen. Das ist van Haetlin, denn außer ihm kann niemand wissen, was er mir eben gesagt hat. Vor allem die Sache mit der Palme, unter die ich ihn tatsächlich zusammen mit Judy gelegt habe, damit er uns nicht dauernd nachrannte. Nonyo ...!"

„Nein, Boß, nein, haben Sie doch Mitleid!" brüllte Radokowsky in Todesangst. „Ich wollte nur ..."

Nonyo Batrun schoß von der Hüfte aus. Der Mann war so kräftig, daß er den schweren Maschinenkarabiner handhaben konnte wie ein normaler Mann eine leichte Pistole.

Radokowsky wurde von etwa zwanzig Explosivgeschossen getroffen. Ich konnte nicht hinsehen.

„Nachladen“, sagte Nonyo Batrun gleichmütig und warf einem anderen Wächter das teilweise leergeschossene Magazin zu. „Denkt immer an meinen Lehrsatz, Freunde: Wenn du durchgezogen hast, ersetze sofort die verschossenen Patronen, oder du bist dran.“

Er lachte vor sich hin. Der Mord schien ihn in keiner Weise zu berühren.

„He, du hast ja noch immer Nerven“, sprach mich Alec-Hood Bridgeman an. „Weiße Nasenspitzen sehen wir hier nicht gern. Aber vielleicht bei dir verständlich, wenn man so hauteng unter der Guillotine lag, hm ...“

Er lachte und reichte mir Feuer und Zigarre. Wie beiläufig meinte er:

„Was hast du Radokowsky eigentlich angetan, daß er in dir unbedingt einen GWA-Spitzel sehen wollte?“

Mir fiel die Zigarre aus dem Mund. Ich starrte ihn derart entgeistert an, daß der hünenhafte Massai wie ein Untier zu brüllen begann. „Lachen“ sagte er dazu.

„Wa ... was soll ich sein?“ staunte ich. „Mich trifft der Schlag!“

„Aufheben, Bio, wird's bald!“ fuhr Alec einen in der Nähe stehenden Robotmenschen an und deutete auf meine heruntergefallene Zigarre.

„Aufheben, Boß, jawohl aufheben, sofort, Boß!“ sagte der Mann teilnahmslos, rannte los und reichte mir kniend die Zigarre.

Alec stieß ihn mit einem Fußtritt zur Seite, daß der willenlos gewordene Mensch schmerzgequält aufschrie. Von diesem Augenblick an wußte ich endgültig, was ich von Professor Bridgemans Sohn zu halten hatte.

„Ich muß doch sehr bitten, Alec“, mischte sich Horatio-Nelson Bridgeman erblassend ein. „ Das hättest du lassen sollen.“

„Beruhige dich, Vater. Mir gingen die Nerven durch“, erwiderte Alec. Er wußte genau, wie weit er gehen durfte. „Radokowsky hat dich hintergangen. Er rief mich bereits von Bord aus an und behauptete, nicht Boster Havelink hätte unseren Anden-Stützpunkt in die Luft gejagt, sondern ein GWA-Schatten in van Haetlins Maske.“

„Das ist völlig unmöglich“, erregte sich Bridgeman. „Mir scheint, als wäre ganz im Gegenteil Radokowsky in die Sache verwickelt gewesen. Doktor, ich bitte um Entschuldigung. Niemand weiß genauer als ich und Ramon, daß wir Sie von Henderwon befreit haben.“

Alec musterte mich nachdenklich.

„Oder bist du doch ein kleiner, meisterhaft maskierter Schatten, eh?“ fragte er mit einem dünnen Lächeln. „Freund, ich werde nicht nur deine linke Niere untersuchen lassen, ich werde auch deine NOQ-Werte genau durchmessen. Und wehe dir, wenn du weniger als fünfzig hast! Dann ist das Schauspiel zu Ende!“

Er meinte es ernst. Das Lächeln fiel mir diesmal schwer. Im gleichen Moment bekam ich von Hannibal eine neue Information. Alec schien gerade daran gedacht zu haben.

„Okay, einverstanden. Aber vorher werde ich noch allen erzählen, wie du sternhagelblau auf dem Dach des Palazzo-Rio gestanden hast, um auf die Leute hinunterzupin …“

„Es langt, kein Wort mehr“, unterbrach er mich. Anschließend lachte er schallend. „Okay, du bist es. Das hat außer dir niemand beobachtet.“

„Genau! Und wenn ich dich nicht zurückgerissen hätte, wärest du bei deinem benebelten Gehirn garantiert abgestürzt."

„Stimmt, Muscy, ich nehme jedes Wort zurück. Du bist echt. Aber etwas muß doch zwischen dir und Fedor vorgefallen sein. Ich mag keine Ungewißheiten."

Da ging ich aufs Ganze ... nein, ich riskierte sogar viel mehr! Ich riß Hannibal aus seiner gefährlichen Lage, wiegte Alec in Sicherheit und gab ihm ein Stichwort, das seinen Herzenswunsch betraf.

„Ach, eine Kleinigkeit. Peroni und ich haben ihn – und auch Coolert und Armand – sinngemäß einen Dummkopf genannt, der vor Leuten mit mehr als fünfzig Neu-Orbton strammzustehen hätte. Das war alles. Ich konnte ja nicht wissen, daß er infolgedessen ..., was ist, Admiral? Was soll das?"

Ich wich zurück und hob blitzschnell die Hände.

Er hatte seine Waffe gezogen und die Mündung auf mich gerichtet. Seine vollen Lippen bebten.

„Ich verstehe alles", knirschte er. „Freundchen, ich bin auch nicht quotientenaufgestockt. Bin ich also ein Dummkopf, oder bin ich keiner?"

Nonyo Batrun seufzte trübsinnig, lud seinen Maschinenkarabiner durch und entsicherte ihn.

„Schon wieder", klagte er. „Oder wollen Sie es selbst machen, Boß?"

Ich bemerkte, daß Alec kurz vor dem Abdrücken war. Darauf hatte ich gewartet. Jetzt mußte ich psychologisch zuschlagen.

„Wieso denn das?" fuhr ich ihn an. „Warum läßt du dich nicht aufstocken? Das dürfte doch wirklich kein Problem sein. Ich würde dich garantiert einen Dummkopf nennen, wenn du darauf verzichtest."

Er ließ die Waffe fallen. Noch nie hatte ich einen derart fassungslosen Mann gesehen. Nonyo sicherte seinen MK und schüttelte grinsend den Kopf. Mehr hatte er zu dem Vorfall nicht zu sagen.

Hannibal warf mir einen entsetzten Blick zu. Er verstand mich, sich selbst und die Welt nicht mehr.

Alec streckte die Hände aus und kam auf mich zugetaumelt. Er war einer echten Ohnmacht nahe.

„Was ... was sagst du da? Muscy, kannst du mich aufstocken? Muscy ...!"

Er umklammerte meine Oberarme und schüttelte mich. Dabei rief er immer wieder van Haetlins Spitznamen.

Sein Vater stand verstört neben uns und sprach hastig auf mich ein. Ungefähr zwanzig Wächter und einige herbeigeeilte Wissenschaftler schwiegen gespannt.

Ich hatte gewonnen! Jetzt mußte man mir meine Geschichte nur noch abkaufen, aber dafür wollte ich schon sorgen.

„Ja ... selbstverständlich kann ich das, wenn du mich zum Aufstockungsdetektor bringst. Ich brauche einen marsianischen 5-D-Hochfrequenzgleichrichter."

„Das weiß ich auch, Mensch", rief er außer sich. „Diese Geräte sind jedoch mit der Atlantis-Basis vernichtet worden."

„Stimmt", lachte ich, „aber auf dem Mond stehen noch zwei! Sogar Hochleistungsgeräte, die nur höchste Offiziere benutzen durften. Man wird in vier bis fünf Stunden aufgeladen. Du kannst damit sechzig NOQ erreichen. Warum also die Aufregung?"

Der junge Mann, der vor keiner brutalen Handlung zurückschreckte, begann wie ein Kind zu weinen. Ich mußte ihn festhalten, oder er wäre zu Boden gestürzt.

Zwei Bios brachten auf Nonyos Wink hin schleunigst

einen Hocker. Alec setzte sich, aber er umklammerte nach wie vor meine Hand. Ich blickte in weit aufgerissene Augen, in denen seine Gefühle glänzten.

„Muscy, bitte rede, schnell! Woher weißt du das? Stimmt es auch, oder hat man dir einen Bären aufgebunden? Von wem hast du die Information? War das ein Wissenschaftler, ein Könner? Vielleicht gar ein Aufgestockter? Muscy, sprich doch endlich? Ich halte die Ungewißheit nicht länger aus."

Ein zweiter Hocker wurde gebracht. Sie standen normalerweise neben einigen Schaltanlagen im Hintergrund des Hangars.

Hannibal, alias Peroni, erholte sich allmählich von seinem „Schwächeanfall". Er gab mir unaufhörlich neues Material.

„Dr. van Haetlin, ich bin äußerst befremdet, erst jetzt derartige Dinge von Ihnen zu hören", mischte sich Bridgeman ein. „Warum haben Sie mich nicht unterrichtet?"

„Professor, seien Sie mir nicht böse", entgegnete ich. „Einen kleinen Trumpf wollte ich im Ärmel behalten. Sie haben so viel für mich getan, daß ich mir dachte, mit dieser Information eines Tages vielleicht ein kleines – nun sagen wir – Geschäft machen zu können. Sir, ich bin nichts mehr und habe nichts mehr. Ich wurde zum Tode verurteilt und von der GWA wochenlang gequält. Das müssen Sie verstehen."

„Selbstverständlich verstehen wir das", warf Alec hastig ein. Ein wütender Blick traf seinen Vater. „Das hätte ich auch nicht ausgeplaudert. Muscy, ich werde dich fürstlich belohnen. Also, wie sieht das aus?"

Wir waren plötzlich von Männern umringt, die ich nie zuvor gesehen hatte. Meine Äußerung schien wie eine Bombe eingeschlagen zu haben. Mir wurde gleichzeitig aber auch klar, daß sogar in dem Luxusdepot der Venus keine Lehrmaschinen mehr existieren, oder Bridgeman hätte seinem Sohn längst den sehnlichen Wunsch erfüllt.

„Mein Verhöroffizier, Brigadegeneral ZBV, HC-9, führte mir einen Film vor, um mir zu beweisen, daß ich ihm geistig nicht überlegen sein konnte. Er besitzt fast sechzig Neu-Orbton, weil er im Auftrag von General Reling, dem Chef der GWA, auf dem Mond aufgestockt wurde."

„Also wissen Sie genau, daß es GWA-Offiziere mit über fünfzig NO gibt!" sagte Bridgeman erregt. „Mir gegenüber haben Sie behauptet, Sie könnten es bestenfalls vermuten."

„Professor, ich muß nochmals um Entschuldigung bitten, aber das konnte ich Ihnen nicht sagen, oder mein kleines Geheimnis wäre verraten gewesen."

„Klar, logisch", rief Alec. „Unterbrich ihn doch nicht ständig. Das ist jetzt unwichtig. Weiter, Muscy, hat dich der Offizier auch nicht getäuscht?"

„Nein, unmöglich! Ein gewisser Professor David Goldstein erschien. Er ist Hochenergiephysiker und beherrscht die marsianische Zeitmaschine, mit der man in die Vergangenheit zurückkehren kann, um den Ablauf der Geschichte zu korrigieren. Er ..."

„Was?" diesmal brüllte Horatio Bridgeman seine Überraschung heraus. „Eine Zeitmaschine?"

„Ja, Sir. Sie wurde von der GWA eingesetzt, als jemand versuchte, mit einem zweiten Gerät dieser Art Napoleons Rußlandfeldzug zu verhindern, der letztlich zur Zerstörung seiner Macht führte."

Bridgeman griff sich an den Kopf.

Alec wurde ruhiger. Nur seine grünen Augen, ein Erbe seiner irischen Mutter, schienen von innen heraus zu leuchten. Ich wußte, daß sich vor seinem geistigen Auge ungeheuerliche Möglichkeiten abzeichneten! Wenn er erst die Menschheit beherrschte, konnte er über all diese wunderbaren Dinge verfügen.

Ich fuhr fort:

„Professor Goldstein belegte die Aufstockungstheorie von HC-9 durch die Anwendung eines Kommandogerätes von der Art, wie Sie es auch besitzen, Professor Bridgeman. Ich habe es auf der Venus sofort erkannt, wollte aber noch nichts sagen. Offen gesagt, Sir, ich wollte vorher Ihren Sohn wiedersehen, ihn testen und feststellen, ob er der Alte geblieben ist. Das war mein Grund."

Alec drückte meine Hand noch fester. Sein Lächeln war fast herzlich.

„Zufrieden?" fragte er.

„Und wie. Jetzt weiß ich, daß mich der Pariser Henker nicht mehr mit Stahlklammern am Fallbeilgerüst festbindet."

„Darauf gebe ich dir mein Wort, Junge. Wenn du willst, kannst du dich an ihm rächen."

Ich winkte geringschätzig ab.

„Wozu? Er ist ein bedeutungsloser Mann. – Jedenfalls hat sich das Marsgehirn NEWTON auf den HC-9-Anruf hin prompt gemeldet und Befehle entgegengenommen. Mir wurde klar, daß der Knabe tatsächlich aufgestockt ist. Aufgrund dieser Tatsache ist es sicher, daß auf dem Mond zwei Spezialmaschinen für den Bedarf der höchsten Marsianer stehen. Dort werden GWA-Agenten aufgestockt. Sie beherrschen ZONTA und NEWTON. Jeder von uns weiß, daß dies nur mit einem Quotienten von über fünfzig NO möglich ist. Also, woran sollte man noch zweifeln? Admiral – wenn du deinen Sender, oder was es sonst sein mag, richtig einsetzt, werden dich willenlos gewordene GWA-Wissenschaftler hinführen und aufstocken. Das dürfte dann überhaupt kein Problem mehr sein. Ich werde dabeistehen und die Augen offenhalten. Schließlich bin ich ein Bulmers-Schüler, der sehr genau weiß, wie man mit solchen Geräten umzugehen hat. Ich habe über dreihundert Personen im Atlantis-Stützpunkt nach allen Regeln der Kunst getestet."

„Umgebracht!" prustete Nonyo Batrun los. Er wollte sich vor Lachen ausschütten.

Hannibal war erschüttert über mein gewagtes Spiel. Das bemerkte ich an seinen Blicken. Trotzdem war er damit einverstanden. Wir hatten alle drohenden Schwierigkeiten im Handumdrehen erledigt – aber gerade diese Tatsache machte mich nervös und übervorsichtig.

Ich gehörte nicht zu den Menschen, die sich nach einem Erfolg sofort in Sicherheit wiegen.

Alec-Hood Bridgeman hätte mir in diesen Minuten die halbe Welt geschenkt. Wie er sich in zwei bis drei Tagen verhalten würde, stand noch in den Sternen.

Meine Beweisführung war beendet. Anschließend geschah etwas, womit ich selbst in meiner optimistischen Stimmung nicht gerechnet hatte.

Der über zwei Meter große Massai kam auf uns zu. In seiner Hand lag die Waffe, die Alec hatte fallen lassen.

„Schade, Boß, die linke Elfenbein-Griffschale hat etwas mitbekommen. Soll ich es Ihnen auspolieren?"

„Donnerwetter!" entfuhr es mir fast gegen meinen Willen, „was für ein prachtvolles Stück! Die schönste .222 TARUFF, die ich je gesehen habe."

„He, Sie sind Waffenliebhaber, was?" lachte der Afrikaner. „Sie werden mir immer sympathischer, Doktor.

Können Sie schießen? Ich meine ordentlich schießen? Nicht einfach in die Gegend donnern, sondern auf fünfundzwanzig Meter fünfmal hintereinander ein Ziel treffen? Sie verstehen, was ich meine?"

„Und ob, mein Freund. Übrigens – ich kenne Sie. Irgendwo muß ich Sie schon einmal gesehen haben. Waren Sie Sportler?"

„Boxer, Schwergewicht", erklärte er geschmeichelt. Seine Gunst mußte ich unbedingt gewinnen. Er war der Chef von insgesamt achtzig hochqualifizierten Spezialisten im Töten.

„Richtig, ich erinnere mich. Ah, jetzt fällt es mir ein. Sie waren doch in den ostafrikanischen Rummel verwickelt. Natürlich, General Nonyo Batrun. Das müssen Sie sein. Ich dachte, man hätte Sie längst ins Jenseits befördert."

Der Massai grinste. Alec lachte auf.

Ich tastete schnell nach seinem Bewußtseinsinhalt. Er dachte ununterbrochen an seine Quotientenaufstockung. Selbstverständlich hatte er nicht die Absicht, noch eine weitere Person derart zu qualifizieren. Nur sich selbst wollte er als Genie sehen!

Nachdem ich seine Gedankengänge so klar seziert hatte, gab ich ihm die letzte „Psychospritze". Die meisterhaft gearbeitete Pistole in der Hand wiegend, sagte ich gedankenverloren:

„Du, Admiral, da fällt mir übrigens etwas ein, was der alte Bulmers noch nicht wissen konnte. Dafür lebte er nicht lange genug. Es hängt mit der Aufstockung zusammen."

„Junge, du bringst mich heute noch um den Verstand", stöhnte Alec, aber in seinen Augen funkelte wieder die Gier. „Worum geht es? Wichtig?"

„Ich glaube schon. Sag mal, wie oft hast du deinen

Vater gesehen, seitdem er von Bulmers entlassen wurde? Sehr häufig?"

„Nein, nur viermal."

„Aha! Und was meinst du, wenn du ihn genau anschaust: ist er älter geworden? Unsinn, natürlich ist er das; aber ich meine, ob er äußerlich gealtert ist? Mehr Falten, spröde Haut, mehr weiße Haare und so weiter. Ist dir in der Hinsicht etwas aufgefallen?"

Alec sprang wie von einer Tarantel gestochen von seinem Hocker auf, umfaßte die Arme seines Vaters und starrte in dessen Gesicht.

Professor Bridgeman verstand. Ein winziges Lächeln lag auf seinen Lippen, als er sagte:

„Dr. van Haetlin, ich glaube, daß Sie sich in dieser Hinsicht täuschen."

„Er sieht nicht älter aus", meinte Alec nach eingehender Betrachtung. Seine Hände begannen zu zittern. „Im Gegenteil, er scheint jünger geworden zu sein. Muscy, willst du damit andeuten, daß ..."

„Nicht nur andeuten", unterbrach ich ihn. „Professor Goldstein stellte die Behauptung auf, Quotientenaufgestockte würden sehr viel langsamer altern als normale Menschen. Er nahm eine mittlere Lebenserwartung von dreihundert Jahren an.

Hannibal schnallte geistig völlig ab. Telepathisch gab er mir durch:

„Du bist der größte Gauner und Schwindler der Weltgeschichte! Wenn du noch eine Stunde so weitermachst, brechen die Kerle in Tränen aus und gründen eine Gemeinschaft zur Pflege der Nächstenliebe."

Mein heimliches Schmunzeln fiel niemand auf.

Anschließend kam das, was bei meiner offenkundigen Waffenbegeisterung nicht ausbleiben konnte.

Alec nahm mir die ziselierte, vergoldete TARUFF aus der Hand und entfernte das Magazin mit den Explosivgeschossen. Nonyo reichte ihm eins mit Normalmunition.

„Fünfundzwanzig Meter, Muscy“, erklärte Alec. Seinen Gedanken entnahm ich, daß er dies als letzten Identifikationstest einstufte. Dr. van Haetlin war ein ausgezeichneter Sportschütze – und das wußte Bridgeman.

Er reichte mir die Waffe. Ich lud durch.

Nonyo brüllte Befehle.

Fünf Robotmenschen erhielten je eine Spielkarte. Es waren die vier Asse, Nummer fünf war ein Herzkönig.

Sie stellten sich nebeneinander in fünfundzwanzig Metern Entfernung auf und hielten die Karten hoch.

Beim geringsten Tiefschuß mußte ich ihnen die Hände zerschmettern, aber das spielte auf dem Planetoiden CERTURRY offenbar keine Rolle. Wie billig hier Menschenleben waren, hatte ich vorher erst erfahren.

„Okay, Doc, fünf Schuß“, sagte Nonyo fasziniert. „Fünf Sekunden Zeit, Treffer im jeweiligen Mittelpunkt. Wenn Sie die Bios töten, kostet Sie das pro Stück hundert europäische Dukaten. Okay?“

Der einzige Mann, der sich angeekelt abwandte, war Professor Horatio-Nelson Bridgeman. Er war sehr blaß. Ich ahnte, was in ihm vorging. Meine Charakterbeurteilung stimmte. Dieser Wissenschaftler war ein Gentleman, ein ehrenhafter Mann, der nur durch absurde Schicksalsschläge auf die schiefe Bahn geraten war. Das mußte ich mir merken! Menschen wie er waren im Verlauf der Menschheitsgeschichte fähig gewesen, ihr eigen Fleisch und Blut umzubringen.

„Wenn du nicht triffst, bist du auch nicht van Haetlin“, warnte Alec. „Also, fünf Sekunden Zeit.“

„Drei Sekunden!“ korrigierte ich lässig. „Ihr haltet mich wohl für einen Stümper, wie? Geht die Waffe genau Fleck?“

„Mikroskopisch genau“, behauptete Nonyo. „Ich habe sie auf der Maschine eingeschossen. Keine nachweisbare Streuung, tausendfach ausgesiebter Lauf. Großartige Präzisionszüge. Rückschlag schwach, da gute Dämpfung durch Gasdruckladung. Okay, drei Sekunden.“

Die fünf Robotmenschen standen teilnahmslos vor mir. Sie rührten sich nicht. Ich zog ein kleines Schauspiel ab, denn ich wußte, wie gut ich schießen konnte. Das GWA-Training war das beste der Welt. Selbst relativ untalentierte Männer wurden zu guten Schützen herangebildet. Ich besaß eine Art Naturtalent. Der beste GWA-Schütze nach mir war Hannibal Utan.

Ich stand mit dem Rücken zu den Bios, sprach noch ein Wort zu Nonyo, dann wirbelte ich blitzschnell herum.

Das Hochreißen des Waffenarms und das erste, rasend schnelle Durchziehen erforderte einen Sekundenbruchteil. Die fünf Schuß waren in 1,6 Sekunden draußen.

Der schwarzhäutige Hüne fuhr sich über die linke Wange, wo ihn meine ausgeworfene Patronenhülsen getroffen hatten. Er war fassungslos.

Als die Bios die Spielkarten ablieferten, lagen die Durchschüsse haargenau im jeweiligen Zentrum.

„Das … das ist unheimlich“, stotterte der Massai. „Mann, so etwas habe ich noch nie gesehen. Wo und wie lernt man das, Doc?“

„In schießsportlich orientierten Vereinen oder Interessengruppen. Training drei Stunden pro Tag, fünfhundert Schuß pro Tag. Nach drei Jahren kommen Sie allmählich hin."

„Sie gehört dir", sagte Alec-Hood Bridgeman fast feierlich. „Muscy, das ist mein erstes Geschenk an dich. Aber dabei bleibt es nicht. Wenn wir auf dem Mond sind, kannst du dir etwas wünschen."

„Dann weiß ich jetzt schon, worauf ich scharf bin", lachte ich und tippte gegen das ovale Gerät von etwa dreißig Zentimeter Durchmesser, das er ebenso wie sein Vater auf der Brust trug.

„Einen Schutzschirmprojektor?" staunte er, „Junge, du machst mir Spaß. Nach dem entscheidenden Impuls brauchen wir das nicht mehr!"

„Hm, schon möglich! Aber wenn ein Mann wie Nonyo Batrun wieder einmal auf die Idee kommt, einen MK zu entsichern und die Mündung auf meinen Bauch zu richten, würde ich mich in einem Schutzfeld ziemlich wohlfühlen."

Das waren die letzten Worte, die ich in diesem Hangar mit einiger Entschiedenheit sprach.

Vorerst hatten wir gewonnen. Wie lange dieser Zustand anhalten würde, konnte niemand sagen.

Alec überreichte mir sogar noch seinen kunstvoll gearbeiteten Waffengürtel und erteilte mir die Berechtigung, jederzeit eine Waffe zu tragen, nämlich jene, die einmal ihm gehört hatte.

Ob er bei seinem Gunstbeweis wohl ahnte, daß wir für dieses Kaliber die passende Spezialmunition besaßen? Zum Beispiel Thermonitalgeschosse, die mit zwei Meter durchmessenden und zwölftausend Grad heißen Gasbällen abbrannten?

Ob er ahnte, daß in Hannibals Kunstbuckel Magazine steckten, die exakt in eine moderne .222 TARUFF-Ultra-

Magnum paßten, und daß diese Geschosse Mikroraketen mit Mikro-Atomsprengköpfen waren?

Nein, das ahnte er sicherlich nicht, oder er wäre nicht so freizügig gewesen.

Ich schaute auf die Datumsuhr. Wir schrieben den 16. Juni des Jahres 2010. Es war 13:45 Uhr. Zeit zum Mittagessen.

6.

CERTURRY war zweifellos einer der größten und gewaltigsten Himmelskörper des Planetoidenringes zwischen Mars und Jupiter.

Die Tatsache, daß man ihn nicht schon vor hundert oder mehr Jahren entdeckt hatte, war mit seiner geringen Leuchtkraft zu erklären.

Es handelte sich um ein Oberflächenmaterial, das von Natur aus kaum das Sonnenlicht reflektierte. Große Planetoiden konnten aber nach der herkömmlichen astronomischen Verfahrensweise nur dann gefunden werden, wenn sie wenigstens einen Bruchteil des auftreffenden Sonnenlichtes spiegelähnlich zurückstrahlten.

Zu all diesen astrophysikalisch notwendigen Erfordernissen kam noch die „Maßarbeit" der ausgestorbenen Marsianer. Sie hatten natürlich nicht den geringsten Wert darauf gelegt, daß ihr vorgeschobener Stützpunkt auffällig war.

Energieschirme von lichtabsorbierender Wirkung hatten die Existenz dieses Planetoiden jahrhundertelang dem forschenden Auge der Menschen verheimlicht.

Alec-Hood Bridgeman, der ungekrönte König dieses Himmelskörpers, hatte seinen Vater gewissermaßen

„kaltgestellt". Professor Bridgeman trat kaum noch in Erscheinung.

Wenn ich ihm bei meinen Rundfahrten durch das Labyrinth von Gängen, Stollen, Rohrbahntunneln und mehr oder weniger großen Räumlichkeiten aller Art zufällig begegnete, verhielt er sich stets sehr zurückhaltend, auf keinen Fall jedoch unhöflich.

Vier Tage nach unserer Ankunft hatte ich ihn in der Messe der Wissenschaftler gesehen und darum gebeten, an seinem Tisch Platz nehmen zu dürfen. Er hatte mit einer Geste zugestimmt.

Er gefiel mir immer besser. Ja – ich war schon soweit, daß ich mir ernsthaft überlegte, wie man ihm vor einem irdischen Gericht helfen konnte. Sein seelischer Zustand war klar. Er war kein gemeiner Verbrecher, auch wenn er einen Plan aufgestellt und eingeleitet hatte, der zur geistigen Unterjochung der Menschheit führen mußte.

Etwas stand jedoch fest: Professor Bridgeman betrachtete nach wie vor die Periode der geistigen Zwangs-Bevormundung lediglich als „Reifezeit", wie er sich ausdrückte.

Er war fest entschlossen, nach dem Abschluß dieser „Friedens- und Gesundheitsschulung" – ebenfalls ein von ihm stammender Begriff – alle Menschen aus der geistigen Bevormundung zu entlassen, um zu sehen, wie sich seine Schützlinge anschließend verhielten.

Dieser Gedanke faszinierte ihn. Er konnte stundenlang darüber diskutieren.

Sein Sohn, er war sein einziges Kind, konnte ihm in dieser Hinsicht nicht das Wasser reichen. Alec war und blieb ein skrupelloser Mensch ohne jedes moralische Empfinden.

Sein Wissensstand war überdurchschnittlich. Als

Elektroniker leistete er Erstaunliches, während er sich der Kosmobakteriologie besonders verschrieben hatte.

Er hatte zweifach promoviert und zweimal hohe Auszeichnungen für besondere Leistungen erhalten.

Dennoch fühlte er sich mir und Peroni unterlegen, in erster Linie aber seinem Vater.

Mir war erst nach dem Rede- und Psychoduell im Raumschiffshangar klargeworden, daß ich Professor Bridgeman indirekt zum Tode verurteilt hatte. Das hatte ich in der Hitze des Gefechtes völlig übersehen!

Alec hatte auf seinen Vater bisher deshalb Rücksicht genommen, weil nur er ihm die Möglichkeit bot, eines Tages quotientenaufgestockt zu werden.

Außerdem hatte Professor Bridgeman bislang als einzige Person das überaus wichtige Venus-Depot betreten können.

Nun war plötzlich ein GWA-Schatten zur besonderen Verwendung aufgetaucht und hatte durch seine teils erlogenen, teils zutreffenden Geschichten eine Situation geschaffen, die Alec in dem Glauben wiegte, ab sofort auf die Gnade seines „Alten“ verzichten zu können.

Dieses Problem machte mir seelisch zu schaffen, zumal ich einem Burschen wie ihm ohne weiteres das abscheulichste aller Verbrechen zutraute, den Vatermord!

Alec-Hood Bridgeman dachte rein zweckbestimmt. Es gab auf dieser kleinen Welt und im gesamten Universum nichts, was ihn von einer Tat abhalten konnte, die er als zweckmäßig und nutzbringend einstufte.

Genaugenommen, hätte er bei seinem Intelligenzgrad keine Aufstockung nötig gehabt. Er hätte alles erreichen können, denn er besaß in gewisser Weise das Genie seines Vaters.

Ihm fehlte nur dessen Seele; das feinfühlige Herz, das

Professor Bridgeman wahrscheinlich daran gehindert hatte, noch vor Beginn meines Einsatzes „auf den Knopf zu drücken".

Ich hatte mittlerweile erfahren, daß die bakterielle Verseuchung der Menschheit bereits vor Monaten erreicht worden war. Der Fall „Clara Poterlee" wäre, konkret betrachtet, viel zu spät gekommen, um rechtzeitig geeignete Gegenmaßnahmen treffen zu können.

Professor Bridgeman hatte den „Reifeimpuls" trotzdem nicht gegeben, obwohl er von den Hoch-Anden aus die Möglichkeit dazu gehabt hätte.

Ja – ich ahne, was SIE jetzt denken! SIE lesen meinen Bericht; SIE können die Sachlage ebenso beurteilen wie ich, denn SIE sind informiert.

Ich habe mich vor IHNEN zu rechtfertigen, denn mir ist klar, daß meine Schilderung über die Verhaltensweise des Professors Horatio-Nelson Bridgeman bei IHNEN den Eindruck erwecken muß, als wollte ich seine Untaten entschuldigen, sie aber zumindest abschwächen.

Nein, das liegt nicht in meiner Absicht, aber ich komme bei einer objektiven Beurteilung seines Falles nicht umhin, für ihn Milderungsgründe aufzuführen. Er hat sich nicht wie ein typischer Verbrecher benommen.

Dennoch, das ist mir völlig klar, gehörte auch Horatio-Nelson Bridgeman abgeurteilt. Allein der von ihm arrangierte Flugzeugabsturz forderte hundertsiebenundachtzig Menschenleben. Das genügt für die Todesstrafe, die von der Menschheit Mitte des zwanzigsten Jahrhunderts vorübergehend abgeschafft worden war, allerdings bei weitem nicht in allen Ländern unseres Planeten.

Die GWA-Statistiken beweisen, daß ein Mordgangster

vor seiner Untat viel länger zögert, oder sie überhaupt nicht ausführt, wenn er weiß, daß er dafür in die Gaskammer oder unter das Fallbeil kommt. Alle anderen Erklärungen der Strafvollzugs-Korrektoren wurden und werden immer wieder von den steigenden Zahlen an Schwerverbrechen widerlegt.

Töte und du wirst getötet – das wird sogar von Triebtätern begriffen.

Diese Androhung durch das Gesetz hat sich in den Jahren 1990 und 2010 bewährt. Wir, die ZBV-Schatten der GWA, haben in zahllosen Fällen festgestellt, daß dieser oder jener Mord begangen worden wäre, wenn dem Täter nicht die Todesstrafe gedroht hätte.

Diese Tatsache war nicht zu bestreiten.

Ich wollte jedenfalls versuchen, für Professor Bridgeman ein Wort einzulegen, aber bis dahin war es noch ein weiter Weg.

In den ersten vier Tagen nach unserer Ankunft auf CERTURRY hatten wir so schnell und unauffällig wie möglich die Gesamtsituation geklärt. Meine „Freundschaft" zu Alec-Hood war dabei von unschätzbarem Wert. Jedermann hatte mir volle Unterstützung gewährt. Keine Frage, auch solche, die sich auf Geheimnisse bezogen, war unbeantwortet geblieben.

Erstaunlicherweise machte sich meine so eigentümlich begonnene Bekanntschaft mit dem Afrika-Revolutionär Nonyo Batrun vorteilhaft bemerkbar.

Er war der allmächtige und gefürchtete Chef des Sicherheitsdienstes, wie man sich hier ausdrückte.

Ihm unterstanden insgesamt achtzig Wächter. Jeder Mann des Aufsichtspersonals war für zehn Robotmenschen zuständig, die die einfachen Arbeiten zu verrichten hatten. Es gab auf dem Planetoiden rund achthundert dieser bedauernswerten Geschöpfe. Woher sie kamen, war klar: von der Erde. Sie stammten aus allen Völkern und Volksschichten.

Wissenschaftliche Experimente, die auch hier vorgenommen wurden, hatten bereits viele tausend Menschenleben gekostet. Ramon de Giuera, der außer Bridgeman die WONDERFUL POWER fliegen konnte, hatte bei seinen zahlreichen Versorgungsflügen für „Nachschub" gesorgt.

Wir hatten unserem überraschenden Einsatz inzwischen die Tarnbezeichnung „Sonderplanung Mini-Mond" gegeben. Das nützte uns zwar nicht viel, aber moralisch gesehen bedeutete es eine Stärkung unserer strapazierten Nerven.

Zu den ursprünglich anwesenden Wächtern waren jetzt noch Ramon und seine neun Aufseher aus dem Anden-Stützpunkt gestoßen, so daß wir es mit einer vorzüglich ausgebildeten und bewaffneten Spezialtruppe von insgesamt neunzig Mann zu tun hatten.

Die mit uns eingetroffenen Wissenschaftler Jean-Baptiste Armand und Archi Coolert hatten die akademische Besatzung des Mini-Mondes um zwei Personen verstärkt. Das waren weitere achtunddreißig Männer aller Fachgebiete, die unseren Hoffnungen und Wünschen gerade nicht wohlwollend gegenüberstanden.

Die „Bios", wie man die ihres Willens beraubten Menschen der Einfachheit halber nannte, waren ungefährlich, es sei denn, man gab ihnen einen gezielten Angriffsbefehl. Ich bezweifelte aber, daß sie im Falle des Falles fähig waren, einwandfrei zwischen Freund und Feind zu unterscheiden. Sie wurden von uns deshalb als relativ harmlos angesehen.

Wirklich gefährlich waren Nonyo Batrun und seine neunzig Mann. Es gab unter ihnen achtzehn Afrikaner, die sich vor einigen Jahren an den ostafrikanischen Massakern beteiligt hatten. Diese Leute waren besonders skrupellos.

Seltsamerweise gab auf dem Mini-Mond CERTURRY keine einzige Frau, obwohl gerade Alec dem zarten Geschlecht durchaus nicht ablehnend gegenüberstand. Er war jedoch so vernünftig, daß er nicht einmal unter den Bios weibliche Geschöpfe duldete. Das hätte bei der gewissenlosen Horde seiner Aufseher fraglos zu Schwierigkeiten geführt, die er unter gar keinen Umständen gebrauchen konnte und von vornherein vermeiden mußte.

Er vertröstete jedermann auf den „großen Augenblick" – auf die Sendung des Wahnsinnssignals.

Hannibal und ich waren bei diesen günstigen Voraussetzungen in den ersten vier Tagen nicht untätig geblieben.

Alec hatte unsere Intelligenzquotienten trotz aller Beteuerungen mir gegenüber „selbstverständlich" müßte ich Muscy sein, überprüfen lassen.

Das Ergebnis war einwandfrei ausgefallen, obwohl man den geringen Unterschied natürlich bemerkt hatte.

Ich besaß nicht 51,03 Neu-Orbton wie van Haetlin, sondern 52,4 NOQ.

Hannibal wies 51,3 NOQ nach, obwohl Professor Arturo Peroni den Wert 52,6 zu haben hatte.

Dies waren die kritischsten Minuten nach unserer ohnehin riskanten Ankunft gewesen.

Bei der Beurteilung der veränderten Werte hatte Professor Bridgeman jedoch ein „wissenschaftlich fundiertes" Machtwort gesprochen, das von anderen Kapazitäten der wissenschaftlichen Besatzung nur zögernd akzeptiert worden war. Einige hatten behauptet, der Quotient könnte sich niemals so stark verändern.

Dagegen sagte Bridgeman, Männer wie wir, die wochenlang mit mechanischen Hypnosegeräten bearbeitet worden waren, Männer, denen man Verhördrogen aller Art injiziert hatte, unter anderem das berüchtigte, bis zum Wahnsinn führende Ralowgaltin, waren dadurch eindeutig gefährdet.

Professor Bridgeman hatte konkret bewiesen, daß mein höher gewordener NO-Wert ebenso begründet war, wie der abgesunkene von Peroni.

Alec hatte das hingenommen. Einen Augenblick lang hatte er gezweifelt und sich an die Verdachtsäußerungen von Dr. Fedor Radokowsky erinnert. Schließlich hatte er sich dazu durchgerungen, die Tatsache eines vorhandenen NO-Quotienten von generell über fünfzig Neu-Orbton als ausreichenden Beweis für unsere Identität anzusehen.

Hannibal und ich hatten Blut geschwitzt, aber auch diese Gefahr war an uns vorübergegangen.

Wie gesagt – das war innerhalb der ersten vier Tage nach unserer Ankunft geschehen.

Danach hatten weder Hannibal noch ich keine Sekunde gezögert, aktiv zu werden.

Der Kleine hatte seine künstliche Buckelhöhlung geöffnet, in der unsere GWA-Spezialisten erstaunlich viele Dinge untergebracht hatten. Jedes Winkelchen war ausgenutzt worden.

Mir war es in erster Linie auf die verschiedenartigen Atombomben angekommen. Sie mußten möglichst schnell verlegt, geschärft und so einwandfrei versteckt werden, daß man sie sogar bei einer planvollen Suche nicht finden konnte.

Ja – auch das mußten wir einkalkulieren! Wenn wir irgendwie auffielen, wenn unsere Identität vorzeitig entdeckt werden sollte, mußten wenigstens unsere schwersten und gefährlichsten Waffen so getarnt sein, daß sie nur zufällig aufzuspüren waren.

Dafür hatte ich während meiner Rundfahrten durch den etwa 1280 Kilometer durchmessenden Mini-Mond gesorgt!

Alec war großzügig gewesen. Er hatte mir Elektrowagen zur Verfügung gestellt, mich die marsianischen Rohrbahnen benutzen lassen und außerdem die Erlaubnis gegeben, die normalerweise nur ihm und seinem Vater zugängigen Energieschutzschirme zu den riesigen Kraftwerken des Planetoiden zu passieren.

Damit hatte er sich sein eigenes Grab geschaufelt, aber das wußte er natürlich nicht.

Mir war es immer wieder gelungen, Nonyo, meinen ständigen Begleiter, abzulenken, so daß ich meine Mikrobomben in den unmöglichsten Winkeln und Ekken ankleben oder magnetisch befestigen konnte. Die Waffen konnten überall haften. Jede denkbare Befestigungsart war vorgesehen und vorhanden.

Ich hatte mit Hannibal lange über die Art der Zündung diskutiert. Uns standen drei Wege offen:

Funkzündung durch Kodesignal, Zeitzündung durch einen eingebauten Mechanismus, oder parapsychische Esper-Zündung durch ein telepathisch abgestrahltes Signal, das nur Hannibal und ich geben konnten.

Das war die sicherste und eleganteste Art der Zündung. Wir konnten damit die Bomben nicht nur alle auf einmal, sondern nach und nach, den Erfordernissen entsprechend und auf die Zehntelsekunde genau hochgehen lassen.

Voraussetzung dafür war allerdings, daß wenigstens einer von uns noch am Leben war oder zumindest noch ausreichend Kraft besaß, um die Telepathieimpulse auszusenden.

Hannibal und ich sahen in dieser Hinsicht schwarz. Deshalb hatten wir uns entschlossen, zwei der stärksten Bomben auf Funkzündung zu schalten.

Selbstverständlich trugen wir unsere Mikrosender am Körper. Meiner befand sich wie gewohnt in der alten und unverdächtig wirkenden Schußwunde des rechten Oberschenkels. Hannibal konnte seinen Morseknopf in einer operativ hergestellten Gewebevertiefung in der linken Achselhöhle erreichen.

Zusätzlich zu diesen Funkzündern hatten wir natürlich die Telepathiezünder geschärft. Wir würden sie in jedem Falle bevorzugen, wenn uns die Möglichkeit zur Sendung blieb.

Sie werden sich fragen, warum wir nicht generell jede Bombe zusätzlich mit Funkzündung versehen hatten. Die Antwort dürfte logisch sein:

In einem Marsstützpunkt dieser Art liefen zahlreiche Maschinen, Ortungs- und Funkgeräte auf einer Frequenzbreite, die ziemlich genau der unseren Sup-Ultra-Welle entsprach.

Wenn es der Zufall wollte, konnten die Funkzünder beim Anlaufen eines Antischwerkraftprojektors oder eines anderen Gerätes hochgehen. Aus diesem Grunde hatten wir nur zwei der Mikrobomben doppelt geschärft. Sie waren weit entfernt von der Zentrale und den Wohnbezirken des Planetoiden untergebracht. Selbst wenn sie unerwünschterweise explodierten, konnte es nicht zu einer sofortigen und totalen Vernichtung des Himmelskörpers kommen.

Insoweit waren unsere Vorbereitungen vorangeschritten und mit dem Verlegen der vorletzten Bombe im größten Kraftwerkssaal abgeschlossen.

Jetzt besaßen wir nur noch eine Kaltzünder-Katalysebombe auf der Basis eines kontrollierten Zeitlupen-Kernverschmelzungsprozesses.

Sie würde, ebenso wie die anderen, lediglich Sonnengluten von über zwei Millionen Grad Celsius entwickeln und nicht spontan explodieren, wie das bei normalen Nuklearwaffen selbstverständlich war.

Darauf legten wir keinen Wert. Verständlicherweise dachten wir auch ein wenig an unser Leben. Es genügte völlig, wenn die entstehenden Temperaturen die überall vorhandene Luft so enorm erhitzten, daß sie sich explosionsartig ausdehnte, also expandierte. Dieser Effekt war so gewaltig, daß man ihn annähernd mit der Druckwelle einer kleinen, spontan explodierenden H-Waffe vergleichen konnte.

Ansonsten waren die entstehenden Temperaturen hoch genug, um jede Art von Materie augenblicklich zu vergasen, was wiederum zu Druckwellen führte.

Bereits der dritte Teil unserer Bomben hätte ausgereicht, um das menschliche Leben innerhalb des ausgehöhlten Mini-Mondes erlöschen zu lassen. Wir wollten aber mehr! Wir wollten ihn total vernichten, denn die hier installierten Marswaffen durften niemals mehr in die Hände von Verbrechern fallen. Die GWA legte keinen Wert auf einen Stützpunkt innerhalb des gefährlichen Planetoidengürtels, zumal es sich um einen Himmelskörper mit außerordentlich exzentrischer Sonnenumlaufbahn handelte.

In letzter Konsequenz wollten wir hundertprozentig sichergehen, daß vor allem die Großfunkstation dieses Planetoiden ein für allemal vernichtet wurde.

Diese Großfunkstation – das war unser Problem!

Alec-Hood Bridgeman war überaus freizügig gewesen. Er hatte uns praktisch alles erlaubt, nur eins nicht: weder Hannibal noch ich hatten die Funkstation betreten dürfen.

Die Hauptschaltzentrale, von der aus alle Kraftwerke, Panzerforts, Raumabwehrwaffen, Antischwerkrafthangars, Klimageneratoren und die anderen technischen Einrichtungen beherrscht wurden, kannten wir genau. Hier gab es keinerlei Geheimnisse mehr; hier klebte auch eine kleine Verzögerungs-Fusionsbombe im abschraubbaren Griff eines großen Schalters, mit dem sämtliche Sicherheits-Panzerschleusen des Mini-Mondes bedient werden konnten.

Auf dieses Versteck würde niemand kommen. Ich hatte rein zufällig entdeckt, daß sich der breite und wuchtige Griff abschrauben ließ.

Seitdem die stabförmige Bombe darin lagerte, war er mindestens zehnmal von verschiedenen Technikern berührt worden, aber es war noch niemand auf die Idee gekommen, was er da eigentlich anrührte.

Ich mußte in die Großfunkstation hinein, denn sie lag über vierzig Kilometer von der Hauptschaltzentrale entfernt. Wenn es dort knallte, nützte das in Bezug auf die wichtige Funkstation verzweifelt wenig.

Meine letzte Fusionsbombe mußte dort untergebracht werden, wo das für die Menschheit gefährlichste Gerät installiert war – in der Großfunkstation des Planetoiden CERTURRY.

Das war unser Problem!

7.

Gestern, am 21. Juni 2010, war die Erde wieder aus dem Störungsgebiet der Sonne getreten, aber bis heute war es mir leider nicht gelungen, in die Ortungs- und Funkstation des Planetoiden vorzudringen.

Die überall herrschende Aufregung ließ sich dagegen weder übersehen noch überhören: parapsychisch schon gar nicht.

Wir erfuhren bei jedem Bewußtseinstest, daß es soweit war. Alec-Hood Bridgeman hatte sich endgültig entschlossen, den Impuls zu geben.

Hannibal humpelte nervös in dem kleinen Raum umher, den man ihm als Unterkunft zugewiesen hatte. Sehr komfortabel war er nicht ausgestattet.

Mir hatte man im Gegensatz zu Hannibal mehrere luxuriös eingerichtete Zimmer zur Verfügung gestellt, allerdings mit dem strengen Hinweis, den Wasserverbrauch möglichst niedrig zu halten. Das Schmutzwasser wurde sogar chemisch gereinigt und erneut in den Kreislauf gepumpt.

Professor Bridgeman hatte ich seit zwei Tagen nicht mehr gesehen.

„Es wird Zeit!" sagte Hannibal in einem scharfen Tonfall. „Ich mache nicht länger mit, Großer. Der Sender steckt in meiner Jackentasche. Du brauchst ihn nur herauszunehmen. Wie gehen wir vor?"

Ich erhob mich bedächtig aus dem einzigen Sessel des Raumes. Der in die Wand eingelassene Bildschirm war dunkel. Draußen war alles still.

Weder Hannibal noch ich waren zu irgendwelchen

wissenschaftlichen Arbeiten abkommandiert worden. Aus diesem Verhalten ging hervor, daß man darauf keinen Wert mehr legte; wenigstens nicht auf dem Planetoiden CERTURRY.

„Wie besprochen. Warte auf meinen Esper-Impuls, dann inszeniere das Ablenkungsmanöver. Ich riskiere es."

Er holte tief Luft und fuhr sich mit dem Handrücken über die plötzlich schweißbedeckte Stirn.

„Das geht schief", flüsterte er. „Die hiesigen Peiler werden dich sofort orten und deinen Standort feststellen. Verschwinde so schnell du kannst."

„Sie erwischen mich nicht. Ich kenne einen glänzenden Ausweg aus der Situation. Sorge dafür, daß du während der Sendung genügend Zeugen in der Nähe hast, die bestätigen können, daß du mit der Sache nichts zu tun hast. Ich ..."

Der Bildschirm blendete unvermittelt auf. Hannibal konnte gerade noch das marsianische Kleinfunkgerät, einen überlichtschnell arbeitenden Hypersender, in die Tasche schieben.

Nonyo Batrun war am Gerät.

„Ah, da sind Sie ja, Doc. Wir haben Sie gesucht. Der Boß möchte Sie sprechen. In der Funkzentrale."

Mir stockte fast der Atem.

„Was? Ich dachte, dort hätten nur die Halbgötter Zutritt."

Der Massai lachte schallend.

„Nicht in jedem Fall. Der Boß ist irgendwie beunruhigt. Es muß mit den Geräten auf dem Mond zusammenhängen. Sie sollen schleunigst erscheinen."

„Okay, ich eile schon."

„Nehmen Sie Passage IV. Ich warte dort auf Sie. Die Schirme müssen abgeschaltet werden. Übrigens – da ist noch etwas. Dr. Dasheng, Sie kennen ihn, er ist unser bester Chirurg, hat ein Problem. Einer meiner Leute hat sich an einer zugleitenden Luftschleuse das linke Bein bis zum Knie abgequetscht. Dasheng meint, er käme nicht allein klar. Professor Peroni soll das machen, er will assistieren. Wir werden wohl eine Transplantation vornehmen müssen. Suchen Sie sich den passenden Bio aus. Ich schicke Ihnen einige Bios mit annähernd gleicher Figur in die Klinik. Okay?"

„Alles klar. Peroni ist hier. Ich nehme ihn mit."

Damit war das Gespräch beendet. Batrun schaltete ab.

Als ich mich umdrehte, blickte ich in Hannibals leichenblasses Gesicht. Diesmal kämpfte der Kleine wirklich mit einem Schwächeanfall. Ich legte ihn behutsam auf die Couch.

„Ruhig bleiben, Junge, völlig ruhig bleiben", flüsterte ich eindringlich und tupfte ihm den Schweiß von der Stirn. „Du schaffst das! Wir haben einige Male zusammen operiert, erinnere dich! Das gehörte zwar nur zur Ausbildung, aber es wurde gelehrt, um es notfalls nutzbringend anwenden zu können. Jetzt ist es soweit."

„Ich kann doch keine Unterschenkeltransplantation vornehmen", stöhnte er. „Wenn das Knie auch schwer geschädigt ist, muß es vorher amputiert werden. Das schaffe ich nicht. Ich falle schon bei der Narkose auf."

„Unsinn, die läßt du durch Dasheng oder einen Assistenten ausführen. Es sind noch zwei Mediziner hier. Notfalls forderst du einen Biologen oder Biochemiker an, die wenigstens Handreichungen übernehmen können. Nimm dir Archi. Die grobe Arbeit überläßt du Dasheng, vor allem die Amputation des Ersatzgliedes."

„Ich kann doch nicht mit ansehen, wie ein Mensch verstümmelt wird, damit ein Gangster ..."

„Ruhe", unterbrach ich ihn und preßte ihm die Hand auf die Lippen. „Nicht nervös werden. Hier kann man alles! Es geht leider um sehr viel mehr als um einen Bio. Wenn wir den Planetoiden sprengen, kann ich nicht mit Gewißheit sagen, ob es mir gelingt, die achthundert willenlosen Menschen vorher in Sicherheit zu bringen. Denke daran! Du machst als angebliche Kapazität die elegante Arbeit. Nimm eine Kosslowschke Gefäßnahtmaschine, die arbeitet fehlerfrei. Klemme die großen Gefäße schnell ab. Es muß sauber aussehen. Arbeite sofort mit Biopolplast, stelle eine glatte, schon anheilende Wunde her und mach die Knochenverbindungen zwischen echtem und Ersatzglied nach dem Scheffringverfahren. Keinesfalls nageln! Höhle den Knochen mit der Ultraschallfräse aus, und vergiß nicht das Biopolplast. Dann saubere Gefäßnähte. Die Außengewebeverbindungen läßt du Dasheng machen. Los, Kleiner, dir bleibt keine Wahl. Wenn du dich jetzt drückst, sind wir reif."

Er erhob sich stöhnend und begann zu fluchen.

„Das gibt eine einzige Stümperei. Dasheng wird sofort merken, daß ich kein Chirurg bin, geschweige denn ein Spezialist für Transplantationen."

„Bluffe ihn. Heuchle notfalls einen Schwächeanfall. Wir müssen jetzt sowieso zuschlagen. Und – kümmere dich nicht um den Geistesinhalt von Alec. Ihn bearbeite ich diesmal allein. Die Sache mit der Sendung müssen wir aufschieben."

Ich öffnete die Zimmertür. Der Gang draußen war leer. Nur mein Elektrowagen war zu sehen.

Ich nahm Hannibal bis zum Verteilerpunkt III mit, wo er von einem Wächter erwartet wurde.

„Schnell, Professor. Den Mann hat es böse erwischt.

Das Knie sieht auch nicht gut aus. Bleibt der Idiot doch zwischen einem zugleitenden Panzerschott stehen? Ich könnte ihn ..."

Den Rest der Worte hörte ich nicht mehr. Ich hatte Angst um Hannibal.

Theoretisch wußte er Bescheid, aber wie sich das in der Praxis ausmachte, war doch eine andere Frage. Außerdem – wenn er als Betrüger entlarvt wurde, war ich ebenfalls demaskiert. Schließlich waren wir zusammen von Henderwon „befreit" worden.

In diesem Falle würde sich Alec-Hood sofort an Radokowskys Äußerungen erinnern und der Geschichte endgültig auf den Grund gehen. Wenn er mir von Dasheng einige Schnitte in meine Biosynthfolie machen ließ, war es vorbei. Darunter mußte nämlich mein natürliches Gesicht zum Vorschein kommen.

An der Passage IV begann der hektische Betrieb. Hier lagen die ersten wichtigen Schaltstationen, die Labors und Anlagen zur Klimaregulierung.

Hier begann auch die Zone der Energieschutzschirme, die man nur passieren konnte, wenn die in Panzerkuppeln sitzenden Wächter den Öffnungsimpuls gaben.

Ich dachte an meinen marsianischen Kodator. Bisher hatte er auf alle großen Robotgehirne einwandfrei angesprochen. Der Planetoid verfügte natürlich ebenfalls über ein riesiges, positronisches Steuergehirn, von dem in erster Linie die technischen Anlagen in Betrieb gehalten wurden.

Es war aber auch für die Abwehr- und Offensivwaffen zuständig. Notfalls mußte ich das Risiko eingehen, Professor Bridgeman das Kommando zu entziehen. Aber ob das so ohne weiteres gelang?

Nonyo Batrun fuhr den Elektrowagen wie ein Rennfahrer. Er machte sich einen Spaß daraus, stumpfsinnig einherschreitende Bios so zu streifen, daß sie zu Boden stürzten.

Ich konnte nicht mehr tun, als ihn tadelnd anzuschauen. Er lachte nur.

Schließlich erreichten wir jene meterstarken Panzertore, die mir bisher den Eintritt verwehrt hatten.

Hinter ihnen lag ein vielfach abgesicherter Gang aus MA-Stahl. Die eingebauten Waffen waren unüberwindlich. Hier lag Batruns eigentliche Gefechtsstation: hier war er der Herrscher.

Selbst er mußte aussteigen und sich vor das glühende Auge des Erkennungsdetektors stellen. Ohne die Billigung des zuständigen Positronikgehirns konnten seine Männer weder die Stahlpforten öffnen noch die dazwischenliegenden Schutzschirme abschalten.

„Nonyo Batrun, betretungsberechtigt", sagte er laut und drückte die linke Schläfe gegen den Schwingungsmuster-Auswerter. „Ich bringe Dr. Janus van Haetlin mit, seine IV-Daten sind gespeichert. Der Eintritt ist ihm zu gestatten."

Er winkte mir zu. Ich schritt zu dem Gerät hinüber und preßte ebenfalls meinen Kopf dagegen. Ich fühlte ein leichtes, schmerzhaftes Ziehen. Erneut überfiel mich die innere Unruhe.

Konnte der Auswerter das Abstrakte, Ungewöhnliche in meinem Gehirn erkennen? Würde er mir den Eintritt verweigern oder mich sogar respektvoll begrüßen?

Nichts dergleichen geschah. Es leuchtete lediglich eine rote Lampe auf. Zwei ovale Marken aus einem kunststoffähnlichen Material fielen aus dem Schlitz unterhalb des Detektors.

„Hier, für Sie. Auf keinen Fall verlieren", warnte der

Massai. „Ohne die Impulsmarke kommen Sie hier nicht mehr heraus. Vielleicht können Sie sie von nun an behalten, das entscheidet der Boß. Ich verstehe überhaupt nicht, warum er Ihnen bisher den Zutritt verweigert hat. Was ist da schon zu sehen? Ein paar fremde Geräte und die ausfahrbare Kuppel mit der Impulskanone, das ist alles. Kommen Sie."

Der Begriff „Impulskanone" schockierte mich. Er war sachlich garantiert falsch, denn dabei konnte es sich nur um den großen Richtstrahlsender handeln, mit dem man über Hunderte von Millionen Kilometern hinweg die Erde einpeilen und die darauf lebenden Menschen zu willenlosen Geschöpfen machen konnte.

Die gewaltigen Stahltore glitten auf; die leuchtenden Energieschirme fielen in sich zusammen. Rechts und links erkannte ich die Gesichter von Wächtern. Sie saßen einsatzklar in ihren MA-Stahlkuppeln, die nur wenige transparente Durchblicke aufwiesen.

Eine Frage quälte mich schon lange. Ich entschloß mich, sie endgültig zu stellen.

„Sagen Sie, Nonyo, können Sie sich vorstellen, warum die alten Marsianer ausgerechnet die Funkzentrale so stark abgesichert haben? Meiner Meinung nach gibt es hier viel wichtigere Zentralen, wie beispielsweise die Kraftwerksräume. Wenn ein denebischer Angriff dort stattgefunden hätte, wäre alles ausgefallen. Ohne Kraftstrom funktioniert nun einmal keine Maschine. Weshalb also hat man Kraftwerke und dergleichen normal abgesichert, eine lächerliche Funkstation dagegen wie eine Festung?"

Er schaute mich von der Seite her an und stoppte vor der nächsten Tür. Noch befanden wir uns mitten in dem Panzergang mit den eingebauten Abwehrwaffen.

„Eine kluge Frage. Doc. Ich kann sie Ihnen aber leicht beantworten, denn unser tüchtiger Horatio-Nelson ...", er unterbrach sich, um aufzulachen, „unser tüchtiger Nelson hat einige marsianische Unterlagen durchgeschnüffelt und sie sogar begriffen. Großartig, was?"

„Ja und? Was hat er gefunden? Für mich bleibt das immer noch eine Funkanlage, die man jederzeit ersetzen kann."

„Irrtum, diese nicht! Die Wahnsinnskanone, wie wir auch dazu sagen, war nämlich die letzte und neueste Geheimentwicklung der Marsianer. Es wurde nur ein Exemplar davon fertig, denn kurz danach ist der Mars schwer bombardiert und fast in Stücke gerissen worden. Die Kanone aber wurde hier auf CERTURRY eingebaut, weil die Umlaufbahn so günstig ist, daß man von ihm aus alle Planeten einpeilen und gewissermaßen beschießen kann. Soweit ich weiß, geht das mit Überlichtgeschwindigkeit. Die Marsianer sahen das Ding wahrscheinlich als letzte Notwehrwaffe an. Old-Nelson behauptet, daß man die Kanone oder den Sender auch umschalten kann auf eine andere Art von Beschuß."

„Eine andere Art?" fragte ich fasziniert. Mein Herz schien im Halse zu klopfen.

Er nickte, pfiff vergnügt vor sich hin, durchfuhr das aufgleitende Stahlschott und winkte den auch hier sichtbar werdenden Wächtern seiner Spezialtruppe zu.

„Genau das sagte der Alte. Er hat aber bisher nicht herausgefunden, wie das funktioniert. Fest steht, daß wir unsere Brüder und Schwestern auf Terra zu Idioten machen können, denn dafür ist die Vorarbeit getan worden. Wissen Sie, diese virusbakterielle Verseuchung, wie unsere Biochemiker sagen, ist eine Art von Katalysator, den die Wahnsinnskanone braucht, wenn sie in dieser Einstellung funktionieren soll. Der alte Nelson behauptet aber, daß es darüber hinaus Schaltmöglichkeiten gibt, die jedes Lebewesen irgendwie verrückt macht, hypnotisiert und es sogar bis zum Selbstmord treibt. Ich wette, die Marsianer wollten damit die Schiffe der angreifenden Deneber anvisieren und ihre Besatzung hypnotisch zwingen, sich selbst in die Luft zu sprengen. Eine tolle Idee, was?"

„Phantastisch!" bestätigte ich, aufrichtig überrascht. „Nun ist mir klar, warum man aus dem Sektor eine Festung machte. Die neue Waffe scheint damals nicht mehr zum Einsatz gekommen zu sein, sonst hätte der Mars den Krieg nicht verloren."

Er zuckte gleichmütig mit den Schultern.

„Wen interessiert das heute noch? Vielleicht hat das Ding auch versagt. Bei uns wird es jedenfalls funktionieren, das ist sicher. Der alte Bridgeman hatte im Anden-Stützpunkt eine koffergroße Abart von unserem Sender; ein Testgerät, das ursprünglich auf CERTURRY stand. Wir haben es zur Erde gebracht. Er sagte einmal, damit könnte man nur auf der Versuchsbasis etwas erreichen. Na ja, wen juckt es! Es wird Zeit, daß der Boß endlich auf den Knopf drückt. Von dieser Einöde habe ich die Nase gestrichen voll! Ich bin fast zwei Jahre hier. Weitere zwei Jahre hatten mich Freunde versteckt. Okay, Doc, wir sind gleich da."

Wenn der Massai gewußt hätte, was er mir mit seinen hingeworfenen Worten verriet, hätte er wahrscheinlich zur Waffe gegriffen.

Es gab nur einen Sender dieser Art! Die Information war ungeheuer wichtig. Das war der Punkt, den Hannibal und ich nicht hatten klären können.

Wenn in Bridgemans Venusbasis oder anderswo noch ein gleichwertiges Gerät existiert hätte, wäre unsere Aufgabe nach wie vor unerfüllt geblieben.

Aber jetzt gewann die „Sonderplanung Mini-Mond" einen Sinn! Wir konnten zuschlagen, ohne befürchten zu müssen, nochmals eine peinliche Überraschung zu erleben wie am 12. Juni in den Hoch-Anden.

Vor uns öffnete sich die letzt Tür. Sie war ebenfalls doppelwandig und als Schleusenraum ausgebildet. Man war wirklich auf die Sicherheit dieser Anlage bedacht gewesen.

Nun begann ich doch zu staunen. Nonyo Batrun hatte mit seinen Worten „ein paar fremde Geräte und die ausfahrbare Kuppel mit der Wahnsinnskanone" maßlos untertrieben. Wahrscheinlich verstand er überhaupt nicht, was hier von den marsianischen Genies erschaffen worden war.

Der vor mir liegende Saal war rund, kuppelartig gewölbt und mindestens fünfzig Meter hoch. Der Durchmesser mochte hundert bis hundertzwanzig Meter betragen.

Ein riesiger, torbogenähnlicher Durchgang erlaubte den Blick in einen benachbarten Raum. Er schien nicht weniger groß zu sein.

Wände und Decken waren mit Bildschirmen aller Art und Größenordnungen gespickt. Im genauen Mittelpunkt des Kuppelraumes bemerkte ich eine massive, drei Meter durchmessende Säule aus MA-Stahl, die oben sternförmig auslief und die Stahldecke zusätzlich abstützte. Diese Art Konstruktion konnte enorme Belastungen aushalten.

Ringsum an den Wänden und konzentrisch im Saal verteilt bemerkte ich zahlreiche Schaltkonsolen. Von hier aus schienen die Marsianer in den letzten Wochen und Monaten des denebischen Krieges ihr Imperium verwaltet und die verschiedenen Flottenkommandeure unterrichtet zu haben.

Das war keine Funkstation im normalen Sinne, sondern das komplizierte, vollautomatisierte Wunderwerk einer vollkommenen Technik.

Ich blieb stehen und sah mich um. Mein Erstaunen war nicht geheuchelt. So etwas hatte ich nicht einmal in Topthar, der Hauptstadt des Roten Planeten, gesehen.

„Ganz nett, wie?" grinste Nonyo. „Nun ja, ich habe sicherlich etwas untertrieben, aber ich war auf Ihr Gesicht neugierig. Als ich hier zum erstenmal stand, bin ich auch bald umgefallen. Die Kerle haben schon etwas gekonnt. Leider können wir wenig damit anfangen. Unsere Herren Akademiker tüfteln und basteln seit über zwei Jahren an den Anlagen herum, aber bisher haben sie so gut wie nichts erreicht. Das, was sie mit ihren ungeschickten Fingern kaputtgemacht haben, ist anschließend von kleinen Robotern repariert worden. Die sehen aus wie Ratten. Müßten Sie mal beobachten, Doc! Da lernt man das Staunen."

Ich glaubte ihm vorbehaltlos. An Bord der BAPURA war es nicht anders gewesen.

Da sich der Chef der Gardisten suchend umblickte, nutzte ich die Gelegenheit, um schnell nach Hannibals Gedanken zu tasten.

Eine Flut der Verzweiflung und Panik überfiel mich. Er hatte sein Extrahirn voll geöffnet, um mir Gelegenheit zu bieten, seine derzeitige Situation zu erfassen.

Er hatte Fehler gemacht; krasse, augenfällige Fehler, die sogar ein Laie bemerken mußte. In seiner Aufregung hatte er übersehen, die von Dr. Dasheng angeordnete

Bluttransfusion nach dem Auslaufen der angehängten Konserve sofort zu erneuern.

Der Wächter war nahezu ausgeblutet in der Klinik angekommen, da es den ungeschulten Helfern nicht gelungen war, die heftige Blutung sachgerecht abzubinden.

Hannibal hatte verzweifelt nach der großen Beinarterie gesucht, sie jedoch in dem zerquetschten Stumpf nicht gefunden. Der Schwerverletzte war gestorben, ehe der Kleine auf die Idee gekommen war, eine zweite Transfusion vorzunehmen. Er hatte völlig die Nerven und die Übersicht verloren.

Dr. Dasheng hatte ihm in dieser kritischen Situation nicht rechtzeitig beistehen können, denn er war damit beschäftigt gewesen, einem Bio das rechte Bein zu amputieren, das anschließend transplantiert werden sollte.

Hannibal war verzweifelt und rechnete mit seinem baldigen Ende. Der fähige Chirurg würde über die „Meisterleistung" seines berühmten Kollegen Peroni natürlich nicht den Mund halten. Zur Zeit versuchte Hannibal, sich in gewohnt grober Form herauszureden. Er wäre zu spät gerufen worden, und so weiter.

Ich zog mich schleunigst aus seinem Bewußtseinsinhalt zurück, oder meine Konzentrationsstarre wäre aufgefallen.

Als ich aufblickte, sah ich direkt in Nonyos nachdenkliches Gesicht. Ich tastete ihn blitzschnell ab. Nein – es ging nicht um Hannibal, sondern um mich. Er starrte auf die Waffe, die mir Alec geschenkt hatte.

„Eh, Doc, in dem Bau dürfen eigentlich nur wir vom Wachpersonal Waffen tragen. Ich weiß nicht recht, was ich jetzt machen soll. Unter Umständen erschießt mich der Boß, wenn ich Ihnen die Kanone abnehme, aber es kann auch genau umgekehrt kommen. Hm, Doc, ich mag Sie gut leiden. Haben Sie eine vernünftige Lösung für den Fall?"

„Habe ich, mein Freund", sagte ich gelassen und löste die Magnetschnalle des Waffengürtels. „Hier, bewahren Sie die TARUFF für mich auf. In Ihren Händen ist sie in Sicherheit. Okay, Junge?"

„Sie sind großartig, Doc", strahlte er erleichtert. Dann flüsterte er mir zu:

„Sagen Sie – wie ist das eigentlich mit dieser Quotientenaufstockung? Könnte man nicht auch eine Chance bekommen? Ich will aber nichts gesagt haben, klar?"

„Logisch! Ich habe kein Wort gehört. Warten Sie ab, bis Alec versorgt ist. Dann sehen wir weiter. Ich könnte mir zum Beispiel vorstellen, daß wir einen neuen Oberbefehlshaber für die Armeen der Menschheit brauchen. Dieser Mann müßte eigentlich aufgestockt werden. Warum ... hm ... warum sollte der nicht zufällig Nonyo Batrun heißen?

Er schloß die Augen und atmete tief durch.

„Doc, ich bin Ihr Mann", raunte er. „Verlassen Sie sich auf mich. Wenn es mal Schwierigkeiten geben sollte – ich bin da."

Er tat mir fast leid, aber ich mußte dieses schmutzige Psychospiel spielen, um mein Ziel zu erreichen. Verbündete kann man immer brauchen!

Ich hörte Alec rufen. Er kam aus dem benachbarten Saal und blieb unter dem Torbogen stehen. Von dort aus winkte er mir zu.

„Bleiben Sie bei mir, Nonyo", bat ich. „Sonst greife ich vielleicht noch verbotene Dinge an, oder mache einen anderen Blödsinn, der mich wieder zum GWA-Spitzel degradiert."

Er lachte dröhnend, hing sich meinen Waffengürtel über die Schulter und schritt neben mir her.

Alec reichte mir flüchtig die Hand. Er war nervös und kam übergangslos auf sein Anliegen zu sprechen.

Ich konnte jetzt in den anderen Saal hineinsehen. Im Hintergrund entdeckte ich ein riesiges technisches Gebilde. Professor Bridgeman stand nachdenklich davor.

„Hier, Muscy, das ist die Impulskanone", erklärte Alec. „Ein Riesending, zigmal so groß wie die schwersten Schiffsgeschütze des vergangenen Jahrhunderts. Tatsächlich ist es ein Richtstrahlsender, der nur wie ein Geschütz aussieht. Komm mit."

Er schritt rasch aus. Je näher wir dem Monstrum kamen, um so mehr Einzelheiten erkannte ich.

Das spiralige Abstrahlrohr war mindestens dreißig Meter lang und an der Mündung fünf Meter durchmessend.

Dort, wo bei einem normalen Geschütz das Verschlußstück zu finden war, entdeckte ich eine riesige, tonnenförmige Konstruktion von etwa fünfzehn Metern Durchmesser.

„Das ist der Wandelfelddetektor", erläuterte Alec. „Wir haben ihn wenigstens so genannt. Wie er funktioniert, ist ziemlich unklar. Die Energie kommt aus dem Kraftwerk V. Es gibt aber gleich nebenan noch eine Notstromversorgung, bestehend aus drei Riesenreaktoren mit Thermo-Direktumwandlern. Du wunderst dich, daß ich dich gerufen habe?"

Ich begrüßte Professor Bridgeman mit einer Verbeugung. Er nickte wortlos. Sein Gesicht war hagerer geworden, von Sorgenfalten geprägt. Ich versuchte, seinen Bewußtseinsinhalt zu erfassen, aber er hatte die Blockade vorgelegt.

Als ich es nochmals versuchte, sah er mich derart seltsam an, daß ich meine ohnehin zwecklosen Versuche sofort aufgab. Hatte er etwas bemerkt?

Meine jäh aufkeimende Furcht fiel ihm auf, aber er meinte merkwürdigerweise:

„Sie brauchen nicht zu erschrecken, Dr. van Haetlin. Dieses Gerät sieht nur so drohend aus."

Alec lachte laut und schrill. Er war die Nervosität in Person.

„Morgen, Punkt sechs Uhr in der Frühe, gebe ich den Impuls. Dann gehört die Erde mir", sagte er schwer atmend.

„Uns", verbesserte ihn sein Vater. „Sie gehört vorübergehend uns, mein Junge. Wenn die Menschheit durch uns gelernt hat, miteinander in Frieden auszukommen, wenn Rassenhaß, Religionsstreitigkeiten und politische Vorurteile mitsamt den darin verankerten Ideologien vergessen sind, dann, mein Sohn Alec, gebe ich der Menschheit die geistige Freiheit zurück. Oder möchtest du ein Leben lang acht Milliarden Bio-Roboter kommandieren? Jede Gesetzmäßigkeit würde zusammenbrechen, die Industrien auslaufen. Unsere Kultur würde ..."

„Ja, ja, ja", wurde er wütend unterbrochen. „Vater, hör endlich damit auf. Ich kann das nicht mehr hören! Wer hat denn die Bakterien gezüchtet und sie an die AFC verkauft? Wer? Du oder ich? In Ordnung, du hast deine Ideale, ich habe meine. Bist du jetzt endlich fertig?"

„Ja, ich bin fertig", sagte Bridgeman mit unnatürlicher Ruhe. Er schien durch seinen Sohn hindurchzustarren.

„Okay", wandte sich Alec an mich und umfaßte meinen Arm. „Hier, schau dir den Sender an. Ich beherrsche ihn einwandfrei. Dazu brauche ich keine Hilfskraft mehr, verstehst du!"

Er schaute spöttisch zu seinem Vater hinüber und fuhr fort:

„Ich habe dich rufen lassen, weil mir noch etwas unklar ist. Die Aufstockungsgeräte stehen auf dem Mond, nicht wahr?“

„Ja.“

„Sonst nirgends?“

„Nicht daß ich wüßte. HC-9 sprach lediglich von der Mondstadt Zonta.“

„Gut, das wollte ich noch einmal wissen. Meine Frage, die du nach sorgfältiger Überlegung zu beantworten hast …“, er tippte mit seinem Zeigefinger heftig gegen meine Brust. „Sorgfältig, hast du verstanden? Also, fangen wir an. Ich muß den Mond ebenfalls bestrahlen, denn darauf sind mindestens zehn kampfstarke Divisionen der Völker stationiert. Außerdem Raumjagdgeschwader und Fernraketen-Einheiten. Wenn ich diese Burschen ausschalte, werden sie sich so verhalten wie unsere Bios. Was aber geschieht mit den Wissenschaftlern, die mit der Handhabung der Aufstockungsdetektoren vertraut sind?“

Ich hatte längst erkannt, welche Sorge ihn bedrückte. Er hatte Angst; Angst um seine heißersehnte Aufstockung. Wieder wandte ich einen Psychotrick an, um ihn noch stärker an mich zu binden. Wenigstens sollte er das glauben.

„Die Leute werden völlig unbrauchbar. Einen Bio kannst du nicht vor die enorm komplizierten Schaltungen einer Lehrmaschine stellen. Das gäbe eine Katastrophe. Sie würden dir das Gehirn verbrennen.“

Professor Horatio-Nelson Bridgeman begann leise zu lachen.

Alec reagierte darauf wie ein angeschossener Tiger.

„Das hast du gerade nötig", brüllte er seinen Vater an. „Hier, Muscy, schau dir den alten Narren an!"

Er rüttelte wie ein Irrer an meinem Arm und brüllte:

„Weißt du, was mir dieser Gentleman vor einer Stunde ins Gesicht gesagt hat? Er weigert sich, mir auf dem Mond eine Aufstockung zu geben. Na, was sagst du dazu?"

Ich ahnte – nein – ich wußte bestimmt, daß Professor Bridgeman innerlich und endgültig mit seinem Sohn gebrochen hatte! Er erkannte ihn nicht mehr an. Das entsprach seinem Charakterbild. Männer wie er waren fähig, ihr eigen Fleisch und Blut zu verstoßen; und zwar gnadenlos.

Ich hatte jedoch mein Spiel weiterzuspielen. Immerhin gab ich Bridgeman einen kleinen Wink, indem ich bedeutungsvoll sagte:

„Ich bewundere deinen Vater wegen seiner Haltung; egal, ob sie nun angenehm oder unangenehm erscheint. Du bist jedoch nicht auf seine Hilfe angewiesen. Ich kann dich tadellos aufstocken. Du weißt, daß ich über dreihundert Versuche unter verschiedenartigsten Bedingungen durchgeführt habe. Ich kenne den besten Justierungsvorgang, der überhaupt denkbar ist. Es passiert nichts, im Gegenteil – du wirst mindestens fünfundfünfzig NOQ haben."

„Das wollte ich wissen", sagte Alec rauh und hustete. „Das wollte ich wissen! Ich ... verdammt, wieso hat Batrun deine Waffe?"

„Ich habe sie ihm aufgedrängt", lenkte ich den Erregten ab.

„Anlegen, aber sofort. Das wäre ja noch schöner. Gut, Muscy, nun schau dir meine Maschine an. Prächtig, was?"

Ich ging langsam um den Sender herum. Weit über ihm öffnete sich die Decke mit einer lichten Weite von mindestens achtzig Metern. Alec erklärte mir, dies sei der Antigravitationslift, in dem der Sender dreitausend Meter weit nach oben schwebe. Dann, auf der Oberfläche angekommen, konnte er von der Steuerzentrale aus eingerichtet werden.

Ich verstand die Bedeutung des Vorgangs. Die Marsianer hatten auch in diesem Falle konsequent gearbeitet.

Das einmalige Gerät stand in guter Deckung – und es konnte beliebig oft ausgefahren werden!

Niemand bemerkte meine flüchtige Handbewegung. Die streifenförmige, zehn Millimeter dicke, dreißig Millimeter breite und hundertzwanzig Millimeter lange Spezialbombe rutschte aus dem Ärmel meiner Cordjacke.

Das Taschenspielerkunststück hatte ich lange geübt. Es sah so aus, als klopfe ich anerkennend und bewundernd gegen die Wandung des Drehsockels, aber eine halbe Sekunde später klebte meine auf Telepathiezündung eingestellte Fusionsbombe in einer schlitzartigen Vertiefung.

Ich hatte es geschafft! Als ich mich umdrehte, bemerkte ich lediglich Professor Bridgeman. Er stand in meiner Nähe und kam nun langsam auf mich zu.

Lächelnd meinte er:

„Wissen Sie, mein Bester, ich habe erkannt, daß ich in meinem Leben viele Fehler begangen habe. Der weitaus bedeutsamste von allen war der, einen Sohn zu zeugen. Wie schön für Sie, daß es Ihnen gelungen ist, meinen Herrn Sohn von der absoluten Unentbehrlichkeit zu überzeugen."

„Sie werden darunter nicht zu leiden haben, Sir", entgegnete ich hastig und wie mit zugeschnürter Kehle. In diesem Augenblick wußte ich, daß mich Horatio-Nelson Bridgeman durchschaut hatte.

Er schaute sich prüfend um. Niemand achtete auf uns. Nonyo wartete in respektvoller Entfernung. Alec schrie weiter vorn einige Wissenschaftler an.

„Vielen Dank für diese Zusage. Ich habe mir nach reiflicher Prüfung der Sachlage übrigens die Freiheit genommen, in der großen Bodenvase Ihres Wohnzimmers einige Kleinigkeiten für Sie und Professor Peroni zu deponieren. Befolgen Sie die beiliegende Anleitung unter allen Umständen. Ja, mein Bester, mehr hätte ich eigentlich zu sagen. Ich bedaure es außerordentlich, Ihre Bekanntschaft unter so widrigen Umständen gemacht zu haben. Ich wäre glücklich, wenn ich das Rad der Zeit um einige Jahre zurückdrehen könnte. Dann würden wir uns vielleicht zum erstenmal in einem Park begegnen oder in einem Konzertsaal. Es tut mir sehr leid. Ach ja, was ich noch sagen wollte: Es ist unmöglich, daß sich der NOQ-Wert eines Aufgestockten verändert. Auch nicht durch Verhöre aller Art."

Er neigte leicht den Kopf, verschränkte die Hände auf dem Rücken und schritt hochaufgerichtet davon.

Er war ein Gentleman! Ich hatte es immer gefühlt. Er hatte schon beim Quotentest zu meinen Gunsten gelogen.

8.

Als ich in meine Wohnräume zurückkehrte, fand ich Hannibal auf der Couch liegend. Er starrte mich wortlos an.

Ich winkte ihm beruhigend zu.

„Okay, ich weiß alles. Wie hat sich Dr. Dasheng verhalten?"

„Nach außen hin korrekt. Er sprach von einem „kleinen Kunstfehler". In seinen Gedanken sieht es anders aus. Er hält Peroni für den größten Pfuscher aller Zeiten, scheint aber nicht die Absicht zu haben, mich irgendwie zu verpfeifen. Er hat zuviel Angst vor dir."

„Vor mir?"

„Richtig. Er stuft dein Verhältnis zu Alec richtig ein. Außerdem ahnt er, daß du für mich ein Wort einlegen würdest. Er wird also schweigen. Ob allerdings Dr. Armand den Mund hält, ist fraglich. Er war dabei! Dasheng hatte ihn hinzugezogen, weil er Erfahrungen mit modernen Narkoseverfahren hat. Er arbeitete wissenschaftlich daran. Armand bricht mir bestimmt das Genick."

„Dazu lassen wir es nicht mehr kommen. In wenigen Stunden, morgen früh um sechs Uhr, gibt Alec den Impuls. Die Bombe sitzt an dem Richtstrahler. Horatio Bridgeman hat mich durchschaut, aber er hat geistig kapituliert. Wo ist diese Vase?"

Der Kleine richtete sich hastig auf und folgte mir. Im Nebenraum stand eine riesige Bodenvase mit künstlichen Blumen.

Ich zog den Strauß heraus und legte ihn auf den Boden. Dann glaubte ich meinen Augen nicht zu trauen!

„Zwei Individual-Schutzprojektoren!" stellte Hannibal entgeistert fest. „Bridgeman muß sie von der Venus mitgebracht haben. Und das – was ist das?"

Ich nahm zwei weitere Geräte heraus. Sie waren marsianischer Abstammung. Ein Zettel hing daran.

„Die Schutzschirme ersetzen jeden Raumanzug und

halten den Innendruck konstant. Die Geräte des Lebenserhaltungssystems müssen vor dem Einschalten der Projektoren angelegt werden. Sie regulieren die Temperatur, korrigieren die Luftfeuchtigkeit und versorgen Sie hundertfünfzig Stunden lang mit Sauerstoff. Es ist ratsam, die Atemmasken anzulegen, obwohl der Schutzschirm das ausströmende Atemgas bindet. Bei einer kurzfristigen Strukturöffnung käme es jedoch zu einem Atemgasverlust. Daher die Masken anlegen. Der weiße Knopf auf dem Projektor schaltet das Gerät ein. Drehung nach rechts ergibt höchste Abwehrleistung. Auf die Verfärbung des Drehknopfes achten. Bei Rotwert ist die stärkste Aufladung erreicht. Alles Gute."

Hannibal las den Zettel ebenfalls durch, steckte ihn in den Mund, zerkaute ihn und schluckte alles hinunter.

Wir brauchten kein Wort mehr zu reden. Die Zeit der fragwürdigen Sicherheit war vorbei.

Ich öffnete Hannibals Rückentornister und entnahm ihm die restliche Ausrüstung, in erster Linie die Spezialmunition, die zusammensetzbaren Raketenpistolen und die Wurfladungen.

Der Kleine bediente sich aus der Aufwölbung des Brustteiles. Darin hing eine komplette Thermorak mit vierundzwanzigschüssigem Magazin.

Ich entfernte in rasender Eile zwölf Normalgeschosse aus dem Magazin meiner TARUFF und lud es zur Hälfte mit Thermonitalgeschossen. Meine Thermorak, die im Doppelstreifen ebenfalls Thermonital- und Atomgeschosse enthielt, wanderte in den Hosenbund unter die Jacke.

Wir hatten nichts mehr zu verbergen.

„Den Sender", forderte ich.

Hannibal reichte ihn mir. Er stammte vom Mars und

war speziell auf die Frequenz des NEWTON-Gehirns einjustiert. Der Riesenroboter würde den Standort des Hypersenders innerhalb weniger Minuten ermitteln können.

„Wohin damit?" fragte Hannibal. Vor Aufregung flüsterte er. „Wenn du jetzt noch lange durch die Gegend fährst, dann ..."

„Ich denke nicht daran. Der Plan wird geändert", unterbrach ich ihn. Gleichzeitig steckte ich meinen Kodator in die innere Jackentasche.

„Aufpassen, Kleiner! Die Schirmfeldprojektoren bleiben griffbereit in der Vase. Wir machen meine Wohnung zur Festung. Den Sender stelle ich draußen in meinen Elektrowagen und schalte ihn ein. Ja, ich weiß schon, was du sagen willst. Das bringt aber kostbare Zeit. Niemand wird mich für so wahnsinnig halten, ein verräterisches Gerät ausgerechnet vor meiner Wohnungstür in meinem eigenen Wagen zu legen. Das hast *du* getan, klar?"

Seine Augen verengten sich. Er verstand.

„Alles klar. Halte mir aber den Rücken frei. Wenn es kritisch wird, ziehe ich blitzartig."

„Da bin ich noch schneller. Sofort zwei Maschinenkarabiner besorgen, Munition nicht vergessen. Wir werden nicht überall mit Thermogeschossen arbeiten können. Dann wollen wir versuchen, das hiesige Kommandogehirn zu übernehmen. Wenn mein Sender wenigstens dreimal den eingespeisten Text abstrahlen kann, ist Reling in fünf Minuten informiert. Sofort donnert die ‚1418' los, unter Umständen auch die BAPURA. Fertig?"

Er nickte. Es gab nicht mehr viel zu sagen.

Ich schob die Vase mit unersetzbaren Geräten so nahe an die Eingangstür, daß wir notfalls schnell zugreifen konnten. Viel Zeit würde uns nicht bleiben.

Meinen ursprünglichen Plan, zwei Raumanzüge zu besorgen, konnte ich getrost aufgeben. Die Individual-Schutzschirme waren tausendmal besser. Die besondere Schwingungsstruktur ließ zu, daß man aus ihnen heraus nach draußen feuern konnte. Das war eine der phantastischsten Erfindungen der Marsianer.

Ich ließ die Tür aufgleiten. Mein Elektrowagen stand davor. Niemand war zu sehen.

„Achtung", sagte Hannibal plötzlich, „soeben läßt sich Armand bei Alec melden. Nonyo ist dabei. Armand sagt aus, ich könnte niemals Chirurg sein. Verdammt, meine Biosynthfolie muß sich am Halsansatz gelöst haben. Stimmt, ich bin mit einer scharfen Pinzette drangekommen. Sieh dir das einmal an."

Ich sprang zurück und zerrte seinen Jackenkragen herunter. Natürlich – die echte Haut schaute unter einem abgelösten Stück der Buckelverankerung hervor.

„Plan wird erneut geändert", sagte ich gelassen, denn etwas anderes, als die Ruhe zu bewahren, blieb mir jetzt nicht übrig. „Verschwinde im hinteren Schlafraum und lege sofort deinen Schutzschirmgenerator an. Du hast keine Chance mehr. Vergiß nicht, den Rückentornister anzuschnallen. Die Atemluft werden wir noch brauchen. Ich behalte meine beiden Geräte hier in der Vase. Los verschwinde. Ich werde deine Anwesenheit zugeben, allerdings aussagen, dir wäre übel. Lenke die Burschen ab. Ich muß sie von seitlich hinten erwischen."

Hannibal verschwand. Er war so gut wie in Sicherheit. Für mich begann die letzte Phase eines verwegenen Spiels.

Vielleicht sollte ich ebenfalls sofort den Projektor anlegen und einfach verschwinden! Nein – dafür reichte mir die Zeit nicht mehr. Mein Sender mußte mit dem von mir zusätzlich eingespeisten Wortlaut so lange wie möglich funken.

Ich durfte den bald eintreffenden Wächtern nicht gerüstet entgegentreten. Das hätte die wenigen Sekunden Zeit kosten können, die NEWTON zur einwandfreien Einpeilung des Planetoiden noch benötigte.

Mein Klartext enthielt ohnehin alle Informationen über den Mini-Mond. Wahrscheinlich kannte NEWTON den Himmelskörper und konnte seine derzeitige galaktische Position in Sekunden feststellen.

Ich mußte es riskieren.

Ich steckte den Sender unter die Batteriehaube des Wagens, schaltete ihn ein und wartete das Aufleuchten der roten Kontrollampe ab. Jetzt arbeitete er bereits mit seinen überlichtschnellen Impulsen, die im gleichen Augenblick auf dem Mars gehört werden mußten. Wahrscheinlich auch an Bord der „1418". Bestimmt war dort die Funkstation dreifach besetzt.

Ich klappte die Haube zu und verriegelte sie kräftig, damit sie nicht sofort zu öffnen war. Zusätzlich verbog ich noch den einen Sperr-Riegel.

Auch das würde Zeit bringen – und wenn es nur wenige Sekunden waren.

Ich schaute noch einmal in die Wohnung. Hannibal winkte mir vom Schlafraum aus zu. Sein Körper war in einem blaßgrünen Flimmern umgeben. Auf seinem Rücken erkannte ich den kleinen, dunklen Kasten des Erhaltungssystems. Die Atemmaske, die nur Mund und Nase bedeckte, hing in der Spezialklammer auf seiner rechten Schulter.

Ehe ich zurückwinken konnte, schien auf dem Planetoiden CERTURRY die Hölle auszubrechen.

Das kommandierende Robotgehirn hatte die überlichtschnellen und artfremden Impulse meines Senders geortet und ihn als feindlich erkannt.

Das Schrillen der Lärmpfeifen nahm kein Ende. Lautsprecherstimmen, bisher nie erklungen, erteilten Anweisungen in marsianischer Sprache.

Überall dumpfes Donnern und Tosen. Das waren die blitzartig zuschlagenden Sicherheitsschotten, von denen es innerhalb des großen Himmelskörpers Tausende gab.

Ich brachte Hannibal und mich aber nicht in Sicherheit, denn Alec besaß ein Kommandogerät, mit dem er alle Türen öffnen und Schutzschirme beseitigen konnte. Um dies zu erreichen, benötigte man nicht unbedingt einen Kodator erster Klasse.

Ich blieb unter meiner geöffneten Tür stehen. Ich hätte nicht fliehen können, denn der Gang des Wohntraktes war vorn und hinten von zuschlagenden Türen abgeriegelt worden.

Einige Sekunden lang hörte ich mir das wilde Tuten und Heulen an. Dann trat ich vor das große Kommunikationsgerät.

Ich rief alle mir bekannten Stationen an, darunter vordringlich die Wachzentrale. Tatsächlich, ich hatte schon nicht mehr damit gerechnet, erschien Nonyos dunkles Gesicht.

„Was ist denn los?" schrie ich in das hervorgleitende Energiemikrophon. „Ist das ein Angriff?"

„Sind Sie in Ihrer Wohnung, Doc?" rief Nonyo erregt zurück.

„Ja, sicher. Ich wollte gerade losfahren, als plötzlich die Panzertore zuschlugen und das Heulen begann."

„Bleiben Sie, wo Sie sind", sagte er hastig. „Doc, es geht um alles. Hier läuft irgendwo ein marsianischer

Hypersender. Das muß in Ihrer Nähe sein. Die Peilung weist auf Ihren Wohntrakt."

„Unmöglich!" beteuerte ich, unwillkürlich leiser sprechend. „Nonyo!" diese Worte flüsterte ich nur noch. Dabei sah ich mich verstört um.

Er begriff sofort, daß ich wahrscheinlich nicht allein war. Jetzt erschien auch Alec-Hood Bridgeman auf dem Bild. Er wollte mich anschreien, aber Nonyo hielt ihm blitzschnell den Mund zu. Er flüsterte ihm etwas zu.

Alec nickte nur und legte den Zeigefinger auf die Lippen.

„Sie müssen sich irren, Nonyo, hier gibt es so etwas nicht", sagte ich und zwinkerte betont mit einem Auge. „Ich habe auch keinen Besuch erhalten. Wissen Sie was – ich erwarte Sie am besten an der vorderen Panzerschleuse. Was soll ich hier in der Wohnung?"

„Einverstanden. Gute Idee", sagte Nonyo. Er glaubte, in mir einen glänzenden Partner zu haben.

Natürlich wußte oder ahnte er längst, daß Hannibal bei mir war. Meine Verhaltensweise war eindeutig, und ich – ich gewann sehr viel Zeit! Mehr wollte ich nicht, denn mein Sender funkte unermüdlich weiter.

Das mußte Alec bis zum Wahnsinn reizen. Ich bemerkte, daß er sich kaum noch beherrschen konnte. Er winkte mir hektisch zu, endlich meine Wohnung zu verlassen.

„Okay, ich erwarte Sie", sagte ich laut und schaltete ab.

Hannibal lachte und rief mir zu:

„Großer, in diesen Räumen wird es bald sehr heiß! Nimm deine Ausrüstung lieber mit und verstecke sie in meinem Zimmer. Sonst kommst du nicht mehr dran."

Diesen Rat befolgte ich.

Ich zerrte die beiden Geräte aus der Vase, riß die Tür

auf und rannte die dreißig Meter bis zu dem Seitengang, in dem Hannibals Raum lag.

Zwei dienstfreie Wissenschaftler standen in den Türen ihrer Wohnungen. Sie sahen mich zwar rennen, begriffen aber nicht die Sachlage.

„Alle Mann zurück in die Zimmer", rief ich ihnen zu. „Ich habe gerade mit Nonyo und dem Boß gesprochen. In meiner Bude stimmt etwas nicht. Es muß mit Peroni zusammenhängen. Er ist bei mir. Ich bringe mich hier in Sicherheit. Verschwinden Sie."

Man stellte keine Fragen, weil auf einem Himmelskörper wie CERTURRY grundsätzlich nicht gefragt wurde. Man gehorchte nur!

Der kleine Nebengang war leer. In der Wand bemerkte ich eine Nische. Hier war einmal ein Bedienungsroboter stationiert gewesen.

Ich legte meine kostbare Ausrüstung hinein und sprang die wenigen Meter zurück.

Herrlich! Es waren schon über zehn Minuten vergangen – und die Herrschaften waren noch immer nicht da! Das mußte dem Marsroboter zehnmal zur Ortsbestimmung reichen.

Plötzlich vernahm ich ein Geräusch. Das vordere Schott schwang auf. Nonyo erschien an der Spitze von fünf Mann; die Maschinenkarabiner hielten sie schußbereit. Zwei Wissenschaftler mit tragbaren Ortungsgeräten folgten in einem zweiten Wagen.

Ich winkte dem Massai heftig zu und rannte los.

„Vorsicht, Peroni ist bei mir", erklärte ich keuchend. „Mit ihm stimmt etwas nicht. Er kam vor einer halben Stunde zu mir und wollte etwas essen. Hähnchenschenkel! Stellen Sie sich das vor. Die habe ich auch nicht. Trotzdem ging er in die Küche."

Nonyo schaute mich starr an. Langsam senkte er seine MK-Mündung.

„Okay, Peroni ist nicht Peroni. Hoffentlich sind Sie van Haetlin! Das werden wir gleich nachprüfen."

„Der Sender, dort vorn", sagte einer der Physiker hastig. „Nanu, er muß in dem Wagen stehen. Der Peiler schlägt aus."

„In meinem Wagen?" staunte ich. „Sind Sie verrückt?"

„Na, was soll denn das, Doc?" grinste Nanyo. „Niemand ist so blöd, einen Peilsender im eigenen Wagen aufzubauen. Peroni wollte den Verdacht auf Sie lenken. Deshalb ist er auch gekommen. Er hat Ihnen das Ei in die Karre gelegt. Los, rausholen und abschalten."

Er schickte seine Männer und die beiden Wissenschaftler nach vorn. Anschließend warf er einen Blick in den Seitengang. Meine Rechte schwebte über dem Griffstück der Waffe, aber er bemerkte die Nische nicht.

„Welche Folgen kann das haben, Nanyo?" erkundigte ich mich.

„Überhaupt keine, im Gegenteil. Der Boß läßt soeben die Wahnsinnskanone ausfahren. Er eröffnet sofort den Beschuß. Wenn der GWA-Kreuzer eintrifft, erlebt er eine marsianische Abwehr, die ihn innerhalb einer Sekunde hochjagt. Da oben stehen riesige Hochenergiekanonen. Das halten die Schutzschirme nicht aus.

Ja, so hatte ich mir die Sache vorgestellt. Ich nickte sachkundig.

„Sie warten hier – oder nein, kommen Sie mit. Den Burschen kaufe ich mir."

Ich eilte hinter ihm her. Zwei fluchende Gardisten zerrten an der verklemmten Haube. Die drei anderen Männer standen mit schußbereiten MKs vor meiner geöffneten Wohnungstür.

Ich wartete bis zur letzten Sekunde, bis sie den Sender endlich hervorgezerrt und abgeschaltet hatten.

„Wie weit seid ihr?" hörte ich Alec Bridgeman brüllen. Sein Gesicht erschien auf dem Wandschirm meines Wohnzimmers. Ich erkannte, daß er hinter dem Hauptsteuerpult des Richtstrahlsenders saß. „Habt ihr ihn?"

Einer der Physiker hielt den Sender hoch.

„Ist er marsianischen Ursprungs?"

„Ja, Boß, einwandfrei ein Hypersender. Damit sind wir eingepeilt."

Alec fluchte und ordnete hastig an:

„Holt den Kerl raus. Lebend! Nur schießen, wenn es nicht anders geht. Dem ziehe ich die Haut vom Leibe. Muscy, du hältst dich da heraus, aber anschließend mußt du mir einiges über Peroni erzählen! Er trägt eine Biomaske. Wie ist das mit dir?"

Ich bemerkte mit meinem telepathischen „Ohr", daß der Massai wieder argwöhnisch wurde. Er entschloß sich, mir vorsichtshalber die TARUFF abzunehmen.

Als er sich umdrehte, schüttelte ich nur den Kopf und sagte lächelnd:

„Damit bin ich aber gar nicht einverstanden, Nonyo."

Er stutzte, begriff, wollte seinen MK hochreißen, aber dafür war es zu spät.

Ich zog blitzschnell. Mein erster Schuß fällte ihn wie einen Baum. Seine Männer fuhren herum, aber auch sie reagierten um den Bruchteil einer Sekunde zu spät.

Aus dem Wohnzimmer fauchten drei Mini-Rakgeschosse heran. Sie explodierten in niederstürzenden Körpern. Die beiden letzten Wächter wurden von meinen Normalgeschossen getroffen.

Leichenblaß standen die beiden Physiker an der Wand, die Hände erhoben.

Hannibal erschien und raffte zwei Maschinenkarabiner auf, dazu alle Reservemagazine.

„Verschwinden Sie", sagte ich zu den Männern. „Sie haben den Tod hundertfach verdient, aber ich schieße nicht auf Wehrlose. Nehmen Sie ihren Wagen und verschwinden Sie."

Sie rannten davon. Auf dem Wohnzimmerbildschirm bemerkte ich Alec Bridgemans verzerrtes Gesicht. Er hatte die Szene beobachtet.

Hannibal lief nach vorn und holte meine Ausrüstung. Als ich sie anlegte, sagte der junge Bridgeman mit überraschender Ruhe:

„Ich hätte auf Fedor Radokowsky hören sollen."

„Stimmt, das hätten Sie tun sollen. Alec-Hood Bridgeman, ich bin Brigadegeneral HC-9, Schatten der GWA zur besonderen Verwendung. Mein Name ist Thor Konnat. Ich verhafte Sie im Namen der Menschheit. Ergeben Sie sich mit all Ihren Leuten, dann geschieht Ihnen nichts."

Er lachte, doch plötzlich wurden seine Augen abnorm groß.

„Ja, Mr. Bridgeman, das soll heißen, daß ich Ihren Mini-Mond mit Mikroatombomben der GWA gespickt habe wie einen Hasenrücken mit Speck. Sie haben mir dazu vier Tage Zeit gelassen. Verlassen Sie sofort die Funkzentrale. Raumanzüge anlegen und mit allen Männern auf der Oberfläche des Planetoiden antreten. Die Bios bleiben unten."

Er begann im Gegensatz zu meiner Forderung zu schalten.

Der riesige Richtstrahlsender hob sich, in seinem Antischwerefeld hängend, vom Boden ab.

In diesem Moment gab ich den Telepathieimpuls für die Bombe, die ich am Geschütz befestigt hatte.

Ich bemerkte nur noch einen blauweißen Blitz, dann war es vorbei. Anschließend flogen die beiden Hauptkraftwerke auseinander, danach die Wachstation der Aufseher und sämtliche Schaltstationen.

Das Tosen wurde immer heftiger. Die entstehende Hitze ließ alles Gestein verdampfen und die Luft expandieren.

Wir rannten! Der Notlift, den wir längst ausgesucht hatten, arbeitete auf mechanischer Basis; außerdem besaß er ein kleines, eingebautes Stromaggregat.

Wir kamen unangefochten zehn Kilometer nach oben. Dort lagen die großen Hangars. Niemand begegnete uns, denn unter uns war bereits die Hölle ausgebrochen. Dort schoß glutflüssiges Gestein durch zerbrechende Gänge, die ebenfalls zu weißglühender Lava wurden.

Das Beben wurde immer heftiger. Hier und dort riß das Gestein.

Wir benutzten einen weiteren Notlift, um endgültig die Oberfläche zu erreichen. Die dortige Sicherheitsschleuse öffnete ich mit einem Telepathiekontakt.

Als wir auf die Oberfläche des Planetoiden hinaustraten und von dem Vakuum des Raumes überhaupt nichts spürten, wußten wir, daß Professor Horatio-Nelson Bridgeman erstklassige Geräte geliefert hatte.

Erst dann zündeten wir die anderen Bomben, die den Planetoiden auseinanderplatzen ließen.

Wir wurden von einer Druckwelle erfaßt und in die Leere des Raumes geschleudert. Wir hatten uns noch rechtzeitig aneinandergeklammert, damit wir wenigstens zusammenblieben.

Im freien Fall, ständig um alle nur denkbaren Körperachsen wirbelnd, schossen wir in das Nichts hinaus.

Nach drei Stunden hatte uns Kiny gefunden und eingepeilt. Die „1418" war schon auf Zielkurs gegangen, bevor NEWTON die genaue galaktische Position des Himmelskörpers festgestellt hatte.

Anschließend hatten die feinen Orter des Marsschiffes auf die atomaren Reaktionen angesprochen. So war es für Kiny relativ leicht gewesen, uns aufzuspüren, zumal wir ständig nach ihr gerufen und unsere Extrasinne voll geöffnet hatten.

Ich begab mich sofort in die Zentrale und rief den Alten an.

„Was wir an Angst ausgehalten haben, können Sie sich nicht vorstellen", sagte er erschöpft. „Schön, Sie haben auch etwas geleistet. Peroni und van Haetlin sind übrigens an den Folgen unseres Probeschusses gestorben. Darüber schien sich Professor Bridgeman in letzter Sekunde klargeworden zu sein, oder er hätte Sie nicht laufenlassen. Daran haben Sie noch gar nicht gedacht, wie? So edel, wie Sie annahmen, war er doch nicht, aber er schien rechtzeitig erkannt zu haben, daß die Aktivierung virusbakteriell erkrankter Gehirne durch ein derart schweres Anregungsgeschoß den Tod bedeutet. Das dürfen Sie mir glauben. Wir sind übrigens dabei, ein neues Kosmobioticum klinisch zu testen. Die seltsamen Erreger sprechen darauf an. Wir werden die Menschheit sicherlich ausheilen können. Konnat, Sie hatten mehr Glück als Verstand!"

„Aber Bridgemans Bios lebten doch!" wandte ich verstört ein.

Er lachte humorlos auf.

„Von wegen. Die dreihundert Mann aus der Anden-Station sind uns nach und nach gestorben. Die Leute, die Sie auf dem Mini-Mond fanden, hätten es auch nicht überlebt. Wir sind sicher, daß Professor Bridgeman die Wahrheit über das unaufhörliche Absterben seiner Opfer erkannt hatte. Er hätte nichts davon gehabt, die Menschheit auszurotten, verstehen Sie! Er hatte sich geirrt! Es funktionierte nicht wie geplant. So, und nun schlafen Sie sich erst einmal aus, Mr. Thor Konnat. Ich kann vorerst nur ein Dankeschön sagen."

Ich schaltete ab und kehrte wie betäubt zu Hannibal zurück. Wir starrten uns wortlos an, bis der Kleine schließlich leise meinte:

„Und trotzdem glaube ich nicht, daß er seinen ursprünglichen Plan ausgeführt hätte, auch wenn der Beschuß nicht zum Tode geführt hätte. Du etwa ...?"

Ich legte mich hin. Ich wußte es nicht. Jedenfalls hätten wir ohne Bridgemans Hilfe die Sonderplanung Mini-Mond nicht überlebt. Das stand fest.

Sicherheitsfaktor III

1.

20. Juni 2010.

Henderwon Island, Pazifik.

Mike Torpentouf tritt um 09.00 Ortszeit den Dienst an. Er parkt seinen Turbowagen vor dem neuen Hauptgebäude der Henderwon Island Security Administration (HISA) und fährt mit dem Lift zur dritten Etage hinauf, wo für ihn eine ganze Suite von geräumigen Zimmern als Arbeitsgelände reserviert ist. An den Raum, der sein eigentliches Büro darstellt, grenzt eine kleine Kammer, die ein aus mehreren Etagen bestehendes Gestell enthält. Darauf liegen Papiere, Stempel, Umschläge, Klebestreifen – alles, was ein Bürobetrieb im Laufe eines Tages braucht. Mike Torpentouf betritt die Kammer und zieht die Tür hinter sich ins Schloß. Das Licht flammt automatisch auf.

Torpentouf legt die Hand auf eine Stelle der Wand unmittelbar neben der Tür. Im selben Augenblick setzt sich die Kammer in Bewegung. Daran, wie sich ihm der Magen hebt, erkennt Torpentouf, daß die Fahrt in die Tiefe geht. Nach etwa einer Minute hält die verkleidete

Aufzugskabine an. Die Tür öffnet sich selbsttätig. Mike Torpentouf tritt in einen kahlen, von grellen Floureszenzplatten erleuchteten Gang. Er geht nur wenige Schritte weit bis zu einer grünen Markierungslinie, die quer über den Boden und zu beiden Seiten die Wände hinauf bis zur Decke läuft.

„Generalmajor Mike Torpentouf“, sagt er mit lauter, klarer Stimme. „Heute ist der zwanzigste Juni zwo-null-eins-null, und die Zeit ist null-neun-null-acht.“

Einige Sekunden vergehen, dann antwortet eine mechanische Stimme von irgendwoher:

„In Ordnung, General. Sie können weitergehen.“

Das ist die Stimme des Computers, weiß Torpentouf. Er hat seine Stimme aufgezeichnet und ihre Schwingungscharakteristik mit dem Muster verglichen, das seit seiner Installation in seinem Speicher ruht. Es gibt nur wenige Stimmen, die der Computer kennt, General Relings Stimme zum Beispiel und die von Oberst McNaird, der als Torpentoufs Stellvertreter fungiert. Und noch zwei oder drei. Das sind die einzigen Personen, die er diesen Gang betreten läßt. Bekommt er eine unbekannte Stimme zu hören oder versucht jemand, sich ohne akustische Anmeldung in den Gang zu schleichen, schlägt die Abwehrmaschinerie, die der Computer kontrolliert erbarmungslos zu.

Torpentouf weiß, daß die Prüfung noch lange nicht zu Ende ist. Während er den Gang entlangschreitet, der nur deswegen so lang gebaut ist, damit der Computer genug Zeit für seine Beobachtungen hat, wird er von verborgenen Kameras inspiziert, wird seine Schrittzahl gemessen, sein Gewicht ermittelt und die schwache Ausstrahlung seines Gehirns analysiert. Der Umstand, daß er die stählerne Tür am anderen Ende des Ganges unangefochten erreicht, beweist ihm, daß ihn der Computer auch heute wieder einwandfrei als einen Berechtigten identifiziert hat.

Die Tür gleitet auf. Mike Torpentouf tritt in einen ovalen Raum, dessen Wände mit elektronischem Gerät verstellt sind. In der Mitte des Raumes erhebt sich ein hufeisenförmiges Schaltpult mit Dutzenden, wenn nicht gar Hunderten von verschiedenen Anzeigen, zwei kleinen Bildschirmgeräten, einer Konsolentastatur und unzähligen Schaltern. Torpentouf nimmt auf dem Sessel Platz, der im Zentrum des Pultes steht und die hufeisenförmige Struktur beherrscht. Sorgfältig beginnt er, Meßgeräte zu aktivieren. Lichtzeiger laufen über Skalen. Kontrollampen blinken auf. Die Bildschirme erhellen sich und zeigen das Innere von weit entfernten Räumen, die kompliziertes technisches Gerät enthalten. Mike Torpentouf inspiziert sein Reich. Der kleine, dicke Mann mit dem schütteren, schweißverklebten Blondhaar und dem rosafarbenen Babygesicht, das wie eine Puttenphysiognomie wirken würde, wenn es nicht nebenbei noch mit blaugeäderten Hängebacken versehen wäre, ist der Herr der Henderwon Island Security Administration, nahezu unumschränkter Herrscher über nahezu 20 000 Mann, deren Aufgabe es ist, diesen wichtigsten Stützpunkt der Geheimen-Wissenschaftlichen-Abwehr gegen fremde Eindringlinge zu schützen.

Torpentouf ist mit seiner Umschau zufrieden. Die Meßgeräte zeigen die richtigen Werte, die Räume sehen aus, wie sie aussehen sollen, und im geheimen Triebwerkprüfstand, den seit zehn Tagen kein Mensch mehr betreten hat, läuft weiterhin der Dauertest eines neuen Plasma-Triebwerkprototyps.

Mike Torpentouf führt solche Prüfungen sporadisch

durch. Sie fallen mit in seinen Aufgabenbereich, und obwohl dem Computer nachgesagt wird, daß er die unterirdischen Räumlichkeiten mit einer Zuverlässigkeit von 0,9999999 gegen jeden unbefugten Zutritt schützt, nimmt Torpentouf diese Abstiege in die Unterwelt durchaus ernst. Er ist in diesem Metier großgeworden, und er weiß, daß der Gegner ständig auf der Lauer liegt. Er hat die Prüfungen nicht zu einer Routine entwickelt. Er benützt ein Rechenprogramm, das wahllos Nummern erzeugt, und ermittelt mit ihrer Hilfe die Zeiten, zu denen er unter die Erde fährt: unvorhersehbar, selbst für Mike Torpentouf.

Jetzt steht er auf und verläßt den Raum. Auf dem Rückweg muß er sich denselben Prüfungen unterziehen wie beim Eintritt, denn: der Mann, der das Kontrollzentrum verläßt, muß nicht notwendigerweise derselbe sein, der es vor wenigen Minuten betreten hat. Generalmajor Torpentouf betritt die kleine Kammer, die alltäglichen Bürobedarf enthält, und fährt mit ihr wieder in die Höhe. Um 09.28 ist er wieder in seinem Büro. Es sind inzwischen keine Anrufe für ihn gekommen. Wenn es welche gegeben hat, hat McNaird sie abgefangen.

Torpentouf beginnt mit der alltäglichen Routine. Aus dem Plattenspeicher des Computers ruft er die jüngsten Tätigkeitsberichte seiner Stabsoffiziere ab und läßt sie auf einen Datenbildschirm überspielen. Um 10.03 summt der Melder des RADA-Empfängers (Random Address Dialed Access). Torpentouf schaltet das Gerät ein und erkennt auf der Bildfläche voller Erstaunen nicht das Gesicht der gesetzten, ein wenig ältlichen, jedenfalls aber besten Kreisen entstammenden Dame, die sein Vorzimmer beherrscht, sondern die besorgte Miene seiner Frau, einer jungen, hübschen Frau, die gar nicht so aussieht, als gehöre sie zu dem beleibten, kränklich wirkenden Mike Torpentouf.

Er sieht ihr an, daß sie Sorgen hat. Ihr Gesicht verrät es, und zudem vermeidet sie es sonst, ihn während der Dienststunden anzurufen.

„Was gibt es, Jannie?"

Sie heißt Janine. Den Kosenamen hat sie von ihren Eltern mitbekommen.

„Ein Brief für dich, Mike", antwortet sie.

„Ein Brief?" Verblüfftes Staunen auf Torpentoufs Seite. Wer schreibt heutzutage noch Briefe? „Von wem?"

„Steht nicht drauf."

„Hast du ihn nicht geöffnet?"

„Nein. Er ist an dich adressiert, und die Vorderseite trägt den Vermerk: Unbedingt nur vom namentlich bezeichneten Empfänger selbst zu öffnen. Geheime Vertrauenssache von größter Wichtigkeit."

Mike Torpentouf will die Sache als belanglos beiseiteschieben, als einen dummen Scherz, den sich irgendein Narr ausgedacht hat. Aber er sieht die Angst in Janines Gesicht und beschließt, sie nicht im Stich zu lassen.

„Ich komme, Liebling", versichert er ihr.

McNaird ist nicht wenig erstaunt, als ihm so früh am Morgen schon das Kommando übertragen wird. Aber Torpentouf ist verschlossen, will nichts sagen. Er scheint es eilig zu haben. Wendell McNaird ist ein hochgewachsener, starkknochiger Mann Ende Vierzig, eine Gestalt, in der jeder unweigerlich den Offizier erkennt. Seine hervorragende Stärke ist die Disziplin. Wenn Torpentouf ihm hätte sagen wollen, was ihn bedrückt, dann hätte er es gesagt. Da er es nicht gesagt hat, geht McNaird die Sache nichts an. So einfach ist das für einen

Mann wie McNaird. Disziplin macht das Leben einfacher und läßt einem mehr Zeit für die wirklich wichtigen Dinge.

Mike Torpentouf schwingt sich in seinen Turbo und fährt mit hoher Geschwindigkeit davon. Die Kontrolle an der Grenze des inneren Sperrgebiets passiert es sozusagen in fliegendem Start: Der Motor hätte sich nicht in Gang setzen lassen, wenn das kleine Spürgerät unter dem Armaturenbrett Mike Torpentouf nicht als rechtmäßigen Besitzer oder autorisierten Benützer des Fahrzeuges erkannt hätte, und da das Spürgerät seiner Sache derart sicher ist, kann es an den Kontrollmechanismus an der Grenze des inneren Sperrgebiets jenen Kode abstrahlen, der dem Computer sagt, daß der Chauffeur des schnellen Fahrzeugs unverdächtig ist.

Die Straße, die nach Norden durch den äußeren Sperrbezirk in die Wohnbezirke führt, läuft unmittelbar am Strand entlang. Weit draußen sieht Mike Torpentouf die vorgelagerten, von weißem Schaum umspülten Koralleninseln – und sieht sie doch wieder nicht, denn seine Gedanken sind bei Janine und dem merkwürdigen Brief, der ihr solche Angst einjagt. Die Straße ist so gut wie leer. Außerdem verfügt sie über ein zuverlässiges Funkleitsystem. Mike Torpentoufs tropfenförmiger Turbowagen braust mit mehr als zweihundert Stundenkilometern dahin. An der Grenze des Wohnbezirks wird das Fahrzeug automatisch verlangsamt. In den Gärten ringsum sprießt üppige, tropische Vegetation. Torpentouf sieht nichts davon. Der Wagen gleitet auf die gekrümmte Auffahrt zur Garage. Das Tor öffnet sich selbsttätig, ebenso das Wagenluk. Torpentouf springt heraus. Das Haus hat einen rückwärtigen Eingang durch die Garage. Die Tür steht offen. Janine Torpentouf erwartet ihren Mann.

„Wo ist er?“ ruft Torpentouf im Laufen und hält es für ganz selbstverständlich, daß sie weiß, was er meint: Den Brief.

„Im vorderen Zimmer, auf dem Cocktailtisch.“ Sie eilt hinter ihm her. „Ich wollte ihn nicht allzu oft anfassen, weißt du? Wegen … der Untersuchung …“

Er hört kaum hin. Er stürmt durch die Wohnung hindurch bis ins vordere Zimmer. Auf dem sonst leeren Cocktailtisch liegt der Brief, ein harmloser, altmodischer Umschlag im Format 25 mal 11 Zentimeter, das letzte Modell der Briefumschlagindustrie, die seit einem Dutzend Jahren keine neuen Modelle mehr erzeugt, weil die Leute das Briefeschreiben allmählich verlernen.

Mike Torpentouf seht vor dem Tisch und starrt den Brief an. Er liegt mit der Vorderseite nach oben, und dort stehen die Worte, die Janine ihm vorgelesen hat. Sie sind mit der Maschine geschrieben, eines jener modernen Geräte, die keinen mechanischen Eindruck erzeugen, sondern die Zeichen mit Hilfe einer optischen Vorrichtung in die besonders präparierte Oberfläche der Papierfolie brennen.

Plötzlich packt Torpentouf die Wut. Hier steht er und hat sich von einem lächerlichen Brief ins Bockshorn jagen lassen! Er weiß noch nicht einmal, wie ihm das seltsame Ding ins Haus gekommen ist: Er hat vergessen, Janine danach zu fragen. Und jetzt starrt er den altmodischen Umschlag an, als gehe von ihm eine unsichtbare Kraft aus, als müsse er sich davor fürchten, das Ding auch nur in die Hand zu nehmen.

Mit wütendem Knurren beugt er sich vor und reißt den Brief vom Tisch. Er dreht ihn um, wie es die Angewohnheit vieler Leute ist, die einen Brief bekommen und an der Vorderseite nicht erkennen können, von wem er ist.

Da erstarrt er mitten in der Bewegung, und sein rosafarbenes Gesicht wird aschfahl. Die Rückseite des Umschlags trägt den Eindruck eines Stempels. Der Eindruck wirkt wie ein Siegel. Die ebenen Flächen sind silbern verfärbt, die eingeprägten Linien schillern in allen Regenbogenfarben. Mike Torpentouf kennt dieses Siegel. Er selbst ist der einzige, der es benutzen darf, ohne sich vorher Erlaubnis einholen zu müssen. Das Siegel wird auf die Unterlagen gesetzt, deren Geheimhaltungsstufe um einen oder mehrere Grade verringert wird. Derjenige, der dieses Siegel besitzt, kann im Handumdrehen selbst die geheimsten Dokumente der Wissenschaftlichen Abwehr zu unklassifizierten Wischen machen. Deswegen wird es so sorgsam aufbewahrt: In einem Tresor, zu dem absolut nur der Chef der Henderwon Island Security Administration Zutritt hat.

Aber Mike Torpentouf ist ein Kämpfer. Der Anblick des Siegelabrucks hat ihn ein oder zwei Sekunden lang erschüttert. Jetzt hat er sich wieder in der Gewalt. Er lächelt Janine an.

„Ein übler Scherz", sagt er, „weiter nichts." Er klopft mit dem Knöchel auf den Abdruck des Siegels. „Ein ziemlich kritischer Stempel, das. Wer ihn an sich genommen hat, ohne dazu berechtigt zu sein, der wird für die nächsten fünf Jahre seines Lebens nicht mehr froh ... selbst wenn er meint, daß er sich nur einen Spaß machen wollte."

Er sieht Janine aufatmen. Das tut ihm gut.

„Willst du den Brief nicht öffnen?" fragt sie.

„Nicht hier", gibt er ihr zur Antwort. „Das muß von Fachleuten gemacht werden. Auf dem Umschlag gibt es wahrscheinlich Spuren, die der merkwürdige Spaßvogel hinterlassen hat."

Sie widerspricht nicht. Er geht durch die Wohnung zurück zur Garage. Janine steht wieder unter der Tür und winkt ihm zu. Er winkt zurück. Schweren Herzens fragt er sich. Ob sie noch so gelassen sein wird, wenn er sie heute abend wiedersieht.

„Ich möchte, daß Sie sich das Ding genau ansehen", sagt General Torpentouf mit ungewöhnlich harter Stimme. „Es ist in höchstem Maße verdächtig."

Mißtrauisch mustert Jeffer Siegel den blaßgrauen Umschlag. Siegel ist Chef der Investigation and Identification Division, ein Experte auf seinem Gebiet, obwohl er mit seiner saloppen Kleidung, seinem faltigen Gesicht, das noch nie eine Spur von einem Teint gezeigt hat, und seiner mürrischen Miene eher aussieht wie ein New Yorker Gebrauchtwarenhändler. Er zieht ein kleines Messer aus der Tasche, läßt die Klinge aufspringen, schiebt sie unter den Brief und wendet den Umschlag auf den Rücken. Als er den Siegelabdruck erkennt, pfeift er zwischen den Zähnen hindurch.

„Sofort, Chef!" sagt er.

Er packt den Brief zwischen zwei Fingern, deren Kuppen durch dünne Papierfolie geschützt sind, und verläßt den Raum. Mike Torpentouf wendet sich zum zweiten Mal an diesem Tag der kleinen Kammer zu, die in Wirklichkeit eine Aufzugkabine ist. Diesmal braucht er keinen Random-number-generator, der ihm sagt, wann es zum nächsten Mal an der Zeit ist, die Unterwelt aufzusuchen. Diesmal hat Mike Torpentouf selbst ein ernsthaftes Anliegen.

Die Kabine erreicht schneller ihr Ziel als bei der letzten Abfahrt. Der Gang, den der General betritt, ist kürzer als der, an dessen Ende die Kontrollzentrale liegt. Dennoch muß er dieselbe Prüfprozedur über sich ergehen lassen. Weiter hinten gibt es metallene Türen zu beiden Seiten des Ganges. Torpentouf öffnet eine davon und tritt in ein Büro, das seinem oberirdischen Arbeitsraum gleicht wie ein Ei dem andern. Hier wie dort gibt es ein Fenster, das in Wirklichkeit kein Fenster ist, sondern ein Bildschirm, dem von irgendeinem Aufnahmegerät ein Abbild der tropischen Küste vermittelt wird, auf die Torpentoufs oberirdisches Büro blicken würde, wenn es wirklich ein Fenster hätte. Im Hintergrund steht ein würfelförmiges Gebilde auf einem hohen Podest ruhend, das auf den ersten Blick den Eindruck macht, als sei es aus Holz. Der Firnis täuscht. Die Wände des Behälters stammen aus dem härtesten Stahl, den die Industrie der Erde dieser Tage fertigen kann. Mit Zusätzen vermengt, deren Identität außer den Experten niemand kennt, widersteht er mühelos den Temperaturen, die die Flamme eines konventionellen Schweißgerätes erzeugt. Das Behältnis ist Mike Torpentoufs geheimer Safe. Ein gleiches Gebilde befindet sich in seinem oberirdischen Büro, aber dessen Inhalt ist weitaus weniger kritisch. Hier gibt es kein Schloß. Mike Torpentouf muß mit aller Sorgfalt vier Worte sprechen:

„Rasche Worte sind tödlich!“

Dann legt er die flache Hand auf die Oberseite des Würfels und läßt sie dort fast eine Minute lang ruhen. Die Vorderwand des Safes verschwindet plötzlich, als wäre sie unsichtbar geworden. Mike Torpentouf sieht ins Innere des Würfels. Leichter Nebel wallt darin. Durch den Nebel deutlich gemacht, ziehen sich bunte grelle Lichtstrahlen von einer Seite zur andern. Nur Mike Torpentouf weiß, in welcher Reihenfolge er die Strahlen dadurch unterbrechen muß, daß er einfach mit aus gestrecktem Finger in sie hineinsticht. Es sind insgesamt elf Strahlen. Ein einziger Fehler in der Reihenfolge, und die stählerne Tür schnappt wieder nach oben. Niemand hat ausprobiert, was aus dem Arm wird, der auf diese Weise in die Falle gerät. Aber Mike Torpentouf ist sicher, daß die unvorsichtige Hand von der metallenen Tür glatt abgeschlagen würde.

Diesmal macht er sich nicht die Mühe, die Sicherung der bunten Lichtstrahlen zu durchbrechen. Mit einem Blick erkennt er, daß der Safe leer ist. Er hat sich darauf vorbereitet und erschrickt dennoch. Hier bewahrt er das Siegel auf, mit dem er die Klassifizierung alter, weniger wichtig gewordener Dokumente verringert. Das Siegel ist verschwunden.

Torpentouf tritt zwei Schritte zurück und spricht den Kodesatz:

„Eine Schwalbe macht noch keinen Sommer."

Daraufhin schließt sich die Tür des Safes. Im nächsten Augenblick summt der Interkom. Torpentouf geht zu seinem Schreibtisch und aktiviert seinen Empfänger. Jeffer Siegel ist am andern Ende. Er weiß nicht, daß er zu dem General nicht in dessen oberirdischem Arbeitsraum, sondern in einem unter der See verborgenen Versteck spricht.

„Der Umschlag ist völlig rein, Sir", erklärt er mit teilnahmsloser Stimme. „Ich habe darauf nur drei Fingerabdrücke feststellen können. Zwei gehören ihrer Frau und der dritte Ihnen selbst."

„In Ordnung", brummt Torpentouf. Dann gibt er seinem Herzen einen Stoß. „Öffnen Sie das Ding. Untersuchen Sie den Inhalt, und wenn Sie auch daran keine Spuren finden, bringen Sie ihn zu mir ... auf dem schnellsten Wege!"

„Wird gemacht", versichert Jeffer Siegel ungerührt, dann wird der Bildschirm leer.

Mike Torpentouf kehrt in sein oberirdisches Büro zurück. Er braucht nicht lange zu warten, da wird Siegel gemeldet. Man läßt ihn sofort ein. Der Ausdruck auf Jeffer Siegels faltigem, farblosem Gesicht macht Torpentouf stutzig.

„Was ist los?" fragt er ungeduldig – aber nicht wirklich ungeduldig, sondern mit einem Ton der Ungeduld, der seine Sorge verbirgt.

„Der Inhalt besteht aus einem einzigen Stück Papierfolie, Sir", antwortet Siegel. „Auch die Folie enthält keinerlei Hinweise auf den Absender."

„Warum schauen Sie dann so trübsinnig drein?" erkundigt sich Torpentouf mit gutgespielter Forschheit. „Ihre Berufsehre hängt schließlich nicht davon ab, ob Sie etwas finden oder nicht."

„Im Laufe der Untersuchung, Sir", antwortet Siegel mit ungewöhnlichem Ernst, „blieb mir nichts anderes übrig, als den Text der Botschaft zu lesen."

Mike Torpentouf steht hinter seinem Schreibtisch auf.

„Zeigen Sie her!" befiehlt er.

Jeffer Siegel reicht ihm den dünnen, flexiblen Bogen. Er ist mit derselben Art Maschine beschrieben worden wie auch der Umschlag: Die Buchstaben sind optisch eingebrannt. Der Text ist englisch. Mike Torpentouf liest und fühlt, wie ihm das Blut in den Adern erstarrt, währende er die Worte in sich aufnimmt.

IHRE TÖCHTER BEFINDEN SICH IN MEINER GEWALT. ICH WILL VON IHNEN WEDER GELD NOCH POLITISCHE ODER TECHNISCHE GEHEIMNISSE. WAS ICH WILL, WERDE ICH IHNEN BEI NÄCHSTER GELEGENHEIT MITTEILEN. WARTEN SIE AUF MEI-

NE NACHRICHT, UNTERNEHMEN SIE NICHTS. SIE WERDEN ÜBERWACHT. SOLLTEN SIE VERSUCHEN, IHRE ORGANISATION MIT IN DIE SACHE HINEINZUZIEHEN, SEHEN SIE IHRE TÖCHTER NICHT LEBEND WIEDER.

DAS SIEGEL, MIT DEM DER UMSCHLAG DIESES BRIEFES VERSCHLOSSEN WURDE, FINDEN SIE IN DEM PRÜFSTAND, IN DEM SEIT EINIGEN WOCHEN IHR GEHEIMER DAUERVERSUCH MIT DEM NEUEN PLASMA-TRIEBWERK LÄUFT. KAOPEX.

2.

„Sieh dir das an ... Wasser, nichts als Wasser!"

So langsam ging mir das Genörgel des Kleinen auf die Nerven. Ich wußte, daß er sich seinen Urlaub eigentlich anders vorgestellt hatte. Er hatte mir davon vorgeschwärmt, wie er sich bei irgendeinem halbzivilisierten Indianerstamm im brasilianischen Dschungel verkriechen wollte, wo ihn niemand kannte, wo er drei Wochen lang nur das zu tun brauchte, was ihm behagte. Statt dessen hatte der Alte uns empfohlen, einen Erholungsurlaub auf Henderwon Island zu absolvieren, und die Worte, in die er seine Empfehlung kleidete, waren so gewählt, daß wir uns ausmalen konnten, wie übel er es uns nehmen würde, wenn wir auf seinen, ach, so gutgemeinten Ratschlag nicht eingingen.

Na schön, auch mir hatte die Sache nicht besonders gefallen, denn mir stand der Sinn ebenfalls nicht nach der schönen Insel im Pazifik, auf der ich einige der aufregendsten Stunden meines Daseins erlebt hatte und auf der sich einem die Präsenz der GWA überall förmlich aufdrängte. Aber was der Kleine da anstellte, ging eindeutig über die Hutschnur. Der Alte, gnädig gestimmt ob unserer Willfährigkeit und wohl auch ein wenig unter einem Anfall schlechten Gewissens leidend, hatte uns eine für hohe Würdenträger bestimmte Maschine der Abwehr zur Verfügung gestellt. Wir hatten jeder ein eigenes Appartement, und der Gemeinschaftsraum, in dem wir uns meist aufhielten, war mit einer Bar ausgestattet, hinter der eine bildhübsche Rothaarige hantierte. Größeren Luxus in der Luft konnte man sich kaum denken. Und doch hatte der Kleine seit dem Start nichts anderes getan als gemeckert, gemeckert und nochmals gemeckert.

Der Kleine: Das ist Hannibal Othello Xerxes Utan, Major GWA, ein verschrumpelter, häßlicher Zwerg, das respektloseste Wesen, das die Menschheit jemals hervorgebracht hat, und zugleich mein Freund. Und wenn vom Alten die Rede ist: Das ist Arnold G. Reling, General und Commander in Chief der Geheimen-Wissenschaftlichen-Abwehr, ein Ritter ohne Furcht und Tadel, unerbittlich gegen sich selbst und, leider auch, gegen seine Untergebenen.

Ich nippte also an meinem Drink, reagierte auf Hannibals ewige Nörgelei mit Nichtachtung und schenkte dafür der Rothaarigen um so mehr Aufmerksamkeit. Sie war recht freundlich, aber mehr auf die Art und Weise, wie man zu einem großen, bissigen Hund freundlich ist, damit er einem nichts tut. Ich fühlte mich versucht, meine telepathischen Fühler spielen zu lassen, und zu erfahren, wie sie wirklich über mich dachte. Aber obwohl ich in General Relings Gegenwart den Begriff Pflichtbewußtsein bei jeder Gelegenheit zu einem schmutzigen, bestenfalls aber zu einem lächerlichen Wort degradierte (hauptsächlich deswegen, weil der Alte immer dann an unser Pflichtbewußtsein appellierte, wenn er uns eine besonders selbstmörderische Aufgabe übertragen wollte), besaß ich dieses eigenartige, irreale Ding doch in hohem Maße. Ich verstieß gegen den Esper-Code, wenn ich die Gedanken der hübschen Rothaarigen erforschte. Sie hatte einen menschlichen Anspruch auf die Unantastbarkeit ihres Bewußtseins, und ich wollte es nicht sein, der diesem Anspruch zuwiderhandelte.

Hannibal schien gemerkt zu haben, daß er mir mit seinem Gemecker auf die Nerven fiel. Er leerte sein Glas und bemerkte fast wohlgemut:

„Ich freue mich auf Schweinchen Torpentouf. Wie wird ihm der Schweiß auf der Stirn stehen! Wie wird er über die tropische Hitze jammern und seinen kommenden Herzinfarkt in den schillerndsten Farben malen! Weißt du übrigens, daß er inzwischen zum Brigadegeneral befördert wurde? Du hast ihm nichts mehr zu befehlen, Großer!"

Das mußte wohl als rhetorische Frage verstanden werden. Denn wir beide waren an den Ereignissen, in deren Verlauf sich Mike Torpentouf derart auszeichnete, daß er postwendend vom Oberst zum Brigadegeneral befördert wurde, selbst beteiligt und mit unter den ersten gewesen, die von der wohlverdienten Auszeichnung erfahren hatten. Ich antwortete also auch diesmal nicht.

„Du redest wohl nicht mit jedem, wie?" knurrte er bissig.

„Nicht an Sonntagen", gab ich ihm zur Antwort und stand auf. „Ich brauche noch eine Stunde Entspannung; gerade soviel, wie wir noch Zeit haben, bis wir auf der Insel landen."

Damit ließ ich ihn sitzen, an der Theke mit der Rothaarigen auf der anderen Seite, und verzog mich in meine Gemächer.

Wir hatten keine Ahnung gehabt, daß es bei der GWA solchen Luxus gab. Das Quartier, in dem wir untergebracht wurden, konnte es getrost mit einem der teuersten Hotels auf diesem Planeten aufnehmen. Der Alte hatte es sich wirklich etwas kosten lassen, unseren „Erholungsurlaub" auf Henderwon Island so zu gestalten, daß uns nachträglich keine Reue wegen allzu pflichteifrig versäumter anderer Urlaubsgelegenheiten überkam. Dem Kleinen und mir standen je eine aus vier Räumen bestehende Suite zur Verfügung. Die Suiten waren nebeneinander angeordnet, und in der Mitte gab es einen großen, mit aller Behaglichkeit ausgestatteten Raum, den wir gemeinsam als unseren „Salon" benutzten.

Gepäck hatten wir auf Relings Anraten so gut wie keines mitgebracht. Alles, was wir brauchten, einschließlich der Kleidung, sollte uns hier unentgeltlich zur Verfügung gestellt werden. Das Gelände, auf dem sich unser Hotel erhob, gehörte zur Recreation and Training Administration (RATA). Das Gebäude lag unmittelbar am Strand einer von sanften Erhebungen geschützten Bucht. Das Bild, das sich uns bot – auch wenn wir nicht aus Fenstern, sondern über Bildschirmen sahen – wirkte wie eine Postkarte aus dem verlorenen Paradies: weißer Strand, grüne Hügel, leise sich wiegende Palmen, braunhäutige, spärlich bekleidete Mädchen ... und viel Platz, um sich auszubreiten.

Hannibal war von einer Minute zur nächsten ein anderer geworden. Er kam zu mir herübergestürmt und strahlte:

„Mensch, hast du diesen Komfort gesehen? Sagenhaft! Ich sage dir: der Alte ist nicht so schlecht, wie du ihn immer machen willst."

Ich starrte nachdenklich den Bildschirm an und antwortete beiläufig:

„Ich kenne jemand, der ihn in den letzten vier Stunden wesentlich schwärzer gemacht hat als ich."

Er fuhr mit der Hand durch die Luft. Es sollte eine wegwerfende Geste sein, aber was Gesten angeht, so vergriff der Kleine sich meistens: Sie fielen gewöhnlich zu theatralisch aus.

„Vergiß das wieder", sagte er und hatte wohl noch mehr auf der Zunge. Aber er wurde unterbrochen. Ein Summer ertönte.

Ich wußte nicht genau, was das zu bedeuten hatte, und sah mich um.

„Mister Konnat, Mister Utan, jemand möchte Sie sprechen!" sagte eine sachlich klingende Stimme.

Ich kenne solche sachlich klingenden Stimmen. Sie gehören meist Maschinen. Ich nahm an, daß die Maschine mich hören konnte, obwohl sie sich nicht in diesem Raum befand. Aufs Geratewohl fragte ich:

„Wer wünscht uns zu sprechen?"

„Mister Torpentouf."

In diesem Etablissement schienen sie etwas gegen militärische Rangbezeichnungen zu haben. Jedermann war einfach „Mister". Na schön, mir sollte es recht sein.

„Und worauf wartest du noch?" erkundigte ich mich. Maschinen redet man nicht anders als per du an.

„Auf Ihre Genehmigung", klang es aus dem unsichtbaren Lautsprecher.

„Die hast du. Laß den Mann rein!"

„Es wird ein paar Sekunden dauern, Sir", erklärte die

Maschine, und dann hörte ich an einem leisen Knacken, daß sie abgeschaltet hatte.

Wir begaben uns in den Salon, in der Annahme, daß Mike Torpentouf wahrscheinlich den Haupteingang zu unseren Gemächern benutzen würde. Unsere Vermutung erwies sich als richtig. Wir hatten die Tür kaum hinter uns geschlossen, da öffnete sich der Eingang, und Mike Torpentouf erschien.

Hannibal hatte sich in Positur gestellt und wollte auf ihn zufliegen, den alten Kameraden längst vergangener Abenteuer. Aber als er Mike erblicke, stockte er, und mir erging es ebenso. Das war nicht der Mike Torpentouf, den wir in Erinnerung hatten! Sein rosafarbenes, rundliches Gesicht hatte sich in graue Falten gelegt. Er wirkte müde und zerschlagen. Und ebenso müde wie der Ausdruck seines Gesichts war sein Gang. Er schlurfte förmlich herein, und den Blick hielt er zu Boden gerichtet, als fürchte er, uns in die Augen blicken zu müssen.

Da wußte ich, daß etwas Entsetzliches geschehen sein mußte.

„Die Mädchen waren auf dem Weg zum Kindergarten", sagte Mike Torpentouf, „aber sie kamen nie dort an."

Im Gegensatz zu den ersten Worten, die wir von ihm zu hören bekommen hatten, sprach er jetzt fließend und ohne Stockungen. Aber seine Stimme hatte noch immer den Klang absoluter Trostlosigkeit, und er hütete sich noch immer davor, uns in die Augen zu sehen.

Er hatte uns von dem Brief erzählt, den er auf so geheimnisvolle Art und Weise erhalten hatte: Janine hatte ihn auf der Anrichte in der Küche gefunden. Sie hatte den Raum nur für wenige Minuten verlassen und war absolut sicher, daß der Brief vorher nicht dalag. Wie alle

Häuser in der Wohnsiedlung war auch Torpentoufs Bungalow auf vielfältige Weise abgesichert. Nach menschlichem Ermessen war es unmöglich, daß ein Fremder unbemerkt ins Innere des Hauses gelangte ... und dennoch mußte es geschehen sein.

Die Mädchen, von denen Mike sprach, waren Drillinge, die einander bis aufs Haar glichen. Ihr Alter betrug – da mußte ich kurz zurückrechnen – viereinhalb Jahre. Mike Torpentouf bekannte, daß er angesichts des vielfach abgesicherten Geländes kein Risiko darin gesehen hatte, die Mädchen jeden Morgen die Straße hinab bis zur nächsten Ecke gehen zu lassen, wo der Siedlungsbus sie aufnahm und zum Kindergarten brachte. Der Besuch des Kindergartens war für Kinder von unter fünf Jahren eine ganz und gar freiwillige Sache. Die Kindergärtnerinnen hatten bei Unterrichtsbeginn wohl gemerkt, daß die drei Torpentouf-Mädchen, die sonst zu den pünktlichsten Kindergartenschülern zählten, fehlten. Aber eben wegen der Freiwilligkeit des Besuchs hatten sie nicht gewagt, sich an Mrs. Torpentouf zu wenden und zu fragen, wo die Kinder geblieben seien.

„Was haben Sie seitdem unternommen, Mike?" erkundigte ich mich.

„Wenig", antwortete er traurig. „Lesen Sie den Brief, Thor, und Sie wissen, daß mir die Hände gebunden sind. Ich ging den Weg ab, den die Kinder nahmen, konnte jedoch keine Spuren finden. Noch am Donnerstag erhielt ich die Nachricht, daß Sie Sonntag kommen würden. Da faßte ich den Entschluß, ganz einfach auf Sie zu warten und mir Ihren Rat anzuhören."

Von jedem anderen hätte ich dieses Anliegen als Zumutung empfunden. Ich war hier, um mich zu entspannen, nicht, um den Privatdetektiv zu spielen. Aber erstens war Mike ein guter Freund, und zweitens war seine Verzweiflung so echt und tief, daß ich gar nicht anders konnte: Ich mußte versuchen, ihm zu helfen.

„Niemand weiß, daß die Kinder entführt worden sind?" forschte ich weiter.

„Niemand – außer dem Entführer, Janine und mir … und nun Ihnen beiden."

„Aber irgendwie mußten Sie doch erklären …"

„Ich habe jedermann gesagt, daß wir die Kinder nach Hause geschickt haben, zu Verwandten", fiel er mir ins Wort.

Vor mir auf dem Tisch lag der ominöse Brief. Ich hatte ihn schon fünfmal gelesen, aber immer wieder kehrten meine Augen zu ihm zurück.

„Sie fanden den Stempel im Prüfstand?" vergewisserte ich mich.

„Natürlich. Er lag oben auf der Konsole, auf der die Meßergebnisse angezeigt werden." Er fuhr sich mit der Hand durch das schüttere Haar. Es war eine zerfahrene Geste, die seine hilflose Verzweiflung um so deutlicher machte. „Gleich nachdem ich weiß, wie es den drei Mädchen geht, möchte ich nichts dringender erfahren, als wie es dem Kerl gelungen ist, das Siegel aus dem Tresor zu nehmen und später im Prüfstand zu deponieren. Ich weiß nicht, was schwieriger ist: in den Tresor einzubrechen oder unbemerkt in den Prüfstand zu gelangen. Für einen Unbefugten ist nach menschlichem Ermessen beides unmöglich." Er seufzte, starrte vor sich hin und fügte hinzu: „Aber trotzdem hat er es geschafft."

Mir kam eine Idee.

„Sie müssen sich irgendeine Vorstellung von dem Entführer gemacht haben, Mike", sagte ich. „Wie sieht er aus? Woher kommt er, und welche Ziele verfolgt er?"

Mike Torpentouf hob die Schultern und streckte mit einer verlegenen Geste die Hände aus.

„Ich weiß es nicht", antwortete er dumpf. „Wahrscheinlich ist es irgendein gerissener Gangster, der die Mädchen benutzen will, um mich zu erpressen."

„Aber er sagt, daß es ihm weder um Geld noch um politische oder technische Geheimnisse geht!"

„Wer entführt, der lügt auch!" knurrte Mike zornig. „Irgendwann flattert mir eine Nachricht ins Haus, in der steht, daß ich fünfhunderttausend Dollar in kleinen, unmarkierten Scheinen an der nächsten Friedhofsmauer hinterlegen soll."

Ich warf Hannibal einen fragenden Blick zu. Der Kleine schüttelte sachte den Kopf. Ich brauchte nicht in sein Bewußtsein einzudringen, um zu wissen, daß wir beide der gleichen Ansicht waren.

„Sie täuschen sich wahrscheinlich", sagte ich zu Mike Torpentouf. „Der Mann ist, soweit ich es beurteilen kann, weder hinter Geld noch hinter irgendwelchen geheimen Informationen her."

Meine Hypothese erweckte seine Neugierde. Das war ein gutes Zeichen. Als völlig Verzweifelter war er zu nichts nütze. Ein kleiner Lebensfunke mußte noch in ihm glühen, das war wichtig.

„Wie kommen Sie darauf, Thor?" wollte er wissen.

„Ein Mann, der es versteht, die Sicherheitsvorrichtungen der GWA zu durchdringen, stellt selbst den gewieftesten Einbrecherkönig in den Schatten", antwortete ich. „Wenn es ihm an Geld fehlt, bricht er einfach in Fort Knox ein und stiehlt das Gold. Das ist einfacher, als in Ihren Tresor oder in den Prüfstand einzudringen."

„Da haben Sie recht", seufzte Mike. „Und ich nehme

an, dasselbe gilt auch für militärische und politische Geheimnisse."

„Genau. Er hätte alles erfahren können, was es hier auf Henderwon Island zu wissen gibt, und er hat sie Informationen vielleicht auch verschafft. Nein, Mike, der Entführer ist kein Gangster, wenigsten keiner im üblichen Sinne. Vor allen Dingen ist er kein Einzelgänger."

„Sondern ...?"

„Hinter ihm steht eine wissenschaftlich-technische Macht ersten Ranges. Einer der großen Geheimdienste dieses Planeten!"

Und während Mike Torpentouf mich fassungslos anstarrte, fiel mir endlich ein, was ich an dem Brief so seltsam fand, daß meine Augen immer wieder zu ihm hingezogen wurden. Es hing mit der Formulierung zusammen, die der Unbekannte verwendet hatte. Es gab für mich keinen Zweifel daran, daß Torpentoufs Mädchen einer internationalen Intrige zum Opfer gefallen waren. Der Mann, den wir suchten, kam aus den Reihen der Geheimagenten irgendeiner irdischen Großmacht.

Als solcher hätte er schreiben müssen: Ihre Töchter befinden sich in *unserer* Gewalt. *Wir* wollen von Ihnen weder Geld noch politische oder technische Geheimnisse. Was *wir* wollen ...

Statt dessen hatte er nur von sich selbst in der ersten Person gesprochen. Was mußte das für ein Geschöpf sein, das sich mit der häßlichen Aufgabe, drei viereinhalb Jahre alte Mädchen zu entführen, dermaßen identifizierte, daß es ganz allein von sich selbst als dem Urheber des niederträchtigen Anschlags sprach ...?

3.

Mike Torpentouf war gegangen, nachdem wir ihm versichert hatten, daß wir uns erstens um die Angelegenheit allen Ernstes kümmern und zweitens zu niemand anderem davon sprechen würden. Nachdem Mike uns verlassen hatte, blieben der Kleine und ich eine Zeitlang schweigend sitzen und hingen unseren Gedanken nach. Schließlich sagte Hannibal:

„Ich habe sein Bewußtsein abgetastet." Es klang fast wie das Eingeständnis einer Sünde, die er begangen hatte. „Unnötig zu sagen, daß da alles in Ordnung ist."

Ich hatte gewußt, daß er es tun würde, und deswegen darauf verzichtet, in den Gedanken des Freundes zu stöbern. Mike Torpentouf wußte, daß Hannibal und ich telepathische Fähigkeiten besaßen. Er hätte sich niemals zu uns gewagt, um uns von seinem Leid zu erzählen, wenn er die Absicht gehabt hätte, der Welt etwas vorzumachen.

Nein, an Mike Torpentoufs Aufrichtigkeit hatte ich keinen Atemzug lang gezweifelt. Wohl aber fing ich an, an etwas anderem zu zweifeln, je länger ich darüber nachdachte. Daran nämlich, ob es mir gelingen würde, das Versprechen zu halten, das ich Mike vor wenigen Minuten gegeben hatte. Niemand sollte von dem wahren Anlaß seines Kummers erfahren. Das Geheimnis sollte unter uns bleiben. Uns: Janine, Mike, Hannibal und mir.

War das ein vernünftiger Ausgangspunkt für unser Vorhaben, die Drillinge wohlbehalten wieder zurückzubringen? Wohl kaum. Hinter dem unbekannten Entführer stand die ungeheure Macht eines fremden Geheimdienstes. Ihm standen Mittel zur Verfügung, die sich ein Privatmann – und Privatmänner würden wir sein, wenn wir uns an das Versprechen hielten, das ich Mike gegeben hatte! – unmöglich verschaffen konnte. Wenn nun der Entführer in seiner nächsten Nachricht Mike dazu aufforderte, an Bord eines Schiffes zu kommen, das draußen im Pazifik vorübergehend Anker geworfen hatte? Wie wollten wir dem Schiff folgen? Wer gab uns das Recht, ein seetüchtiges Fahrzeug einfach zu beschlagnahmen?

Ich sah auf und merkte, daß der Kleine mich gespannt anblickte.

„Ich habe selbstverständlich nicht in deinen Gedanken gelauscht", sagte er ernst. „Und trotzdem behaupte ich, genau zu wissen, was du eben überlegt hast."

„Du bist eben ein schlaues Kind", versuchte ich zu witzeln. „Also – was war es?"

„Wir zwei alleine schaffen das nicht", sagte er ernst.

„Nein", stellte ich ihn auf die Probe: „Mike muß aktiv mithelfen."

Sein Blick verriet keinerlei Ehrfurcht vor meiner übergroßen Intelligenz.

„Das meine ich nicht", brummte er. „Wir gehen da gegen ein Ding an, das viel zu groß für uns ist. Wir müssen den Alten einweihen!"

Er sah mich aufmerksam an und schien eine sofortige Ablehnung seines Vorschlags zu erwarten. Ich erwiderte seinen Blick, und sogleich funkelte in seinen Augen die Befriedigung darüber, daß er meine Gedanken richtig erahnt hatte.

„Du hast recht", gab ich zu. „Für diese Sache wird mehr gebraucht als wir zwei zu bieten haben. Ich setze mich noch heute nacht mit Reling in Verbindung. Torpentouf darf nichts davon erfahren!"

„Und warum nicht?"

„Es ist möglich, daß er gezwungen wird, mit dem unbekannten Gegner zu kooperieren. Dazu muß er sich, wenigstens vorübergehend, in die Gewalt des Gegners begeben. Es kann sein, daß er ausgefragt wird – mit modernen Verhörmethoden. Wenn er dabei gesteht, daß Reling von der Entführung weiß, geht es unter Umständen den Mädchen an den Kragen."

„Klar", antwortete Hannibal mit solch überheblicher Selbstverständlichkeit, als hätte er die Frage nur ausgesprochen, um mich auf die Probe zu stellen.

Und dann fügte er noch etwas hinzu, das mich völlig überraschte, weil ich noch keine Zeit gehabt hatte, mir darüber Gedanken zu machen.

„Bis Reling zu reagieren beginnt, können wir hier ein wenig Vorarbeit leisten. Ich bin nämlich überzeugt, daß der Feind einen Verbindungsmann auf Henderwon Island hat. Ohne diesen Kontakt hätte er unmöglich das Siegel aus dem Tresor entwenden und nachher im Prüfraum wieder deponieren können. Ich bin sogar sicher, daß dieser Verbindungsmann an ziemlich hoher Stelle sitzt."

Mike Torpentouf hatte das freundlichste Gesicht aufgesetzt, das er in diesen Tagen der seelischen Qual zustandebrachte. Er trug volle Uniform, wir dagegen waren im Südsee-Urlauberzivil erschienen.

„Es ist mir eine Ehre und ein Vergnügen zugleich", wandte sich Mike an die Gruppe von etwa fünfzehn Männern und Frauen, die sich eingefunden hatte, um uns zu sehen, „Ihnen meine Freunde vorzustellen: Brigadegeneral Thor Konnat und Major Hannibal Utan, zwei GWA-Männer, von denen Sie sicherlich schon gehört haben."

Aufgeregtes Gemurmel bewies, daß er mit dieser Vermutung recht hatte. Ich sah mich um, ließ den Blick über die Reihe von Torpentoufs engsten Mitarbeitern fliegen, und erhaschte einen andächtigen Augenaufschlag von einer statuesken Blondine, die – einem alten Klischee zufolge – viel zu gut aussah, als daß sie genug Gehirn hätte besitzen können, um in Torpentoufs Security Administration eine wichtige Rolle zu spielen. Da sieht man wieder, wie einen Klischees aufs Glatteis führen!

Mike Torpentouf sprach noch eine Reihe salbungsvoller Worte, dann durften wir uns alle setzen. Es wurden Cocktails serviert, Hannibal berichtete in Telegrammfassung von einigen unserer jüngsten Einsätze, und schließlich durften die Leute, die Torpentoufs Einladung gefolgt waren, sich uns vorstellen zu lassen, Fragen an uns richten. Ich wurde sofort von der Blondine mit Beschlag belegt, was mir keinesfalls unangenehm war. Sie wollte weniger von meinen Erlebnissen wissen als vielmehr darüber, ob ich mein Steak lieber roh oder durchgebraten aß, was ich am liebsten trank, ob ich verheiratet sei – oder wenigstens schon „so gut wie" ... und andere Dinge mehr, aus denen ich schließlich den Eindruck gewann, daß sie im besten Begriffe sei, ernsthafte Absichten zu entwickeln. Ich wies sie also freundlich darauf hin, daß auch andere Leute Fragen an mich richten wollten, und sie zog sich nach dieser Abfuhr schmollend zurück und begann Hannibal zu bearbeiten.

Die ganze Zeit über war ich nur mit halben Verstand bei der Sache. Ich hielt es vorläufig für unethisch, in das Bewußtsein dieser Leute einzudringen. Außerdem befand sich, wenn die Hypothese richtig war, die der Kleine und ich gemeinsam entwickelt hatten, der gesuchte Agent ohnehin nicht unter diesen Leuten. Aber ich beobachtete. Ich hielt die Augen weit offen und registrierte jeden Zug, jede Veränderung der Mienen derjenigen, die mit mir sprachen. Sie alle verhielten sich völlig unverdächtig. Sie nutzten die Gelegenheit, mit einem Mann zu sprechen, der weit in der Welt herumgekommen war. Sie wollten wissen, wie mir zumute gewesen war, als ich zum ersten Mal an Bord eines marsianischen Raumschiffs ging, sie waren begierig zu erfahren, wie ich die Hypnos geblufft hatte, und sie bohrten, um herauszubekommen, ob ich glaubte, daß die Erde mit unserem Erfolg über die Hypnos zu einer ernst zu nehmenden interstellaren Macht geworden sei. In dieser letzten Hinsicht allerdings mußte ich sie enttäuschen: Auf der Erde hatte mittlerweile die kleinlichen Stänkereien und Zwistigkeiten unter den einzelnen Machtblöcken wieder eingesetzt, und ich konnte mir ehrlichen Gewissens nicht vorstellen, daß die Erde jemals ein hörbares Instrument im Konzert der Sternenvölker spielen würde – falls es ein solches Konzert überhaupt gab! – solange es die Menschheit nicht fertigbrachte, sich zu einigen.

Der Empfang dauerte auf die Minute anderthalb Stunden. Mike Torpentouf erhob sich und bat die Anwesenden um Verständnis dafür, daß Hannibal und ich nun wieder unseren „Urlaubsverpflichtungen" nachzukommen hätten. Man begab sich zurück an die Arbeit. Wir verabschiedeten uns von Mikes Mitarbeitern und von ihm selbst ... allerdings nur, um den Chef der Henderwon Island Security Administration kaum zwanzig Minuten später wieder zu treffen – in unserem Hotel, wo er sich mittlerweile sicherer fühlte als selbst in den geheimsten unterirdischen Räumen seiner Anlage.

„Haben Sie etwas erfahren können?" erkundigte er sich, kaum daß die Tür hinter ihm ins Schloß gefallen war.

„Ich glaube, ja", antwortete ich vorsichtig. „Die Leute, mit denen wir vorhin zusammentrafen, sind allesamt unverdächtig."

Er sah mich verständnislos an.

„Sie haben sie ... ausgehorcht?" fragte er vorsichtig.

Telepathische Fähigkeiten waren denen, die sie nicht besaßen, unheimlich. Und wenn sie gezwungen waren, darüber zu sprechen, rangen sie sich die groteskesten Wortgebilde ab. „Aushorchen" war noch Gold gegen manch anderen Ausdruck, den ich zu hören bekommen hatte. „Espern" gehört mit zu den widerlichsten, die ich kenne.

Ich schüttelte den Kopf.

„Nein, das war nicht nötig."

„Ich ... ich verstehe nicht ..."

Ich half ihm verstehen.

„Wie viele Leute bei der GWA gibt es nach Ihrer Meinung, die noch nie von Konnat und Utan gehört haben?"

„Mein Gott ... keinen einzigen natürlich", stieß er hervor.

„Gut. Wie viele Leute gibt es, die nicht wissen, daß Hannibal und ich Telepathen sind?"

Er überlegte kurz und antwortete dann:

„Vor ein oder zwei Jahren hätte ich noch gesagt: Eine ganze Menge. Mittlerweile ist die Sache aber an die Öffentlichkeit gedrungen. Innerhalb der GWA weiß sicherlich jeder von Ihrer ... Begabung."

„Stellen Sie sich also vor: In Ihrer engsten Umgebung

gibt es einen feindlichen Agenten. Er kennt Konnat und Utan, und er weiß auch, daß sie die Fähigkeit besitzen, in sein Bewußtsein einzudringen. Was wird er tun, wenn Sie ihn einladen, sich den beiden GWA-Schatten vorstellen zu lassen."

Mike Torpentouf nickte bedächtig.

„Ich verstehe", antwortet er schließlich. „Er wird sich eine Ausrede ausdenken und dankend ablehnen."

Genau das war es, worauf wir spekulierten. Wenn es unter Torpentoufs Leuten jemand gab, der als Kontakt zu den unbekannten Entführern fungierte, dann konnten wir ihn nicht dadurch finden, daß wir Tausende von Unschuldigen durch ein Psychoverhör zogen, nur um das eine Bewußtsein zu entdecken, in dem so finstere Gedanken spielten. Der Mann ließ sich nur durch den Prozeß der Eliminierung aufspüren. Wir hatten heute den ersten Schritt getan. Weitere würden in aller Kürze folgen müssen.

Noch in der vergangenen Nacht hatte ich mich über Funk mit General Reling in Verbindung gesetzt. Es gab auf Henderwon Island und anderswo gesonderte Funkstationen, die nur von Stabsoffizieren zur Übermittlung geheimer Meldungen benutzt werden durften. Es gab überdies einen Code, der nur von Offizieren im Generalsrang aktiviert werden konnte. Eine solche Station und diesen Code benutzte ich. Man wies mir eine Kabine an, die nach derzeitigen GWA-Standards absolut abhörsicher und uneinsehbar war. Es war gegen drei Uhr morgens, als ich die gewünschte Verbindung bekam. In Washington hatte Relings Arbeitstag – er machte keinen Unterschied zwischen Sonn- und Werktagen – vor einigen Stunden begonnen.

Er war überrascht, mich zu sehen. Das bemerkte ich an einem kurzen Zucken seines viktorianischen Schnurrbärtchens. Sonst bewegte sich kein Muskel seines Gesichts. Ich schilderte ihm den Fall Torpentouf in knappen Worten. Als ich geendet hatte, sagte er:

„Das ist ernst."

Weiter nichts.

„Was mich an diesem Fall besonders stört", fuhr ich fort, „ist, daß man nicht weiß, was der Entführer will."

„Sie glauben seiner Versicherung, daß es weder um Geld noch um Geheimnisse geht?"

„Ich habe keine andere Wahl. Es sei denn, es handelt sich um einen Geistesgestörten."

„Sie haben sicherlich recht", gab er zu. „Ein Mann, dem solche Mittel zu Gebote stehen, braucht niemand zu entführen, um sich zu bereichern. Was will er also?"

„Das ist es, was ich nicht weiß", antwortete ich grimmig. „Es muß etwas sein, das Torpentouf weiß oder kann, ohne von diesem Wissen oder Können eine Ahnung zu haben."

„Oder ohne jemals auf den Gedanken gekommen zu sein" ergänzte Reling, „daß es für irgend jemand von höchster Bedeutung ist."

Nach kurzem Nachdenken faßte er einen Entschluß.

„Ihre Informationen reichen für die Formulierung einer Voranfrage an PLATO", erklärte er. „Halten Sie sich zur Verfügung. Das Ergebnis der Anfrage wird Ihnen wahrscheinlich in Kürze zugehen."

Ich machte ihn noch einmal darauf aufmerksam, daß niemand, nicht einmal Torpentouf selbst, von unserer nächtlichen Unterredung erfahren durfte. Dann unterbrach Reling die Verbindung. Ich war mit dem Ergebnis meines Appells durchaus zufrieden. Der Vorsatz des Alten, sich unmittelbar an PLATO zu wenden, bewies, daß er den Fall ernst nahm. PLATO war das mächtigste aller Rechengehirne, das jemals auf der Erde installiert worden war. Es befand sich in den unterirdischen Räumen des Washingtoner Hauptquartiers der Geheimen Wissenschaftlichen Abwehr. PLATO standen unzählige Simulationsmodelle zur Verfügung, mit deren Hilfe er den Vorgang der Entführung und die Motive des Entführers nachvollziehen und nachempfinden konnte. Ein Frage- und Antwortspiel zwischen Mensch und Maschine bahnte sich an. PLATO würde einige Modelle als plausibel empfinden, andere verwerfen und mit eine Reihe von Fragen aufwarten, die ihm dabei helfen sollten, schwache Stellen in den plausiblen Modellen abzudecken. Anhand der Antworten verwarf er wiederum einen Teil der bisher für plausibel gehaltenen Modelle ... und so ging es weiter, bis zum Schluß nur eine kleine Gruppe von Modellen – oder auch nur ein einziges Modell – übrigblieb, das zu keiner der vorhandenen Informationen einen Widerspruch aufwies. Diese Modell – oder diese Gruppe von Modellen – würde sodann unsere weitere Vorgehensweise bestimmen.

Das war in der vergangenen Nacht gewesen. Seitdem hatte ich von Reling nichts mehr gehört. Die Frage- und Antwortsitzung mit PLATO schien sich schon während ihrer ersten Phase in die Länge zu ziehen. Am Nachmittag machten wir einen weiteren Besuch in der Henderwon Island Security Administration. Diesmal gaben wir uns den Anschein, als habe uns ein dienstliches Anliegen hierhergeführt. Zu viele Vorstellungsvisiten wären aufgefallen. Mike Torpentouf nahm uns zunächst in seine Obhut und reichte uns sodann an Oberst McNaird weiter, der uns „bei der Durchführung unserer Aufgabe“ behilflich sein sollte. Das war eine ziemlich kitzlige Angelegenheit, denn eine Aufgabe im eigentlichen Sinn hatten wir nicht, was McNaird aber nicht wissen durfte, da Torpentouf das Verschwinden seiner Töchter noch immer absolut geheimhalten wollte. Ebensowenig wie McNaird durfte irgendein anderes Mitglied der Security Administration von unseren wahren Absichten erfahren; denn der Verbindungsmann, den wir irgendwo in diesen Räumen vermuteten, hätte nicht gezögert, sich mit seinem Auftraggeber in Verbindung zu setzen, sobald ihm nur der leiseste Verdacht kam, daß wir nach der Spur des Entführers suchten.

Also gaben wir vor, mit der Suche nach gewissen Dokumenten beauftragt zu sein. Es handelte sich, so setzte Hannibal es McNaird mit großem Eifer auseinander, um Unterlagen über einen weit in der Vergangenheit liegenden Vorfall, einen Zusammenstoß zwischen der GWA und einem fremden Geheimdienst, der im Zusammenhang mit jüngsten Ereignissen plötzlich wieder Bedeutung erlangt habe. McNaird war mit den Gepflogenheiten der GWA zu gut vertraut, um nach weiteren Einzelheiten zu fragen. Gleichzeitig aber würde sich aus dem hohen Alter der Unterlagen erklären lassen, warum sie nicht mehr gefunden werden konnten. Und das war wichtig, denn die Dokumente, die wir McNaird bezeichnet hatten, gab es überhaupt nicht.

Wir hielten uns bis zum Einbruch der Dunkelheit in den verschiedenen Archiven der Security Administration auf und kamen mit einer Menge Leute zusammen. Immer wieder suchte ich nach Anzeichen dafür, daß sich jemand vor uns zu drücken versuchte. Aber alle, mit denen wir zusammentrafen, freuten sich über die Begegnung und benützten die Gelegenheit, uns die Hände zu schütteln und ein paar Fragen zu stellen.

Schließlich kehrten wir ins Hotel zurück, ohne Mike Torpentouf noch einmal zu Gesicht bekommen zu haben. Man wußte, daß wir seine Freunde waren. Aber es wäre falsch gewesen, die Freundschaft als eine allzu innige darzustellen. Denn innigen Freunden vertraut man seinen Kummer an, auch wenn Gefahr damit verbunden ist. Wir mußten also nach außen hin ein wenig Distanz wahren. Im Hotel nahmen wir zunächst einen gepflegten Imbiß ein. Die Mühe, uns einen ganzen Nachmittag lang zu verstellen, hatte uns hungrig gemacht. Beim Essen sprachen wir über belanglose Dinge. Unsere Zimmer hielten wir für völlig abhörsicher, da dieser Trakt des Hotels zur Unterbringung von GWA-Mitgliedern gedacht war, die man im Verdacht hatte, latente Esper zu sein. Die GWA war ständig auf der Suche nach solchen Personen und wenn sie einen verkappten Psioniker nach Henderwon Island schickte, um dort seine latenten ESP-Fähigkeiten womöglich aktivieren zu lassen, dann legte sie darauf Wert, daß dies in absoluter Abgeschlossenheit geschah, daß niemand wußte, wo sich der Kandidat aufhielt und daß vor allen Dingen niemand seine Gespräche mit dem Fachpersonal der Recreation and Training Administration abhören konnte. Hier unten im Speisesaal jedoch lagen die Dinge anders. Äußerste Vorsicht war geboten. Auch zu diesem Saal hatten nur Mitglieder der GWA Zutritt, aber da wir einen Verräter in Torpentoufs engster Umgebung vermuteten, trug dieser Gedanke nicht gerade dazu bei, uns in Sicherheit zu wiegen.

Oben im Zimmer streckte ich mich zunächst einmal auf dem feudalen Wasserbett aus und ließ die Ereignisse des Tages in Gedanken noch einmal an mir vorbeiziehen. Ich ließ die Gesichter derer, denen wir heute begegnet waren, vor meinem inneren Auge lebendig werden und forschte in ihren Zügen nach dem Hinweis, der sie als Verräter markierte. Das erwies sich bald als ein fruchtloses Unterfangen. Mehr denn je war ich in diesem Augenblick davon überzeugt, daß wir den Kontaktmann des unbekannten Entführers heute nicht zu Gesicht bekommen hatten. Das konnte mich nicht enttäuschen, denn von der Überlegung, daß der Verbindungsmann uns unter allen Umständen ausweichen wollte, war ich ja ausgegangen.

Ich begann mich ein wenig dösig zu fühlen. Alles in allem war es ein recht anstrengender Tag gewesen, und viel Schlaf hatte ich in der vergangenen Nacht auch nicht gefunden. Ich war dabei, die Augen zu schließen, da spürte ich in der Gegend der rechten Hüfte plötzlich ein Gefühl beißender Kälte. Ich drehte mich auf die Seite, tastete die Synthetic-Decke ab, auf der ich ruhte, und entdeckte eine kleine Unebenheit, die sich kalt anfühlte. Ich fuhr mit der Hand unter die Decke und bekam ein kleines Kästchen zu fassen. Es war so bitter kalt, daß die Haut der Finger an dem winzigen Behältnis förmlich festklebte. Ich zog es hervor und starrte fassungslos auf eine Mini-Kassette, ein Tonband also, das in meiner Abwesenheit jemand unter die Decke geschoben haben mußte. Auf der Oberseite der Kassette war eine kleine Erhebung angebracht. Es bedurfte keines besonderen Scharfsinns, zu erraten, was diese Unebenheit bedeutete. Sie enthielt eine winzige nukleare Batterie, einen mikroskopischen Kältegenerator und einen Auslöse-Mechanismus, der entweder auf das Gewicht oder die Wärme meines Körpers ansprach. Auch über den Absender der Kassette konnte es keinen Zweifel geben. Der Alte hatte endlich reagiert. Auf die ihm eigene skurrile Art hatte er dafür gesorgt, daß ich den Empfang der Mitteilung nicht verweigern konnte. So, wie ich den Alten kannte, würde ich nie in meinem Leben erfahren, wer der Kurier gewesen war, der es fertiggebracht hatte, sich in meine Zimmersuite zu schleichen und die Kassette dort weisungsgemäß zu deponieren.

Im Nebenzimmer gab es ein komplettes, hochmodernes VAT-System (Video-Audio-Tape). Ich ließ der Kassette Zeit, sich wieder zu erwärmen, dann schob ich sie in den Bandspieler. Augenblicklich war General Relings Stimme zu hören:

„Warum, zum Teufel, lassen Sie sich immer soviel Zeit, Konnat? Wissen Sie nicht, daß die Sache eilig ist?"

4.

Diese Einleitung hatte er auf Verdacht gesprochen. Ganz egal, wann ich die Kassette gefunden hätte, sie wäre immer passend gewesen. Reling berichtete kurz von der Frage- und Antwortsitzung mit PLATO. Der Rechner hatte sich meiner Hypothese angeschlossen, wonach es sich bei der Entführung nicht um ein Privatunternehmen, sondern um den Vorstoß eines fremden Geheimdienstes handelte. Torpentoufs Mädchen waren entführt worden, weil Torpentouf ein Wissen besaß, das der unbekannte Gegner brauchte. Welches dieses Wissen jedoch war, vermochte auch PLATO nicht zu sagen, obwohl er Torpentoufs Personaldaten besaß und im Rahmen seiner analytischen Fähigkeiten weitaus besser über den Mann Bescheid wußte als irgendeiner von uns.

PLATO brauchte zusätzliche Informationen. Wie üblich, war mir der Zusammenhang zwischen den einzelnen Fragen, die Reling per Kassette übermittelte, völlig unverständlich.

„Eine genaue Beschreibung des Weges, den die Kinder von Torpentoufs Haus bis zur Haltestelle des Omnibus' gehen, wird gewünscht", erklärte Reling in einem Tonfall, der deutlich erkennen ließ, daß er die Worte von einem Stück Druckstreifen las, das PLATO ausgespien hatte. „Am besten in Form geographischer Koordinaten."

Ich notierte das Anliegen, denn ich wußte, daß ich die Kassette nicht lange besitzen würde.

„Temperatur, Luftfeuchtigkeit und sonstige meteorologische Daten zum Zeitpunkt der Entführung sind ebenfalls wichtig", fuhr Reling fort.

Nur ein Computer, schoß es mir durch den Kopf, konnte damit etwas anfangen.

„Eine genaue Beschreibung der Kleidung der Mädchen wird verlangt", sagte der Alte.

Und so ging es weiter. PLATO hatte insgesamt knapp zwei Dutzend Wünsche. Ich mußte sie umformulieren und die Fragen so formulieren, daß Mike Torpentouf nicht auf die Idee kam, die Auskünfte seien für jemand anders als mich bestimmt. Am Ende der Aufzeichnung forderte Reling mich auf, die Kassette dem Abspielgerät zu entnehmen, sie auf eine feuerfeste Unterlage zu plazieren und der winzigen Unebenheit auf ihrer Oberseite mit einem scharfen Gegenstand, am besten der Spitze eines Hammers, einen harten Schlag zu versetzen. Ich folgte den Anweisungen genau, nur einen Hammer hatte ich nicht zur Verfügung. Ich benützte statt dessen den Knauf eines Tafelmessers, das ich dem reichlich ausgestatteten Besteckkasten meines Appartements entnahm.

Als ich zuschlug, gab es ein knacksendes Geräusch, als hätte ich die Plastikabdeckung der Kassette durchschlagen. Einen Atemzug später begann der kleine Kasten Rauch zu entwickeln. Er hüllte sich in dichte Qualmschwaden, und als die Rauchentwicklung schließlich aufhörte, war er spurlos verschwunden. Nur auf der Unterlage hatte sich ein kleiner schwarzbrauner Fleck gebildet.

Ich hatte das Schauspiel schon Dutzende von Malen erlebt. Trotzdem erschien es mir immer wieder von neuem faszinierend, wie sich ein so solides Gebilde wie eine Tonbandkassette einfach auflöste, und dabei nichts hinterließ, als eine kurzlebige Wolke wohlriechenden Rauchs, denn das Material, aus dem die Kassette bestand, war so präpariert, daß es bei der Auflösung einen parfumähnlichen Duft hinterließ.

Ich hatte die feuerfeste Unterlage gerade von dem unschönen Fleck gereinigt, da öffnete sich die Tür, und der Kleine stürmte herein – respektlos und unangemeldet, wie es seine Art war. In der Nähe der Tür blieb er stehen und schnüffelte.

„Aha!“ sagte er mit schneidender Stimme. „Entweder hast du Damenbesuch gehabt oder eine geheime Meldung empfangen! Welches von beiden ist es?“

Am nächsten Tag tauchten wir zum dritten Mal in Mike Torpentoufs Amtsbereich auf, diesmal unter dem Vorwand, daß wir von dem Rechner der Security Administration einige Auskünfte brauchten. Man war uns wiederum zu Diensten, behandelte uns freundlich und gab uns zu verstehen, daß wir gern gesehen seien. Wir verbrachten mehrere Stunden und zogen wieder ab. Am Nachmittag absolvierten wir einen Teil unseres Erholungsprogramms, das man für uns zusammengestellt hatte, als die Welt noch in Ordnung war und niemand etwas von der Entführung der Torpentouf-Drillinge wußte. Es fiel uns schwer, uns als reine Urlauber zu gebärden.

Meine Antworten an Reling waren noch in der vergangenen Nacht abgegangen. Der Gedanke ließ mich nicht in Ruhe, daß im Hotel schon neue Nachrichten auf mich warten könnte. Noch vor dem Essen fuhr ich hinauf und suchte nach einem Anzeichen dafür, daß wie am vergangenen Tag irgendwo eine Botschaft für mich hinterlegt worden sei. Aber ich fand nichts. Reling ließ sich in dieser Angelegenheit unverständlich viel Zeit.

So vergingen zwei weitere Tage, in denen wir noch zwei Besuche in der Security Administration absolvierten. Am Abend dieses Tages kam Torpentouf zu uns ins Hotel. Er hatte mir aufgetragen, von der Hotelleitung einen Videoprojektor zu mieten. Das Gerät war aufgebaut, als er bei uns eintrat. Er brachte eine Video-Kassette zum Vorschein und legte sie ein. Das Licht wurde ausgeschaltet. Auf der Wand, die wir als Projektionsfläche benutzten, erschien Oberst McNaird hageres, asketisches Gesicht.

„Wir fangen von oben an", erklärte Torpentouf. „Ich weiß, daß Sie mit McNaird zusammen waren. Er ist nur der Vollständigkeit halber mit eingeschlossen."

Es folgten die Bilder von ein paar Leuten, die wir bei der Vorstellungsvisite gesehen hatten. Die Blondine war auch darunter, und so, wie sie uns von der Wand her anstrahlte, mußte man annehmen, daß sie auch den Fotografen gefragt hatte, wie er sein Steak am liebsten äße, was er gerne tränke und ob er schon verheiratet sei.

Es gab insgesamt siebenundzwanzig Männer und Frauen, die Mike Torpentouf als „die wichtigsten Leute“ in der Security Administration bezeichnete. Torpentouf war bis zu Bild einundzwanzig durchgedrungen, als er an unserer Reaktion merkte, daß wir etwas entdeckt hatten. Der Mann, der uns von der Projektionsfläche herab ansah, war fortgeschrittenen Alters, etwa sechzig Jahre. Er hatte darauf verzichtet, die alles überdeckenden Mittel der modernen Kosmetik in Anspruch zu nehmen, und trug sein Haar so, wie die Natur es hatte werden lassen: Schlohweiß. Zur Beschreibung des Profils und des Gesichts fielen mir keine anderen Worte ein als die alten Stereotype „hehr“ und „edel“. Wenn mir jemand gesagt hätte, der Weißhaarige sei der Prinz von Savoyen oder der Herzog von Mecklenburg, ich hätte es ohne weiters akzeptiert. In unserer Zeit sind würdevolle Köpfe selten geworden. Aber das hier war einer, so wahr ich hier saß!

Wichtiger war natürlich, daß wir den Mann eben zum erstenmal zu Gesicht bekamen, obwohl er zu Mike Torpentoufs engerem Stab gehörte. Er war auf dem Bild in Zivil gekleidet, aber selbst in diesem Aufzug ging etwas von ihm aus, das den Betrachter ahnen ließ, daß er einen verkappten Militär vor sich habe.

Im Halbdunkel des Raumes musterte uns Torpentouf aufmerksam.

„Das ist Oberst van Nuysen“, sagte er, „der Leiter unserer Abteilung Dokumentation und Archive. Sie haben ihn nie gesehen?“

„Nein“, erklärten Hannibal und ich im Chor.

„Das ist merkwürdig. Am zweiten Tag Ihres Aufenthalts hatten Sie den ganzen Nachmittag in van Nuysens Abteilung zu tun.“

Das war in der Tat merkwürdig. Aber mich interessierte etwas anderes. „Oberst, sagten Sie?“

„Ja.“

„Dokumentation und Archive! Braucht man dazu einen Oberst?“

„Van Nuysen hat sich den Posten selbst ausgesucht. Er ist ein literarisch veranlagter Mann, der nach eigenen Angaben eigentlich nie Offizier hatte werden wollen. Dokumentation und Archivarbeit war das Literarischste, was er bei uns finden konnte. Deswegen, nehme ich an, hat er sich für diesen Posten entschieden.“

Ich fühlte es: Das war unser Mann! Einer, der mit dem Verlauf seines Lebens unzufrieden war. Die erhabene Würde, die Weisheit, die aus den hellen Augen unter der hohen Stirn hervorleuchtete ... all das war Maske!

„Seit wann ist der Mann Oberst?“ wollte ich wissen.

„Seit Menschengedenken, möchte man fast sagen“, antwortete Torpentouf. „Er ist jetzt zweiundsechzig Jahre alt und könnte sich pensionieren lassen, wenn ihm daran läge. Seine letzte Beförderung erhielt er im Alter von achtundvierzig Jahren.“

Es paßte alles: Ein Mann, der vor vierzehn Jahren zum Oberst befördert worden war, und dann nicht mehr weiter. „Kein Material für die Generalslaufbahn“, hörte ich die Gutachter sagen. Ein Verbitterter, Unglücklicher, der sich hinter seine Maske aus Weisheit und Würde zurückgezogen hatte.

„Zeigen Sie uns noch die andern“, forderte ich Torpentouf auf.

Die restlichen sechs Bilder rollten über die Wand, zwei Frauen, ein Mann. Wir waren ihnen allen begegnet. Van Nuysen war unser Mann!

„Es wird Sie interessieren zu erfahren“, sagte Torpentouf, nachdem er den Projektor ab- und das Licht wieder eingeschaltet hatte, „daß der Oberst sich früh am dritten Tag Ihres Aufenthalts krankgemeldet hat und seitdem nicht mehr im Büro erschienen ist."

Unsere vordringlichste Sorge war rasch beseitigt: Van Nuysen befand sich noch auf der Insel. Als ich von seiner Krankmeldung hörte, hatte ich sofort befürchtet, daß er sich inzwischen abgesetzt habe. Daß er noch hier war, war mir aus zwei Gründen angenehm. Erstens gab es uns die Möglichkeit, ihn auszuhorchen. Und zweitens bewies es, daß er uns gegenüber keinen ernsthaften Verdacht geschöpft hatte. Er wich uns aus, weil er fürchtete, daß wir „aus Versehen" unsere telepathischen Fähigkeiten zum Einsatz bringen und dadurch erkennen könnten, was ihn bewegte. Daß wir systematisch auf der Suche nach dem Kontakt des Entführers waren, hatte er ohne Zweifel nicht erkannt, sonst wäre er nicht mehr hier.

Wir sprachen das weitere Vorgehen mit Torpentouf ab. Mike hatte im Büro zu verbreiten, daß wir überraschend nach Washington zurückgerufen worden seien. (Daß diese taktische Lüge bald wahr werden würde, ahnte ich in diesem Augenblick noch nicht.) Auf diese Weise sollte sich Van Nuysen aus der Geborgenheit seines Heims herauslocken lassen. Sobald er wieder zur Arbeit erschien, konnte Mike Torpentouf ihm einen Befehl erteilen, der ihn, ohne daß er zuvor davon wußte, unversehens mit uns zusammenbrachte. Sobald er uns gegenübertrat, würden wir wissen, ob er mit der Entführung zu tun hatte oder nicht.

Mittlerweile war ich nachgerade verstört darüber, daß Reling nichts von sich hören ließ. Ich hätte ihn zwar jederzeit anrufen können. Aber ich wußte, daß der Alte den Fall Torpentouf mit allem Eifer verfolgte. Daß er sich nicht meldete, konnte nur damit zusammenhängen, daß er noch keine neuen Informationen besaß. Wahrscheinlich spielt sich noch immer alles zwischen ihm und PLATO ab. Es war die Ungewißheit, die mich bedrückte, nicht etwa der Verdacht, Reling könnte die Sache inzwischen vergessen haben.

An diesem Morgen war ich ziemlich früh auf den Beinen und konsumierte ein einsames Frühstück, da der Kleine offenbar von Sorgen der Art, wie ich sie empfand, unbehelligt blieb und noch sanft schlummerte. Ich spülte den letzten Bissen mit einem Schluck vorzüglichen Kaffees hinunter und hörte dabei das RADA-Gerät summen. Wie elektrisiert sprang ich auf und aktivierte den Empfänger. Mike Torpentouf war am Apparat.

„Van Nuysen ist auf dem laufenden", sagte er. „Ich habe erst eine Stunde Zeit gehabt zu verbreiten, daß Sie abgereist sind. Aber er weiß schon davon, obwohl er noch zu Hause ist."

„Sie haben ihn angerufen?"

„Unter dem Vorwand, ich wolle mich nach seinem Befinden erkundigen."

„Wie ist es?"

„Ich deutete an, daß ich einen wichtigen Auftrag für ihn hätte. Und er versicherte mir, daß er durchaus in der Lage sei, ihn anzunehmen."

Torpentoufs Eifer war verständlich, und trotzdem kam er mir ungelegen. Wenn van Nuysen Verdacht schöpfte, dann war alle bisherige Vorsicht umsonst. Aber es brachte nichts ein, ihm jetzt Vorhaltungen zu machen. Die Sache war geschehen, und uns blieb nur übrig, zu hoffen, daß van Nuysen nicht allzu mißtrauisch war.

„Er wird gegen elf Uhr im Büro erscheinen", fuhr Torpentouf fort. „Von da an geht alles nach Plan."

Ich sah auf die Uhr. Es ging gegen acht. Torpentouf mußte heute ausgesprochen früh im Büro erschienen sein. Auch das war nicht gerade einer der klügsten Schachzüge.

„Gut", antwortete ich, „wir werden an Ort und Stelle sein."

Daß van Nuysen schon von unserer Abreise wußte, ohne im Büro gewesen zu sein, bedeutete nicht unbedingt, daß es außer ihm noch einen zweiten Vertrauensmann des Entführers gab. Zu dieser Ansicht rang ich mich nach reiflicher Überlegung durch. Van Nuysen konnte, bevor er sich krankmeldete, seiner Umgebung zu verstehen gegeben haben, daß er mir oder Hannibal aus diesem oder jenem Grund aus dem Wege gehen wolle, und einer von seinen Untergebenen, der ihm besonders ergeben war, hatte ihn über die Neuigkeit von unserer Abreise in Kenntnis gesetzt, sobald er davon erfuhr.

Ich weckte den Kleinen. Wir verbrachten die nächsten zwei Stunden in wachsender Ungeduld. Um zehn Uhr machten wir uns auf den Weg. Folgendes war zwischen Torpentouf und uns vereinbart worden: Die Abteilung Dokumentation und Archive besaß ein Außenlager am Nordrand der Insel. In diesem Außenlager gab es zwei Abteilungen: Eine für ganz gewöhnliche, alte, unwichtige Dokumente und eine zweite, kleinere für solche Unterlagen, die zwar alt, aber noch immer von höchster Wichtigkeit und daher in ihrer Geheimhaltungsstufe nicht herabgesetzt worden waren. Das Außenlager war noch vor der Jahrtausendwende angelegt worden und besaß nicht die computergesteuerten Abgriffsvorrichtungen, die seitdem in allen anderen Archiven der Security Administration installiert worden waren. Wer ein Dokument aus dem Außenlager zu sehen wünschte, der mußte sich in eigener Person dorthin begeben und sich das Gewünschte selbst heraussuchen. Mit einem solchen Auftrag war van Nuysen von Mike Torpentouf losgeschickt worden.

Das Außenlager war ein alter, runder Stahlbetonbunker, der sich unter eine am Strand aufragende Felsengruppe duckte. Wir waren von der weg- und steglosen Westseite hergekommen und hatten unseren Wagen in einem Bambusgestrüpp abgestellt, so daß er von der aus Osten heranführenden Straße, auf der van Nuysen kommen würde, nicht gesehen werden konnte. Wir hatten von Torpentouf einen jener elektronischen Codegeber erhalten, auf die allein die komplizierte Verriegelung des Bunkereingangs ansprach. Wir öffneten und traten ein. Gleichzeitig mit dem Öffnen der Tür flammte das Licht auf. Wir fanden uns in einem schmalen, stickigen Gang. Zur Linken führte eine weitere Tür in die Abteilung der alten, unwichtigen Dokumente. Am Ende des Ganges befand sich der Eingang zu der Geheimablage, die van Nuysen aufsuchen mußte, um Torpentoufs Auftrag zu erfüllen.

Wir traten dort ein. Die Geheimablage nahm einen Sektor des Kreises ein, den der Bunker bildete. Der Eingang lag an der Spitze des Sektors. Zu beiden Seiten strebten die Wände in einem Winkel von etwa sechzig Grad auseinander, und die Rückwand wurde von der Rundung des Bunkers gebildet. Von den Dokumenten war nichts zu sehen. Sie staken in metallenen Behältnissen, die an den Wänden entlang aufgestellt und mit unverständlichen Codezeichen versehen waren. Zum Öffnen der Behälter brauchte man einen weiteren Codegeber. In der Mitte des annähernd dreieckigen Raumes stand ein langer Tisch mit einem Video-Gerät zum Lesen von Mikrofilmen, einen Konsolentastatur und anderen Instrumenten, mit denen der Benutzer dieses Archivs sich das Leben leichter machen konnte. Außerdem standen da ein paar Stühle. Wir nahmen Platz.

Von da an galt unsere Aufmerksamkeit nahezu ausschließlich der Uhr. Um elf Uhr erschien van Nuysen im Büro. Er würde sich sofort zu Torpentouf begeben und dort den Auftrag erhalten, im Außenlager nach einem bestimmten Dokument zu suchen. Ich nahm an, daß er für die Anreise etwa fünfzehn bis zwanzig Minuten brauchte. Ab Viertel nach elf also wurde die Lage kritisch.

Zur angegebenen Zeit stand Hannibal wortlos auf und postierte sich in unmittelbarer Nähe des Eingangs. Er zwängte sich zwischen zwei Archivbehälter, was einem Menschen von normaler Statur infolge der Enge völlig unmöglich gewesen wäre, so daß van Nuysen ihn nicht gleich mit dem ersten Blick zu sehen bekommen würde. Der Kleine hatte die Aufgabe, dem Oberst den Weg abzuschneiden, falls er zu fliehen versuchte.

Die Sekunden tickten dahin. Es wurde elf Uhr zwanzig, elf Uhr fünfundzwanzig. Da hörte ich ein undeutliches Geräusch, das von draußen, aus dem Gang, zu kommen schien. Hannibal gab einen kurzen, zischenden Laut von sich. Auch er hatte es gehört. Augenblicke später erwachte der Riegelmechanismus der Tür summend zum Leben. Die Tür schwang zur Seite. Van Nuysen trat ein. Er war überraschend klein, wahrscheinlich nicht über einen Meter fünfundsechzig groß. Der würdevolle Kopf mit dem edel geschnittenen Gesicht stand in eigenartigem Kontrast zu dem schmächtigen Körper.

Er machte einige Schritte. Erst dann sah er mich. Er blieb stehen, und die Farbe wich ihm aus dem Gesicht. Ich habe selten einen Menschen so erschreckt gesehen wie van Nuysen in diesem Augenblick. Die Augen wollten ihm aus den Höhlen quellen, und die Lippen öffneten und schlossen sich in dem vergeblichen Bemühen, Worte hervorzubringen. Einen Atemzug lang fürchtete ich, er werde an Ort und Stelle einen Herzanfall erleiden.

Doch plötzlich erwachte er wieder zum Leben. Mit einem gurgelnden Schrei warf er sich herum und stürmte auf die Tür zu, die sich inzwischen wieder hinter ihm geschlossen hatte. Aber Hannibal war zu Stelle. Er hatte sich aus seinem Versteck hervorgequetscht und blockierte dem Weißhaarigen den Weg. Van Nuysen stockte. Der Kleine grinste ihn an und sagte:

„So kurz hatten wir uns Ihren Besuch eigentlich nicht vorgestellt, Oberst. Wollen Sie nicht noch ein wenig bleiben?"

Van Nuysen wandte sich an mich. Er war der Sprache noch immer nicht ganz mächtig.

„Was ... was soll das?" stieß er stockend hervor. „Warum sind ... sind Sie hier?"

Ich zuckte mit den Schultern.

„Wir suchen nach einem Dokument", antwortete ich unbefangen. „Sie selbst sollten das am besten wissen, denn vor einigen Tagen waren wir in Ihrer Abteilung, mit demselben Anliegen."

Er erinnerte sich, und ein Teil der Furcht fiel von ihm ab. Er begann zu glauben, daß es sich wirklich nur um ein zufälliges Zusammentreffen handele.

„Um so merkwürdiger", fuhr ich fort, „muß mir Ihr Verhalten erscheinen. Warum wollten Sie vor mir ausreißen?"

Er wischte sich mit der Hand über die Stirn. Die Hand zitterte.

„Ich war … ich war erschrocken", bekannte er. „Dieses Lager wird so selten aufgesucht, daß ich … ich weiß nicht, bitte verzeihen Sie mir. Ich bin eben ein alter Mann, der seine Gedanken manchmal nicht alle beisammen hat."

Fast hätte er mir in diesem Augenblick leid getan. Aber ich dachte an die drei Torpentouf-Mädchen. Ich war gekommen, um mich zu vergewissern, ob van Nuysen mit ihrer Entführung zu tun hatte. Ich wandte mich zur Seite, so daß der Weißhaarige mich nicht sehen konnte, und schloß die Augen. Vorsichtig streckte ich meine telepathischen Sensoren aus und begann nach seinem Bewußtsein zu tasten.

Dann geschah es. Ich drang in van Nuysens Gedankenwelt ein. Ich identifizierte die Gedanken, die ich sah, als van Nuysens. Und im nächsten Augenblick blendete mich ein greller Blitz. Stechender, brennender Schmerz wie von einer glühenden Nadel zuckte mir durch den Verstand. Ich schrie unwillkürlich auf, rang einen Atemzug lang um mein Bewußtsein … dann war Stille, beängstigende, absolute Stille. Noch halb benommen öffnete ich die Augen. Vor mir lag van Nuysen auf dem Boden, merkwürdig verkrümmt, das Gesicht zu einer Grimasse höchsten Entsetzens verzerrt, die Augen weit aufgerissen, blicklos zur Decke hinaufstarrend.

Er war tot. Etwas in seinem Gehirn hatte auf meinen Versuch, sein Bewußtsein zu ertasten, mit katastrophaler Wucht reagiert. Hannibal trat langsam näher. Er war bleich geworden. Fassungslos starrte er den Toten an. Wenn ich noch nicht gewußt hätte, daß wir es mit einem mit allen Wassern der internationalen Intrige gewaschenen Gegnern zu tun hatten, dann wäre mir das spätestens in diesem Augenblick aufgegangen.

Van Nuysen war präpariert worden, wahrscheinlich ohne es zu wissen. Man hatte eine Sicherung in sein Bewußtsein eingebaut, die auf den geringsten telepathischen Impuls reagierte und van Nuysens Gehirn zerstörte, bevor er die Geheimnisse ausplaudern konnte, die ihm anvertraut waren.

Wir hatten den Verbindungsmann des Gegners gefunden ... aber er konnte uns nichts mehr sagen.

5.

Mike Torpentouf traf die nötigen Arrangements. Daß van Nuysen verunglückt war, ließ sich nicht verheimlichen. Daß Hannibal und ich den Augenblick seines Todes miterlebt hatten, mehr noch, daß wir, ohne es zu ahnen, der Anlaß für seinen Tod gewesen waren, mußte unter allen Umständen geheim bleiben. Der Feind durfte auf keinen Fall erfahren, daß wir seinem Kontakt auf der Spur gewesen waren. Man würde ein Zeugnis ausstellen, wonach van Nuysen einem Herzanfall erlegen war, und selbst wenn die Wahrheit irgendwie durchsickerte, mochte der Gegner glauben, daß die Sicherung in van Nuysens Bewußtsein ohne äußeren Anlaß angesprochen hatte.

Für uns hatte sich mit diesem Zwischenfall die Spur, die wir gerade erst gefunden hatten, wieder verloren. Natürlich wurde van Nuysens Haus durchsucht: Er wohnte in einem kleinen, anspruchslosen Bungalow am Rande der Siedlung für Stabsoffiziere und höhere Angestellte. Aber die Durchsuchung förderte nichts zutage. Van Nuysen war sehr vorsichtig gewesen, keine Unterlagen über seine Beziehungen zu dem unbekannten Entführer herumliegen zu lassen.

Wir standen wieder am Anfang. Unsere Niedergeschlagenheit wurde nur noch übertroffen durch Mike Torpentoufs Verzweiflung. Ein paar Tage lang hatte er sich in der Hoffnung gewiegt, er sei den Drillingen schon auf der Spur. Und jetzt ... nichts! Er ging uns eine Zeitlang aus dem Wege, und das war mir recht so, denn es fiel mir schwer, immer neue, nichtssagende Worte des Trostes zu finden. Es sah so aus, als wäre es uns beschieden, einfach dazusitzen, die Hände im Schoß, und zu warten, bis der Gegner von sich aus wieder Verbindung mit dem Vater der entführten Kinder aufnahm. Erst dann ergab sich für uns ein neuer Ansatzpunkt. Die Zwischenzeit aber, die Zeit, in der wir nichts unternehmen konnten, würde die Hölle sein, für uns beide, und in noch viel stärkerem Maße für Mike Torpentouf und seine Frau.

Es stellte sich allerdings heraus, daß ich die Rechnung ohne den Wirt, ohne den Alten gemacht hatte. Inzwischen hatten wir fast schon aufgegeben, jemals wieder von ihm zu hören. Nachdem wir uns mit Mike an einem abseits gelegenen Ort über die nach van Nuysens Tod notwendig gewordenen Arrangements geeinigt hatten, kehrten wir auf Schleichwegen ins Hotel zurück. Durch einen Seiteneingang gelangten wir in unsere Suite. Bevor ich die Tür öffnete, sah ich mich vorsichtig um, um mich zu vergewissern, daß kein Unberufener uns zu sehen bekam.

Dann trat ich ein …: und wurde im selben Augenblick zur Statue. Vor mir, in einem unserer bequemen Sessel, hatte ein Mann Platz genommen. Er wandte mir den Rücken zu und schien das Geräusch der sich öffnenden Tür völlig uninteressant zu finden. Obwohl ich sein Gesicht nicht sehen konnte, erkannte ich doch die charakteristische, ein wenig eckige Form des Schädels, das kurzgeschorene, eisgraue Haar … Da stand er plötzlich auf und wandte sich um. Ein kleines, spöttisches Lächeln spielte um die dünnen, nicht sonderlich ausdrucksvollen Lippen. Der Schnurrbart zuckte ein einziges Mal; mehr an Emotionen auszudrücken, war ihm nicht erlaubt.

„Es tut meiner alten Seele gut", sagte General Reling, „einen Fuchs wie Sie vor Schreck erstarrt zu sehen. Ich dachte schon, Sie hätten die Kunst zu erschrecken völlig verlernt."

Ich entspannte mich. Es hatte keinen Zweck, ihm auseinanderzusetzen, daß nicht sein Anblick mich so erschreckt hatte, sondern vielmehr der Gedanke, der mir durch den Kopf schoß, als ich ihn reglos dasitzen sah. Ich hatte den toten van Nuysen noch deutlich vor Augen, und für den Bruchteil einer Sekunde hatte ich gefürchtet, der unheimliche Gegner hätte seinen Triumph dadurch vollkommen gemacht, daß er uns auch Reling als Leiche präsentierte. Solche Alpträume entstehen, wenn man seine Gedanken nicht in der Gewalt hat. Ich mußte mich zusammenreißen. GWA-Schatten, die an Halluzinationen leiden, haben eine notorisch geringe Lebenserwartung.

„Ich hoffe, Sie haben nicht allzuviel Gepäck", fuhr der Alte fort, nachdem er vergebens auf ein Wort von uns gewartet hatte. „Die Maschine wartet bereits."

„Maschine …?" wiederholte ich verständnislos.

„Sie treten eine Reise an", erläuterte Reling. „Sie und Utan. Zunächst nach Washington, dann weiter."

„PLATO ...?" brachte ich nur hervor.

„Ganz richtig. Die Maschine hat endlich ein Konzept entwickelt. Man wird Sie darauf vorbereiten."

Da meldete sich zum ersten Mal der Kleine zu Wort. Respektlos wie immer begehrte er auf:

„Ich stand unter dem Eindruck, ich verbrächte hier einen wohlverdienten Erholungsurlaub. Da muß ich mich wohl getäuscht haben, wie?"

„Bis vor fünf Minuten hatten Sie noch recht", antwortete der Alte sarkastisch. „Seitdem ist Ihr Urlaub bis auf weiteres suspendiert. Seien Sie froh, denn es wäre Ihnen hier ohnehin bald langweilig geworden."

Hannibal gab ein grunzendes Geräusch von sich, das Reling geflissentlich überhörte.

„Aber Torpentouf!" wandte ich ein. „Er wird sich ..."

„Torpentouf ist in Kenntnis gesetzt. Das konnten Sie sich doch denken. Und jetzt, wenn ich bitten darf, entwickeln Sie ein bißchen Eile. Ich werde aus den Abgaben der Steuerzahler bezahlt, ebenso wie Sie auch, und man kann es den Leuten nicht zumuten, daß sie ihr Geld dafür hergeben, daß wir hier herumstehen ..."

Das war Arnold G. Reling, wie er leibte und lebte: Unberechenbar, im Augenblick des Handelns von einer Entschlußkraft, die einen einfach umwarf.

Zehn Minuten später waren wir auf dem Weg nach Washington.

Der Alte stürzte sich sofort voll ins Gewühl, ohne sich lange mit Erklärungen aufzuhalten. Den Flug nach Washington hatten Hannibal und ich, nach Verabreichung einer Droge, im Tiefschlaf verbracht, da es nach Relings

Meinung lange dauern konnte, bis wir das nächste Mal in „den Genuß einer horizontalen Lage" kämen, wie er sich ausdrückte.

Nach der Ankunft in Washington wurden wir in den fensterlosen Laderaum eines Turbo-Lieferwagens verfrachtet, und ab ging die Fahrt. Nächste Haltestelle war ein alter, verstaubter Lagerraum, von wo aus eine Batterie von fünf Aufzügen verschiedensten Kalibers in die Tiefe führten. Es handelte sich um einen der größeren Zugänge zum unterirdischen Teil des Hauptquartiers. Die Lagerhalle befand sich im Besitz einer Firma, die sich mit dem Betrieb von Baumwolle beschäftigte. Inhaberin der Firma war selbstverständlich die Geheime-Wissenschaftliche-Abwehr, wenngleich ein Außenseiter Schwierigkeiten gehabt hätte, diesen Zusammenhang zu erfahren.

Eine gewisse Dumpfheit hatte sich meiner bemächtigt. Das mußte an der Droge liegen, die man uns injiziert hatte. Ich kam mir vor, als nähme ich an den Vorgängen um mich herum gar nicht aktiv teil. Ich war sozusagen aus mir herausgetreten und schaute von weitem zu, was man mit mir tat. Hannibal erging es ähnlich, das erkannte ich an seinem Benehmen. Das stets kampfeslüsterne Funkeln war aus seinen Augen gewichen. Er blickte stumpf vor sich hin.

Unsere umständliche Reise endete schließlich in einem kleinen, fensterlosen Raum, der allerhand technisches Gerät sowie einen Tisch und mehrere bequeme Sessel enthielt. Reling trat hinter uns ein. Mit geradezu auffälliger Sorgfalt wartet er, bis sich die Tür hinter ihm geschlossen hatte, bevor er zu sprechen begann.

„Dort hängt ein Spiegel", sagte er und deutete in den hintersten Winkel des Raumes. „Sehen Sie sich an!"

Ich gehorchte. Ich trat vor den Spiegel ... und erschrak trotz meiner Benommenheit. Das war nicht mein Gesicht! Das war überhaupt kein Gesicht! Das war eine Physiognomie, aus deren Muskeln alle Kraft gewichen war, so daß die Züge kunterbunt durcheinander hingen – das eine Lid halbgeschlossen, das andere Auge bis unter die Rundung des Augapfels hinab entblößt, ein völlig schiefer, haltloser Mund, zwischen dessen unförmigen Lippen die Zähne zu sehen waren. Es war ein Monstrum, das mich da aus der Spiegelfläche heraus anstarrte.

Entsetzt fuhr ich herum. Hannibal – er sah genauso aus wie sonst. Warum hatte er sich nicht verändert.

„Warum hast du nichts gesagt?!" fuhr ich ihn an. „Du mußtest doch sehen, was mit mir vorging!"

Er machte eine wegwerfende Handbewegung.

„Wozu? Wen kümmert es? Mit der Zeit vergeht das schon wieder."

Reling mischte sich ein.

„Sie stehen beide unter dem Einfluß einer Droge", erklärte er. „Bei Ihnen, Konnat, ist die Zusammensetzung des Mittels ein wenig anders als in Major Utans Fall. Die Benommenheit, die Sie empfinden, ist beabsichtigt. Sie wird weichen, sobald ich ein Codezeichen gebe. Die Injektion bereitet Ihr Bewußtsein auf erhöhte Aufmerksamkeit vor. Es wird Ihnen schwerfallen, ein Wort von dem, was ich sage, oder ein Bild das man Ihnen zeigt, jemals wieder zu vergessen."

Dann wandte er sich mir zu. Sein Lächeln war ausgesprochen hämisch. „Es tut mir gut, Konnat, Sie einmal in dieser Verfassung zu sehen. Der Glöckner von Notré Dame muß im Vergleich mit Ihnen ein wahrer Adonis gewesen sein." Augenblicklich wurde er ernst. „Die Sache hat natürlich ihren guten Grund. In meinem Plan spielen Sie eine überaus wichtige Rolle. Von Ihnen selbst geht die Forderung aus, daß niemand, nicht einmal Mitglieder der GWA, sofern sie nicht dem Führungsstab angehören, von der Entführung der Torpentouf-Drillinge erfahren. Also mußte ich Sie hier einschleusen, ohne daß Sie vom Begleitpersonal erkannt wurden. Mein Vorhaben geht von der Annahme aus, daß niemand in der Welt weiß, wo Brigadegeneral Konnat sich im Augenblick aufhält."

Der Augenblick der Erregung war vorüber. Der Zorn hatte mich längst wieder verlassen. Die Apathie war zurückgekehrt. Ich durchschaute Relings Beweggründe nicht, aber ich nahm sie hin.

„Setzen Sie sich!" befahl er.

Wir gehorchten. Wie von Zauberhand wurde das Licht gelöscht, und in die Dunkelheit hinein sagte Reling:

„Aufwachen!"

Da fuhr es mir wie ein Ruck durch das Bewußtsein. Mit einemmal war ich, wie man so sagt, voll da. Ich war hellwach. Aus der Finsternis, die mich umgab, war dämmriges Halbdunkel geworden, in dem ich die Umrisse der Gegenstände und Relings Silhouette erkennen konnte. Ich betastete mein Gesicht und entdeckte, daß auch die Nebenwirkung der hinterhältigen Droge, die Erschlaffung der Gesichtsmuskeln, wie weggewischt war. In diesem Augenblick sah ich wieder aus wie Thor Konnat.

„Sie werden die Wirkung bemerken, die sich an Ihren Bewußtseinen vollzogen hat", sagte Reling aus dem Halbdunkel. „Und jetzt konzentrieren Sie sich bitte auf die Bilder, die ich Ihnen vorführe."

Eine Wand leuchtete auf. In dreifacher Lebensgröße erschien das Bild eines stämmigen, untersetzten Mannes. Unter vorgewölbter Stirn blickten scharfe, aufmerksame, intelligente Augen. Der Mann hatte dunkelbraunes Haar, das mit dünnen, silbernen Strähnen durchsetzt war. Er trug Zivil, aber ich wußte, daß er einen hohen militärischen Rang besaß. Ich kannte den Mann. Er war Marschall Zeglio, Chef des Militärischen Abschirmdienstes Europa. Das Bild verschwand, ein anderes nahm seine Stelle ein: ein hochgewachsener Mensch, breitschultrig, in mittleren Jahren. Sein Blick strahlte Wissen ebenso wie Härte aus. Als Gegner hätte ich den Mann ungern haben mögen. Ich kannte ihn nicht, aber irgend etwas an seinem Äußeren besagte mir, daß er Europäer sein müsse.

„Ewald Hrdlicka", sagte Reling. „Bezirk Österreich. Merken Sie sich den Mann!"

Als nächstes erschien wiederum ein vertrautes Bild. Gregor Iwanowitsch Gorskij, der Gnom, mit seiner altmodischen, randlosen Brille und einem Gesichtsausdruck, als wolle er dem Fotografen an den Hals fahren. Der Chef des Abwehrdienstes des sowjetischen Blocks. Klein von Gestalt, doch ein Riese an Schlauheit.

Das Bild wechselte von neuem. Abermals war ein hochgewachsener Mann zu sehen, dieser ziemlich jung, knapp über dreißig Jahre alt. Er trug, wie das bei den Sowjets so üblich war, volle Uniform, und ich konnte seine Rangabzeichen erkennen: Major im Generalstab. Ich hatte ihn noch nie gesehen und wußte ebensowenig wie zuvor bei dem Österreicher, was er in dieser Aufreihung illustrer Persönlichkeiten zu suchen hatte.

„Jurij Fedorowitsch Vartanian", rief Reling. „Merken Sie sich auch diesen!"

Das fünfte Bild zeigte wiederum einen Mann, den ich kannte. Ein starkknochiger, hochgewachsener Mann mit mongolischen Gesichtszügen. Er wirkte jung, als könne er kaum über dreißig Jahre alt sein. Aber wer die ostasiatischen Völker kennt, der weiß, daß ihre Männer und Frauen bis ins reife Alter hinein einen äußerst jugendlichen Eindruck machen. Ich wußte aus erster Quelle, daß Fo-Tieng, der Chef des Großasiatischen Geheimdienstes, die Fünfzig schon passiert hatte. Er kam aus dem Süden Chinas, seine Größe war ungewöhnlich für den dort lebenden Menschenschlag. Er hatte ein verschlossenes, düsteres Gesicht. Ich war ihm ein paarmal begegnet und hatte es nicht fertiggebracht, in meinem Herzen auch nur das winzigste Flämmchen der Sympathie für ihn zu entfachen.

Das nächste Bild brachte von neuem einen Unbekannten. Da war System in der Art, wie der Alte uns die Bilder vorführte. Der Mann war Asiate, ziemlich jung, und ebenso hochgewachsen wie Fo-Tieng.

„Das ist Wang Tse Liao“, meldete sich der Alte zum dritten Mal. „Auch ihn empfehle ich Ihrer Erinnerung.“

Kurz danach flammte das Licht wieder auf. Ich hatte ein äußerst ungutes Gefühl. Ich wandte mich um und musterte Reling von oben bis unten. Er ließ sich das ruhig gefallen und starrte mir in die Augen, ohne mit der Wimper zu zucken.

„Und warum“, erkundigte ich mich, „soll ich mir all diese Leute so genau merken?“

Er blieb todernst, als er antwortete:

„Weil Sie der Reihe nach in ihre Fußstapfen treten werden.“

6.

Man konnte den Alten nie wörtlich genug nehmen. „In die Fußstapfen treten" ist so eine Art Allerweltsausdruck, aus dem jeder machen kann, was ihm so gefällt. Nur nicht bei Reling. Am nächsten Morgen war ich auf dem Weg nach Rom, Mr. Annunziato Zenetti, Kaufmann, Amerikaner italienischer Herkunft, ein sogenannter Italo-Amerikaner, wie das heutzutage hieß. Mein Alter betrug zweiundfünfzig Jahre, entsprechend würdevoll war mein Äußeres hergerichtet. Ich galt als reicher Mann und reiste daher in Begleitung eines jüngeren Mannes, der Diener, Sekretär, Chauffeur und sonst noch einiges war. Wir bedienten uns, wenn wir uns unterhielten, der italienischen Sprache, die mein Sekretär fehlerfrei, ich jedoch nur mit einem hörbaren amerikanischen Akzent beherrschte.

Die nötigen Vorbereitungen waren nicht etwa zwischen gestern und heute in aller Hast betrieben worden. Auf hastige Dinge verließ sich Arnold G. Reling nicht. Die ganze Zeit über, während wir auf Henderwon Island auf Nachricht von ihm warteten, war er damit beschäftigt gewesen, den Apparat anzukurbeln und in Schwung zu halten, der meinen Einsatz unterstützen sollte. Ich war nicht allein. Mein Sekretär war selbstverständlich ein GWA-Mann, Captain Wiley, einer unserer fähigsten Maskenspezialisten. In Rom hatte Hannibal Othello Xerxes Utan bereits Quartier bezogen. Er fungierte als Leiter einer vierzehnköpfigen Handelsdelegation, die sich in einem der vornehmsten Hotels der Ewigen Stadt einquartiert hatte und eifrige Kontakte zur südeuropäischen Industrie suchte, ohne im geringsten am Handel interessiert zu sein. Mein dritter Rückhalt schließlich war Kiny Edwards, die Telepathin, die sich in Begleitung einer Tante und eines Onkels als Touristin in Rom aufhielt.

Es war fünfzehn Uhr Ortszeit, als wir in Rom landeten. Es konnte niemand auffallen, daß wir von einem Privatfahrzeug am Flughafen abgeholt wurden. Das Hotel, in dem schon vor einigen Tagen für mich reserviert worden war, hieß Albergo di Lazio und lag am Südrand der Stadt. Es erwies sich als eine Nobelherberge ersten Ranges, in der auf jeden Gast etwa zwei Bedienungen kamen. Der Chauffeur setzte Wiley und mich hier ab. Unsere Suite lag im vierzehnten Stockwerk. Das Gepäck wurde uns per Aufzug zugesandt. Das war mir lieb, denn ich hatte kaum die Tür zu meinem Appartement geöffnet, da bemerkte ich an einem eigenartigen Fluidum, das sich nur den psionischen Fühlern des Telepathen mitteilt, daß Wiley und ich uns nicht allein in der Zimmerflucht befanden. Ich öffnete den Mentalschirm weit und prallte mitten im Äther mit einem anderen Bewußtsein zusammen, das soeben im Begriff gewesen war, mich einer eingehenden Untersuchung zu unterziehen.

„Hallo, Großer!" empfand ich den Gedankenstrom des andern. „Ich wollte nur nicht, daß du erschreckst!"

„Danke für die Rücksichtnahme, Kleiner", antwortete ich. „Halt dich bloß fest, wenn du mich zu sehen bekommst!"

Ich spürte, daß die mentalen Impulse aus einem Zimmer zur Linken kamen. Ich öffnete die Tür: Dort saß Hannibal bequem neben einem Tischchen mit einer glitzernden Getränke-Servierautomatik und hielt ein kondenswasserbeschlagenes, eiskaltes Glas mit Campari und Soda in der Hand.

Wiley nahm seine Anwesenheit unbefangen zur Kenntnis. Die Leute, die mit uns zu tun hatten, waren inzwischen daran gewöhnt, daß wir stets da auftauchten, wo man uns am wenigsten erwartete, und daß ein Gutteil unserer Kommunikation sich unhörbar über mentale Kanäle abwickelte.

„Wie ich sehe, läßt du es dir gutgehen", bemerkte ich sarkastisch.

„Warum sollte ich es mir schlechtgehen lassen?" reagierte der Kleine mit Gleichmut. „Wenn du in der vergangenen Nacht soviel geschafft hättest wie ich, wärst du auch der Meinung, du hättest ein paar Stunden Entspannung und ein kühles Getränk auf Staatskosten verdient."

Er stellte das Glas ab, stand auf und musterte mich.

„Ich bin wirklich froh, daß ich dich auf telepathischem Wege identifizieren kann. Unsere Maskenbildner verstehen ihr Fach so gut, daß einem unheimlich dabei wird."

Ich warf einen Blick in die Runde. Er verstand mich sofort.

„Absolut ungefährlich. Vor vier Stunden sind wir hier mit drei Mann und einem Meßinstrumentenkasten angerückt. Es gibt kein Mikrophon, keine verborgene Kamera. Es gab sie nie. Signor Annunziato Zenetti ist der Hotelverwaltung ein lieber, völlig unverdächtiger Gast."

„Ich nehme an, es hat seinen guten Grund, daß der Alte sich meine Unterbringung soviel kosten läßt", stocherte ich.

„Und ob!" lachte Hannibal. „Du wohnst nur ein paar Türen von dem vorübergehenden Domizil eines Herrn mit dem Namen Ewald Hrdlicka."

Gegen dreiundzwanzig Uhr bekam ich Besuch. Vier von Hannibals Spezialisten hatten den größten Teil des Abends im großen Foyer zugebracht, als wären sie Gäste des Hotels, und hinter Zeitungen verborgen oder auch ganz offen den Strom der ein- und ausgehenden Gäste beobachtet.

„Hrdlicka ist soeben eingetroffen", meldete einer von ihnen.

„Haben Sie einen Mann auf Posten gelassen?" erkundigte sich Hannibal.

„Zwei, Sir", lautete die Antwort. „Aber wir werden sie bald abziehen müssen. Das Foyer leert sich allmählich."

Lassen Sie sie draußen Posten beziehen. Falls Hrdlikka wider Erwarten das Hotel noch einmal verläßt, müssen wir das wissen."

Er blickte ostentativ auf die Uhr.

„Noch zwei Stunden", sagte er. „Zwischen ein und vier Uhr morgens schläft hier alles, auch das Personal. Dann ist es Zeit zuzuschlagen."

Das hatte er im Verlauf der vergangenen Stunden wenigstens schon ein Dutzendmal gesagt. Die Spannung nagte auch an ihm. Ich hatte den Versuch aufgegeben, zu guter Letzt doch noch ein paar Stunden Schlaf zu finden, und statt dessen ein aufputschendes Medikament zu mir genommen. Das trug natürlich nicht dazu bei, meine Nervosität zu besänftigen. Aber was wollte man machen?

Die Zeit verstrich ungeheuer langsam. Es wurde Mitternacht. Schlimm war, daß ich nichts Alkoholisches trinken durfte, denn Alkohol und das Aufputschmittel vertrugen sich nicht miteinander. Ich schloß die Augen und muß zum Schluß trotz Medikament und Nervosität doch noch für ein paar Minuten eingenickt sein, denn als Hannibal mich unsanft an der Schulter rüttelte, dauerte es den Bruchteil einer Sekunde, bevor ich wußte, wo ich war.

Unser Vorgehen war sorgfältig einstudiert. Die beiden Posten draußen vor dem Hotel hatten sich nicht wieder gemeldet. Ewald Hrdlicka befand sich also in seinem Zimmer. Wiley kletterte als erster in die kleine Kabine des Gepäcklifts. Wiley war nicht nur ein erstklassiger Maskenbildner, er hatte sich auch als Führer gefährlicher Einsätze seine Sporen verdient. Die Kabine versank in der Finsternis des Schachts. Eine knappe Minute später kam sie wieder zum Vorschein. Diesmal war die Reihe an mir. Ich hatte Mühe, mich in den engen Kasten zu zwängen und bedurfte der Hilfe von außen, die mir in Form einer Reihe von Püffen und Knüffen auch bereitwilligst gegeben wurde. Die Kabine schoß mit mir in die Tiefe. Endstation der Reise war eine Verladehalle, die seitwärts unter dem großen Foyer lag und in direkter Verbindung mit der Hotelgarage stand. In den Wänden der Halle gab es Zugang zu mehr als dreißig Liftschächten. Der weite Raum war nur notdürftig erleuchtet. Ich sah Wiley neben einem riesigen Kofferstapel stehen. Er winkte.

Im Laufe von zwanzig Minuten versammelte sich die ganze Gruppe, insgesamt also sechs Mann, in der Halle. Nur Hannibal war in meinem Zimmer geblieben. Er mußte dort aufpassen, falls irgend jemand unversehens Signor Zenetti zu sehen verlangte.

Wiley führte uns zu einem anderen Aufzug. Diesmal machte einer von Hannibals Leuten den ersten. Er fuhr nach oben, blieb knapp eine halbe Stunde verschwunden und kehrte zurück, als ich mich schon zu fragen begann, ob er auf ein unerwartetes Hindernis gestoßen sei.

„Alles in Ordnung", meldete er leise. „Der Verschlag ist entriegelt. Er wird kein Geräusch von sich geben, wenn Sie eindringen. Von Hrdlicka habe ich nichts gehört. Wahrscheinlich schläft er."

Der Mann trat ab. Durch den Schacht, durch den wir herabgekommen waren, fuhr er wieder zu meiner Zimmersuite hinauf. Ich kroch in den winzigen Gepäckaufzug. Anscheinend bedurfte es nur einmaliger Übung, um mit so engen Behältnissen fertig zu werden. Diesmal wußte ich genau, wie ich Arme und Beine abwinkeln und um mich herum drapieren mußte, um in die kleine Kabine hineinzupassen. Mit der unangenehmen Beschleunigung, die Gepäckaufzüge so an sich haben, weil sie auf den empfindlichen menschlichen Magen keine Rücksicht zu nehmen brauchen, schoß ich nach oben. Als die Kabine zu bremsen begann, öffnete ich mein telepathisches Visier und hielt Umschau. Dutzende fremder Gehirne, die im Zustand des Schlafes nur eine verhaltene Aktivität entwickelten, lagen vor mir. Ich tastete eines nach dem andern ab, bis ich anhand gewisser Charakteristika das Bewußtsein Ewald Hrdlickas gefunden zu haben glaubte. Er lag in tiefem Schlaf und wußte nichts von der Gefahr, die ihm drohte.

Der Aufzug war inzwischen zum Stehen gekommen. Vorsichtig, mit den Fingerspitzen, drückte ich gegen die beiden Flügel des Verschlags. Sie öffneten sich bereitwillig. Unser Riegel-Spezialist hatte ganze Arbeit geleistet. Ich entfaltete vorsichtig Arme und Beine und ließ mich durch die für Koffer und ähnliche Dinge gemachte Öffnung in den dunklen Raum hinabgleiten. Der Ausgang des Aufzugs lag im Vorraum. Das Zimmer, in dem

Hrdlicka wohnte und schlief, befand sich im Hintergrund. Ich schickte den Aufzug nach unten. Der Reihe nach kamen Wiley und die drei Männer von Hannibals Einsatzkommando herauf, und zwischendurch ein Koffer mit Utensilien, die Wiley brauchte.

Inzwischen hatte ich mich umgesehen. Hrdlicka schlief noch immer den Schlaf des Gerechten. Die Tür, die zu seinem Schlafraum führte, war nur angelehnt. Wiley brachte eine langläufige Pistole zum Vorschein. Mit vorsichtigen Fingern führte er ein pfeilähnliches Gebilde in die Waffenkammer ein. Unsere Augen hatten sich jetzt an die Dunkelheit gewöhnt. Auf dem riesigen Wasserbett erkannten wir, von Decken verhüllt, die Gestalt des Schlafenden. Wiley trat bis auf fünf Schritte heran, dann feuerte er.

Es gab ein halblautes „Plop!", Hrdlicka fuhr zusammen, als hätte ihn etwas erschreckt, dann lag er wieder ruhig wie zuvor. Die erste Phase unseres Unternehmens war erfolgreich abgeschlossen.

In den nächsten dreißig Minuten wurde kein Wort gesprochen. Nicht einmal das Licht wurde eingeschaltet. Mit Rotlicht-Leuchten, auf die das Objektiv der handelsüblichen Spion-Kameras nicht anspricht, suchten Hannibals Leute den Raum ab. Erst als sichergestellt war, daß es auch in diesem Appartement weder Abhörmikrophone, noch Bildgeräte gab, konnten wir uns einigermaßen sicher fühlen. Das Licht ging an. Der Bewußtlose wurde auf den Rücken gewälzt, so daß Wiley sein Gesicht sehen konnte. Er begann sofort mit der Arbeit.

Gegen sechs Uhr morgens war es soweit. Ich trug die Biomaske, die in den Labors der Geheimen-Wissenschaftlichen-Abwehr eigens für diesen Zweck angefertigt worden war. Sie umfaßte mein Gesicht so vollkommen, daß die Nahtstellen, an denen sie auf die natürlich gewachsene Haut mündete, unsichtbar blieben. Ich trat vor den Spiegel und mußte gestehen, daß ich, wenn ich meiner Gegenwart nicht allzu deutlich bewußt gewesen wäre, dieses Gesicht bereitwilligst für das des Herrn Hrdlicka gehalten hätte.

Der Besitzer des Originals lag noch immer bewußtlos im Bett. Die Injektion, die er bekommen hatte, war jedoch im Grunde genommen harmlos und würde keinerlei Nachwirkungen hinterlassen. Wiley erwartete, daß der Mann im Laufe der nächsten zwei Stunden wieder zu sich kommen werde. Bis dahin mußte der Arzt eingetroffen sein, der Hrdlicka einer hypnosuggestiven Behandlung unterzog, um ihm für den heutigen Tag ein harmloses Pseudobewußtsein einzupflanzen.

Ich hatte Hannibal über den Ablauf unseres Unternehmens telepathisch auf dem laufenden gehalten. Um sieben Uhr schickte ich Wiley und seine Begleiter mitsamt dem Bewußtlosen in das angrenzende Nebenzimmer. Nachdem ich mich vergewissert hatte, daß von unserer nächtlichen Aktivität keinerlei Spuren zurückgeblieben waren, bestellte ich Frühstück. Es wurde zehn Minuten später serviert, und der Kellner gab durch keinerlei Anzeichen zu erkennen, daß er mich nicht für den Mann hielt, dem er, wie ich annahm, jeden Morgen das Frühstück servierte. Ich gab ihm einen Euro-Franc Trinkgeld, das er mit einem nicht besonders höflichen „Mille grazie“ in die Tasche schob. Man sah ihm an, daß er einerseits nichts anderes erwartet hatte, sich andererseits aber über die Knauserigkeit des Herrn Hrdlicka ärgerte. Hrdlicka war als sparsam bekannt. Ich in seiner Rolle hatte mich danach zu richten.

Kurz vor acht Uhr verließ ich das Hotel. An der Rezeption hinterließ ich, daß ein Mann namens Carpenter, der im Laufe des Vormittags erscheinen würde, um etwas aus meinem Zimmer zu holen, unbedingt einzulassen sei. Damit ebnete ich dem Arzt den Weg, den Hannibal etwa gegen zehn Uhr in Marsch setzen würde, damit er Ewald Hrdlicka einer hypnotischen Behandlung unterzog.

In der Garage bestieg ich Hrdlickas Wagen. Mein einziges Gepäck bestand aus einem flachen Diplomatenkoffer, in dem Hrdlicka am vergangenen Abend einige Akten mit nach Hause genommen hatte, die er vor dem Schlafengehen durchzulesen gedachte. Ich hatte sie ebenfalls gelesen. Von dem Fall, der darin behandelt wurde, hatte ich gehört. Ich wußte außerdem über Hrdlickas Privatleben, über seine Neigungen und Abneigungen, über die Beziehungen zu seinen Vorgesetzten und Untergebenen einigermaßen Bescheid, so daß ich mir zutraute, die Rolle des Österreichers einen oder einen halben Tag lang unauffällig zu spielen. Mehr würde hoffentlich nicht erforderlich sein.

Der Gebäudekomplex des MADE-Hauptquartiers lag östlich des Hotels, auf dem halben Wege zwischen dem Flughafen und der Stadt. Das Gelände war von einem hohen, altmodisch wirkenden Zaun umgeben. An vier Stellen gab es Zufahrten. Ich hielt auf eine davon zu und mußte vor einer bunt gestrichenen Schranke warten. In einem kleinen Häuschen neben der Schranke saß ein alter Mann und nickte mir freundlich zu.

„Guten Morgen, Signor Hrdlicka!“ sagte er.

Das slavische Nebeneinander von Konsonanten war seinem römischen Gaumen unangenehm. Er sagte „Redelitschka“. Ich dankte ihm freundlich und bedauerte insgeheim, seinen Namen nicht zu kennen. Er drückte auf einen Knopf, aber die Schranke blieb vorläufig noch geschlossen. Ich nahm an, daß der Alte durch den Knopfdruck nur den visuellen Eindruck bestätigte. Sicherlich gab es ringsum noch andere Geräte, die das Fahrzeug überprüften und vielleicht auch noch eine Reihe anderer Dinge, anhand deren sich die Identität des Fahrers feststellen ließ. Schließlich schnappte die bunt bemalte Barriere nach oben. Ich winkte dem alten Mann in dem Glashaus ein letztes Mal zu, dann fuhr ich zu einem flachen, langgestreckten Gebäude hinüber, dem ein überdachter Parkplatz vorgegliedert war. Ich stellte den Wagen auf dem Feld ab, das mit „Hrdlicka" markiert war.

Auf dem Weg zu meinem Büro begegnete ich zwei jungen Frauen, die mich beiläufig grüßten. In meinem Büro angekommen, begrüßte ich als erstes meine Sekretärin, mir einen Becher Kaffee zu besorgen. Es war dies eine von Hrdlickas Gewohnheiten, an die ich mich unbedingt zu halten hatte, obwohl mir im Augenblick ein doppelter Martini weitaus besser zu Gesicht gestanden hätte als das braune Gebräu. Sodann machte ich mich über Hrdlickas Terminkalender her. Es gab zwei Besprechungen, die eine um neun, die andere um elf Uhr dreißig. Die letztere nannte sich burschikos „Gerede bei Zeglio", ein Rundgespräch zwischen Marschall Zeglio und seinen Abteilungsleitern, das an jedem Mittwoch um 11.30 stattfand, wie wir wußten. Allein auf diese Besprechung kam es mir an. Die andere, mit einem Untergebenen ließ ich durch meine Sekretärin auf morgen verschieben. Mochte sich der richtige Hrdlicka darum kümmern!

An diesem Morgen muß sich die Sekretärin des Österreichers über die Verbissenheit gewundert haben, mit der ihr Vorgesetzter sich in die Arbeit hineinwühlte und in seinem Büro vergrub. Ich kam erst kurz vor halb zwölf zum Vorschein, als es Zeit wurde, den Konferenzraum aufzusuchen, in dem die Besprechung stattfinden sollte. Zeglio hatte unter sich insgesamt achtzehn Abteilungsleiter. Davon befanden sich zwei auf Urlaub, einer war krank, wie ich hörte, und drei in wichtigen Aufträgen unterwegs. Die übrigen zwölf, dazu gehörte auch ich, hatten sich ohne Ausnahme eingefunden. Man begrüßte einander höflich und mit der Zurückhaltung, wie sie unter hochgestellten Beamten (aus welchem Grunde, das entzieht sich allerdings meiner Kenntnis) üblich ist. Da bestand keine Gefahr, daß mich einer in ein privates Gespräch verwickelte, in dessen Verlauf ich mich verplapperte. Hier ging alles sehr seriös, sehr gediegen und sehr würdevoll zu.

Genau um elf Uhr dreißig betrat Marschall Zeglio durch eine im Hintergrund gelegene Tür den Raum. Man empfing ihn im Stehen. Erst als er wortlos das Zeichen dazu gab, wurde Platz genommen. Ich wußte, daß er sich zuerst die Kurzberichte seiner Mitarbeiter anhören würde. Das ging alphabetisch, und ich war als fünfter an der Reihe. Ich versenkte mich so tief wie möglich in meinen Sessel und rutschte ein wenig vom Tisch ab, so daß der Rücken meines Vordermannes mich zur Hälfte deckte. Während ein Herr namens Albertini zu reden begann, schloß ich die Augen und entfernte den mentalen Block, der die telepathischen Sensoren von der Außenwelt abriegelte.

Der Eindruck, den elf hochaktive, intelligente Gehirne auf das Wahrnehmungsvermögen eines Telepathen machen, ist nahezu überwältigend. Es war mir, als sei ich in eine riesige Halle getreten, in der elf Sonnen leuchteten. Ich brauchte nicht lange, um mich zu orientieren: Der grellste der elf Glutbälle war Primo Zeglios Bewußtsein. Ich tastete mich heran. Ich begann, seine Gedanken zu spüren. Er war mit einem Fall „Alpha-sechs" beschäftigt, über den ein Mann namens Faber soeben berichtete. Aber nur ein Teil seiner Aufmerksamkeit befaßte sich mit dem Bericht. Andere Gedankenströme waren nebenher tätig. Welche ungeheure Gehirnarbeit der Mann bewältigte! Ich tauchte in die Tiefen seines Bewußtseins hinab, durchsuchte die verschiedenen Schichten der Erinnerung. Ich rührte an private Eindrücke, die ich auf der Seite liegenließ, und drang bis zu einer Stelle vor, an der ich Zeglios Besorgnis über die augenblickliche Weltlage empfand. Das war die obere Grenze seines Unterbewußtseins. Die Besorgnis war Emotion, nicht mehr das Resultat eines bewußten Denkprozesses.

Fast erleichtert nahm ich zur Kenntnis, daß Primo Zeglio von dem Fall Torpentouf nichts wußte. Vom Militärischen Abwehrdienst der Europäer war der Anschlag also mit Sicherheit nicht ausgegangen. Ich tauchte aus dem fremden Bewußtsein empor. Für den Bruchteil einer Sekunde spürte ich Irritation in Zeglios Gedanken. Dann spürte ich, wie jemand mich an der Schulter rüttelte.

„Hrdlicka ...?!"

Ich fuhr auf.

„Mann, ich glaube gar, Sie schlafen!" fuhr Zeglio mich unfreundlich an.

Ich rückte mich in meinem Sessel zurecht.

„Entschuldigung", sagte ich und ging dann sofort zur Tagesordnung über. Ich war zu langsam gewesen. Die Reihe zu sprechen war an mich gekommen, bevor ich meinen Ausflug durch Zeglios Bewußtsein beendet hatte.

Ich stand auf.

„Im Fall Rotes Europa ist uns ein Durchbruch gelungen“, erklärte ich mit möglichst sachlichem Tonfall. „Es handelt sich bei der Organisation dieses Namens, wie wir schon immer vermuteten, um eine Vereinigung radikaler Sozialisten, die, wie wir jetzt wissen, jedoch nicht von der Sowjetunion oder vom Großasiatischen Block unterstützt wird. Die Mitglieder der Organisation sind uns nach Namen und Wohnsitz bekannt. Erste Verhaftungen werden morgen vorgenommen.“

Primo Zeglio nickte anerkennend. Meine Schläfrigkeit war bereits vergeben. Ich erwähnte noch zwei weitere Fälle, an denen ich dieser Tage angeblich arbeitete, und meldete zwar Fortschritte, aber noch keine endgültige Lösung. Der gesamte Vortrag dauerte nicht mehr als drei Minuten, dann war die Prüfung bestanden.

Nach mir kamen noch sieben weitere Redner. Sie alle machten ihre Sache kurz und bündig, mit Ausnahme eines kleinen, rundlichen Mannes offenbar levantinischer Herkunft, der in schlechtem Französisch und mit eifriger Gestik die gegenwärtigen Mißerfolge seiner Abteilung auf die mangelnde Bereitschaft zur Zusammenarbeit auf seiten der anderen Abteilungsleiter zurückzuführen suchte. Primo Zeglio hörte ihm fünf Minuten zu, dann unterbrach er ihn mit einem Wink und trug ihm auf, sich beim nächstenmal nur dann hören zu lassen, wenn er einen Erfolg zu melden habe. Geknickt sank der kleine Dicke wieder in seinen Sessel. Ich hatte Mitleid mit ihm. Er war wahrscheinlich die längste Zeit Abteilungsleiter gewesen.

Gegen halb eins beendete Zeglio die Sitzung. Ich

kehrte in mein Büro zurück und hinterließ meiner Sekretärin, die inzwischen zum Mittagessen gegangen war, eine kurze Notiz, daß ich mich nicht wohl fühle und nach Hause gegangen sei. Die Notiz verfaßte ich mit der Schreibmaschine, damit die Handschrift mich nicht verriet. Dann verließ ich das Gelände des Hauptquartiers des Militärischen Abwehrdienstes Europa – fest davon überzeugt, daß die Europäer mit der Entführung der drei Torpentouf-Mädchen nicht das geringste zu tun hatten.

7.

Am Abend befand ich mich bereits wieder auf der Rückreise nach Washington. Auch die amerikanische „Handelsdelegation" hatte überraschend ihre Zelte abgebrochen und kehrte in die Heimat zurück. Nur Kiny Edwards sollte vorläufig in Rom bleiben. Für sie war es einfacher, wenn sie direkt von dort aus zu meinem neuen Einsatzgebiet flog, das in der Nähe von Irkutsk am Baikal-See lag.

Um Ewald Hrdlicka hatte man sich in angemessener Weise gekümmert. Er besaß eine Pseudo-Erinnerung, die ihm vorgaukelte, er habe am Morgen dieses Tages eine Verabredung auf morgen verschoben, eine andere aber, nämlich die Besprechung mit Zeglio, pünktlich eingehalten. Weiter ins Detail hatte die hypnosuggestive Behandlung allerdings nicht gehen können. So wußte der echte Hrdlicka zum Beispiel nichts von dem Anfall akuter Müdigkeit, die ihn angesichts des Marschalls hatte einnicken lassen, so daß er angerempelt werden mußte, als die Reihe zu sprechen an ihn kam. Das war eine

Kleinigkeit, von der wir hofften, daß sie nicht mehr zur Sprache kommen würde. Weiterhin wußte Hrdlicka, daß ihm kurz nach der Konferenz übel geworden war, daß er eine entsprechende Nachricht an seine Sekretärin auf der Schreibmaschine getippt hatte und dann nach Hause gefahren war. In seinem Hotelzimmer hatte er sich aufs Bett gelegt und mußte dann wohl eingeschlafen sein, denn als er erwachte, war es draußen schon dunkel.

Wenn wir nur ein bißchen Glück hatten, würde MADE nie davon erfahren, daß sie heute von einem fremden Geheimdienst bespitzelt worden waren. Selbst das Schloß am Gepäckaufzug in Hrdlickas Appartement war fachmännisch wieder in seinen ursprünglichen Zustand versetzt worden.

Während des Fluges gönnte ich mir zwei Stunden Tiefschlaf. Wir waren um neunzehn Uhr Ortszeit von Rom gestartet. Es war siebzehn Uhr und strahlender Sonnenschein, als wir in Washington eintrafen. Ich fuhr zu meiner Wohnung. Die zwei Stunden Schlaf hatten gerade ausgereicht, um mir Appetit zu machen. Ohne mich lange mit den hygienischen Feinheiten aufzuhalten, die unser Zeitalter zur Perfektion entwickelt hatte, warf ich mich ins Bett und war – um einen von Hannibals Sprüchen zu gebrauchen – wenige Sekunden später „so weg wie ein besoffener Leichtmatrose".

Die Freude währte allerdings nicht lange. Nach meiner Rechnung hatte ich eben erst die Augen zugemacht, da weckte mich ein schwacher elektrischer Impuls, der sich über die Haut ausbreitete und unangenehm kribbelte. Der Teufel mochte Reling holen, das war mein erster Gedanke. Die Idee mit dem elektrischen Wecker war die seine. Mein Bett war mit Elektroden versehen, denen der Alte von seinem Schreibtisch aus mit Hilfe eines Knopfdrucks eine geringfügige Spannung verleihen konnte, die nicht ausreichte, um mich zu verletzen, aber vollständig genügte, um mich selbst aus dem tiefsten Schlaf zu reißen. Schlaftrunken fuhr ich auf. Ein Servomechanismus reagierte auf die Erkenntnis, daß ich aufrecht im Bett saß, und schaltete das Licht ein. Da allerdings wurde mir klar, daß ich mich verrechnet hatte. Es war kurz vor Mitternacht. Ich hatte über sechs Stunden geschlafen.

Einigermaßen wach bewegte ich mich zu dem grünen RADA-Apparat, der anstatt einer Wähltastatur nur einen einzigen Schaltknopf hatte. Noch immer übel gelaunt hieb ich mit der Faust auf den Knopf. Der kleine Bildschirm leuchtete auf. Reling erschien. Sonst, wenn es ihm gelungen war, mich mit Hilfe seines elektrischen Weckers aus dem Bett zu reißen, grinste er hämisch, aus lauter Schadenfreude. Diesmal jedoch machte er ein ernstes Gesicht. Ich wollte ihm ein paar nicht allzu wohlüberlegte Worte über das Recht eines Menschen auf Ruhe und Schlaf an den Kopf werfen. Aber als ich ihn so todernst auf dem Schirm sah, kamen sie mir nicht so recht über die Lippen.

„Um ein Uhr sind Sie bei mir, Konnat", sagte er. „Der Einsatz bei Irkutsk muß verschoben werden. Als nächstes ist Mutanchiang an der Reihe."

„Mutanchiang ...?" murmelte ich verständnislos.

„Der großasiatische Geheimdienst ist umgezogen", erklärte Reling. „Wir haben selbst erst vor kurzem davon erfahren."

Achtundvierzig Stunden schärfsten Trainings folgten. Ich wußte bald nicht mehr, wo mir der Kopf stand. Man behandelte mich nach den modernsten Lehr- und Suggestivmethoden. Es gab Augenblicke, da wußte ich nicht, ob ich Wang Tse Liao oder Thor Konnat hieß. Meine Kenntnisse der chinesischen Sprache (Mandarin-Dialekt) wurden aufgebügelt und vervollständigt. Ich lernte Mongolisch. Innerhalb von zwei Tagen pfropfte man soviel in mich hinein, wie ein normaler Mensch mit normalen Methoden höchstens im Laufe eines halben Jahres lernen kann. Heute sind diese achtundvierzig Stunden nur ein weißer, verwaschener Fleck in meiner Erinnerung. Den größten Teil der Zeit stand ich unter Drogen. Ich meine, ich hätte im Verlauf dieser zwei Tage General Reling ein paarmal gesehen, und glaube mich an seinen bissigen Blick zu erinnern. Aber sicher bin ich meiner Sache nicht.

Danach gönnte man mir einen vollen Tag Ruhe. Zwanzig Stunden lang schlief ich so tief wie ein Toter. Als ich aufstand, fühlte ich mich gekräftigt. Ich hatte einen Bärenhunger, und das war noch immer ein gutes Zeichen. Ich nahm eine Mahlzeit zu mir, die zwei hungrigen Holzhackern Ehre gemacht hätte, und fand mich danach bei Reling ein. An die Tortur der zwei Tage erinnerte nur noch ein winziges Schwindelgefühl, das mich hin und wieder erfaßte.

Reling begrüßte mich mit ausgesuchter Freundlichkeit. Anwesend war außer ihm nur der Kleine, den ich seit Rom nicht mehr gesehen hatte. Er kommentierte Relings Verhalten mit den Worten:

„Manchmal erkennen reuevoll auch die Mächtigen dieser Welt, daß sie in der Behandlung ihrer Mitmenschen einen Schritt zu weit gegangen sind."

Woraufhin der Alte die ausgestreckte Hand, mit der er mich begrüßen wollte, sofort zurückzog, sich scharf umwandte und Hannibal anbellte:

„Und manchmal entdecken die Vorlauten dieser Welt schmerzhaft, daß sie ihr verdammtes Mundwerk einmal zu oft geöffnet haben!"

Hier war dicke Luft! Ich nahm mir vor, mich in acht zu nehmen. Reling wies wortlos auf einen Sessel. Ich machte es mir nicht sonderlich bequem. Die Atmosphäre roch nicht nach Bequemlichkeit.

„Wir sind soweit, Konnat", begann der Alte. „Man wird Sie in den nächsten Stunden auch äußerlich in Oberstleutnant Wang Tse Liao verwandeln. Sobald die Metamorphose abgeschlossen ist, möchte ich, daß Sie sich auf den Weg nach Hsinchin machen. Man erwartet Sie dort."

Ich schloß einen Atemzug lang die Augen und rief mir das Gelernte ins Gedächtnis zurück. Der echte Oberstleutnant Wang Tse Liao wußte noch nichts von seinem Schicksal, aber er würde in wenigen Stunden bei einem Hubschrauberflug über der chinesischen Küste in der Korea-Bucht vorgelagerten Inseln abstürzen. Der Absturz würde einigermaßen glimpflich verlaufen. Wang Tse Liao kam mit ein paar Prellungen und Abschürfungen davon. Auch sein Pilot würde den Absturz überleben, allerdings vorläufig von ihm getrennt werden. Denn während es Wang Tse Liao gelang, das Schlauchboot des Hubschraubers flottzumachen, wurde der Pilot von einer Welle fortgespült und erreichte schwimmend das Ufer in unmittelbarer Nähe der Stadt Hsinchin. Wang dagegen kam mit dem Schlauchboot nur bis zu einer Klippe. Dort wurde das Schlauchboot beschädigt, und um nicht mit ihm unterzugehen, mußte er auf das Riff hinaufklettern – ohne sonderliche Besorgnis, denn er wußte, daß man bald nach ihm Ausschau halten würde.

All das sollte erst noch geschehen, aber mir standen die Ereignisse so deutlich vor Augen, als hätte ich sie bereits hinter mir. Sie waren das Ergebnis der zweitägigen Behandlung. Wehe mir, wenn die Aktion unserer Sonderagenten nicht bis ins letzte Detail so ablief, wie es mir eingetrichtert worden war: Ich würde mich unweigerlich verraten!

Relings Stimme drang in meine Gedanken.

„Sie wissen, daß diese Aufgabe ungleich schwerer ist als Ihr Einsatz in Rom. Diesmal haben Sie es mit Menschen zu tun, deren Mentalität eine völlig andere ist als die unsere. Man hat Sie nur zum Teil darauf präparieren können. Der Rest bleibt Ihrem Einfallsreichtum überlassen. Sie wissen ebenso, daß die Abwehr im Falle Ihrer Entdeckung wahrscheinlich nicht viel für Sie tun kann. Wir behalten Sie im Auge, und sobald etwas schiefgeht, sind wir bereit, für Sie einzuspringen. Aber unserer Handlungsfreiheit sind dort Grenzen gesetzt, wo das politisch-militärische Gleichgewicht zwischen den Machtblöcken gestört wird."

Ich nickte ergeben. All das wußte ich. Er brauchte es nicht zu wiederholen. Oder sagte er es gar nicht um meinetwillen? War es etwas, das er von sich gab, nur um die eigene Unruhe zu unterdrücken?

„Um Sie auch in anderer Hinsicht auf dem laufenden zu halten", fuhr er fort: „Der unbekannte Gegner hat mit Torpentouf noch nicht wieder Kontakt aufgenommen. Sollte dies jedoch während Ihrer Abwesenheit geschehen, wird man Sie sofort abberufen."

Ich schwieg noch immer. Nach einer Weile fragte Reling:

„Ist alles klar?"

„Alles, Sir!"

Er stand auf und reichte mir die Hand. Diesmal kam ich tatsächlich in den Genuß des Händedrucks, da es der Kleine aufgrund Relings eindringlicher Warnung vorzog, zu schweigen.

Und dann war ich schon wieder unterwegs. Innerhalb weniger Stunden erreichte ich Shimono an der Südwestspitze der japanischen Hauptinsel Hondo. Japan war für die Länder des freien Westens und insbesondere für uns Amerikaner in den vergangenen zwei Jahrzehnten zu einer immer wichtigeren Bastion unmittelbar an der Türschwelle des Großasiatischen Staatenblocks geworden. Es hatte nicht an Versuchen der Asiaten gefehlt, den Inselstaat in ihren Machtbereich einzubeziehen. Es war zu inneren politischen Wirren gekommen, die von außen geschürt wurden. Aber geschürt hatten schließlich nicht nur die Asiaten, sondern auch wir. Das asiatische Komplott war zunichte gemacht worden. In Japan kehrte die politische Stabilität wieder ein. Japan war ein Bestandteil des freien Westens. In Shomono wechselte ich von dem Plasma-Jäger vom Typ „Escort" auf ein Unterseeboot über. Es war ein geräumiges Fahrzeug, ausgestattet mit einem der marsianischen Technologie entnommenen, für irdische Zwecke umgearbeiteten Ortungsschutz, der es für die konventionellen Methoden der Ortung völlig undurchsichtig machte. Die Besatzung bestand aus fünfunddreißig Mann. Alle Mannschaftsmitglieder waren des Chinesischen mächtig. An Bord wurde nur Chinesisch gesprochen. Ab und zu fielen ein paar mongolische Worte. Denn Oberstleutnant Wang Tse Liao war trotz seines eindeutig chinesischen Namens mongolischer Herkunft. Hannibal Othello Xerxes Utan befand sich übrigens nicht an Bord. Er war, während man mir die Maske des Chinesen verpaßte, auf anderem Wege vorausgereist.

Wir waren einen Tag lang unterwegs. Inzwischen mußte der echte Wang Tse Liao seinen Unfall erlitten haben. Es gab ein paar Stunden, in denen ich ständig darauf wartete, daß der RADA zu summen begann und General Reling mir mitteilte, daß der Einsatz verschoben sei, weil man es nicht fertiggebracht hatte, Wang planmäßig mit seinem Hubschrauber abstürzen zu lassen. Aber nichts dergleichen geschah. Wir durchfuhren die Korea-Straße, arbeiteten uns unangefochten zwischen Wando und der großasiatischen Seefestung Cheju Do hindurch und gewannen die offenen Wasser der Gelben See. Immer im Schatten der koreanischen Küste bleibend, gelangten wir im Schutze der Nacht bis nach Paengnyong Do. Da uns von da an die Küste wegen der geringen Wassertiefen keinen ausreichenden Schutz mehr bot, gingen wir jetzt quer über die Korea-Bucht und erreichten zwei Stunden später die Küstengewässer Chinas in der Gegend von Lüta, das früher Dairen hieß.

Ich war im Befehlsstand, als der Kommandant „halbe Fahrt" befahl. Er stand auf und trat auf mich zu.

„Es wird Zeit, daß wir mit der Behandlung beginnen, Sir", sagte er.

Ich war auf etwas Ähnliches gefaßt gewesen. Der Alte hatte mir klarmachen lassen, daß Wang Tse Liao beim Absturz seines Hubschraubers zwar mit dem Leben davonkommen, dafür aber einige Schrammen und Prellungen davontragen werde. Bislang war ich von solchen Spuren des Mißgeschicks freigeblieben. Ich hatte halb und halb erwartet, daß man mir rechtzeitig ein paar Abschürfungen beibringen würde.

Trotzdem stellte ich mich ahnungslos.

„Wovon reden Sie eigentlich? Was für eine Behandlung?"

Wir sprachen beide Chinesisch. Der Kommandant des U-Boots war ein Fregattenkapitän, stand im Rang also unter mir. Es machte ihn verlegen, mir die Anweisung zu überbringen, von der niemand anders mich in Kenntnis gesetzt hatte. Es lag nicht in meiner Absicht, ihm das Leben unnötig schwerzumachen.

„Es ... es ist mir aufgetragen worden, Sir", antwortete er. „Sie, bevor Sie das Fahrzeug verlassen, in einen gewissen Zustand zu versetzen ..."

Ich fiel ihm ins Wort.

„Man hat mir nichts davon gesagt, aber ich habe es mir denken können", beruhigte ich ihn. „Wie wird die Prozedur abgewickelt?"

Er war erleichtert.

„In der einfachsten Art und Weise, Sir, fürchte ich: mechanisch."

„Das heißt, man wird mich durchwalken, wie?"

„Ja. Aber es ist Ihnen gestattet, zuvor ein Medikament einzunehmen, das auch zur Standardausrüstung der aktiven Mitglieder des großasiatischen Geheimdienstes gehört. Es ist ein vorzüglicher Schmerzstiller."

Selbstverständlich nahm ich das Angebot an. Ich bin kein Masochist. Im Gegenteil: Ich bin im höchsten Maße schmerzempfindlich. Schon als Junge hatte ich Mühe, nicht schlapp zu machen, wenn man mir Blut entnahm. Das Medikament, das man mir gab, machte mich innerhalb weniger Augenblicke völlig groggy. Ich schleppte mich mehr, als daß ich ging, in das kleine Bordlazarett, wo ich von zwei stämmigen Besatzungsmitgliedern empfangen wurde, die Knüppel aus solidem Plastikmaterial und Halbmasken trugen. Die ersteren, um mich damit zu bearbeiten, und die letzteren, damit ich sie später nicht wiedererkannte. Das war alte GWA-Praxis. Manchmal mußte im Zusammenhang mit einem Einsatz ein Untergeordneter weisungsgemäß rauh mit mir verfahren. Es bestand die Gefahr, daß ich daraus ein unterbewußtes Ressentiment gegen den unfreiwilligen Übeltäter entwickelte. Um den Untergeordneten gegen diese Gefahr zu schützen, vermummte man ihn so, daß mir die Möglichkeit genommen war, ihn später wiederzuerkennen.

Man erspare mir die Schilderung des folgenden. Ich wurde regelrecht verprügelt. Daß ich zwischendurch wütend wurde und mich gegen die hageldicht fallenden Schläge zu wehren begann, verstärkte nur die Wirkung der Knüppel. Aus mehreren Platzwunden blutend und mit dem Gefühl, ich hätte nicht nur einen, sondern gleich ein Dutzend Hubschrauberabstürze hinter mir, wurde ich schließlich aus dem Lazarett geführt. Man behandelte meine Wunden mit reinem Seewasser – das einzige Mittel, das Wang Tse Liao auf seiner abgelegenen Klippe zur Verfügung gestanden hatte. Ich bekam die Standardmontur der großasiatischen Abwehrkräfte übergestreift, die natürlich genau da Risse und Löcher besaß, wo auch meine Haut am deutlichsten abgeschürft und aufgeplatzt war.

Die Wirkung des Medikaments begann zu erlöschen, und je mehr sie zurückging, desto deutlicher fühlte ich, wie übel mir mitgespielt worden war. Aber bevor ich dazu kam, einen ehrlichen Zorn zu entwickeln, begannen die Alarmleuchten zu blinken. Das Ziel war erreicht. Für mich war es an der Zeit, mich abzusetzen.

8.

Das Boot ruhte auf dem Grund der Korea-Bucht, in nicht mehr als 25 Faden Tiefe. Es war licht ringsum. Ich sah die Felsmasse, die vor mir in die Höhe ragte. Der Absorptionsfilter verschluckte die Luftblasen, die aus der Sauerstoffapparatur aufstiegen. Mit nicht mehr Geräusch, als ein Fisch beim Schwimmen verursachte, bewegte ich mich durch das klare, helle Wasser.

Vor mir, in der pflanzenüberwucherten Felswand, gähnte eine finstere Öffnung. Ich glitt hinein und gelangte in einen röhrenartigen Stollen, der sich allmählich nach oben neigte. Zeitweise war es pechschwarz ringsum, dann sah ich vor mir ein Licht schimmern, Sekunden später durchstieß ich die Wasseroberfläche. Ich befand mich in einem kleinen, ovalen, ringsum von Felsen eingeschlossenen Raum. Unter der kuppelförmigen Decke brannte eine grelle Lampe. In meiner Blickrichtung wurde der Rand des Bassins, in dem ich schwamm, von einer kaum zwei Meter breiten Felsleiste gebildet. Dahinter führte ein matt erleuchteter Stollen weiter in das Innere des Inselfelsens.

Am Ufer kauerte eine kleine Gestalt. Ich erkannte Hannibal. Er musterte mich mißtrauisch durch die Scheibe des Taucherhelms. Ich sah, wie er sich umwandte, und hörte ihn schreien:

„He, ist der Gefangene noch an Ort und Stelle?"

Aus dem Stollen kam Antwort.

„Er ist hier, Sir!"

Der Kleine streckte mir die Hand entgegen und half mir beim Anlandklettern.

„Man kann nie vorsichtig genug sein", knurrte er. „Du siehst genauso aus wie der Kerl, den wir da hinten eingesperrt haben."

Ich verstand seine Besorgnis und die stille Aufforderung.

„Okay, sieh mich an!" offerierte ich, und eine Sekunde später spürte ich, wie sich sein Bewußtsein in das meine bohrte.

Er grinste.

„Nichts für ungut, Großer! Wenn man so oft die Gesichter wechselt wie du, muß man einiges in Kauf nehmen, nicht wahr?"

Er half mir beim Abstreifen der Tauchermontur. Darunter kam das zerschlissene Gewand des großasiatischen Geheimdienstes zum Vorschein. Hannibal musterte mich von allen Seiten, dann stieß er einen anerkennenden, halblauten Pfiff aus.

„Sie haben dich tüchtig hergenommen, wie?"

„Ich denke lieber nicht mehr daran", knurrte ich. „Wie war das mit Wang?"

„Ich kam zwei Stunden nach seinem Absturz hier an. Alles planmäßig. Der Pilot wurde vor knapp vier Stunden in der Nähe von Chengtzutuan an Land gespült. Man hat mindestens zwei Stunden gebraucht, um ihn zum Sprechen zu bringen. Mit dem Eintreffen der ersten Suchfahrzeuge muß jeden Augenblick gerechnet werden."

Hoffentlich hat sich das U-Boot rechtzeitig abgesetzt, schoß es mir durch den Sinn.

„Und der Gefangene?" erkundigte ich mich.

„Ist bei Bewußtsein. Man hat ihm gesagt, was wir vorhaben. Aber er glaubt es noch nicht ganz."

Ich nickte. Ewald Hrdlicka hatten wir hypnotisieren

müssen, um ihn zu hindern, an für uns ungeeigneter Stelle von seinem Mißgeschick zu sprechen und dadurch die GWA, auf die der Verdacht über kurz oder lang fallen würde, in Mißkredit zu bringen. Hier jedoch, im Machtbereich des großasiatischen Geheimdienstes, war eine andere Handlungsweise geboten. Allein dadurch, daß Wang Tse Liao dem Feind in die Hand gefallen war, galt seine Ehre als schwer geschädigt. Selbst wenn er sich in diesem Augenblick hätte befreien und seinem Vorgesetzten von unserem Vorhaben hätte berichten können, wäre ihm ein erheblicher Gesichtsverlust nicht erspart geblieben. In diesem Fall konnten wir unsere Vorbereitungen unter den Augen des Gefangenen treffen. Denn nachdem wir ihn freigelassen hatten, würde er sich lieber die Zunge abbeißen, als über das Abenteuer zu berichten, das er soeben durchgestanden hatte. Seine einzige Hoffnung bestand darin, daß der kurzzeitige Austausch des Oberstleutnants Wang Tse Liao gegen einen Agenten eines feindlichen Geheimdienstes niemals ans Tageslicht kam. Das war chinesische Mentalität. Damit mußten wir rechnen.

Hannibal führte mich in den Stollen. Die kleine Felseninsel war ein oft genützter Stützpunkt der Geheimen-Wissenschaftlichen-Abwehr. Wir unterhielten hier keine ständige Besatzung, aber wenigstens dreimal im Jahr drangen unsere Leute bis hierher vor, um Beobachtungen auf dem nahegelegenen Festland anzustellen – besonders dann, wenn die Chinesen einen ihrer gewaltigen Rauchgeneratoren in Betrieb setzten, der verhindern sollte, daß unsere Satelliten erkannten, was da auf der strategisch wichtigen Halbinsel Liaotung vorging. Die nordchinesischen Grenzprovinzen hatten seit der Jahrtausendwende immer mehr an Bedeutung gewonnen.

Zwischen dem Großasiatischen Staatenblock und der Sowjetunion bestanden dieser Tage ähnliche Spannungen wie in den siebziger Jahren des vergangenen Jahrhunderts. Man befehdete einander mit Hilfe der öffentlichen Kommunikationsmedien und befestigte die Grenzen, so gut es ging. Diesem Trend folgend, war der sowjetische Geheimdienst vor nicht allzu langer Zeit von Moskau nach Irkutsk, also in unmittelbarer Nähe der großasiatischen Grenze, übersiedelt. Und vor wenigen Tagen war ihm der Abwehrdienst des großasiatischen Blocks gefolgt, indem er seinerseits das Hauptquartier von Peking nach Mutanchiang, einer mandschurischen Stadt am Ufer eines Nebenflusses des Amur (oder Heilung, wie die Chinesen ihn nannten), verlegte. Diese Umzüge waren von der Öffentlichkeit unbemerkt vor sich gegangen. Nur in den Zentren der Spionageabwehr wußte man davon.

Der Stollen führte etwa zwanzig Meter weit in den natürlich gewachsenen Fels hinein, bevor sich zur rechten Hand eine Öffnung zeigte. Ich trat in einen Raum, dessen Boden man mit einer rasch erstarrenden Plastikmasse überzogen hatte, um auf diese Weise wenigstens eine verläßliche Horizontale für die Aufstellung von Meßgeräten zu erhalten. Das Mobiliar war äußerst dürftig. Es gab einen Tisch und eine Reihe von Stühlen, bei deren Anblick man Angst bekam, sich eine Sparre in die Haut zu rammen, wenn man sich darauf setzte. Auf einem dieser Stühle hing mehr, als daß er saß, Oberstleutnant Wang Tse Liao, mein Ebenbild. Man hatte mit Hilfe einer Injektion seine Beinmuskulatur desaktiviert, so daß er uns nicht entkommen konnte. Sonst aber war er durchaus bei Kräften.

Er zuckte unwillkürlich zusammen, als er mich erblickte. Ich sah, wie er die Lider zusammenkniff, um sie wenige Sekunden später wieder zu öffnen. Er musterte mich mit dem Ausdruck reinen Entsetzens. Schließlich stieß er hervor:

„Wer ... wer sind Sie?“

Er sprach chinesisch.

„Ich bin der, von dem man Ihnen berichtet hat“, antwortete ich. „Ich werde vorläufig Ihre Position einnehmen. Ich bedaure, dies tun zu müssen, aber die Staatsräson zwingt mich dazu. Ich versichere Ihnen, daß ich niemand persönlichen Schaden zufügen und daß ich spurlos verschwinden werde, sobald mein Auftrag erledigt ist.“

Ich war sein Gegner, aber meine Worte mußten ihm die Ehrsamkeit meiner Absichten bekunden. Er neigte leicht den Kopf und antwortete:

„Ich bedauere die Entwicklung der Dinge, die mich in diese Lage brachte. Aber ich erkenne, daß mir keine andere Wahl bleibt, als mich vorläufig in Ihre Gewalt zu fügen, und ich bin gewillt, Sie als einen ehrenhaften Feind zu betrachten, wenn Sie sich wirklich an die Maßregeln halten, die Sie eben genannt haben.“

„Seien Sie dessen versichert“, erwiderte ich ernsthaft und verneigte mich ebenfalls.

Irgendwo summte es hell und durchdringend. Ein Lautsprecher fing an zu plärren:

„Luftfahrzeuge landauswärts. Ein hochfliegendes Schwebeboot, etwa dreißig Hubschrauber.“

Der Kleine sah mich an.

„Das sind sie“, sagte er. „Du mußt dich oben sehen lassen.“

Ich warf einen Blick auf die Uhr. Wang Tse Liao war

vor mehr als zehn Stunden abgestürzt. Über eine Stunde hatte er im Schlauchboot mit den Wellen gekämpft, bis das Boot an den scharfkantigen Felsen der Insel zerrissen war und er hatte an Land klettern müssen. Es war ihm nicht übelzunehmen, wenn er vorübergehend in einen Schlaf der Erschöpfung versank. Ich brauchte mich dort oben nicht beim ersten Surren der Motoren zu zeigen.

Auf meinen Wink folgte mir der Kleine. Wir traten hinaus in den Stollen.

„Halte die Leute von mir fern!" raunte ich ihm zu.

Er schien zu verstehen, was ich meinte. Ich öffnete den Metallblock und sah mich um. Es waren nicht allzu viele Menschen in meiner Nähe. Ich hatte keine Mühe, Wang Tse Liaos Gedanken aus den anderen hervorzusortieren. Ein Blick genügte: Sein Denkprozeß konzentrierte sich auf den Komplex persönlicher Schande, die ihm widerfahren war, weil er sich hatte gefangennehmen lassen. Ich drang bis in die tiefsten Schichten seines Bewußtseins vor, ohne auch nur den geringsten Hinweis auf die Torpentouf-Affäre zu finden. Wang Tse Liao wußte von nichts. Obwohl er zu Fo-Tiengs engsten Mitarbeitern gehörte, bedeutete dies leider nichts. Eine Sache wie die Entführung der Drillinge würde der Verantwortliche nur den Leuten mitteilen, die unbedingt davon wissen mußten. Und zu diesen brauchte Wang Tse Liao nicht unbedingt zu gehören.

Ich kehrte in die Realwelt zurück. Der Kleine musterte mich aufmerksam. Er sah meinen Blick und schüttelte den Kopf.

„Nichts?"

„Nichts", antwortete ich.

Er zuckte die Achseln.

„Bestätigt meine Beobachtung", meinte er. „Mich beunruhigt allerdings noch etwas anderes."

„Was ist das?"

„Er weiß nicht, wo sich Fo-Tieng im Augenblick aufhält."

Das kam mir bedenklich vor, aber man ließ mir keine Zeit, darüber nachzudenken. Die Warnanlage summte zum zweiten Mal. Ungeduldiger als zuvor drängte die Stimme aus dem Lautsprecher:

„Die Hubschrauber sind in der Nähe, das Schwebeboot steht unmittelbar über der Insel. Es wird Zeit, daß sich oben jemand sehen läßt!"

Dieser Jemand war ich. Hannibal wies mich in den Hintergrund des Stollens. Dort gab es eine schmale, niedrige Öffnung, die ins Freie führte. Ich zwängte mich hindurch. Hinter mir verschloß der Kleine den Eingang. Er tat es mit einem genau passenden Felsstück, das zudem noch von innen verriegelt wurde, so daß niemand es durch Zufall aus seiner Lage stoßen konnte. Ich war auf mich allein gestellt.

Ich befand mich in einer schmalen, nicht sonderlich tiefen Felsspalte. Das war genau der Ort, den ein Mensch aufsuchen würde, der länger, als es ihm behagte, den Unbilden der Witterung und der See ausgesetzt war und sich ein wenig nach Schutz und Geborgenheit sehnte. Es war kurz nach Mittag. Ich schob mich an der Felswand entlang und trat ins Freie. Ich brauchte nicht vorzutäuschen, daß das Sonnenlicht mich blendete – es tat es wirklich. Ein wenig unsicher trat ich auf das kleine Plateau vor der Felsspalte hinaus und sah nach oben, als hätte mich das brummende, dröhnende Geräusch der Helikoptermotoren eben erst aus dem Schlaf geschreckt.

Oberstleutnant Wang Tse Liao mußte wirklich ein

wichtiger Mann sein. Die Maschinen hingen da in dichten Trauben, zu mehreren Dutzend, und hoch über allem schwebte majestätisch, mit ungeheuer breiten Tragflächen, das Schwebeboot. Ich begann zu winken. Ich fing an zu schreien. Meine Schreie wurden zwar nicht gehört, aber die in helles Grau gekleidete Gestalt vor dem dunkleren Hintergrund des Felsens fiel sofort auf. Die Hubschrauberformation geriet in Bewegung. Das Schwebeboot nahm landeinwärts Fahrt auf: Für seine Besatzung war die Suchaktion bereits beendet.

Wasserstaub aufwirbelnd, kam einer der Helikopter niedrig über die glatte See herangestrichen. Elegant hob er sich über das steil aufstrebende Ufer der Insel und landete keine zehn Schritte vor mir. Ich wartete, bis die Rotoren im Leerlauf arbeiten, dann näherte ich mich dem Fahrzeug zögernd und vorsichtig. Ein junger Mann sprang aus dem Hubschrauber. Er schrie mir etwas zu, das ich im Lärm des Motors nicht verstand. Ich blieb stehen. Da schien er zu begreifen. Er lachte über das ganze Gesicht und brachte aus der grauen Jacke seiner Montur eine kleine, rosafarbene Plakette zum Vorschein: Das Abzeichen der interstaatlichen Polizei des Großasiatischen Staatenbundes. Er gab sich zu erkennen, damit ich keine Hemmungen hatte, mich an Bord seines Fahrzeugs zu begeben. Ich erwiderte sein Lachen und schritt auf den Hubschrauber zu. Hilfreiche Hände halfen mir hinauf. Ich wurde in einen dick gepolsterten Sessel plaziert und festgeschnallt. Die Motoren heulten auf. Mit einem Ruck schoß das Fahrzeug in die Höhe. Ich schloß die Augen. Die Männer sollten ruhig glauben, daß ich erschöpft sei. Ich aber empfand lediglich das Bedürfnis, mich noch ein paar Minuten ungestört zu konzentrieren, bevor ich mich in die Höhle des Löwen begab, die das

Hauptquartier des Geheimdienstes des Blocks Großasiatischer Staaten war.

Man brachte mich nicht nach Hsinchin, wie ich erwartet hatte, sondern nach Shenyang, früher Mukden. Dort wurde ich in ein Lazarettflugzeug verfrachtet, das dort auf mich gewartet hatte. Ich protestierte gegen das nach meiner Ansicht unnötige Übermaß an Fürsorge, aber der Arzt an Bord der Lazarettmaschine befahl mir mit barscher Stimme, mich zu entkleiden, das Bett aufzusuchen, das für mich vorbereitet worden war, und im übrigen die Sorge um mein leibliches Wohl denjenigen zu überlassen, die etwas davon verstanden. Soviel Entschlossenheit gegenüber war ich hilflos. Ich sagte kein Wort mehr und tat, wie mir geheißen wurde.

Kaum im Bett, erhielt ich eine Injektion, die mich binnen weniger Augenblicke in abgrundtiefen Schlaf versenkte. Ich hatte kaum Zeit mir um die Analysen Sorge zu machen, die während meiner Bewußtlosigkeit über mich angefertigt werden würden. Ich hörte die Triebwerke des Flugzeuges noch anlaufen, dann war ich weg.

Als ich wieder zu mir kam, lag ich in einem geräumigeren Bett. Ringsum war es dämmerig hell, und es herrschte vollkommene Stille. Eines stand fest: An Bord des Flugzeugs befand ich mich nicht mehr. Ich blickte mich um. Das Zimmer war klein und enthielt an Einrichtungsgegenständen nur das Notwendigste. Ich schloß die Augen und entfernte den Mentalblock. Dann rief ich.

Die Antwort kam sofort.

„Ich bin hier, Großer, nicht allzuweit von dir entfernt!“

„Wo bin ich?“

„In Mutanchiang, wo sonst?"
„Wie steht es?"
„Soweit ganz gut. Wir haben dich im Auge. Bis jetzt scheint noch niemand Verdacht geschöpft zu haben."
„Wie lange war ich weg?"
„Sie brachten dich gegen vierzehn Uhr Ortszeit nach Shenyang. Jetzt ist es knapp achtzehn."
Ich atmete erleichtert auf. Ich hatte nur ein paar Stunden verloren. „Wo steckst du? Ebenfalls in Mutanchiang?"
„Nein, da ist es uns zu gefährlich. Das asiatische Hauptquartier ist erst vor ein paar Tagen endgültig eingerichtet worden und die Stadt wimmelt von neugierigen Spezialisten, die sich um alles und jeden kümmern. Da war uns das Pflaster ein wenig zu heiß. Wir haben uns in Hengtaohotzu niedergelassen, das ist fünfzig Kilometer entfernt an der neuen mandschurischen Schnellstraße. Hengtaohotzu ist ein kleiner Ort. Wir haben die Ausredenkiste bis auf den Grund ausräumen müssen, um unsere Anwesenheit hier plausibel zu machen. Aber inzwischen sind wir fest etabliert und denken daran, hier eine kleine amerikanische Kolonie zu eröffnen. Genug Leute sind wir dazu."
Er klang ziemlich zuversichtlich, und ein Teil seiner Zuversicht übertrug sich auf mich.
„Ist Kiny auf Posten?"
Die Antwort kam von unerwarteter Seite. Merklich schwächer als die Gedanken Hannibals erreichte mich eine Serie von Mentalimpulsen, die aus einem weiblichen Bewußtsein stammte.
„Ich bin hier, Thor", verstand ich. „Ich wollte, man gäbe mir ein so bequemes Bett, wie du es hast. Ich hänge achtzigtausend Fuß hoch über der Japan-See, und ..."

Der Fluß ihrer Gedanken wurde plötzlich unterbrochen.

„Was ist los, Kiny?" erkundigte ich mich besorgt.

Ihre Antwort kam erst nach ein paar Sekunden. Sie klang ein wenig enttäuscht.

„Ach, nichts. Seine Majestät hat mir eben klargemacht, daß ich mich in Wirklichkeit über gar nichts zu beklagen habe." Plötzlich klang sie empört. „So was! Als ob er meine Gedanken lesen könne!"

„Seine Majestät? Wer ist das?"

„Reling. Wer sonst?"

Ich fing an zu lachen. Hannibal in Hengtaohotzu, Kiny über der Japan-See und Reling bei ihr – was konnte mir da noch zustoßen? Ich verabschiedete mich von Kiny und wollte die Unterhaltung mit Hannibal fortsetzen, da hörte ich, wie sich die Tür zu öffnen begann. Sofort ließ ich den Mentalblock sinken und starrte schläfrig in Richtung des Geräusches.

Die Tür öffnete sich. Ein kleiner breitschultriger Asiate mit kurz geschnittenem, blauschwarzem Haar und einem freundlichen Lächeln trat ein.

„Peng-you Liao!" rief er mir zu, als er sah, daß ich die Augen offen hatte. „Ich sehe mit Freuden, daß es dir gut geht!"

Ein Gesicht tauchte vor meinem geistigen Auge auf. Ich kannte es seit jener achtundvierzigstündigen Tortur, die ich im Hauptquartier durchgemacht hatte. Das war Doktor Chen, Chen Yifan, ein enger Freund von Wang Tse Liao. Er war einer der bedeutendsten Ärzte im Dienste der großasiatischen Abwehr. Ich brauchte das freudige Erkennen nicht zu heucheln: Es fiel mir wie ein Stein von der Seele, daß ich das Erinnerungsbild aus jenen fürchterlichen zwei Tagen der Intensivschulung rechtzeitig hatte heraufbeschwören können.

„Peng-you Yifan!" antwortete ich mit soviel Begeisterung, wie man sie von einem Geschwächten erwarten konnte. „Was wolltet ihr hier mit mir anstellen?"

„Nichts weiter", antwortete er und baute seine kleine und dennoch wichtige Gestalt vor dem Bett auf. „Du bist völlig in Ordnung. Das Meerwasser hat dir nicht geschadet, und deine Beulen haben wir mit Salben behandelt, so daß sie fast schon nicht mehr zu sehen sind."

Ich richtete mich auf.

„Dann kann ich gehen?"

„Sofort, mein Freund, wenn du willst."

Und ob ich wollte! Solange ich mich in den Händen der Ärzte befand, war ich meiner Sache nicht sicher. Ich war zwar nicht hypnotisierbar, aber wer weiß, über welche Drogen diese Leute verfügten, mit deren Hilfe sie die Wahrheit aus mir herausquetschen konnten, wenn sie erst einmal Verdacht geschöpft hatten.

„Gut", antwortete ich, „ich will sofort."

Chen Yifan wollte mir beim Aufstehen behilflich sein, aber ich wies ihn zurück.

„Du sagst, ich sei völlig in Ordnung", lachte ich, „also brauche ich auch keine Hilfe."

Die Formalitäten waren bereits erledigt. Ich setzte meine Unterschrift unter das Entlassungsdokument. Inzwischen hatte Chen Yifan einen Wagen bestellt, der die Aufgabe hatte, mich nach Hause zu bringen. Draußen war es noch hell. Ich hatte Mutanchiang bislang nur auf einer Reihe allerdings hervorragender 3D-Filmaufnahmen zu sehen bekommen. Die Wirklichkeit bestätigte die Trostlosigkeit der Bilder: Mutanchiang war ein Relikt aus der Ära der industriellen Revolution unter dem legendären Mao Tse Tung. Fabrikanlagen überall, verrußte Schlote, schmutzige kleine Häuser und noch schmutzigere, kastenförmige Appartementsgebäude, ein Freilichtmuseum, der Greuel des späten zwanzigsten Jahrhunderts!

Wang Tse Liao wohnte in einem fünfstöckigen Mietshaus. Die anderen Wohnungen waren ebenfalls von Mitgliedern des Sicherheitsdienstes belegt. Meine zweite Probe begann, sobald ich das Gebäude betrat. Ich war voller Zuversicht. Wenn Cheng Yifang keinen Verdacht geschöpft hatte, dann mußte ich auch vor anderer Leute Augen bestehen. Ich entlohnte den Fahrer des Wagens mit ein paar freundschaftlichen Worten. Dann schickte ich mich an, von Wang Tse Liaos Heim Besitz zu ergreifen.

9.

Der Rest des Abends verging ereignislos. Ich verließ die Wohnung nicht mehr. Ich nutzte die Zeit, um die Kenntnisse zu rekapitulieren, die man mir von Wang Tse Liaos Tätigkeit vermittelt hatte. In seiner Rolle hatte ich eine schwierigere Aufgabe zu bewältigen als vor wenigen Tagen in Rom. MADE war, besonders in der Führungsspitze, ein Gremium von würdevollen Akademikern. Der großasiatische Geheimdienst jedoch bestand ausschließlich aus Aktivisten, die mit nahezu religiösem Eifer ihren Pflichten nachgingen.

Am nächsten Morgen um sieben Uhr bestieg ich den Gemeinschaftsbus, der die Bewohner des Mietshauses zu ihren Arbeitsplätzen brachte. Knapp dreißig Minuten später saß ich hinter meinem Schreibtisch, der mit den üblichen Kommunikationsgeräten ausgestattet und von einer dreigeteilten spanischen Wand umgeben war. Von allzuviel Abgeschlossenheit bei der Arbeit hielten die Asiaten nämlich nichts: Der Raum, in dem mein Schreibtisch stand, war mehr eine Halle und enthielt außer der meinen wenigstens noch zweihundert andere Arbeitsstätten. Es war merkwürdig: So, wie draußen die verrußten Gebäude an die amerikanischen Städte der sechziger und siebziger Jahre erinnerten, so war man auch in der Gestaltung des Arbeitsplatzes noch rund fünfzig Jahre hinter dem Westen zurück. Dieser Bürosaal erinnerte überdeutlich an die Massenbüros der amerikanischen Industrie in der Apollo-Ära.

Immerhin boten die spanischen Wände mir genügend Schutz, so daß ich für ein paar Minuten die Augen schließen und mich mit den Gedanken der Menschen beschäftigen konnte, die in meiner Nähe arbeiteten. Ich ertastete einen verworrenen Wust hektischer Aktivität. Die Leute waren mit dem Eifer des jungen Morgens an die Arbeit gegangen. Ihre Gedanken drehten sich nicht so sehr um die Lösung von Problemen als um die Sollerfüllung. Nirgendwo erhaschte ich einen Mentalimpuls, der mit der Entführung der Torpentouf-Drillinge zu tun hatte. Hier in diesem Saal wußte man nichts davon. Ich streckte meine Fühler ein wenig weiter aus und begann nach Fo-Tieng zu suchen. Gewisse Charakteristiken seiner Mentalstruktur waren mir vertraut, so zum Beispiel die Eigenheit, daß Fo-Tiengs Bewußtsein Gedanken nicht in stetem, kontinuierlichem Fluß erzeugte, sondern ruckweise Gedankensalven, mit Pausen von unterschiedlicher Länge dazwischen.

Noch während meiner Suche erinnerte ich mich an Hannibals Worte, wonach der echte Wang Tse Liao nicht wußte, wo Fo-Tieng sich gegenwärtig aufhielt. Gegenwärtig – das war gestern gewesen. Es brauchte nicht unbedingt zu bedeuten, daß Fo-Tieng längere Zeit abwesend war. Ich setzte meine Suche fort. Da wurde ich plötzlich abgelenkt. Von der Seite her hatte sich eine Serie deutlicher, gefahrdrohender Denkimpulse in mein mentales Blickfeld geschlichen. Ich untersuchte sie und erschrak, als ich in einem der Gedankenkomplexe Wang Tse Liaos Bild auftauchen sah. Der Zusammenhang blieb mir weiterhin verborgen. Aber es gab keinen Zweifel daran, daß es irgendwo in der Nähe jemand gab, der auf meinen Doppelgänger zornig war – offenbar, weil er sich einer seiner Pflichten nicht in der gewünschten Weise entledigt hatte. Ich mußte die Beobachtung unterbrechen. Die Gefahr kam unmittelbar auf mich zu. Der Mann, der sich über Wang Tse Liaos Pflichtvergessenheit aufregte, näherte sich meinem Schreibtisch.

Ich wandte mich um, derjenigen Seite meines Arbeitsplatzes zu, die nicht durch eine spanische Wand gedeckt war. Da sah ich ihn kommen: Einen kleinen, drahtigen Mann, einen Chinesen aus den inneren Provinzen, von unbestimmbarem Alter, die Augen hinter einer dicklinsigen Brille mit schwerem, altmodischem Horngestell verborgen. Ich konnte nicht verhindern, daß mein Herz ein paar Schläge mehr tat als sonst. Der da auf mich zukam, bis aufs äußerste erzürnt über meine Nachlässigkeit, deren ich mich gar nicht schuldig fühlte, war der zweite Mann des großasiatischen Sicherheitsdienstes: Huang Ho-Feng, Fo-Tiengs Stellvertreter.

Er baute sich vor mir auf, und hinter den dicken Gläsern der Brille blitzte in seinen Augen die Wut.

„Genosse Wang!" fuhr er mich an. „Wie es mir scheint, hast du über Nacht die wichtigste aller Tugenden des Staatsbürgers verloren: das Pflichtbewußtsein."

Mir war vor Schreck der Hals wie zugeschnürt. Da

war ich anscheinend wirklich irgendwo voll ins Fettnäpfchen getreten. Wenn ich nur gewußt hätte wo! Ich riß mich zusammen, zwang mich mit Gewalt zu kühlem Überlegen. Da half nur eines: Ich mußte mich auf die Folgen des Absturzes berufen.

Unsicher – aber das war gewollt! – kam ich auf die Beine.

„Ich … ich weiß leider nicht … Genosse Huang …"

Dann fuhr ich mir mit der Hand zum Kopf.

„… der Absturz gestern … vielleicht …"

„Ja, eben!" höhnte Huang Ho-Feng. „Vielleicht hast du dir den Kopf doch ein wenig härter aufgeschlagen, als die Ärzte meinen, Genosse. Wie anders läßt es sich erklären, daß du unsere Verabredung versäumst? Der Kampf gegen die nationalistischen Rebellen duldet keinen Aufschub, keine Verzögerung, keine Verschnaufpause. Ich warte auf deinen Bericht, Genosse Wang!"

Er wandte sich um und stapfte davon, ein Mann, der einmal mehr gezeigt hatte, daß er der Herr war. Mir aber fiel ein Stein vom Herzen. Ich wußte zwar noch immer nicht, welcher Art die Verabredung war, die Wang Tse Liao mit Huang Ho-Feng getroffen hatte. Aber daß er einen Bericht über die Aktivität der nationalistischen Rebellen erwartete, das hatte er mir überdeutlich klargemacht.

„Es ist uns gelungen", versicherte ich mit Nachdruck, der der Wichtigkeit der Sache angemessen war, „das Oberhaupt der nationalistischen Rebellenvereinigung zu identifizieren."

Huang Ho-Feng hob den Kopf mit einem Ruck und konnte trotz seiner asiatischen Gelassenheit einen Ausdruck starker Überraschung nicht verbergen.

„Das ist mir völlig neu, Genosse Wang“, stieß er hervor. „Wann ist uns das gelungen?“

„Gestern, Genosse Huang“, antwortete ich. „Meine Fahrt nach Hsinchin diente diesem Zweck.“

„Hsinchin? Was wollen die Rebellen in Hsinchin?“

„Mein Gewährsmann sitzt in Hsinchin, Genosse Huang“, erklärte ich vorsichtig. „Es handelt sich um einen Amerikaner, dem die Regierung die Erlaubnis erteilt hat, sich dort als Vertreter eines westlichen Handelsunternehmens niederzulassen. Er reist viel. Bevor er nach Hsinchin kam, war er in den südöstlichen Grenzprovinzen der Sowjetunion tätig.“

Huang Ho-Fengs Überraschung dauerte an. Ohne Zweifel war sie mit Mißtrauen gemischt. Den amerikanischen Vertreter in Hsinchin gab es natürlich. Er war einer unserer Leute. Aber die Information bezüglich der Nationalisten war aus ganz anderer Quelle gekommen. Die Geheime-Wissenschaftliche-Abwehr hatte ihr eigenes Interesse an der Aktivität der mongolischen Rebellen im Grenzgebiet der Sowjetunion. An der Grenze zwischen Mongolei und den südöstlichen russischen Provinzen waren zahlreiche GWA-Spezialisten im Einsatz. Die Neuigkeit, die ich Huang Ho-Feng hier präsentierte, wäre dem Großasiatischen Geheimdienst sicherlich noch mehrere Wochen lang verborgen geblieben. Man hatte mir die Information mitgegeben, damit ich sie in einem kritischen Augenblick einsetzen konnte, um zum Beispiel die Aufmerksamkeit des Gegners von anderen Dingen abzulenken. Dieser Augenblick war gekommen: Ich mußte Huang Ho-Fengs Verdacht wegen der versäumten Verabredung zerstreuen.

„Man muß den Mann selbstverständlich hierherbringen und ihn ausführlich verhören“, äußerte sich Huang.

„Ich zweifle nicht an der Weisheit des Genossen Huang", antwortete ich, „aber in diesem Fall würde ich von einem Verhör absehen."

„Warum?"

„Erstens, weil der Mann uns auch freiwillig mitteilt, was er weiß. Und zweitens, weil er weiterhin oft auf Reisen geht und auf lange Sicht als zuverlässige Informationsquelle zu betrachten ist."

„Hm", machte Huang, „das muß ich mir durch den Kopf gehen lassen. Welches ist also das Oberhaupt der Rebellen?"

Ich machte eine höchst bedeutungsvolle Miene.

„Der Name wird dich überraschen, Genosse Huang! Es handelt sich um einen Mann, den wir alle gut kennen und der bislang über allen Verdacht weit erhaben zu sein schien: Khalkha Dayan."

„Unmöglich!" entfuhr es Huang Ho-Feng.

Ich überging diese Eruption schlechten Benehmens mit Stillschweigen. Je mehr Fehler Huang Ho-Feng sich in meiner Gegenwart leistete, desto bereitwilliger würde er sein, mir meine Vergeßlichkeit zu verzeihen. Ein Mann, der auf eine zwar überraschende, aber wohlfundierte Neuigkeit mit dem unreflektierten Ausruf „Unmöglich!" reagiert, verstößt gegen die Regel des gesitteten, beherrschten Verhaltens. Huang wußte das und nahm sich sofort zusammen.

„Ich nehme an", sagte er mühsam beherrscht, „daß ausreichendes Beweismaterial vorhanden ist, Genosse Wang? Khalkha Dayan spielt im kulturellen Leben unseres Staates eine derart bedeutende Rolle, daß wir es uns nicht leisten können, ihn grundlos zu verdächtigen."

„Das ist richtig, Genosse Huang", gab ich zu. „Khalkha Dayan arbeitet aktiv an der Erhaltung alten mongolischen Volksgutes und hat auf diesem Gebiet Unerreichbares geleistet. Gerade das aber hätte uns stutzig machen sollen. Man kümmert sich nicht um altes Volksgut, wenn man nicht auch eine seelische Beziehung dazu hat. Und eines der ältesten mongolischen Ideale ist die Unabhängigkeit von den südasiatischen Räumen."

Das stimmte ihn nachdenklich. Ich war auf dem besten Wege, meine Schlappe von vorhin wettzumachen. Um das Tempo nicht zu verlieren, fuhr ich ohne längere Pause fort:

„Beweismaterial, das für die Verhaftung von Khalkha Dayan und seinen Mitarbeitern ausreicht, liegt bereits vor. Mehr werden wir bei der Verhaftung selbst erbeuten."

Er sah mich plötzlich scharf an.

„Besteht die Möglichkeit, Genosse Wang, daß dein gestriges Unglück mit deiner Informationssuche in Zusammenhang stand?"

„Diese Möglichkeit besteht, Genosse Huang", antwortete ich bescheiden. „Ich habe veranlaßt, daß das Wrack des Hubschraubers genau untersucht wird. Wenn das Ergebnis vorliegt, werden wir wissen, ob die nationalistischen Rebellen dabei die Hände im Spiel hatten."

Der Mann war beeindruckt, das sah man ihm an. Zum erstenmal spielte ein Lächeln auf seinem Gesicht.

„Du bist ein pflichtbewußter, über dein Alter hinaus weiser Mensch, Genosse Wang. Ich bin sicher, du wirst es noch weit bringen."

Ich neigte leicht den Kopf.

„Jedem nach seiner Gebühr, aber keinem über das Wohl des Volkes", zitierte ich einen der Sprüche aus dem Buch der sozialistischen Weisheiten.

„Ich erwarte", fuhr Huang Ho-Feng fort, „daß du mir

das Beweismaterial sofort vorlegst." Damit hatte ich mich als entlassen zu betrachten. Ich stand auf. Aber Huang war noch nicht fertig. „Wie ich dich kenne, Genosse Wang, hast du alle Vorbereitungen getroffen, die Falle um die Rebellen zuschnappen zu lassen?"

Ich verneigte mich wiederum. Es waren zwar noch keine Vorbereitungen getroffen, aber sie würden sich in aller Eile durchführen lassen. Der großasiatische Geheimdienst ist eine äußerst straff geführte Organisation.

„Es ist so, wie du sagst, Genosse Huang", antwortete ich.

„Und was gedenkst du nun zu tun?"

Ich war jetzt nur darauf bedacht, den gelehrigen, stets gehorsamen Untergebenen zu spielen. Im Westen wäre ein Agent, der die Hintergründe eines Komplotts ausspioniert hat, erpicht darauf gewesen, auch die abschließende Aktion in eigener Verantwortung durchzuführen. Hier durfte ich einen solchen Ehrgeiz auf keinen Fall erkennen lassen.

„Ich hatte gedacht", antwortete ich, „auf die Rückkunft des Genossen Fo-Tieng zu warten und ihn um seine Entscheidung zu bitten!"

Ich brauchte nur einen Blick in Huang Ho-Fengs Gesicht zu tun, um zu wissen, daß ich soeben einen kapitalen Fehler begangen hatte. Das Lächeln war wie weggewischt. Auf der Stirn über dem monströsen Brillenrahmen hatte sich eine steile Falte gebildet.

„Du kannst gehen, Genosse Wang", sagte Huang Ho-Feng eisig.

Von meinem Schreibtisch aus versuchte ich in Huangs Bewußtsein einzudringen. Aber er hatte mir ein Schnippchen geschlagen: Er war verschwunden. Er befand sich nicht mehr in seinem Büro, und ich konnte seinen Gedankenstrom nicht aus dem Wust fremder Impulse, der von allen Seiten auf mich einströmte, aussortieren. In aller Eile packte ich die Unterlagen zusammen, die man in Washington angefertigt und mir mitgegeben hatte. Heute morgen, als ich ins Büro kam, hatte ich sie am Körper getragen. Ich schob sie in einen undurchsichtigen Behälter, den ich mit aller Sorgfalt versiegelte, und brachte sie an Huang Ho-Feng auf den Weg. Er würde darin alles finden, was er über Khalkha Dayan und seine Beteiligung an den nationalistischen Umtrieben der Mongolen wissen wollte. Unsere Aufgabe war es nun, dem Nationalistenführer eine Warnung zukommen zu lassen. Denn es lag uns, der GWA, nicht ernsthaft daran, die Mongolen auffliegen zu lassen, wo sie doch schon seit Jahren mit schöner Regelmäßigkeit dafür sorgten, daß es an der großasiatisch-russischen Grenze nicht zur Ruhe kam.

Ich suchte ein zweites Mal nach Huang Ho-Feng; aber er blieb vorläufig verschwunden. Dann nahm ich Verbindung mit Hannibal auf. „Wir waren ein wenig nachlässig", setzte ich ihm auseinander. „Wir hätten Wangs Bewußtseinsinhalt sorgfältiger durchsuchen sollen."

Ich berichtete über die versäumte Verabredung mit Huang Ho-Feng.

„Sieht in der Tat nach einer Nachlässigkeit aus", bekannte der Kleine. „Aber der Kerl ist so verdammt schwer abzuhorchen. Es ist beinahe, als hätte er einen Block im Gehirn."

„Vielleicht ein latenter Esper?" warnte ich.

„Mag sein. Auf jeden Fall muß ich es noch einmal versuchen."

„Die Sache ist eilig. Mir ist soeben ein zweiter Fehler

unterlaufen. Auch dieser hat etwas mit Fo-Tiengs Abwesenheit und Huangs Einsatz als sein Stellvertreter zu tun. Du mußt auf jeden Fall herausfinden, ob Wang wirklich keine Ahnung hat, wann Fo-Tieng zurückkehrt. Ich vermute stark, daß da der Hase im Pfeffer liegt."

„Wird gemacht, Großer", versprach Hannibal. „Ich melde mich, sobald ich etwas weiß. Sonst noch was?"

„Die Warnung an die mongolischen Nationalisten muß sofort abgehen. Ich habe die Information hergeben müssen."

Er gab einen telepathischen Ausruf des Erstaunens von sich, den man am passendsten mit „Ohoi!" übersetzen könnte.

„Da muß es ja ziemlich brenzlig hergegangen sein!"

„Ziemlich. Ich muß auf Huang scharf aufpassen. Schluß jetzt!"

Danach beschäftigte ich mich zwei Stunden lang mit Routinedingen und legte ab und zu eine Pause ein, um nach Huang Ho-Feng und sonstigen interessanten Dingen zu horchen. Ich erfuhr vieles, wofür man sich in Washington interessieren würde. Aber es gelang mir weder Huang Ho-Feng noch einmal aufzuspüren noch den leisesten Anhaltspunkt dafür zu finden, daß man in diesem Büro etwas über die Entführung der Torpentouf-Mädchen wußte. Inzwischen meldete sich Hannibal und berichtete, daß Wang Tse Liao in der Tat nichts darüber wußte, wann Fo-Tieng zurückzukehren gedachte. Er kannte auch seinen Aufenthaltsort nicht. Das verwirrte mich, denn ich hatte Huangs ärgerliche Reaktion auf meinen Vorschlag damit erklärt, daß jedermann wußte, daß Fo-Tieng erst in einigen Wochen zurückkehren würde und man mit dem Schlag gegen die mongolischen Nationalisten unmöglich so lange warten konnte.

„Ich suche weiter", versprach der Kleine. „Vielleicht finde ich noch etwas!"

Von da an saß ich wie auf heißen Kohlen. Ich konnte mir nicht vorstellen, wohin Huang Ho-Feng verschwunden war. War es möglich, daß er mich durchschaut hatte? War es denkbar, daß er von meinen telepathischen Fähigkeiten wußte und sich deshalb entfernt hatte? Zeitweise geriet ich in einen Zustand beginnender Panik. Es war während eines dieser Angstzustände, als ich plötzlich leise und zart Kinys Gedanken vernahm:

„Reling läßt dir ausrichten, du sollst deine Nerven etwas besser im Zaum halten!"

Verblüfft fragte ich zurück:

„Woher weiß Reling, wie es um meine Nerven bestellt ist?"

„Ich muß die ganze Zeit auf dich aufpassen und ihm über deinen Zustand berichten."

Vielleicht war das die Rettung.

„Du hast meine Unterhaltung mit Huang Ho-Feng mit angehört?"

„Ja."

„Wo steckt Huang? Er ist verschwunden!"

„Ich suche nach ihm. Aber ich kenne die Charakteristiken seiner mentalen Emission nicht. Außerdem soll ich auf dich aufpassen."

„Sag dem Alten, daß Huang zehnmal wichtiger ist als ich. Ich muß wissen, wo er sich versteckt hält!"

„Ich gebe mir Mühe."

Huang tauchte den ganzen Tag über nicht mehr auf. Kinys Suche war ergebnislos. Auch Hannibal hatte sich noch nicht wieder gemeldet. Um die übliche Zeit verließ ich das Büro, um mit demselben Bus, der mich heute morgen hergebracht hatte, wieder zu meiner Wohnung zurückzufahren. Ich stand im Aufzug, da traf mich plötzlich mit voller Wucht Hannibals telepathisches Warnsignal.

„Ich habe neue Informationen!" rief er mit einer mentalen Sendeleistung, die meine telepathischen Antennen fast taub werden ließ.

„Schrei nicht so!" wies ich ihn zurecht. „Worum geht es?"

„Um die Zusammenarbeit zwischen Huang Ho-Feng, Fo-Tieng und Wang. Wang intrigiert zusammen mit Huang Ho-Feng gegen den Boß, gegen Fo-Tieng. Huang will dessen Posten einnehmen, und Wang winkt für seine Unterstützung der Sessel des Stellvertreters."

Plötzlich hörte ich das Blut in den Adern sausen. Da also hatte ich meinen Fehler begangen! Ich hatte vorgeschlagen, auf Fo-Tiengs Rückkehr zu warten, obwohl ein schnelles, durchgreifendes Vorgehen gegen die nationalistischen Rebellen in meinem sowie in Huang Ho-Fengs unmittelbarem Interesse gelegen hätte. Natürlich war er mißtrauisch geworden. Er hatte wahrscheinlich den ganzen Tag damit verbracht zu recherchieren, wie meine plötzliche Sinneswandlung zu erklären sei.

„He, ich empfange nur Durcheinander!" meldete sich Hannibal. „Was ist los?"

„Ich denke", antwortete ich. „Ich schalte jetzt ab, aber du behältst mich weiter im Auge."

„Gefahr?"

„Unmittelbar", bestätigte ich. „Alpha-Alarm!"

10.

Ich trat aus der Aufzugskabine. Der Eingang zu meiner – oder vielmehr Wangs – Wohnung lag nur wenige Schritte entfernt. Ich öffnete die Tür und blieb im Vorraum einen Augenblick stehen. Ich öffnete den Mentalschirm und hielt Umschau. Meine Vermutung hatte mich nicht getäuscht: In meiner Wohnung befanden sich zwei Fremde. Sie waren gekommen, um mich … nein, nicht zu verhaften … es handelte sich nicht um die legitime Ergreifung eines Übeltäters, sondern …

Ich konnte nicht weiter horchen. Auch von draußen vom Gang her, kamen nun die Gedankenimpulse zweier Fremder. Man hatte mir den Rückweg versperrt. Sie hatten ihren Auftrag von Huang Ho-Feng. Ich sollte irgendwo hingebracht werden. Ich schloß den Schirm und kehrte in die Realwelt zurück. Ich war bewaffnet. Sollte ich mich zur Wehr setzen? Ein blitzschneller Entschluß: Ich würde mich nicht wehren. Huang Ho-Feng hatte Verdacht geschöpft, aber nicht den richtigen Verdacht. Die Aussichten, mich herauszureden, waren nicht schlecht.

Die Wohnzimmertür öffnete sich vor mir. Ich trat über die Schwelle und heuchelte Entsetzen, als ich die beiden Männer sah, die es sich in meiner Wohnung bequem gemacht hatten. Sie waren bewaffnet. Beide trugen eine langläufige Pistole, die sie sich quer über die Knie gelegt hatten, die rechte Hand nur wenige Fingerbreit davon entfernt.

„Was wollt ihr hier?" stieß ich hervor.

„Das wirst du erfahren, Genosse Wang", antwortete

einer der beiden, ergriff die Pistole und stand auf. „Aber nicht von uns."

„Wer … wer seid ihr?"

„Schutztruppe."

„Ich kenne keine Schutztruppe. Du hast dich auszuweisen!"

Er stand jetzt zwei Schritte vor mir. Der Lauf seiner Pistole zeigte mir auf den Leib.

„Ich werde mich ausweisen", sagte er mit gefährlich drohender Stimme. „Nämlich so …"

Ich hörte ein dumpfes Geräusch. Gleichzeitig spürte ich einen Stich in der Magengegend. Ich schrie auf, aber mitten im Schrei versagten die Muskeln mir den Dienst. Ich knickte zusammen, und noch bevor ich den Boden erreichte, war ich bewußtlos.

Das Erwachen erwies sich als eine überaus schwierige Prozedur. Es war, als sei mein Bewußtsein in einem Käfig gefangen, durch dessen Stäbe es die Welt der Wirklichkeit sehen konnte, ohne jedoch ins Freie zu gelangen. Ich hatte die Augen offen, aber die Bilder, die ich sah, ergaben keinen Sinn. Ich erblickte wallende, bunte Leuchtflecken, und ab und zu drangen Laute an mein Ohr, deren Bedeutung mir unklar blieb. Nur mein Erinnerungsvermögen war intakt. Ich wußte genau, daß man mir in meiner Wohnung aufgelauert hatte. Ich war widerrechtlich niedergeschossen worden. Wo ich mich jetzt befand, davon hatte ich keine Ahnung.

Plötzlich stahl sich ein fremder Gedanke in mein eingesperrtes Bewußtsein. Ich horchte auf. Das war Hannibals telepathische Stimme! „Großer … du brauchst mir nicht zu antworten. Ich glaube nicht, daß du es kannst. Ich habe ständig auf dich geachtet und weiß ziemlich genau, wohin sie dich gebracht haben. Man hat dich mit einem Giftpfeil betäubt, und vor wenigen Augenblicken hast du eine neue Injektion bekommen, vermute ich. Dein Bewußtsein ist ein schwacher, verwaschener Fleck, den ich nur mit Mühe ausmachen kann. Trotzdem hoffe ich, daß du mich verstehst. So, wie ich die Lage jetzt deute, bereiten sie dich auf eine hypnotische Behandlung vor. Die letzte Injektion soll deinen mentalen Widerstand brechen. Ich habe gute Nachrichten. Huang Ho-Feng befindet sich in deiner Nähe. Er hat dich im Verdacht ... ein Mittelsmann der Pekinger Regierung zu sein. Wie du weißt, gibt es Spannungen zwischen Regierung und Sicherheitsdienst des Großasiatischen Staatenbundes. Deine plötzliche Sinnesänderung Fo-Tieng gegenüber hat Huang auf den Gedanken gebracht, daß du von Peking beauftragt sein könntest."

Ich hatte schon lange keine so angenehmen Neuigkeiten mehr gehört. Ich stand unter Verdacht, und der Verdacht sollte durch ein hypnotisches Verhör entweder bestätigt oder entkräftigt werden. Nun, sollten sie ruhig anfangen! Ich war nicht hypnotisierbar und konnte ihnen erzählen, was mir in den Sinn kam. Es würde mir nicht schwerfallen, Huang Ho-Feng zu beweisen, daß ich mit der Regierung in Peking nichts zu tun hatte. Solange er mich nur nicht verdächtigte ein außerasiatischer Agent zu sein ...!

Die Anfangswirkung des Medikaments verebbte allmählich. Die bunten, tanzenden Farbkleckse fügten sich zu Bildern zusammen. Ich sah fremde Gesichter, die sich über mir bewegten. Ich ruhte auf einer Liege, in voller Kleidung. Das beruhigte mich, denn in verborgenen Behältnissen meiner Montur trug ich Mikrowaffen bei mir, die ich im Ernstfall einzusetzen gedachte. Ich war mehrfach angeschallt, aber ich hatte, wie ich mich überzeugte, die Kontrolle über meine Muskeln zurückgewonnen.

Da hörte ich jemand rufen:

„Die Behandlung ist vorbereitet. Bringt ihn hier herein!"

Das Gestell, auf dem ich ruhte, setzte sich in Bewegung. Ich sah die Decke über mich hinweggleiten. Ich passierte eine Türöffnung und gelangte in einen hellerleuchteten Raum. Irgendwo tickte ein Uhrwerk laut und unüberhörbar. Bunte Lichtreflexe spielten rhythmisch an der Decke. Ich befand mich in einem Hypnoselabor. Das Medikament im Verein mit dem Ticken und dem Lichtspiel hätte mich, wenn ich ein normaler Mensch gewesen wäre, in einen Zustand versetzt, in dem ich willenlos jede Frage wahrheitsgetreu beantwortet hätte.

Die Liege kam zur Ruhe.

„Wer bist du?" fragte eine ernste Stimme.

Ich konnte nicht sehen, wer zu mir sprach. Die Person befand sich hinter mir, also jenseits des Kopfendes. Ich kannte den Mann nicht und hatte auch keine Zeit, ihn telepathisch zu untersuchen. Wahrscheinlich handelte es sich um einen Arzt. Aber ich hörte ihn von Zeit zu Zeit mit einem anderen flüstern, und selbst am Wispern des anderen glaubte ich Huang Ho-Feng zu erkennen.

Ich beantwortete die Frage, indem ich Wang Tse Liaos Namen angab. Weitere Fragen bezogen sich auf meinen Geburtsort, mein Alter, meine Familie, meine Tätigkeit. Ich beantwortete alles so, wie der echte Wang geantwortet hätte. Bis jetzt war alles reine Tändelei – Scheingefechte, die dem Fragenden beweisen sollten, daß ich tatsächlich unter hypnotischem Bann stand. Ein halblautes Tuscheln hinter mir, dann, wie ein Blitz aus heiterem Himmel, die Frage:

„Welche betrachtest du selbst als deine bisher hervorragendste Leistung im Dienste des Volkes?"

Wang Tse Liao hatte im Verlauf seiner Dienstzeit mehrere hervorragende Leistungen vollbracht. Aber von größter Bedeutung war ohne Zweifel die Identifizierung der Anführer der mongolischen Nationalisten. Ich antwortete sinngemäß. Mit Huang Ho-Feng schien die Erregung durchzugehen, denn ich hörte ihn ziemlich deutlich sagen:

„Das ist richtig! Er spricht die Wahrheit!"

Die nächste Frage lautete:

„Wie heißt der Sonderbeauftragte des Zentralkomitees für Innere Sicherheit?"

„Sun Li-Ching", antwortete ich.

„Kennst du ihn gut?"

„Nein."

„Hast du dich jemals in engem Kreis mit ihm unterhalten?"

„Nein."

„Bist du mit irgendeinem seiner unmittelbaren Untergebenen näher bekannt?"

„Nein."

„Ist es wahr, daß du Sun Li-Ching niemals gesprochen hast? Daß du sein Bild nur aus Fernsehübertragungen von öffentlichen Sitzungen des Zentralkomitees kennst?"

„Ja."

Daraufhin herrschte ein paar Sekunden lang Schweigen. Dann meldete sich Huang Ho-Feng wieder zu Wort. Seine Stimme klang zugleich enttäuscht und ratlos, als er murmelte:

„Das kann ich nicht verstehen! Bist du sicher, daß er die Wahrheit spricht?"

„Es bleibt ihm keine andere Wahl", antwortete der andere. „Aber laß mich deine Frage umkehren: Bist du sicher, daß es gewichtige Verdachtsgründe gegen diesen Mann gibt?"

„Ich glaubte, sicher zu sein", sagte Huang Ho-Feng. „Als er plötzlich Fo-Tiengs Partei ergriff, gab es für mich keinen Zweifel mehr daran, daß er aus Peking kam."

„Nun, jetzt bist du eines Besseren belehrt. Ich rate dir, Genosse Huang, deine Meinungsverschiedenheiten mit diesem Mann im privaten Gespräch zu klären."

„Aber er wird sich an seine Entführung erinnern, nicht wahr?"

„Das läßt sich verhindern. Wenn ich mit ihm fertig bin, wird er glauben, die ganze Nacht in seinem Bett verbracht zu haben."

„Tu das, tu das!" forderte Huang Ho-Feng eifrig.

Sein Nebenmann – der Mann, den ich nicht kannte – begann mit eindringlicher Stimme auf mich einzusprechen. Ich stand unter Hypnose. Nach seiner Ansicht würde sich seine Erzählung meinem Bewußtsein als Pseudoerinnerung einprägen. Schläfrig hörte ich ihm zu, ohne daß seine Worte auch nur den geringsten Eindruck auf mich machten.

Aber plötzlich war ich hellwach. Ich hatte einen fremden Gedankenimpuls vernommen. Er kam von Kiny Edwards, die nach wie vor an Bord eines Plasma-Kreuzers hoch über der Japan-See kreuzte. Ihre Nachricht war kurz, aber sie besagte alles, worauf wir seit langen Tagen gewartet hatten.

„Torpentouf hat Kontakt!"

„Man wird dich jetzt losbinden", sagte der Unbekannte mit mahnender Stimme. „Man wird dich nach Hause bringen. Du schläfst bis morgen früh um die gewohnte Zeit und wirst dich danach an nichts anderes mehr erinnern als an das, was ich dir jetzt berichtet habe."

Danach schwieg er. Ich hörte Schritte von Leuten, die an meine Liege herantraten. Man schnallte mich los. Ich bekam Hilfestellung, so daß ich aufstehen konnte. Ohne sonderliche Mühe verlieh ich meinem Gesicht den Ausdruck des in Trance Versunkenen. Ich stand da, als warte ich auf einen Befehl.

Da entstand hinter mir plötzlich lebhafte Bewegung. Ich getraute mich nicht, mich umzuwenden, aber ich öffnete das telepathische Visier für den Bruchteil einer Sekunde und erkannte Chen-Yifan, den Arzt, Wang Tse Liaos Freund. Was hatte er hier zu suchen? Seine Gedanken waren in Aufruhr. Ich spürte die Gefahr, die von ihm ausging.

Huang Ho-Feng und sein Begleiter schienen ebenso überrascht über das Auftauchen des jungen Arztes wie ich.

„Was hast du hier zu suchen, Genosse Chen?" fragte Huang mit herrischer Stimme.

„Mir obliegt die Verantwortung für dieses Hospital, Genosse Huang", antwortete der Arzt scharf. „Ich muß alles verantworten, was hier geschieht."

„Ein Wort des Stellvertretenden Vorsitzenden der Staatssicherheitsorganisation wird dich für die vergangenen zwei Stunden dieser Verantwortung entbinden", erklärte Huang.

„Das kann ich nicht annehmen!"

„Und warum nicht?"

„Erstens handelt es sich um meinen Freund Wang Tse Liao, der auf widerrechtliche Weise hierhergebracht und untersucht wurde. Und zweitens habe ich während der

Untersuchung meine eigenen Beobachtungen angestellt, deren Ergebnisse äußerst besorgniserregend sind."

„Willst du dich nicht näher äußern, Genosse Chen?" erkundigte sich Huang.

„Die Liege, auf der der Patient geruht hat, ist mit besonderen Sensoren ausgestattet", erklärte Chen. „Sie ist ausschließlich für den Gebrauch im mentalphysikalischen Labor bestimmt und enthält Geräte, die die elektromagnetische Ausstrahlung des Gehirns des Patienten aufzeichnen."

„Na und?" fragte Huang Ho-Feng, der den Zusammenhang zwar immer noch nicht verstand, aber offenbar von Chens Erregung angesteckt wurde.

„Der Patient erlag niemals dem hypnotischen Bann", erklärte Chen mit schriller Stimme. „Die Emission seines Gehirns beweist, daß er die ganze Zeit über bei vollem Bewußtsein war und auf eure Fragen antwortete, was immer ihm beliebte. Ich behauptete, daß der Mann nicht Wang Tse Liao, sondern ein fremder Agent ist!"

Da gab es kein Zögern mehr. Wenn ich nicht von Kiny gehört hätte, daß inzwischen die Dinge auf Henderwon Island in Bewegung geraten waren, hätte ich womöglich weiter den Hypnotisierten gespielt und vielleicht auch noch Chen Yifan überzeugt. Aber jetzt ging es um Zeit. Das Prinzip der maximalen Unauffälligkeit mußte fallengelassen werden. Im Augenblick stand der Überraschungseffekt noch auf meiner Seite. Handelte ich nicht sofort, dann verlor ich auch diesen Vorteil.

Hinter mir hörte ich Huang Ho-Feng entgeistert ausrufen:

„Das ist Wahnsinn, Genosse Chen! Niemand kann sich bei uns einschleichen, ohne daß wir ..."

In einer der tiefen Taschen meiner Montur umfaßten

meine Finger die Kapsel einer Mikrobombe. Ich fuhr herum. Chen Yifan, der mich keine Sekunde aus dem Auge gelassen hatte, schrie entsetzt auf.

„Der Genosse Chen hat zum Teil recht", sagte ich rasch, „aber nur zum Teil!"

Dann schnipste ich die kleine Kapsel in die Ecke. Im gleichen Augenblick hechtete ich zur Tür. Sie war geöffnet, weil man mich ohnehin hatte gehen lassen wollen. Ich wandte mich scharf zur Seite, preßte mich unmittelbar neben der Türöffnung gegen die massive Wand.

Drinnen brach die Hölle los. Die Füllung der kaum mehr als erbsgroßen Mikrobomben bestand aus einer Weiterentwicklung des konventionellen Trinitrotoluol, Hypertrin genannt. Eine donnernde Explosion demolierte die Inneneinrichtung des Raumes, in dem ich mich soeben noch befunden hatte. Spitze Schreie gellten auf und verstummten sofort wieder. Trümmerstücke kamen durch die offene Tür geschossen und polterten und dröhnten den Gang entlang. Irgendwo begann eine Alarmsirene zu wimmern.

Qualm verhüllte die Szene. Ich öffnete den Mentalschirm für einen winzigen Sekundenbruchteil und nahm undeutlich die Gedanken der drei Männer wahr, die sich drinnen im Labor befunden hatten. Sie waren noch am Leben. Gott mochte ihnen gnädig sein und ihnen das Leben auch weiterhin erhalten!

Was meine Lage anging, so wußte ich nur, daß ich mich in dem Hospital befand, zu dessen Stab Chen Yifan gehörte. Ich hatte eine ungefähre Vorstellung, wo es im Vergleich zu den übrigen wichtigen Örtlichkeiten der Stadt Mutanchiang lag, das war alles. Vor mir erstreckte sich ein hellerleuchteter, leerer Gang. Im Hintergrund schien es eine Treppe zu geben. Ich raste darauf zu. Im Rennen lockerte ich die kleine Pistole, die ich bei mir trug. Sie verfeuerte Miniraks. Der Augenblick war gekommen, in dem ich sie beim geringsten Widerstand rücksichtslos zum Einsatz bringen mußte.

Die Treppe! Eine altmodische Art, um Höhendifferenzen zu überwinden ... aber immerhin. Ein Blick über das Geländer: Wenigstens vier Stockwerke bis zum Erdgeschoß. Ich hastete die Stufen hinunter. Hoffentlich war der Kleine jetzt auf Draht! Ich hatte keine Zeit für eine telepathische Botschaft an ihn. Er mußte von sich aus wissen, was er zu tun hatte.

Immer mehr Alarmsirenen fielen in das heulende Konzert ein. Auf der Höhe des zweiten Stockwerks öffnete sich eine Tür. Eine Horde Bewaffneter drängte sich mir entgegen. Ich feuerte zwei Schüsse dicht über sie hinweg. Die Minirak-Geschosse detonierten in der Wand. Krachende Explosionen erschütterten das Gebäude bis ins Fundament. Trümmerstücke wurden aus der Wand gerissen und stürzten auf die Köpfe der völlig verdatterten Angreifer. Schreiend flüchteten sie in den Gang zurück, aus dem sie gekommen waren. Bevor sie sich von ihrem Schrecken erholten, hatte ich das Erdgeschoß erreicht. Ein gläsernes Portal ... verschlossen! Bei Auslösung des Alarms war das Gebäude hermetisch abgeriegelt worden. Draußen mußte ich mit Wachtposten rechnen. Na, wenn schon! Ich mußte hinaus! Ein einziger Schuß zerfetzte den Ausgang und machte den Weg frei. Ich hechtete hindurch, prallte flach gegen weichen Boden und kam federnd wieder auf die Beine. Schreie gellten durch die Finsternis. Die Lichtzunge eines Scheinwerfers stach nach mir. Ich duckte mich blitzschnell unter ihr hinweg. Zu sehen hatten sie mich nicht bekommen, aber das Geräusch meiner Schritte mußten sie deutlich hören!

Schüsse peitschten. Ich hörte die Projektile klatschend durch die Büsche sausen, an denen ich entlanghastete. Der Scheinwerfer war noch immer in Betrieb. Ich schlug einen Haken und wich nach links aus. Dabei kam ich dem Gebäude wieder näher. Eine Idee schoß mir durch den Kopf! Sie wußten, an welcher Stelle ich das Hospital verlassen hatte, und würden alle Wege, die von dort in die Stadt führten, abriegeln. Sie würden ihre Leute auf dieser Seite des Gebäudes konzentrieren. Ich hatte nur dann eine Chance, wenn ich in das Gebäude zurückkehrte und mir einen anderen Ausweg suchte.

Der Gedanke war kaum gedacht, da begann ich zu handeln. Gleich darauf entdeckte ich eine Seitentür, die unmittelbar am Rand der Giebelwand ins Gebäudeinnere führte. Auch sie war verschlossen; aber das bedeutete keine ernsthafte Schwierigkeit. Ich schlug mich seitwärts in die Büsche. Zwei Mikrobomben flogen gleichzeitig davon – die eine in die Richtung, in der die Asiaten mich vermuteten, die andere vor die kleine Seitentür. Die beiden Explosionen erfolgten gleichzeitig. Nur wer sich in unmittelbarer Nähe befand und die beiden Blitze hatte aufzucken sehen, konnte sagen, daß hier zwei Bomben zur gleichen Zeit gezündet worden waren.

Durch die rauchenden Trümmer der Tür gelangte ich ins Innere. Das Heulen der Alarmsirenen war verstummt. Es war merkwürdig still in dem riesigen Gebäude. Ich hastete die Stufen einer kurzen Treppe hinauf und kam auf einen Gang. Er führte mitten durch das Hospital und endete auf der anderen Seite in einem Portal, wie ich es schon einmal hatte überwinden müssen. Niemand kam mir entgegen. Der Gegner mußte meine

Spur inzwischen verloren haben. Jenseits des Portals winkte die Sicherheit. Schade, daß ich nicht auch diesen letzten Schritt noch heimlich und ohne Aufsehen tun konnte.

Die Pistole bellte einmal. Krachend zerflog das Portal in Scherben. Ich stieg hinaus. Die Finsternis eines Parks umfing mich. Aus der Ferne hörte ich die erregten Stimmen der Verfolger. Ich schlug mich quer durch das Gestrüpp und erreichte eine ungesicherte Mauer. Ein Zug, und ich war oben. Zu meinen Füßen erstreckte sich eine mäßig beleuchtete, unbelebte Straße. Ich sprang hinab und hastete davon. Von einer Querstraße aus erblickte ich die Hauptverkehrsachse der Stadt. In der Helligkeit, in der Menschenmenge, die sich dort bewegte, lag meine Rettung.

Gemessenen Schrittes ging ich die Straße entlang. Jetzt hatte ich Zeit, den Kleinen zu rufen. Ich wollte den Mentalschirm gerade öffnen, da hörte ich ihn sagen:

„Nicht mehr nötig, Großer! Wir haben scharf aufgepaßt und sind ganz in deiner Nähe. Geh einfach weiter!"

11.

Hengtaohotzu – wunderbares, nichtssagendes Städtchen in den Bergen des Changkuangtsai, nie werde ich dich vergessen! Du warst mir Zuflucht nach dem aufregenden Sprung aus den Fängen des großasiatischen Geheimdienstes! Du warst eine Nacht und einen halben Tag lang mein Quartier – bis wir sicher waren, daß der Feind unsere Spur endgültig verloren hatte.

Kurz bevor ich die Hauptverkehrsachse erreichte, wurde ich von einem Turbowagen aufgenommen, der am Randstein entlang auf mich zuglitt. Hannibal selbst saß am Steuer. Ich brauchte ihm nicht zu berichten, was vorgefallen war: Er hatte mich in Gedanken verfolgt.

„Was weißt du von Henderwon Island?" fragte ich ihn, nachdem er auf die Hauptverkehrsstraße eingelenkt war und Westkurs eingeschlagen hatte.

„Vermutlich ebensoviel wie du", antwortete er. „Torpentouf hat Kontakt."

„Mehr rückt Kiny nicht heraus?"

„Nein – und seitdem sie dich einigermaßen in Sicherheit weiß, ist sie nicht mehr erreichbar. Sie ist unter dem Horizont verschwunden, auf dem Weg nach Cartagena Bay."

Cartagena Bay war eine Codebezeichnung für einen winzigen U-Boot-Stützpunkt unter einem Atoll etwa dreihundert Seemeilen von Henderwon Island entfernt.

„Ich nehme an, das ist unser Treffpunkt?" erkundigte ich mich.

„Richtig. Wir haben uns auf dem schnellsten Weg dorthin zu begeben."

„Die Meldung an Khalkha Dayan ist abgegangen?"

„Ohne Verzögerung. Wenn der Geheimdienst zuschnappt, wird er nichts finden außer dem Beweis, daß da vor kurzem noch etwas war."

Hannibal und seine Gruppe hatten sich in Hengtaohotzu in einer Herberge eingemietet, die ihre Daseinsberechtigung aus dem Umstand herleitete, daß die Berge der Umgebung ein beliebtes Touristenziel waren. Als auf asiatisch getrimmte Touristen hatten sich auch der Kleine und seine Leute ausgegeben. Wang Tse Liao war in einem überdimensionalen Koffer in eines der Quartiere gebracht worden und hatte sich bislang friedfertig verhalten. Ich suchte ihn sofort auf, nachdem ich noch in

Hannibals Wagen die Maske gewechselt und mich auf diese Weise unkenntlich gemacht hatte.

Wang erkannte mich zunächst nicht.

„Meine Aufgabe ist abgeschlossen", erklärte ich. „Leider ließ sich nicht alles so geräuschlos abwickeln, wie ich es beabsichtigte."

Ich schilderte ihm die Vorgänge, soweit er sie zu wissen brauchte und soweit sie ihm keine Kenntnisse vermittelten, die für uns von Bedeutung waren. Zum Beispiel erfuhr er kein Wort davon, daß ich nicht hypnotisierbar war, und auch unsere Vorabwarnung an Khalkha Dayans Adresse blieb ihm verborgen.

„Sie sehen", schloß ich, „welchen Problemen sich der echte Wang Tse Liao gegenübersehen wird, wenn er einfach an seinen Arbeitsplatz zurückkehrt."

Ein feines Lächeln spielte über die Züge des Mongolen.

„Ich danke für Ihre Aufrichtigkeit, Fremder. So schwierig, wie Sie die Lage sehen, ist sie für mich nicht. Freilich werde ich nicht nach Mutanchiang zurückkehren, sondern … nach Peking."

Ich sah ihn fragend an.

„Sie sehen … Huang Ho-Feng hat mit seinem Verdacht nicht allzu unrecht gehabt. Ich bin tatsächlich ein Beobachter, den die Regierung der Großasiatischen Union nach Mutanchiang entsandt hat, um den Rivalitäten zwischen Fo-Tieng und Huang Ho-Feng auf die Spur zu kommen."

Er schwieg, und ich hatte Besseres zu tun, als weiter in ihn zu dringen. Er wußte nichts von der Torpentouf-Affäre … und an anderen Dingen war ich von jetzt an nicht mehr interessiert. Ich konnte jedoch sehen, daß seine Stellung als Beobachter der Regierung ihn vor allen

Weiterungen des Zwischenfalls in Mutanchiang schützte. Wir blieben bis zum nächsten Morgen in Hengtaohotzu. In den Morgennachrichten wurden die aufregenden Ereignisse in der Provinzhauptstadt nur mit einer kurzen, nichtssagenden Meldung erwähnt. Im Militärhospital habe, so hieß es, aus ungeklärten Gründen eine Explosion stattgefunden. Man vermute ausströmendes Gas aus einem Druckbehälter; aber sicher sei man seiner Sache nicht. Bei dem Unglück seien drei Menschen leicht verletzt worden.

Das beruhigte mich. Leichen hatte ich also keine hinterlassen. Kurz vor unserem Aufbruch setzten wir eine Codemeldung an unseren Mann in Hsinchin ab. Für ihn war es am besten, wenn er sich so rasch wie möglich aus dem Staub machte. Denn der ehrgeizige Huang Ho-Feng würde es sicher nicht unterlassen, sich an die Quelle meiner Informationen bezüglich des Nationalistenlagers zu wenden. Ebenfalls noch vor unserem Aufbruch fuhren Hannibal und ich mit dem Turbo, in dessen Gepäckraum wir einen überdimensionalen Koffer geladen hatten, nach Norden in die Berge. An einer unbelebten Stelle der Straße hielten wir an und schleppten den Koffer den bewaldeten Hang hinauf bis in eine kleine Höhle. Wir öffneten das Behältnis und ließen Wang Tse Liao aussteigen. Er leistete keinen Widerstand, als er von Hannibal eine Injektion bekam, die ihn für acht Stunden an Ort und Stelle bannen würde. Danach war er frei zu gehen, wohin ihm beliebte.

Wir kehrten in die Herberge zurück und gebärdeten uns, als sei der Riesenkoffer noch genauso schwer wie zuvor. Eine halbe Stunde später bestiegen wir den Magnetkissenzug nach Haerhpin. Schon gestern abend hatte Hannibal für uns alle einen Flug nach Manila gebucht.

Von dort aus war für unseren Weitertransport bereits gesorgt.

Ohne sonderliches Bedauern sagten wir dem Reich der Mitte ade und befanden uns knapp anderthalb Stunden später schon außerhalb des großasiatischen Hoheitsbereiches.

Auf Fatu Hiva hatten wir Hannibals Mannen zurückgelassen. Von dort ging es per VTOL direkt nach Cartagena Bay. Am Morgen waren wir in Haerhpin gestartet, am Mittag in Manila gelandet. Auf Fatu Hiva waren wir, nach Ortszeit gerechnet, um zwanzig Uhr eingetroffen. Jetzt ging es wieder nach Westen, und bei der unheimlichen Geschwindigkeit, die die Maschine entwickelte, wurde es immer früher.

Bei Sonnenuntergang sahen wir das kleine, unscheinbare Atoll aus dem tiefen Blau des Pazifik auftauchen. Unser Pilot schoß darüber hinweg, als hätte er es nicht gesehen. Wir waren zu früh. Er flog eine weite Schleife und kehrte aus dem Westen, die Sonne im Rücken, wieder zurück. Als der glühendrote Ball des Tagesgestirns unter der Kimme verschwand, setzten wir zur Landung an.

Cartagena Bay hat dem erlebnishungrigen Touristen nichts zu bieten: Ein flaches Stück Land mit ein paar Dutzend Kokospalmen, hufeisenförmig um eine lichtblaue Lagune gebogen, zwei Handbreit weißer Sand über koralligem Felsen, das war alles. Einzige Geräusche: der Wind in den Fächern der Palmen und die ewig rollende Brandung. Der VTOL ließ uns aussteigen, dann hob er sofort wieder ab. Auf dem Heck stehend, stäubte er mit seinem Triebwerk Tonnen von Sand auf und schoß, wie von der Sehne geschnellt, mit rasch zunehmender Geschwindigkeit in die Höhe. Zehn Sekunden später war er unseren Blicken entschwunden, und nach noch ein paar Sekunden hörten wir an einem matten Knall, daß er die Schallmauer durchbrochen hatte.

Hannibal schlug zielsicher die Richtung zu einem Stück Korallenfelsen ein. Er wuchtete den Felsklotz mit der Schulter beiseite, und ein schmaler Einstieg, der senkrecht in die Tiefe führte, kam zum Vorschein. Wir stiegen hinab. Irgendeine Vorrichtung sorgte dafür, daß über uns der Felsen selbsttätig wieder in seine ursprüngliche Lage zurückkehrte.

Der Abstieg währte lange. Nach meiner Schätzung befanden wir uns wenigstens zweihundert Meter unter dem Meeresspiegel, als unser Schacht endlich durch die Decke einer hell erleuchteten Halle brach, deren Boden in der Hauptsache von einem kreisrunden Bassin gebildet wurde, das knapp einhundertfünfzig Meter Durchmesser besaß. Das Wasser war kristallklar und ruhig. Unmittelbar am Ufer, das aus einem breiten Felssteg bestand, lag ein Tauchboot. Die Laufbrücke war ausgefahren. Ich spürte plötzlich einen starken telepathischen Impuls.

„Willkommen, ihr beide! Wir haben sehnsüchtig auf euch gewartet!“ Es war Kiny Edwards. Augenblicke später standen wir ihr gegenüber – ihr und Arnold G. Reling, der uns nicht viel Gelegenheit gab, uns mit Kiny zu befassen.

„Das wäre doch fast noch zum Fiasko geworden, wie?“ begrüßte mich der Alte.

„Die Schuld trifft mich nicht, Sir“, konterte ich. „Die Vorbereitungen waren ungenügend. Wenn ich wüßte, wer für die Vorbereitungen verantwortlich ist, dann würde ich ihm ganz schön …“

„Na, lassen wir das!" fiel mir Reling ins Wort. „Auf Henderwon Island tut sich was. Sie sind dem gelben Drachen mit heiler Haut entkommen, das ist das Wichtigste."

Ich hätte ihn gern noch ein wenig länger gestichelt; aber die Torpentouf-Sache ging wirklich über meine privaten Anliegen.

„Wie haben Sie über die neue Entwicklung erfahren, Sir?" erkundigte ich mich.

„Sie hatten mit Torpentouf vereinbart, daß er sich an eine bestimmte Adresse in Washington wenden soll, wenn sich etwas Neues ergibt, nicht wahr?"

„Eine meiner Deckadressen, stimmt", nickte ich.

„Nun, das hat er getan. Er hat Sie wissen lassen, daß er einen zweiten Brief erhalten hat, in dem ihm einige Anweisungen erteilt wurden. Der unbekannte Absender hat auch diesmal wieder durch eine ungewöhnliche Beigabe Aufsehen erregt."

Der Alte sagte es grimmig, ein Zeichen dafür, daß ihn die Sache wirklich aus dem Gleichgewicht geworfen hatte.

„Um was handelt es sich, Sir?" fragte ich vorsichtig.

Er explodierte förmlich.

„Eine GWA-Erkennungsmarke", entfuhr es ihm. „Echt! Aus Lunarium, dem unnachahmbaren Metall, das nur auf dem Mond gefunden wird und dessen gesamte Vorräte sich in unserem Besitz befinden!"

Ich konnte seine Erregung verstehen. Der Gegner, mit dem wir es da zu tun hatten, war wirklich gefährlich.

„Die Marke muß auf irgendeine Person ausgestellt gewesen sein, nehme ich an", sagte ich so ruhig, wie ich es eben fertigbrachte.

Da grinste er plötzlich übers ganze Gesicht. Es war ein unfreundliches bitteres Grinsen.

„Natürlich!" antwortete er. „Und raten Sie, auf wen!"

„Ich rate nicht, Sir", gab ich ihm zu verstehen. „Ich bin auf solche Dinge nicht angewiesen."

Er schluckte einmal, dann stieß er heiser hervor:

„Die Marke lautete auf die Codebezeichnung HC-9. Und darunter stand: Chef Telepathencorps."

Später, als die Erregung sich gelegt hatte und das Boot längst unterwegs war, erfuhr ich, welches der zweite Umstand war, durch den Torpentouf zu erkennen gegeben hatte, daß sein Fall von neuem in Bewegung gekommen war: Er hatte um Sonderurlaub gebeten. Für Reling allerdings war diese Bitte nicht unerwartet gekommen. Denn in dem Brief des Unbekannten, von dem Torpentouf mir eine Kopie nach Washington geschickt hatte, hieß es unter anderem:

NEHMEN SIE SONDERURLAUB AUF UNBEGRENZTE DAUER. ERFINDEN SIE DAFÜR PLAUSIBLEN GRUND, DAMIT NIEMAND ARGWOHN SCHÖPFT. BLEIBEN SIE AUF HENDERWON ISLAND UND WARTEN SIE, BIS MAN VERBINDUNG MIT IHNEN AUFNIMMT.

Torpentoufs Ersuchen war selbstverständlich genehmigt worden. Der Mann, der meine Deckadresse bewachte, hatte Mike eine Nachricht zukommen lassen, wonach Hannibal und ich in Kürze wieder auf Henderwon Island eintreffen würden. Er hatte die Nachricht mit meiner Markierung versehen, die ihm von Reling zur Verfügung gestellt worden war. Mike Torpentouf mußte noch immer glauben, die Sache mit der Entführung der Drillinge sei gänzlich unter uns geblieben.

Während der knapp dreistündigen Fahrt konferierten Hannibal und ich ständig mit Reling. Kiny hielt sich abseits. Sie saß im Bug des Fahrzeugs in einem verdunkelten Raum und hielt ihre telepathischen Fühler ausgestreckt: Es war möglich, daß der Feind sich schon in der Nähe befand.

„Wir haben uns auf Henderwon unauffällig umgesehen", erklärte Reling. „Ganz besonders interessierte uns, auf welche Weise die Kinder in die Hände der Entführer gefallen und von ihnen abtransportiert worden sind."

Er hatte einen Projektor aufgestellt und warf ein Bild an die Wand. Es zeigte eine Stelle des Weges, den die Kinder jeden Morgen gegangen waren, um zur Bushaltestelle zu gelangen.

„Unsere Untersuchungen wurden bei Nacht und Nebel durchgeführt", erläuterte der Alte weiter, „damit ja niemand Verdacht schöpfte. Natürlich war es, als wir anfingen, schon ziemlich spät. Aber wir entdeckten ein paar interessante Dinge."

Ein zweites Bild erschien. Es zeigte eine Stelle des Strandes, kaum zwanzig Meter vom Rand des Weges entfernt.

„Wir fanden deutliche Hinweise, daß sich an diesem Ort zwei Leute den größten Teil der betreffenden Nacht über aufgehalten haben müssen. Nach unserer Schätzung sind sie etwa gegen zwei Uhr morgens an Land gestiegen und haben gewartet, bis die Kinder sich auf den Weg zum Omnibus machten."

Das dritte Bild bedeutete einen Kameraschwenk. Es zeigte einen Bungalow, der nur wenige Schritte von der Stelle entfernt stand, die wir soeben gesehen hatten.

„Das ist ein bewohntes Haus. Eine Familie mit drei Kindern lebt dort", sagte Reling mit bemerkenswertem Eifer. „Wissen Sie, was das zu bedeuten hat?"

In diesem Augenblick stellte Hannibal eine merkwürdige Frage.

„Drei Kinder, Sir! Kein Hund?"

Reling schien die Frage als völlig normal zu empfinden.

„Nein, leider nicht. Kein Hund."

Ich sah von einem zum andern.

„Möchte vielleicht einer von beiden so gütig sein, mich aufzuklären, wie ich die Sache verstehen soll?"

Hannibals Lächeln war nahezu mitleidig.

„Natürlich, Großer. Ich vergaß ganz, daß man dich in jüngster Zeit ziemlich hart hergenommen hat. Es denkt sich nicht mehr so rasch, wie?"

„Stellen Sie sich vor!" ergänzte Reling: „Zwei Freunde sitzen am Strand, von zwei bis ungefähr neun Uhr morgens. Um sechs Uhr geht in diesen Breiten die Sonne auf. Warum, glauben Sie, hat sie von diesem Haus, dem Bungalow mit den drei Kindern aus, niemand bemerkt?"

Da endlich ging mir ein Licht auf! Bei unserer Bestandsaufnahme des Erbes, das die alten Marsianer uns hinterlassen hatten, waren wir auch auf Geräte gestoßen, deren Funktion es war, eine Zone der Lichtablenkung zu schaffen. Das mag sich theoretisch anhören. Praktisch wirkte es sich so aus: Derjenige, der ein solches Gerät trug und es aktivierte, wurde für menschliche Augen unsichtbar. Das Gerät erzeugte ein künstliches Energiefeld, dessen Feldlinien die Oberfläche eines Ellipsoids beschrieben. Einfallendes Licht wurde gezwungen, dem Verlauf der Feldhülle zu folgen. Es wurde um den im Innern des Feldes befindlichen Körper sozusagen herumgelenkt, und der Körper wurde dadurch unsichtbar. An den Geräten gab es Feineinstellungen, die es ermöglichten, Umfang und Höhe des Energiefeldes genau zu regulieren, so daß nicht etwa ein Stück des Bodens, auf dem der Unsichtbare schritt, ebenfalls dem Blick des Beobachters entzogen wurde.

Solche Geräte mußten die beiden Männer getragen haben, die den Torpentouf-Mädchen auf dem Weg zum Kindergarten aufgelauert hatten. Anders war es nicht zu erklären, daß die Attentäter nicht gesehen worden waren. Für uns hatte diese Erkenntnis zusätzliche Bedeutung. Einer der irdischen Machtblöcke hatte sich nicht an die Abmachung gehalten, wonach die ungeheuren technischen Schätze des alten Marsstützpunktes unter dem Südpazifik zwar im Endeffekt der gesamten Menschheit zugute kommen, für den Augenblick jedoch von den Organen der Geheimen-Wissenschaftlichen-Abwehr verwaltet werden sollten. Die politische Lage auf der Erde war noch lange nicht so, wie man sie sich für den Zeitpunkt wünschen mußte, in dem die irdische Technologie das Erbe der Marsianer antrat. Es gehörte mit zu Relings hervorragendsten Erfolgen, daß er den Mächtigen dieser Erde klargemacht hatte, daß allein die Geheime-Wissenschaftliche-Abwehr, obwohl sie von Hause aus eine amerikanische Institution war, genügend Unparteilichkeit besaß, um als Verwalter der Mars-Hinterlassenschaft zu fungieren. Die Erde hatte damit schweigend die Führungsrolle der GWA im Konzert der internationalen Sicherheitsdienste akzeptiert. Anscheinend zu schweigend, wie sich jetzt erwies. Der Unbekannte war in die unterseeischen Räume eingedrungen und hatte sich geholt, was er brauchte: Tarnkappen-Feldweichen-Geräte, wie ich die Maschinen getauft hatte.

„Wen halten Sie eigentlich für den Übeltäter, Sir?" fragte ich Reling.

Überraschenderweise zögerte der Alte keine Sekunde mit der Antwort.

„Primo Zeglio war die ganze Zeit in Rom. Groskij ununterbrochen entweder in Moskau oder in Irkutsk. Die Australier kommen wohl kaum in Frage. Auf wen also sollte man tippen?"

„Die Großasiaten. Das war auch meine Meinung ..."

„Vorsicht!" mahnte Reling. „Ich tippe auf Fo-Tieng. Ob seine Interessen mit denen des Großasiatischen Staatenbundes identisch sind, steht bislang noch nicht fest."

Ich erinnerte mich an die Formulierung des ersten Briefes, den Mike Torpentouf erhalten hatte, und gab ihm im stillen recht.

„Aber wenn das wirklich so ist", überlegte ich, „wäre es dann für uns nicht einfacher, Peking in die Angelegenheit mit hereinzuziehen, unsere Karten auf den Tisch zu legen und zu fordern, daß Fo-Tieng unschädlich gemacht wird?"

Reling grinste. Es war mehr ein Zähneblecken, als ein Ausdruck der Heiterkeit.

„Sie gehen von der utopischen Annahme aus, daß unter den Völkern der Erde immer noch dieselbe Harmonie herrsche wie zur Zeit der drohenden Hypno-Invasion. Daß das nicht stimmt, müßte Ihnen eigentlich in der Zwischenzeit aufgegangen sein. Ich sage Ihnen: Wenn ich mich mit den Verdachtsmomenten, die ich jetzt besitze, nach Peking begäbe und von den Leuten dort verlangte, sie sollten Fo-Tieng an die Kandare nehmen, würde ich aus dem großasiatischen Staatspalast hinausgelacht werden!"

Die Diskussion hätte sich wahrscheinlich noch eine Weile hingezogen. Aber in diesem Augenblick erwachte ein kleiner Lautsprecher zum Leben. Eine unpersönliche Stimme sagte:

„Wir sind soeben in die Fünf-Meilen-Zone von Henderwon eingefahren."

Reling erhob sich ächzend, als bereite ihm die Bewegung Schmerzen.

„Wir haben zu lange geredet. Kommen Sie, ich zeige Ihnen, wie für Sie der Einsatz weitergeht."

Er öffnete das Schott. In dem Augenblick, in dem er hindurchtrat, empfing ich einen scharfen Mentalimpuls von Kiny. Ich blieb stehen.

„Was ist, Mädchen?"

„Ich empfange fremde Gedanken. Sie kommen von der See herein. Sie beschäftigen sich mit einem Mann, den sie abholen sollen. Ich kann General Torpentoufs Bild undeutlich erkennen."

„Das sind sie, Kleines!" antwortete ich grimmig. „Paß gut auf sie auf, damit wir wissen, wohin sie sich bewegen!"

12.

Das Ding hatte einen zigarrenförmigen Leib, war nur acht Meter lang und hatte an der dicksten Stelle einen Durchmesser von knapp drei Metern.

„So klein und schon ein U-Boot!" staune Hannibal beim Anblick des Minifahrzeugs.

Wir befanden uns unmittelbar über dem Kielraum des Fahrzeugs, mit dem Reling uns von Cartagena Bay abgeholt hatte. Das Mini-U-Boot hing in stählernen Halterungen. Für die Ausfahrt konnte der Bootshangar geflutet werden.

„Das ist das fortschrittlichste Tiefwasserfahrzeug, das der GWA zur Verfügung steht!“ erklärte General Reling mit Nachdruck. „Geeignet für Seetiefen bis zu zehntausend Metern. Sie werden sich über die Ausrüstung an Bord informieren können. Den Umgang mit Tauchbooten beherrschen Sie ja. Ich möchte, daß Sie so bald wie möglich an Bord gehen …“

Er sah uns auffordernd an.

„Verstehe schon“, maulte Hannibal. „Sie können's kaum erwarten, daß wir in dieser Sardinenbüchse hops gehen.“

„Wenn ich Sie so anschaue, Major“, antwortete Reling bissig, „dann überlege ich mir, ob das nicht wirklich mein geheimer Wunsch ist.“

Um allen Weiterungen dieser Unterhaltung zu entgehen, ergriff Hannibal das Tau, das aus dem offenen Luk der Mannschleuse hing, und schwang sich daran hinauf. Ich wollte ihm folgen; aber Reling hielt mich zurück, indem er mir die Hand auf die Schulter legte.

„Sie gehen einen schweren Gang“, sagte er ernst. „Wir haben das Boot so ausgestattet, wie noch nie zuvor ein GWA-Fahrzeug ausgestattet wurde. Sie finden darin alles, was ein Mensch zu seinem Schutz brauchen kann. Machen Sie Ihre Sache gut, und gehen Sie mit Gott!“

Er reichte mir die Hand. Es war selten, daß ich ihn so bewegt gesehen hatte.

Ich kletterte hinter Hannibal her und schloß das Luk. Der winzige Kontrollraum, in dem außer den Dutzenden von Geräten kaum noch die zwei Sessel Platz fanden, in denen wir wahrscheinlich den größten Teil der Zeit verbringen würden, lag bugwärts. Ein Bildgerät übertrug eine Ansicht des Hangarraumes. Reling hatte sich bereits entfernt. Ein Dröhnen erfaßte plötzlich den metallenen Körper des Mini-U-Boots. Ein Lautsprecher erwachte zum Leben und verkündete:

„Bootshangar wird geflutet. Übernehmen Sie in Eigensteuerung, sobald das grüne Signal aufleuchtet."

„Das machst du!" sagte ich zu Hannibal.

Er nickte. Ich lehnte mich in den Sessel zurück und nahm Kontakt mit Kiny auf.

„Wie steht's, Kleines?" erkundigte ich mich.

„Sie kommen näher", antwortete das Mädchen. „Ich entnehme ihren Gedanken, daß sie Anker werfen wollen."

„Wer sind sie?" drängte ich. „Kannst du Fo-Tieng erkennen?"

„Nein. Er ist nicht an Bord. Ich sehe in ihren unteren Bewußtseinsschichten Bilder, die an China erinnern. Ich bin fast sicher, daß es sich um Großasiaten handelt."

„Hast du eine Peilung?"

„Eine ziemlich genaue. Sie nähern sich der Insel von Westen her und gleiten eben in die Bucht, die im Norden vom Wohngebiet, im Süden von den Arbeitsstätten der Security Administration begrenzt wird."

„Das genügt, Kleines", dankte ich ihr. „Von hier an übernehmen wir die Sache!"

„Paßt nur auf euch auf!" warnte sie, dann wurde die Verbindung unterbrochen.

Während Hannibal das Boot in geringer Höhe über dem Meeresgrund um die Insel bugsierte, rief ich Mike Torpentouf an. Er war zu Hause, wie man ihm aufgetragen hatte, und mein Anruf bedeutete einen kleinen Schock für ihn.

„Thor ... Sie?" rief er. „Wie können Sie ..."

„Regen Sie sich nicht auf, Mike", redete ich ihm zu.

„Ich rufe über RADA, das kann niemand abhören. Ich wollte Sie wissen lassen, daß Hannibal und ich in der Nähe sind. Man steht im Begriff, Sie abzuholen. Machen Sie sich keine unnötigen Sorgen. Folgen Sie den Anweisungen der Leute genau. Wir lassen Sie nicht im Stich."

„Ja, aber ...", wollte er protestieren.

„Ende!" sagte ich und schaltete ab.

Hannibal sah mich an.

„Er war wohl ziemlich verdattert, wie?"

„Kannst du es ihm übelnehmen?"

Er schüttelte den Kopf. Inzwischen näherte sich das Boot der Bucht, in der der Feind vor Anker gegangen war. Anscheinend verfügte er ebenso wie wir über marsianischen Ortungsschutz, sonst wäre es oben auf der Insel schon längst lebendig geworden. Ich nahm von neuem Verbindung mit Kiny auf, um mich zu vergewissern. Reling befand sich in ihrer Nähe. Er bestätigte, daß die Orterstationen auf Henderwon Island das feindliche Boot bislang noch nicht erfaßt hatten.

Hannibals Blick war auf mich gerichtet, als ich den Mentalblock schloß und die Augen wieder öffnete.

„Hör zu", sagte er. „Wir einigen uns am besten auf eine vernünftige Arbeitsteilung. Du horchst, ich steuere. Einverstanden?"

Ich hatte nichts dagegen einzuwenden. Es war höchste Zeit, daß ich mich selbst um die fremden Eindringlinge kümmerte. Ich kippte meinen Sessel extrem nach hinten. Dadurch kam ich fast flach zu liegen. In dieser bequemen Position aktivierte ich den telepathischen Sektor meines Bewußtseins und fing an, nach dem Feind zu spüren.

Das gegnerische Fahrzeug war inzwischen zur Ruhe gekommen, das erkannte ich an dem aufgeregten Gemützustand seiner Besatzung. Ich zählte insgesamt über vierzig verschiedene Gedankensphären. Es handelte sich um ein großes, komfortables Fahrzeug. Noch vor siebzig Jahren hätte man es als einen U-Kreuzer bezeichnet. Die Mannschaft hatte Achtung vor ihrem Boot, und dennoch fürchtete sie, allzulange in feindlichem Gelände vor Anker zu liegen.

Über Henderwon Island war es finster. Ich las in den Gedanken der Fremden, daß sie darüber glücklich waren, daß in der Nacht kein zufälliger Blick ihr Fahrzeug auf dem seichten Boden der Bucht ausmachen konnte. Zwei Männer hatten das Boot verlassen. Ihretwillen empfand man keine Furcht: Sie trugen Tarnkappen-Maschinen. Niemand konnte sie sehen.

Ich schaltete auf Mike Torpentouf. Er war noch immer in seinem Bungalow – allein, seitdem er seine Frau nach Hause geschickt hatte, um sie in Sicherheit zu wissen. Er war aufgeregt. Man hatte ihn angerufen. Er wußte, daß er sich bereithalten mußte. Ich spürte einen leichten Schock, als der Summer an der Eingangstür ertönte, und dann eine dreifach stärkere Erschütterung, als jemand zu Torpentouf zu sprechen begann, ohne daß er jemand sehen konnte.

Er begriff schnell und beruhigte sich. Man hatte auch für ihn ein Tarnkappen-Gerät mitgebracht. Er mußte es umschnallen und aktivieren. Es wurde ihm nicht erlaubt, ins Haus zurückzukehren: Er mußte auf der Stelle mitkommen. Ich bemerkte Verwirrung und Angst in seinem Bewußtsein. Es war nicht jedermanns Sache, sich einem unbekannten, unsichtbaren Gegner auf Gedeih und Verderb auszuliefern.

Inzwischen hatte ich Kinys Beobachtung bestätigen

können: Bei den Fremden handelte es sich ohne Zweifel um Asiaten. Die Regungen auf dem tieferen Ebenen ihres Bewußtseins hatten mit asiatischen Landschaften und mit Personen zu tun, die uns aus Kreisen des großasiatischen Abwehrdienstes bekannt waren. Also war Fo-Tieng der Übeltäter – wie Reling und ich vor kaum zwei Stunden besprochen hatten. Die Frage war nur: Wo hielt sich Fo-Tieng in diesem Augenblick auf? Warum war er nicht hier, um an seinem eigenen Unternehmen teilzuhaben?

Ich drang tiefer in das Bewußtsein der Asiaten vor. Ich untersuchte jedes Detail, das mir wichtig erschien, und versuchte zu ergründen, was sie von Mike Torpentouf wußten. Es war nicht viel. Sie kannten seinen Rang, seine Funktion ... aber sie hatten keine Ahnung, warum er heute von Henderwon Island abgeholt wurde. Sie hatten einen Befehl erhalten und befolgten ihn, das war alles. Einige wenige aus der Gruppe wußten, daß man etliche Tage zuvor Torpentoufs drei Töchter gekidnappt und in ein sicheres Versteck gebracht hatte – dasselbe Versteck übrigens, in das auch Torpentouf gebracht werden sollte. Aber sie hatten keine Kenntnis von der Absicht, die dahintersteckte. Ich entnahm ihren Gedanken allerdings, daß sie überzeugt waren, Fo-Tieng wisse alles.

Mike Torpentouf wurde in aller Eile an Bord genommen. Die Asiaten schienen sich auf dem Grund der Bucht äußerst unbehaglich zu fühlen. Das Boot setzte sich sofort in Bewegung. Für mich war es an der Zeit, Verbindung mit Kiny aufzunehmen. Als ich sie erreichte, klangen ihre Mentalimpulse merkwürdig schwach. Sie bemerkte mein Staunen und erklärte:

„Wir haben Henderwon längst verlassen. Der General

und ich sind an Bord eines Bombers und werden in knapp einhunderttausend Fuß Höhe eine unauffällige Beobachtungsposition über dem Nordpazifik einnehmen."

Relings Entschlossenheit überraschte immer wieder. Ich fragte mich, woher der Mann die Energie nahm, die er brauchte, um eine solche Aktivität zu entwickeln.

„Okay, Kleines", strahlte ich ab, „wir verfolgen den Asiaten. Sag Reling, daß ich aus meinem Privatvermögen eine Belohnung von zweitausend Dollar für denjenigen aussetze, der mir als erster eine verläßliche Information über den Verbleib unseres Freundes Fo-Tieng bringt."

„Ich will sehen, ob ich mir das verdienen kann", antwortete Kiny fröhlich. „Reling hat mich nämlich speziell auf Fo-Tieng angesetzt."

Wir waren unterwegs. Es war eine merkwürdige Fahrt. Solange sich Gelegenheit dazu bot, bewegten wir uns in Wassertiefen um sechstausend Meter. Niemals tauchten wir bis mehr als fünfhundert Meter unter Normal-Null auf. Die Asiaten hatten einen Kompromiß geschlossen zwischen ihrem Bedürfnis nach Sicherheit und dem Wunsch, ihr Ziel so rasch wie möglich zu erreichen. Sie bewegten sich nahezu gradlinig. Nur da, wo ihnen größere Inselmassen im Wege standen, fanden sie sich bereit, kurzzeitig von ihrem Kurs abzuweichen. Das erste nennenswerte Hindernis dieser Art waren die Gruppen der Ralik- und Marshall-Inseln. Wir umfuhren sie im Kielwassr der Asiaten auf einem nach Norden ausgebuchteten Bogen.

Ortung gab es nicht. Es sprachen weder unsere Instrumente auf das Fahrzeug der Asiaten, noch deren Geräte auf unser Mini-U-Boot an. Der marsianische Ortungsschutz war perfekt. Wir verfolgten unseren Gegner mit Hilfe der Telepathie. Unsere Sensoren bemerkten, wenn sich der Feind infolge einer Kursänderung von uns entfernte. Sie wiesen die Richtung, in der die Kursänderung erfolgt war. Anfangs war die Verfolgung eine mühselige Angelegenheit, aber mit der Zeit entwickelten wir Übung. Wir schliefen abwechselnd. Das Boot lief auf Autopilot. Nur wenn derjenige, der gerade die Wache hatte, bemerkte, daß der Feind einen neuen Kurs fuhr, wurde manuell in die Steuerung eingegriffen. Wir hielten eine stete Distanz von rund dreißig Seemeilen. Aus dieser Entfernung waren auch die akustischen Geräusche, die jedes Unterseeboot verursacht und die sich durch den marsianischen Ortungsschutz nicht verdecken lassen, nicht mehr wahrnehmbar. Außerdem hatten wir die Gedanken der Besatzung des gegnerischen Fahrzeugs ständig unter Beobachtung und wußten daher, daß sie von einer Verfolgung nicht das geringste ahnten.

Die Zeit verging, ohne daß wir uns von der Zahl der Stunden, die seit unserem Aufbruch von Henderwon Island verstrichen waren, eine rechte Vorstellung machen konnten. Natürlich, wir hatten Chronometer. Aber ihre Anzeige besagte nichts. Sie waren ein paarmal um den Vierundzwanzig-Stunden-Zyklus gelaufen … aber was hatte das schon zu bedeuten?

Wir näherten uns großasiatischen Gewässern, und in den Gedanken der Leute, die sich dort vor uns an Bord des feindlichen U-Boots befanden, fiel uns eine gewisse zusätzliche Erregung auf. Es gab keinen Zweifel: Wir waren dem Ziel nahe. Wir befragten den Fahrtschreiber, der jede Bewegung unseres Bootes getreulich aufgezeichnet und aufaddiert hatte. Wenn wir uns wirklich in unmittelbarer Nähe des Ziels befanden, konnte dieses Ziel nur die Insel Taiwan sein!

Taiwan war wenige Jahre nach Tschiang Kai Scheks Tod sozusagen von selbst an die damalige Volksrepublik China gefallen und später dann im Großasiatischen Staatenbund aufgegangen. Eine Zeitlang hatte man mit Taiwan noch den gewohnten Touristenkult betrieben. Dann jedoch waren die Ferienreisenden systematisch vergrault worden, und seit der Jahrtausendwende galt Taiwan als exklusives Ressort des großasiatischen Geheimdienstes.

Taiwan war zum höchsttechnifizierten Stück Land auf der Erdoberfläche geworden. Wenn wir dort nach Torpentouf und seinen drei Mädchen suchen mußten, brauchten wir wirklich eine ganze Stange Glück, um die Angelegenheit lebendig zu überstehen!

13.

Wir sahen durch die Augen des Feindes! Das Gelände, in dem wir uns bewegten, war uns nicht bekannt. Bis hierher waren unsere Spezialisten niemals vorgestoßen. Wir näherten uns der Insel von Osten, der steil ansteigenden Seite her. Nach Angabe unseres Fahrtschreibers befanden wir uns annähernd auf der Höhe von Nanao im nordöstlichen Teil von Taiwan. In den Gedanken des Gegners spiegelte sich ein kilometerlanger, wassergefüllter Stollen, der sich durch das Küstengestein bis zu einem Punkt unterhalb der über dreitausend Meter hohen Gipfel des Chungyang Shanmo erstreckte und dort in einem weiten, kreisrunden Bassin endete.

Hannibal hatte meine Beobachtung überprüft und war

zu demselben Resultat gekommen wie ich. Das feindliche Fahrzeug war inzwischen im Stollen verschwunden. Unser eigenes Boot schwebte ohne Fahrt dicht vor der steil aufragenden Felsmasse, die die Basis der Insel bildete. Nun befanden wir uns in akuter Gefahr. Von diesem Augenblick an war unser Fahrzeug die einzige Geräuschquelle in weitem Umkreis. Gewiß, unser Triebwerk war ein absolutes Wunder an Geräuscharmut. Aber der Großasiatische Geheimdienst kannte unsere Wundermotoren und hatte seine Sicherheitsvorkehrungen danach ausgerichtet. In der Nähe des Stolleneingangs gab es – das war so sicher wie das Amen in der Kirche! – hochempfindliche Sonar-Taster, denen selbst das leiseste Wispern nicht entging.

Ich empfing Hannibals Gedanken. Er wagte nicht mehr zu sprechen, weil die Laute der menschlichen Stimme von der metallenen Hülle des Bootes fast verlustfrei an das Wasser weitergegeben wurden und dort weithin zu hören waren.

„Verdammte Lage!" dachte er zornig. „Wir müssen den Kahn so rasch wie möglich verstecken und stillegen."

„Einverstanden", antwortete ich knapp. „Voraus, ein Felsvorsprung, reichlich zerklüftet. Vielleicht gibt es da eine Möglichkeit!"

Mit geringster Fahrt setzte sich das Boot wieder in Bewegung. Lange, nervtötende Sekunden verstrichen. Mein Blick pendelte zwischen dem Sicht- und dem Tasterschirm hin und her. Es war anzunehmen, daß wir die asiatischen Boote, wenn sie uns angriffen, rechtzeitig bemerken würden. Ich wollte nicht glauben, daß sie alle ohne Ausnahme mit dem marsianischen Ortungsschutz ausgestattet waren.

Meine Spekulation ging auf. Der Felsvorsprung, auf den ich gezeigt hatte, erwies sich als eine dem eigentlichen Massiv locker vorgelagerte Ballung von Gestein, dem die Meeresströmungen in den vergangenen Jahrtausenden arg zugesetzt hatten.

„Ein Schweizer Käse ist Dreck dagegen!" lautete Hannibals grimmiger Kommentar.

Wir fanden einen Einlaß, der das Boot bequem aufnahm. Wir gelangten in einen finsteren Stollen, der mehrere Krümmungen beschrieb, so daß wir schließlich an eine Stelle gelangten, an der das Fahrzeug von jemand, der draußen vorbeistrich, nur dann entdeckt werden konnte, wenn er einen Metalldetektor ansetzte – ein Instrument, das man in den Händen von Schatzsuchern weitaus öfter findet als unter den Geräten, die von Geheimdienstmitgliedern für nützlich gehalten werden.

Wir gingen vor Anker. Das Triebwerk verstummte.

„Am besten machen wir uns gleich auf den Weg", schlug Hannibal vor.

Das war auch meine Ansicht. Immerhin glaubte ich genug Zeit zu haben, um zuvor noch eine Meldung an Kiny abzusetzen. Ich erreichte sie mühelos. Sie war uns in Gedanken gefolgt und hatte eine ziemlich deutliche Vorstellung von der Umgebung, in der wir uns befanden. Ich brauchte nur noch ein paar Details zu beschreiben. Ich setzte ihr auseinander, daß Hannibal und ich das Boot in Kürze verlassen würden, um in Taucheranzügen, mit Tarnkappen-Generatoren ausgerüstet, durch den Stollen in das geheime Bassin vorzudringen.

„Einen Augenblick!" bat sie. „Ich habe eine Anweisung von General Reling." Sie zögerte einen Atemzug lang und fuhr dann fort: „Die Streitkräfte der GWA befinden sich seit knapp zwanzig Minuten in Alarmbereitschaft, Stufe COSMIC. Spezialtruppen stehen zur Landung auf Taiwan bereit. Eine vorgeschobene Einheit kann auf Abrufbefehl innerhalb weniger Minuten dort eintreffen. Der Abrufbefehl ist auf telepathischem Wege zu geben und wird unverzüglich weitergeleitet. Wann der Befehl gegeben wird, ist in das Ermessen der Einsatzspezialisten HC-9 und MA-23 gestellt."

Da blieb selbst mir abgebrühtem Hasen für einen Augenblick die Luft weg. Der Alte hatte uns Vollmacht über Leben und Tod gegeben!

Reling hatte nicht übertrieben, als er die Ausstattung des Mini-U-Boots in den höchsten Tönen lobte. Es war wirklich alles vorhanden, was wir brauchten – von marsianischen Raumschutzanzügen angefangen, die für die mörderischen Drücke auf dem Boden der Wasserstoffatmosphären von Planeten des Jupitertyps gedacht waren und uns hier als Tauchermonturen vorzügliche Dienste leisten würden, über die TF-Geräte, in deren Schutz wir unsichtbar wurden, bis zu marsianischen Impulswaffen und den modernsten Thermo-Rak-Werfern, die die irdische Waffentechnologie entwickelt hatte, war alles, alles vorhanden.

Wir staffierten uns aus, wie wir es für richtig hielten. Auf Impulsstrahler verzichteten wir. Der Feind besaß sie wahrscheinlich auch, und trotzdem lag uns nichts daran, daß ihm bei einem Mißlingen unserer Mission noch mehr der unglaublich wirksamen Waffen in die Hände fielen. Wir rüsteten uns mit Rak-Werfern aus, außerdem versahen wir uns mit einigen Mikrosprengsätzen des nuklearen Typs, Mikroatombomben nach dem Fusionsprinzip sozusagen, die dank eines hochwirksamen Neutronenreflektors nur wenige hundert Gramm Spaltstoff brauchten, um explosiv kritisch zu werden.

Dann schleusten wir uns aus. Wir befanden uns in knapp fünfhundert Metern Wassertiefe. Die marsianischen Anzüge waren dem Wasserdruck spielend gewachsen. Wir schalteten die TF-Geräte ein, sobald wir die Mündung des Felsenstollens erreichten, in dem unser Boot versteckt lag. Durch das TF-Feld wurde das Bild der Umgebung, das wir sahen, wenn wir kurzzeitig unsere Lampen einschalteten, ein klein wenig trüber. Wieso ins Innere des Feldes überhaupt Licht gelangen konnte, war unseren Experten bis auf den heutigen Tag noch ein Rätsel. Denn da das TF-Feld so arbeitete, daß es, um seinen Träger unsichtbar zu machen, die Wellen des elektromagnetischen Spektrums um ihn herumlenkte, hätte man annehmen sollen, daß es im Feldinnern völlig dunkel war und dem Feldträger nichts anderes übrigblieb, als sich nach der Art eines Blinden vorwärtszubewegen. Das war jedoch nicht der Fall. Nach dem Prinzip, das hier am Werke war, wurde von den besten Fachleuten der GWA noch immer gesucht.

Die Monturen verfügten über eigene Antriebssysteme, die wir mit geringer Kraft laufen ließen, solange wir dem gefährlichen Stollen noch nicht allzu nahe waren. Ich konzentrierte mich von neuem auf die Bewußtseinsinhalte der Menschen, die sich irgendwo weit über uns im Innern des feindlichen Felsenverstecks befanden. Es dauerte eine Zeitlang, bis ich gefunden hatte, was ich suchte: Der Eingang des Stollens befand sich in 130 Metern Wassertiefe. Seine Position war erstens durch eine tief eingeschnittene, senkrecht verlaufende Felsspalte und zweitens durch eine auf Ultraschallfrequenz arbeitende Sonar-Boje markiert.

Und noch etwas erfuhr ich zu meinem Entsetzen: Der Eingang des Stollens war durch mehrere Sonarbarrieren gesichert!

Die Felsspalte hatten wir bald gefunden, und den Sonarstrahl der Boje, der für unsere Ohren nicht hörbar war, identifizierten wir anhand der dünnen Blasenspur, die er im Wasser erzeugte. In dieser geringen Tiefe war es ziemlich hell. Wir kamen ohne unsere Lampen aus. Im Hintergrund der Spalte gähnte die riesige Stollenöffnung. In den Wänden des Stollens waren in der Nähe der Mündung kleine Sonarstrahler angebracht, wie ich aus den Gedanken des Gegners erfahren hatte. Jeder Strahler sandte ein scharf begrenztes akustisches Wellenbündel auf einen in der gegenüberliegenden Wand befindlichen Empfänger. Wurde der Sonarstrahl durch ein in den Stollen eindringendes Objekt durchbrochen, gab es oben in der Wachzentrale Alarm.

Die Strahler arbeiteten mit geringer akustischer Leistung. Sie erzeugten nicht, wie die Boje am Stolleneingang, eine Blasenspur. Ich fragte mich, wie es uns gelingen sollte, sie zu entschärfen. Ich stand ständig mit Hannibal in Gedankenverbindung. Da ich ihn nicht sehen konnte, war dies die einzige Möglichkeit, mich zu vergewissern, daß er sich noch an meiner Seite befand. Ich spürte, wie ihm plötzlich eine Idee durch den Kopf schoß … und im nächsten Augenblick war er schon auf dem Weg nach oben. Ich erfaßte die Idee. Auf den ersten Blick kam sie mir verrückt und undurchführbar vor; aber dann sah ich, daß Hannibal bereits erfolgreich zu Werk gegangen war.

Oben, dicht unter der Wasseroberfläche, hatte er eine Meeresschildkröte erspäht, ein riesiges Tier, wie sie an den Küsten von Taiwan zu Hunderttausenden anzutreffen sind, seitdem man die Schildkrötenjagd unter Strafe gestellt hat. Die plumpe Kreatur war über den Angriff eines unsichtbaren Gegners derart entsetzt, daß sie willenlos die Richtung einschlug, die Hannibal ihr vorgab, indem er den langen, flexiblen Hals packte und den kleinen Schädel nach unten auf Tauchkurs richtete. Die Schildkröte paddelte um ihr Leben, stets in der Hoffnung, sie könne dem unheimlichen Angreifer entkommen. Gerade das hatte Hannibal beabsichtigt. Unsichtbar klammerte er sich an den gewaltigen Rückenpanzer und glitt mit dem Amphibium in die Tiefe.

„Schließ dich an!" rief er mir auf mentalem Wege zu. „Den letzten beißen die Hunde!"

Ich schaltete den Antrieb ein. Auf der Höhe des Stolleneingangs verdrehte der Kleine den Hals der Schildkröte ein letztes Mal. In panischer Hast schoß sie in die Finsternis des Stollens hinein, Hannibal noch immer an ihren Rückenschild geklammert, ich dicht hinterher. Das geängstigte Tier entwickelte eine solche Geschwindigkeit, daß wir in wenigen Sekunden die gefährliche Gegend der Sonarstrahler passiert hatten. Sie waren im Innern unserer Helme deutlich zu hören. Jedesmal, wenn wir einen Strahl passierten, gab es ein helles „Ping", in verschiedenen Tonlagen, als versuche sich ein des Klavierspielens Ungeübter mit einem Finger auf der Tastatur.

Schließlich ließ Hannibal die Schildkröte los. Das Tier floh weiter in den Stollen hinein. Ich weiß bis auf den heutigen Tag nicht, ob Wasserschildkröten normalerweise Wassertiefen von mehr als einhundert Metern ertragen können. Dieses Exemplar konnte es jedenfalls. Und wenn es die Todesangst war, die ihr die Kraft gab, den mörderischen Druck auszuhalten!

Ich hatte meinen Antrieb wieder abgeschaltet. Das Risiko war zu groß, daß sein leises Summen von irgendeinem Sensor empfangen wurde. Schwimmend bewegten wir uns so rasch wie möglich vorwärts. Ich horchte nach oben. Der Alarm war prompt ausgelöst worden. Alles befand sich in Aufruhr. Geschütze, unter Wasser eingebaut, waren auf den Stollenausgang gerichtet, um den unbekannten Eindringling sofort zu erfassen, wenn er aus der Mündung kam. Bei alledem vermißte ich jedoch das Bewußtsein echter, drohender Gefahr. Es war den Asiaten wahrscheinlich schon öfter passiert, daß sich ein Meerestier in ihrer Sonarfalle fing. Wie einen körperlichen Ruck empfand ich die Erleichterung, die die Besatzung des Felsverstecks überkam, als die Beobachtung – in der Felskuppel, die sich über dem Bassin wölbte! Das war eine neue Information! – meldete, daß es sich bei dem Eindringling lediglich um eine Schildkröte handele. Der Alarm wurde abgeblasen. Für uns war der Weg wieder frei.

Unserem Helfer allerdings widerfuhr ein trauriges Schicksal. Die Schildkröte wurde von den Asiaten gefangen, und, allen geltenden Naturschutzbestimmungen zum Trotz, kurzerhand geschlachtet.

Langsam tauchten wir aus dem riesigen Bassin auf. Von unten sahen wir die Hülle des Bootes, das Torpentouf gebracht hatte. Es lag am Rande des Beckens vertäut. Das Bassin war kreisrund und hatte einen Durchmesser von etwa vierhundert Metern. Über ihm wölbte sich die riesige Kuppeldecke des Felsendoms, mit einer gläsernen Beobachtungskapsel im Zenit. Undeutlich konnte ich darin Gestalten ausmachen. Die weite Höhlung wurde erhellt durch blauweiß strahlende Fluoreszenzlampen, die an verschiedenen Stellen der Kuppelwölbung angebracht waren.

Rings um das Bassin verlief am unteren Rand der Kuppel ein breites Felsband. Von ihm führten an verschiedenen Stellen Rampen oder Treppen zur Wasseroberfläche herab. Da das Bassin mit dem offenen Meer verbunden war, hob und senkte sich der Wasserspiegel im Gezeitenrhythmus. Das erklärte die verschiedenen Wasserstandsmarkierungen am Rande des Beckens.

Geräuschlos tauchten wir auf. Hannibal befand sich dicht neben mir. Manchmal, bei einer hastigen Bewegung, stießen wir aneinander. Es war unheimlich, jemand anzurempeln, den man nicht sah. Ich beobachtete, daß von dem Felsband aus zahlreiche Stollen verschiedener Größe ins Innere des Felsens vordrangen. Ich suchte mir den größten aus – denn wenn uns jemand entgegenkam, brauchten wir Platz zum Ausweichen! – und trug dem Kleinen auf, auf die nächstgelegene Treppe zuzuhalten. Unbemerkt verließen wir das Bassin und verhielten eine Weile an der Mündung des Stollens, der sich, wie uns die kräftige Beleuchtung zeigte, mehrere hundert Meter weit geradlinig durch das Urgestein zog.

Die riesige Felsenhalle war völlig leer. Und doch spürte ich Hunderte von Gedankensphären, die irgendwo hinter diesen Felswänden aktiv waren. Es mußte eine Unzahl von Räumlichkeiten geben. Ich fragte mich, welchem Zweck dieser Stützpunkt diene. In den Gedanken der Gegner entdeckte ich einen gewissen Hang zur Geheimnistuerei. Nicht, daß er vor mir etwas hätte verbergen können! Es handelte sich vielmehr um das ständige Sich-wieder-Einhämmern, daß die Lage dieses Verstecks unbedingt geheimbleiben müsse. Niemand, aber auch absolut niemand, durfte davon erfahren. Zum Beispiel nicht die Regierung in Peking! Und selbst in der Abwehr hatten nur wenige Personen das Recht, davon zu wissen. Zur gleichen Zeit fiel mir eine Geisteshaltung auf, die Fo-Tieng gegenüber eine Unterwürfigkeit zeigte, wie man sie sonst nur einem Alleinherrscher erwies. War es möglich, daß Fo-Tieng im Begriff stand, sich ein eigenes Reich zu bauen und dieses Versteck als geheime Ausgangsbasis benützte?

Ich wurde abgelenkt. Bei meiner Suche war ich unversehens auf Mike Torpentoufs Bewußtsein gestoßen. Er befand sich allein in einem ziemlich behaglich eingerichteten Raum, wie ich seinen Gedanken entnahm, und haderte mit sich selbst und seinem Schicksal. Er hatte, als er das Boot verließ, die Mädchen zu sehen verlangt. Man hatte auf seinen Wunsch überhaupt nicht reagiert, sondern ihm bedeutet, er müsse sich gedulden, und ihn dann in diesen Raum geschoben, dessen Tür er von innen nicht zu öffnen vermochte.

Ich wendete mich an Hannibal.

„Empfängst du Mike?" fragte ich.

„Laut und deutlich."

„Der Ort, an dem er eingesperrt ist, befindet sich in dieser Richtung."

„Du meinst, wir sollen ihm einen Besuch abstatten? Ich bin dafür!"

Wir drangen in den Stollen ein. Zur Rechten und zur Linken gab es stählerne Türen. Die Räume dahinter waren jedoch leer, wie ich auf telepathischem Wege feststellte. Wir hatten den Rand des Bassins schon rund zweihundert Meter hinter uns gelassen, da empfing ich plötzlich eine Serie aufgeregter Gedankenimpulse, die aus den Gehirnen der Besatzung des Stützpunkts kam. Eine Meldung war soeben eingelaufen: Fo-Tieng würde in wenigen Minuten erscheinen! Er setzte gerade im Flugzeug zur Landung auf der Insel an. Die Leute, die die Meldung empfingen, kannten selbst nur den Zugang durch den unterseeischen Stollen. Sie hatten davon gehört, daß es einen geheimen Schacht gebe, der aus irgendeinem oberirdischen Bergtal in die Tiefen des Stützpunkts herabführte. Sie wußten nicht, wo sich dieser Schacht befand. Er mußte irgendwo innerhalb von Räumlichkeiten enden, die niemand außer Fo-Tieng selbst betreten durfte.

Das war eine wichtige Neuigkeit! Ich versuchte zu ergründen, wo diese Räume lagen. Die Informationen, die ich erhielt, waren nicht eindeutig; aber es schien, als ob der Kleine und ich uns bereits auf dem richtigen Wege befänden.

Dann begann ich nach Fo-Tieng zu suchen. Wenn er so nahe war, mußte ich sein Bewußtsein erkennen können. Ich streckte meine Sensoren so weit wie möglich aus, während wir weiter durch den unbelebten Stollen schritten. Und schließlich hatte ich Erfolg! Ich fand ein Bewußtsein, das Gedanken in kurzen Eruptionen und mit langen Pausen von sich gab. Das mußte Fo-Tieng sein! Er dachte an die soeben vollzogene Landung, bei der der Pilot anscheinend ein wenig glücklos zu Werk gegangen war und ziemlich hart aufgesetzt hatte. Und dann ...!

Er ärgerte sich über die drei Mädchen, die sich in seiner Begleitung befanden und unaufhörlich weinten! Torpentoufs Drillinge! Fo-Tieng hatte sie mitgebracht ... der Himmel mochte wissen woher! Er schickte sich an, mit ihnen in die Tiefe zu fahren. Er wünschte sich nichts sehnlicher, als daß Torpentouf ohne Weigerung auf seine Forderung einging, damit er die drei Gören so bald wie möglich loswürde.

Und dann kam der Schock. Für den Bruchteil einer Sekunde dachte Fo-Tieng daran, was er von Mike Torpentouf wollte. Die ganze Zeit über hatten wir gerätselt, hatten uns darüber den Kopf zerbrochen ... und nun lag es vor mir, klar und deutlich. Ich wußte jetzt, daß wir aus eigener Kraft nie darauf gekommen wären. Es war so ungeheuerlich, lag soweit abseits, daß kein logisch arbeitender Verstand in die Nähe der Antwort hätte kommen können.

Ich war entsetzt. Die Angst war wie ein physischer Schock, der mir in den Ohren dröhnte und mein Blut zum Gerinnen bringen wollte. Wenn Fo-Tieng mit seinem Vorhaben Erfolg hatte, stand womöglich das Ende der Menschheit bevor!

Ich schaltete ab, wandte mich an Hannibal. Er hatte ebenfalls gehorcht. Sein Bewußtsein war in Aufruhr.

„Kühles Blut, Kleiner!" mahnte ich ihn. „Mit Unbesonnenheit bringen wir uns an den Galgen."

Er beherrschte sich sofort.

„Du weißt, wo es ist?" fragte er.

„Nicht genau", mußte ich zugeben.

„Ich habe darauf besonders geachtet", meinte er. „Fo-Tieng hat nicht lange daran gedacht, aber dieser Sekundenbruchteil genügte. Unmittelbar hinter dem Raum, in dem Torpentouf sich aufhält, beginnt die Zone, die nur von Fo-Tieng betreten werden darf. Unter anderem gibt es da eine Halle von beachtlichen Ausmaßen, in der auch der geheime Schacht mündet, durch den ein Aufzug von übrigens phänomenaler Größe läuft. Die Halle ist leer, bis auf ..."

Er dachte den Begriff nicht zu Ende, aber ich sah das Bild, das dabei vor seinem inneren Auge stand: Ein riesiges Ding, ein Würfel von fünfunddreißig Metern Kantenlänge, aus marsianischem MA-Metall bestehend, mit leicht abgeflachten Kanten!

Fo-Tiengs Gedanken kamen jetzt von Sekunde zu Sekunde näher – mit einer Geschwindigkeit, die ein deutlicher Hinweis darauf war, wie schnell sich der Aufzug durch den Schacht bewegte. Der Gang, auf dem wir uns befanden, mündete in einen ebenso geräumigen Quergang und endete dort. Torpentoufs Gedanken kamen jetzt von schräg rückwärts. Wir waren an seinem Gefängnis vorbeigeschritten. Das machte nichts. Torpentouf zählte im Augenblick erst in zweiter Linie. Wichtig war allein Fo-Tiengs Plan … und daß er verhindert wurde.

Die Wand vor uns bildete die Grenze des Bereichs, den Fo-Tieng für sich beanspruchte. Der Fels war glatt und ohne Fugen. Nirgendwo gab es die Spur einer Tür, eines Zugangs. In aller Eile formte sich in meinen Gedanken ein Plan, wie wir in den geheimen Bereich eindringen könnten. Wir hatten keine Zeit, lange nach versteckten Mechanismen zu suchen. Fo-Tieng selbst mußte uns den Weg weisen. Die ruckartigen Impulse, die von seinem Bewußtsein ausstrahlten, kamen von links vorn. Wir wandten uns also nach links in den Quergang. Ich brauchte Hannibal meinen Plan nicht auseinanderzusetzen. Er las ihn sozusagen direkt.

Näher und näher kam Fo-Tieng. Nur die drei Mädchen befanden sich noch in seiner Begleitung. In seinen Gedanken erblickte ich wiederum die Halle, in der der riesige Würfel stand, dann einen Gang, der von der anderen Seite auf die Wand zuführte, vor der wir standen. Wir hatten den Asiaten jetzt vor uns und blieben stehen. Wir brauchten nicht lange zu warten, da teilte sich unmittelbar in unserer Nähe der bisher fugenlose Fels. Ein Spalt entstand, der vom Boden bis zur hohen Decke reichte und sich blitzschnell verbreiterte. Wir blickten in einen hellerleuchteten Korridor, der weiter hinten in die Halle mündete. Unmittelbar vor uns stand Fo-Tieng, der zwei der Mädchen an der Hand führte, während das dritte ihm weinend folgte.

Die Versuchung, diesen gefährlichsten aller Gegner gleich jetzt unschädlich zu machen, war fast unwiderstehlich. Mit Gewalt zwang ich mich, daran zu denken, daß im Augenblick nur die Vereitelung des teuflischen Planes, nicht aber die Ergreifung des Entführers von Bedeutung war. Versuchten wir jetzt, Fo-Tieng zu überwältigen, mochten dabei Komplikationen entstehen, die uns daran hindern würden, den wichtigeren Teil unseres Vorhabens auszuführen.

Wir warteten, bis der Asiate mit den Mädchen aus dem Gang getreten war. Dann, noch bevor der geheime Mechanismus den Zugang wieder verschließen konnte, huschten wir hinein. Fo-Tieng bemerkte uns nicht. Er hatte vorläufig keine Ahnung davon, daß er von den Leuten, die er am meisten fürchtete, in diesem Augenblick noch nicht einmal zwei Schritte weit entfernt war.

Wir eilten den Korridor entlang. Hinter uns schloß sich der Fels. Wir erreichten die Mündung der Halle, eines riesigen, quaderförmig aus dem Urgestein gesprengten Raumes, in dessen hundert Meter hohen Decke ein halbes Dutzend greller Sonnenlampen strahlten.

Und da stand sie – schimmernd in ihrer barbarischen Schönheit, ein gigantischer Würfel aus Metall. Zehntausende Jahre alt, schmucklos bis auf ein kreisförmiges

Luk in Bodennähe, durch das man ins Innere des rätselhaften Gebildes gelangen konnte: die marsianische Zeitmaschine.

14.

Drei solche Maschinen hatte es einst gegeben, in der sublunaren Marsstadt Zonta. Eine davon war beschädigt und unbrauchbar geworden. Eine zweite hatte ein Deneber auf die Erde des Jahres 1811 entführt, und dort hatten wir ihn, sein verbrecherisches Vorhaben und die erbeutete Zeitmaschine zerstört. Die dritte war in unserem Besitz geblieben. Mike Torpentouf, damals noch Oberstleutnant, hatte zu dem Team gehört, das die Maschine bediente, als wir den Deneber verfolgten. Goldstein war der Wissenschaftler, der das Prinzip der Wirkungsweise des unheimlichen Gerätes wenigstens soweit durchschaut hatte, daß er es erfolgreich in Betrieb nehmen konnte. Hätte Goldstein sich nicht mit seiner Mannschaft auf dem Mars befunden, wahrscheinlich hätte sich Fo-Tieng an ihn gehalten, statt an Torpentouf, der wirklich nur wußte, welchen Hebel er ziehen und welchen Knopf er drücken mußte, vom Prinzip jedoch nicht das mindeste verstand.

Die Maschine war von uns nach dem Einsatz zunächst verwahrt und später in einen, wie wir glaubten, sicheren Raum des alten Mars-Stützpunktes unter der Antarktis gebracht worden. Dort mußte Fo-Tieng sie aufgespürt haben. Wie er es geschafft hatte, sie aus dem Stützpunkt zu entfernen und hier wieder aufzubauen, würden wir beizeiten von ihm erfahren. Ebenso, wie wir erfahren wollten, was er im einzelnen damit vorhatte.

Denn im Augenblick wußte ich nur, daß er die Maschine zu nützen gedachte, um die Vergangenheit so zu verändern, daß in der Gegenwart Verhältnisse entstanden, die seinem Ehrgeiz eher entsprachen als die augenblickliche Wirklichkeit.

Hannibal und ich machten uns an die Arbeit. Ein Versuch, das kostbare Gerät zu retten, stand nicht zur Debatte. Noch war Fo-Tieng Herr der Lage. Die Sicherheit der Menschheit erforderte es, daß wir nicht das geringste Risiko eingingen. Der Marsgigant mußte vernichtet werden. Wir verteilten die kleinen nuklearen Sprengkapseln ringsum auf der Metalloberfläche des Würfels. Sie würden in zehn Minuten detonieren, und ihre Energie reichte aus, um den Zeitreisemechanismus für immer unbrauchbar zu machen.

Dann zogen wir uns zurück. Bevor wir den Korridor betraten, nahm ich noch einmal Verbindung mit Kiny Edwards auf.

„Du hast alles mitangesehen, Kleines?" erkundigte ich mich.

„Das meiste. Zeitweise war die Übertragung ein wenig undeutlich. Aber die Zeitmaschine habe ich erkannt."

„Reling weiß davon?"

„Selbstverständlich."

„Gut. Wir kümmern uns jetzt um Fo-Tieng, Torpentouf und die drei Mädchen. Wir haben nun handfeste Beweise gegen den Asiaten in der Hand, denen sich nicht einmal seine Regierung entziehen kann. Die Landetruppen sollen sich sofort in Marsch setzen. In ein paar Minuten möchte ich die ersten GWA-Einheiten hier haben, klar?"

„Klar!" antwortete sie laut und deutlich.

Wir traten in den Korridor. Die Leichtigkeit, mit der wir hereingekommen waren, mußte mich wohl ein wenig sorglos gemacht haben. Ohne mich umzusehen, schritt ich auf den nun verschlossenen Ausgang zu, nur an eines denkend: Wo der geheime Mechanismus verborgen sein mochte, mit dem sich die verborgene Tür öffnen ließ.

Da zuckte mir Hannibals warnender Gedanke wie ein glühender Nadelstich durch den Schädel! Instinktiv warf ich mich vornüber ... aber es war schon zu spät. Hannibals Gedankenimpulse prasselten mit panischer Intensität auf mich ein:

„Wir hätten daran denken sollen! Der Zugang ist gesichert! Vorhin, als Fo-Tieng hier war, hatte er die Sicherungen desaktiviert. Jetzt arbeiten sie wieder!"

„Was ist es, Kleiner?" ächzte ich.

„Eine Infrarot-Fotozelle! Du bist genau durch den Strahl gelaufen!"

Ich verfluchte meine Sorglosigkeit. Der Infrarotstrahl war unsichtbar. In dem Augenblick, in dem ich ihn durchschritt, wurde er zwar nicht wirklich unterbrochen, sondern lediglich um das Tarnkappenfeld herumgelenkt. Da er aber infolge dieser Umlenkung plötzlich einen längeren Weg zurücklegen mußte, war am Empfänger eine winzige Unterbrechung entstanden, kaum mehr als eine Nanosekunde, aber sicherlich genug, um die komplizierte Alarmelektronik in Gang zu setzen.

Ich richtete mich wieder auf und horchte. Verwirrte Gedankenströme schwirrten durch den Äther. Niemand wußte, was los war. Nur daß etwas Bedeutendes geschehen war, darüber befand sich niemand im Zweifel. Ich entdeckte Fo-Tiengs Bewußtsein inmitten des Wirrwarrs. Er war wütend ... und er hatte Angst.

In diesem Augenblick öffnete sich der Ausgang ohne unser Zutun. Ich blickte hinaus. Draußen im Gang stand eine schwerbewaffnete Horde von Asiaten. Der Augenblick der Entscheidung war gekommen!

Es verwirrte sie, daß sie niemand sahen. Aber es gab ein paar in der Gruppe, die sich selbst schon der Tarnkappengeräte bedient hatten und genau wußten, daß ein leeres Blickfeld über die An- oder Abwesenheit eines Gegners nichts aussagte. Ich bemerkte, wie einer von ihnen auf eine fatale Idee kam. Er wollte aufs Geratewohl in den scheinbar leeren Gang feuern. Ich sah, wie er die Waffe hob. Soweit durfte es nicht kommen! Das Tarnkappenfeld schützte nur gegen Sicht, nicht gegen Geschosse!

Ich riß den Anschlag des kleinen Rak-Werfers durch. Belfernd entlud sich die Waffe. Die Projektile schlugen unmittelbar vor den Angreifern in den Boden. Wo sie detonierten, entstanden kleine, blauweiße Glutbälle, die in Hundertstelsekunden den starren Fels in eine glutflüssige, brodelnde Masse verwandelten. Die Asiaten verschwanden hinter einer grellen Flammenwand. Ihr entsetztes Geschrei verging im dröhnenden Donner der Explosionen.

Da empfand ich einen schmerzhaften Gedanken. Ich wirbelte herum ... und sah Hannibal hinter mir stehen. Ich sah ihn! Er hielt sich den linken Oberarm, und der kleine Ballen, in dem sich der Tarnkappen-Feldprojektor befand, war nur noch ein Bündel wüster Fetzen.

„Der verdammte Kerl!" knirschte der Kleine. „Er mußte noch einen Schuß loskriegen!"

„Bist du verletzt?"

„Ich glaube nicht. Nur geprellt. Aber das Tarnfeld ist hin!"

„Das macht nichts!" beruhigte ich ihn. „Sie wissen ohnehin, daß wir hier sind!"

Noch glühte vor uns der Boden. Aber die Zone, in der die Rak-Projektile detoniert waren, besaß nur eine Breite von zwei Metern. Der Gang draußen schien leer, soweit man das bei dem Qualm sagen konnte.

„Los jetzt!" herrschte ich Hannibal an. „Wir müssen Torpentouf herausholen!"

Mit einem weiten Sprung setzte ich über die schwelende, brodelnde Zone. Draußen im Gang hatten sich die Asiaten zurückgezogen und begannen sich zu sammeln. Ich vereitelte diesen Versuch mit einer Serie diesmal scharf gezielter Schüsse. Die Unterwelt begann zu zittern, als ein Rak-Geschoß nach dem andern in der Tiefe des Ganges donnernd explodierte.

„Fo-Tieng!" hörte ich Hannibals warnenden Impuls plötzlich. „Er flieht in Richtung Bassin!"

„Torpentouf ...?"

„Bei ihm. Auch die drei Mädchen!"

Fluchend eilte ich auf den Gang zu, durch den wir vom Kessel her gekommen waren. Fo-Tieng ging kein Risiko ein. Er machte sich aus dem Staub und überließ es seinen Leuten, mit den gefährlichen Eindringlingen fertig zu werden, deren Zahl und Stärke er nicht kannte. Im schlimmsten Fall zog er durch seine überstürzte Flucht den Angreifer hinter sich her. Vielleicht hatte er das sogar im Sinn, denn draußen im Felsenkessel gab es hoch unter der Kuppel des Felsendoms die Beobachtungsstation, die die am Rande des Bassins installierten automatischen Geschütze bediente. Gelang es ihm, den Feind dort hinauszulocken, dann konnte er ihn unter Kreuzfeuer nehmen lassen.

Wir hatten nicht die Absicht, ihm die Sache so leicht

zu machen. Mit weiten Sprüngen hetzten wir den Gang entlang, ich noch immer im Schutze des Tarnkappenfeldes, Hannibal jedoch deutlich sichtbar. Um uns herum gellten die Alarmpfeifen. Von Zeit zu Zeit wandte ich mich um und feuerte eine Salve Thermoraks in den hinter uns liegenden Teil des Ganges. Das würde die Verfolger, wenn es welche gab, ziemlich wirkungsvoll an der Arbeit hindern.

Die Gangmündung tauchte vor uns auf. Hannibal blieb zwei Schritte zurück. Er durfte sich nicht sehen lassen. Ich jedoch trat auf das Felsband hinaus. Da waren sie: Fo-Tieng, der die Nachhut bildete, und Torpentouf mit seinen drei Mädchen, die er mit der Waffe vor sich hertrieb. Sie eilten auf das vertäute Boot zu. Fo-Tieng warf von Zeit zu Zeit einen Blick über die Schulter, als erwarte er, verfolgt zu werden. Vom Rand des Bassins führte ein Laufsteg zum Boot hinüber. Sie waren höchstens noch zwanzig Meter davon entfernt. Ich mußte verhindern, daß der Asiate mit seinen Geiseln das Boot erreichte … denn dort konnte er Torpentouf und die Kinder gegen uns ausspielen. Auf ihn selbst das Feuer zu eröffnen, war undenkbar. Ich hätte die Geiseln in Todesgefahr gebracht.

Blieb nur eins: Ich riß den Werfer hoch und zog durch. Vier Geschosse jaulten zu dem Steg hinüber, der das Boot mit dem Land verband. Es gab eine dröhnende, donnernde Explosion. Dicht neben dem Boot entstand eine Glutwolke, die infernalische Hitze ausstrahlte. Die riesige Halle zitterte mit dem Echo der Detonationen. Torpentouf hatte sich zu Boden geworfen und die drei Mädchen mitgerissen, Fo-Tieng war herumgewirbelt und starrte mit aschfahlem Gesicht in die Richtung, aus der nach seiner Meinung die Salve gekommen sein mußte.

Dann tat er blitzschnell einen Sprung zur Seite. Der Lauf seiner Waffe richtete sich auf die am Boden Liegenden.

„Wer auch immer dort ist", schrie er mit spitzer, vor Panik fast überschnappender Stimme, „der soll wissen, daß ich diese Leute erschieße, wenn er noch ein einziges Mal feuert!"

Aber er hatte nicht mit den Gegebenheiten gerechnet. Im Hintergrund der unterirdischen Anlage erhob sich plötzlich ein dröhnendes Grollen, das innerhalb einer Sekunde zum röhrenden Donner anwuchs. Die Explosiv-Kapseln an der Zeitmaschine hatten gezündet! Der Fels zitterte. In der makellosen Rundung der Kuppel entstanden Risse. Felstrümmer stürzten herab und klatschten ins Wasser. Fo-Tieng war zurückgefahren. Halb irre starrte er in die Höhe und in die Runde, und der Lauf der Waffe pendelte haltlos hin und her.

Das war meine Chance, meine allerletzte Chance! Ich zielte genau, ließ mir Zeit, bis ich meiner Sache sicher war. Dann drückte ich ab. Es gab einen schmetternden Knall, der den Lärm der nuklearen Detonation noch übertönte. Da, wo Fo-Tieng noch eben wankend gestanden hatte, bildete sich ein feuriger Glutball. Der Mann, der die Welt in seine Gewalt hatte bringen wollen, indem er die Vergangenheit veränderte, war nicht mehr.

Hinter mir hörte ich ein scharfes Knattern, ein wohlbekanntes, fauchendes Geräusch und noch fast im selben Augenblick den hellen Knall rasch aufeinanderfolgender Explosionen aus der Höhe. Ich riß den Kopf in den Nacken und sah, wie sich der Zenit der Kuppel in eine Gluthölle verwandelte. Die kleine, gläserne Schale der Beobachtungsstation löste sich aus dem Qualm und stürzte zischend ins Wasser.

„Können doch nicht zulassen, daß sie unsere Truppen behindern!" empfing ich Hannibals triumphierenden Gedankenschrei.

Ich blickte hinab. Durch das kristallklare, hellblaue Wasser des Bassins schob sich der tropfenförmige Leib eines großen Unterseebootes. Rauschend tauchte es auf, schob sich an den Felssteg heran. Von unsichtbaren Mechanismen geschleudert, schossen Haltetaue aus dem Leib des Fahrzeugs und faßten den Fels. Ein Fallreep wurde ausgefahren. Ein Luk öffnete sich, und ein Strom schwerbewaffneter GWA-Leute ergoß sich auf das Felsenband, das das Bassin umrahmte.

Ich hatte das Tarnkappengerät ausgeschaltet. Mike Torpentouf war inzwischen gewahr geworden, daß die Lage sich drastisch verändert hatte. Die drei Mädchen weinten noch immer; aber Torpentoufs feistes Gesicht hatte wieder die alte, rosarote Färbung angenommen. Er strahlte über beide Wangen (und alle drei Kinne, wie Hannibal später gehässig hinzufügte) und kam armschwenkend auf mich zu.

„Thor! Sie waren der Retter in höchster Not! Mein Gott, Sie haben keine Ahnung, wie dankbar ich bin!"

Er breitete die Arme aus und – weiß der Himmel, was ich selbst in den schlimmsten Träumen nicht befürchtet hatte, geschah – umarmte mich. Gleich darauf schien ihm jedoch ein Gedanke zu kommen. Er hatte die Leute bemerkt, die aus dem soeben aufgetauchten Unterseeboot strömten.

„Wer ist denn das?" fragte er entgeistert. „Das sind doch unsere Leute! Was haben sie hier zu suchen? Woher wissen sie ..."

Er bekam seine Erklärung, aber wesentlich später. Für den Augenblick wurde ich von einem jungen Mann abgelenkt, der sich vor mir aufbaute und schneidig salutierte.

„Captain NG-28, Sir! Wie lauten Ihre Befehle?"

Der Rest ist Geschichte. Die Besatzung des Stützpunkts wurde von unseren Truppen zunächst gefangengenommen. Die letzte marsianische Zeitmaschine war zerstört, ebenso der geheime Aufzug, den, wie wir später erfuhren, Fo-Tieng benutzt hatte, um den Zeitwürfel in die Halle zu schaffen. Die Regierung des Großasiatischen Staatenbundes wurde über die Ereignisse auf Taiwan in Kenntnis gesetzt.

In Peking reagierte man auf unsere Nachricht sofort. Die Halle, in der der Würfel der Zeitmaschine gestanden hatte, der jetzt nur noch ein verrutschtes, in sich zusammengesunkenes, unansehnliches Ding war, qualmte noch, da traf per Luftkreuzer eine großasiatische Delegation auf Taiwan ein: unter Leitung des Chefs der Abwehrdienste, Huang Ho-Feng.

General Reling empfing ihn eisig.

Huang Ho-Feng war sich der Lage wohl bewußt. Er lächelte, verneigte sich oft und spielte die Rolle des Bescheidenen, Anspruchslosen. In seiner unmittelbaren Begleitung entdeckte ich Wang Tse Liao. Er lächelte mir freundlich zu. Später, lange Zeit nach den Vorgängen auf Taiwan, erfuhr ich von ihm, daß es ihm verhältnismäßig leicht gelungen war, sich aus der Schlinge zu ziehen, in die wir ihn damals in Mutanchiang gebracht hatten.

Huang Ho-Feng wagte angesichts der Niederlage, die sein Regime soeben erlitten hatte, nicht, die Geheime-Wissenschaftliche-Abwehr zum sofortigen Abzug aller Truppen von der zum Großasiatischen Staatenbund gehörenden Insel Taiwan zu fordern; aber wir taten ihm den Gefallen ohnehin. Vierundzwanzig Stunden nach Fo-Tiengs Tod befand sich kein einziger unserer Leute mehr auf der Insel. Reling, Kiny Edwards, der Kleine und ich waren auf dem Rückweg nach Washington – die beiden letzteren in der Hoffnung, daß sie nun trotz aller Widrigkeiten doch noch in den Genuß eines vollen Urlaubs kommen würden.

Und Mike Torpentouf war mit den Drillingen auf dem Weg zu seiner Frau. Die unbändige Freude, die Mike über die Rettung der Mädchen und das bevorstehende Wiedersehen mit seiner Frau an den Tag gelegt hatte, bewegte Hannibal Othello Xerxes Utan kurz vor der Landung in Washington zu der nachdenklichen Bemerkung:

„Verheiratet müßte man halt sein!"

Und das war wirklich das allerletzte, was ich von dem Kleinen zu hören erwartet hatte.